Minerva Spencer

Minerva Spencer est originaire du Canada mais vit aujourd'hui au Nouveau-Mexique. Elle a exercé différents métiers, comme professeure, barmaid ou encore procureure, avant de se consacrer à plein temps à l'écriture de romances.

Un plan à haut risque

DE LA MÊME AUTRICE AUX ÉDITIONS J'AI LU

Les parias
1 – *La femme aux yeux verts*
2 – *Le forban des mers*
3 – *Et Sarah se libéra*

Les gentilshommes rebelles
1 – *Un soir, au jardin d'hiver*

Whitechapel
1 – *Un étrange destin*
2 – *Le passé de Mlle Tremblay*

MINERVA
SPENCER

LES GENTILSHOMMES REBELLES – 2

Un plan à haut risque

Traduit de l'anglais (Canada)
par Nicole Hibert

J'AI LU

Si vous souhaitez être informée en avant-première
de nos parutions et tout savoir sur vos autrices préférées,
retrouvez-nous ici :

www.jailu.com

Abonnez-vous à notre newsletter
et rejoignez-nous sur Facebook !

Titre original
OUTRAGEOUS

Éditeur original
Publié avec l'aimable collaboration de Kensington Publishing Corp.,
New York et La Nouvelle Agence, Paris

1

Londres, 1817

Godric Fleming, comte de Visel, avait la ferme intention de tuer son cousin Rowland dès qu'il l'aurait sous la main.

Il descendit la ruelle à grands pas, sa cape ridicule claquant au vent telle la voile d'un bateau pirate. Car il était bel et bien costumé en pirate, du moins selon l'idée que le public anglais s'en faisait.

Lorsqu'il atteignit l'extrémité de la ruelle, il écarquilla des yeux stupéfaits.

— Bonté divine, marmonna-t-il.

Devant la demeure du duc de Richland se pressaient des dizaines, voire des centaines de calèches. Voilà donc pourquoi il n'avait pas trouvé Rowland l'attendant, comme prévu, près des grilles du parc.

Godric observait cet encombrement, l'esprit en déroute. Fallait-il y voir un signe, devait-il annuler son plan, d'ailleurs peu judicieux ? Peut-être restait-il assez de temps pour…

— Monsieur le comte ?

Godric pivota vivement pour découvrir un jeune colosse en tenue de palefrenier.

— Qui êtes-vous ?

— M. Rowland m'a chargé de vous prévenir que la voiture attend à l'entrée de service, déclara le garçon. Il a dit qu'il voulait vous parler avant d'emmener la femme, ajouta-t-il après une hésitation.

Godric serra les dents, si fort qu'il en avait des élancements dans le crâne. Cet imbécile de Rowland n'avait évidemment pas pu s'empêcher d'enrôler d'autres conspirateurs. Comme si projeter tous les deux d'enlever cette femme ne suffisait pas, il fallait maintenant que ce gamin s'en mêle ? Qui d'autre était dans la confidence ? Le *Times* ?

— Ah non !

Il secoua la tête. Non, non, il ne le ferait pas. Il ne pouvait pas le faire.

— Milord ? appela le garçon qui fronçait les sourcils d'un air perplexe.

— Suivez-moi, ordonna Godric.

Il se dirigea vers l'autre bout de la ruelle, avec l'impression étrange de s'extirper d'un épais brouillard. Ses idées et sa vision se précisaient à chaque pas. Pour la première fois depuis des mois – plus d'un an, bon sang ! – il voyait clair. Et ce qu'il voyait était sacrément terrifiant.

L'énormité de ce qu'il avait failli faire lui coupa brusquement le souffle.

Seigneur Dieu ! Mais à quoi je pensais ?

« Tu ne pensais pas, mon vieux », lui fit remarquer sa conscience, de retour d'une longue absence.

Effectivement, il n'avait pas réfléchi. Pourquoi diable lui avait-il fallu tout ce temps pour comprendre qu'il se comportait comme un pauvre fou ? Et pourquoi revenait-il à la raison maintenant, après avoir tout combiné, planifié et organisé durant des semaines ?

On se fiche de savoir pourquoi tu mesures tout à coup l'ampleur du désastre que tu as frôlé, mon vieux ! Estime-toi heureux d'avoir recouvré ta lucidité avant qu'il soit trop tard.

Parler, plus tôt dans la soirée, à Drusilla Marlington – celle qu'il comptait kidnapper –, avait peut-être contribué à lui dessiller les yeux ? La malheureuse ne lui avait rien fait – ils se connaissaient à peine –, pourtant il l'avait humiliée et obligée à épouser un homme qui courtisait une autre femme.

Là-dessus, ce mariage forcé était apparemment, contre toute attente, devenu un mariage d'amour. Et Godric avait décidé de se servir de nouveau de Drusilla pour atteindre son mari : Gabriel Marlington.

Pour être absolument honnête, Marlington ne lui avait rien fait non plus. Pourtant, depuis son retour en Angleterre, Godric n'avait cessé de le harceler.

« C'est ce que je te répète depuis des mois », le fustigea sa voix intérieure.

— Bon sang, marmonna-t-il.

Il en avait par-dessus la tête de cette histoire. C'était de la folie pure.

Il allait monter dans la voiture, rentrer chez lui et essayer d'oublier tous ces mois de démence.

Le soulagement qui le submergea brusquement manqua de lui couper les jambes.

Il passerait certainement un mauvais quart d'heure avec son cousin Rowland – lequel avait si désespérément besoin d'argent qu'il avait rançonné sa propre grand-mère –, mais il réussirait à manipuler ce vermisseau.

La voiture de louage attendait au bout de la ruelle, lanternes éteintes. Godric ouvrit la portière.

— On y va, dit-il à la silhouette assise sur la banquette, dans l'obscurité. Je ne...

Quelque chose de dur percuta alors l'arrière de son crâne. Une douleur cuisante le fit chanceler.

— Qu'est-ce que...

— Pousse-le dedans, James !

Godric bascula en avant. Il eut le réflexe de tourner la tête, évitant de justesse de s'écraser la figure sur le plancher et de se casser le nez. La chute fut cependant si brutale qu'il en eut un haut-le-cœur. Il serra les dents pour ravaler le flot de bile qui lui montait à la bouche.

Son agresseur le fit rouler sur le dos et lui replia les jambes sur la poitrine. Un visage se pencha alors vers lui : de grands yeux bleu lavande, des lèvres rouges, des boucles noires et soyeuses...

Il battit des paupières.

— Vo... vous...

— Bonsoir, comte de Visel.

La personne qui lui bloquait les chevilles le poussa rudement, si bien qu'il se cogna la tête contre la portière opposée. Avant de sombrer, il entendit :

— Il est assommé, James, mais il vaut quand même mieux lui attacher les mains.

Eva de Courtney, deuxième fille du marquis d'Exley, se mordillait la lèvre, les yeux rivés sur l'homme recroquevillé sur le plancher de la voiture.

— Maintenant qu'il est là, Milady, qu'est-ce que vous voulez faire de lui ?

James avait insisté pour prendre sa place. Il était à présent coincé sur la banquette, dos à la route. Ses gros bras croisés sur sa poitrine, il affichait une mine butée.

— Tu le sais très bien.

— Oh, lady Eva..., dit-il d'une voix larmoyante qui seyait mal à un tel colosse. Vous êtes sûre qu'il ne vaudrait pas mieux...

— J'en suis certaine.

— Vous ignorez ce que j'allais dire.

— Figure-toi, James Brewster, que je suis capable de lire dans tes pensées depuis l'époque où toi et moi nous marchions à quatre pattes. Tu voulais me dissuader d'exécuter mon plan. Une fois de plus.

Eva lança un coup d'œil au comte et, du bout de sa botte, repoussa le turban coloré dont il s'était coiffé.

— Regarde un peu ça.

James se pencha.

— Quoi donc ?

— Cet abruti s'est même teint les cheveux.

Elle décocha une œillade complice à son palefrenier qui était aussi son plus vieil ami.

— Si cela ne te convainc pas qu'il s'apprêtait à commettre un crime, je ne sais pas ce qu'il te faut.

— Je sais bien qu'il mijotait quelque chose, je n'ai jamais prétendu le contraire, Milady. Seulement je crois que ce n'est pas la seule, ni la meilleure façon de régler le problème.

Eva émit le « tss » dédaigneux qu'elle avait emprunté à sa belle-mère, lady Euphemia Exley. Elle considérait que cette onomatopée était la réponse *ad hoc* aux sottises que les hommes se plaisaient à débiter.

— De toute façon, il est trop tard pour modifier nos plans, décréta-t-elle. Il m'a vue, par conséquent nous ne pouvons pas le déposer chez lui comme si de rien n'était. Il lancerait les constables à nos trousses.

Ou pire, mon père.

Ils se turent, contemplant le comte de Visel inconscient.

— Note que nous pourrions aussi lui trancher la gorge et le jeter dans un fossé.

— Milady ! protesta James, les yeux ronds comme des soucoupes.

Elle éclata de rire.

— Tu as perdu ton sens de l'humour, James ? Je ne le tuerai évidemment pas.

Même s'il le mérite amplement.

— Il faudrait peut-être l'asseoir, Milady ? C'est quand même un comte.

— Non, il est très bien où il est. Il est vivant, j'ai vérifié.

Visel se réveillerait avec un terrible mal de crâne, ce qui serait la juste punition de son ignoble comportement.

James se plaqua contre le dossier de la banquette, si brusquement que la voiture en fut secouée.

— Lord Courtney va m'arracher la peau, se lamenta-t-il.

— Mon père ne l'apprendra jamais. Nous ne resterons dans le Nord qu'une semaine, au maximum. Au retour, pour aller plus vite, nous louerons des fiacres.

— Et si le marquis passe vous voir pendant notre absence ?

— Pourquoi le ferait-il ? Il pense que je vais rejoindre ma sœur chez lady Repton, à la campagne. Or Melissa et lady Repton ne m'attendent que dans deux semaines. C'est parfait.

— Un parfait désastre, marmonna James.

— Tu as tort de te tracasser. Mon père est tellement inquiet pour ma belle-mère qu'il ne se rappellera même pas que j'existe.

James laissa échapper un grognement sceptique, sans rien objecter cependant – il savait que c'était vrai. Même un aveugle aurait vu que le marquis d'Exley vénérait son épouse. Eva ne le lui reprochait pas, elle aussi aimait sa belle-mère.

— Nous pouvons encore changer d'avis, Milady. Pourquoi ne pas...

— Arrête de t'angoisser, nous en aurons terminé avec Visel et nous serons rentrés avant que quiconque s'aperçoive de notre absence. De plus, mon père t'a affecté à mon service en tant que palefrenier. Autrement dit, ta grande carcasse m'appartient. Tu n'auras qu'à dire que tu as simplement obéi à mes ordres.

La voiture dépassa un réverbère qui éclaira, à l'intérieur de la voiture, la grimace offensée de James. Eva pouffa de rire.

Il ne l'imita pas. Au contraire il frémit de la tête aux pieds.

— Ma carcasse ira plus probablement croupir à Newgate quand on nous aura arrêtés. Cet homme est l'héritier d'un duc, Milady !

— Nous ne serons pas arrêtés.

— Ha !

— Je te le répète : mon père n'en saura jamais rien. Melissa n'est pas une épistolière acharnée, très loin de là, donc nous avons deux semaines devant nous, et sans doute plus. Entretemps, nous aurons de multiples occasions de convaincre Sa Seigneurie, ce détraqué, de laisser mon frère tranquille.

— Et s'il ne veut rien entendre ?

Eva avait également envisagé cette possibilité.

— Dans ce cas, tu resteras avec lui.

— Et comment vous rentrerez à Londres ?

— Je louerai une chaise de poste et j'engagerai quelqu'un pour m'accompagner, si ça peut te rassurer.

— Et si le comte de Visel nous dénonce à votre père, quand nous l'aurons relâché ? Je ne pense pas qu'un homme comme lui passera facilement l'éponge.

— Oh, allons, James ! Il clamerait sur les toits qu'il a été enlevé par une fille, à moitié folle par-dessus le marché ? Il serait la risée de Londres. Il aura intérêt à se taire, comme nous. Tu verras.

— Comment savez-vous qu'il fera ce que vous voulez, Milady ?

— Tu insinues que je ne suis pas persuasive ?

Il grogna, et elle se mit à rire.

— Laisse-moi m'occuper du comte, d'accord ? Je suppose que la voiture nous attendra au *Cygne* ?

— Oui, tout est payé.

— Tu as réservé au nom de Visel ?

— Oui, Milady, répondit James d'un air lugubre.

Le sourire aux lèvres, Eva s'installa confortablement sur la banquette, le corps inerte du comte lui servant de repose-pieds. Elle n'éprouvait pas le moindre remords. Sitôt revenu en Angleterre, Visel s'était acharné contre

Gabriel. Il avait également dit des horreurs au sujet d'Eva et, de manière générale, traité de haut la bonne société. Le pays tout entier désirait pourtant accueillir à bras ouverts l'héritier du duc de Tyndale, excessivement séduisant et célèbre pour ses exploits guerriers. Mais Godric Fleming était resté indifférent à ces hommages, trop occupé à tourmenter Gabriel. Quelque chose ne tournait vraiment pas rond chez cet individu.

Eva était bien placée pour le savoir, dans la mesure où elle se considérait comme une spécialiste du comte de Visel – quoique contre son gré. Elle assistait à son troisième bal de la saison londonienne, lorsqu'il était apparu, tel un ange déchu. Elle faisait tapisserie en compagnie de ses semblables, observant l'animation ambiante à distance respectueuse. Drusilla, sa meilleure amie qui était à présent l'épouse de son frère, était assise à son côté.

Dru n'avait pas remarqué l'entrée de Visel, elle n'avait d'yeux que pour Gabriel.

Eva ricana intérieurement. Drusilla croyait à l'époque dissimuler habilement ses sentiments, mais Eva était une observatrice avertie, parfois elle avait même l'impression d'entendre les gens penser. Elle savait que son amie était tombée follement amoureuse de Gabe dès leur première rencontre. Gabriel, en mâle obtus qui ne comprenait rien, était trop obsédé par ses maîtresses et la superbe Lucinda Kittridge pour prêter attention à la pauvre Drusilla. Sauf pour la taquiner et l'asticoter.

Ils étaient mariés, à présent, et on pouvait donc considérer que tout s'était bien terminé. On devait d'ailleurs mettre ce mariage au crédit de Visel, s'il ne s'était pas conduit comme un bouffon grotesque, le frère d'Eva n'aurait pas été contraint d'épouser Drusilla. C'eût été une tragédie, même si Drusilla et Gabriel refusaient de l'admettre... pour le moment. Ils étaient trop têtus pour voir qu'ils étaient faits l'un pour l'autre. Les amoureux étaient d'une bêtise affligeante.

Toutefois ils finiraient bien par régler leurs problèmes. Agacée, Eva enfonça le talon de sa botte dans le dos de Visel, toujours inconscient.

Oui, ils régleraient leurs problèmes pourvu que Visel ne les importune pas à tout bout de champ, ne se mêle pas de ce qui ne le regardait pas et n'intervienne pas dans leur vie, ce qu'il ne pouvait apparemment pas s'empêcher de faire pour une raison mystérieuse.

On entendit soudain un grognement.

— Lady Eva...

— Ne t'inquiète pas, James. Tu peux le frapper, s'il se réveille. Il ne l'aura pas volé.

Là, ce fut James qui grogna.

— Peu importe qu'il le mérite ou non. Je ne tiens pas à assommer des comtes et...

— Tu te rappelles la fois où Gabriel t'a montré comment truquer les cartes ?

Silence.

— Tu t'en souviens ?

— Euh... oui.

— Et quand Gabriel a raconté à ton père que tu étais allé voir un pur-sang avec lui, au lieu de lui dire la vérité, à savoir que tu étais allé dans une cidrerie, que tu avais bu jusqu'à t'en rendre malade, et que j'avais dû payer deux postillons pour te hisser dans la voiture ?

Le père de James était le maître d'écurie du père d'Eva, dans son domaine campagnard. On le craignait presque autant que le marquis.

— Mais c'est vous, Milady, qui m'avez fait entrer dans cette cidrerie et qui m'avez fait boire !

Des détails, toujours des détails.

— La question n'est pas là, rétorqua-t-elle d'un ton hautain. Gabriel a été un ami pour toi, à de nombreuses reprises. Il est temps maintenant de faire quelque chose pour lui. Si nous n'éloignons pas cet homme – elle donna un coup de pied à Visel –, de Gabriel, il finira par le tuer. Ou il poussera Gabe à le tuer. Ensuite de quoi mon frère sera forcé de se réfugier sur le continent et de tricher aux cartes pour survivre.

Comme ils passaient sous un réverbère, elle vit James se gratter le crâne.

— Pourquoi il serait obligé de jouer alors qu'il a plein d'argent ? Et que sa nouvelle épouse roule sur...

James prenait tout au pied de la lettre.

— Oui, oui... Il n'aura pas à devenir un tricheur, d'accord. Mais la question n'est pas là. Nous éloignons Visel pour que Gabriel puisse emmener son petit garçon à la campagne et commencer une nouvelle vie avec lui et Drusilla.

Elle n'hésitait pas à parler du fils illégitime de Gabriel, vu que James et elle avaient découvert ensemble l'existence du garçonnet, alors qu'ils espionnaient Visel, qui, de son côté, espionnait Gabriel et Drusilla.

La voiture se mit soudain à cahoter, elle roulait sur les pavés usés et disjoints de la cour du *Cygne à Deux Têtes*. Eva remonta le col de sa cape et fit rentrer sous son chapeau les mèches folles d'une chevelure qui ne cessait de la contrarier. Elle avait voulu se couper les cheveux pour le voyage, mais James avait manqué de s'évanouir quand elle en avait parlé. Parfois, il se comportait comme une fille.

— Vous avez une mèche qui sort, au-dessus de votre oreille droite, dit-il, touchant sa propre oreille droite.

Eva régla son compte à la boucle rebelle et baissa sur son front son haut-de-forme en feutre de castor.

— Voilà... Ai-je l'air d'un jeune homme qui ramène son grand frère ivre à nos parents ?

— Vous ne ressemblez à aucun garçon de ma connaissance, marmonna-t-il.

Haussant les épaules, Eva jeta un coup d'œil par la vitre crasseuse.

— Va leur dire que nous avons là un gentleman complètement saoul, et demande-leur d'amener la voiture pour que nous puissions le charger plus facilement à bord.

James lui décocha un dernier regard désespéré, soupira puis ouvrit la portière et sauta à terre. Quand il s'éloigna, Eva se pencha pour examiner leur prisonnier.

Il était affublé d'une ridicule panoplie de pirate. Son turban avait glissé et découvrait des cheveux normalement d'un blond pâle, maintenant aile de corbeau. Il avait dû les teindre lui-même, car il y avait des traces noires sur ses tempes. De profil, il ressemblait à beaucoup d'aristocrates de leur milieu : le nez droit, les pommettes saillantes, des lèvres minces au pli dédaigneux. Cependant, ces traits, chez lui, composaient un visage remarquable.

Ce n'était pas seulement son physique plus qu'avantageux qui le distinguait de ses congénères. Qu'il soit un coureur de jupons, buveur et joueur ne l'en distinguait pas davantage, dans la mesure où la plupart des hommes bien nés partageaient ses mauvaises habitudes.

Non, il y avait autre chose. Peut-être son expression, ou sa posture : distant, sûr de lui, et prêt à bondir, semblait-il – les plus redoutables créatures de la jungle devaient avoir cette allure-là.

Elle l'avait surveillé durant toute la saison mondaine, non parce qu'elle le trouvait séduisant, mais parce qu'elle le voyait surveiller son frère en permanence. Visel vouait à Gabriel une haine féroce qui la terrifiait. Il avait déjà réussi à l'embringuer dans un duel, qu'il avait ensuite annulé en présentant publiquement des excuses pour le moins étranges. Les rares fois où elle s'était trouvée assez près de lui pour déchiffrer son visage, elle avait vu luire dans son regard une rage contenue.

Une rage dirigée contre Gabriel.

Elle avait donc décidé de le suivre et de découvrir ce qu'il mijotait. Elle l'avait découvert, après quoi elle avait décidé de l'enlever. C'était logique, du moins pour elle. Si son père apprenait ce qu'elle avait fait, il l'enfermerait sans doute dans l'une des tours d'Exham Castle jusqu'à la fin de ses jours.

Elle baissa les yeux sur le comte, toujours inerte, et esquissa un sombre sourire ; elle devrait s'assurer que personne n'apprenne ce qu'elle avait fait – ou plutôt ce qu'elle s'apprêtait à faire.

2

Godric avait mal partout.

Il ouvrit les paupières et les referma aussitôt : une lumière crue lui vrillait les yeux et le cerveau.

— Ah... bonjour, monsieur le fainéant.

La voix résonna dans son crâne comme un gong.

— Je suppose que vous avez une légère migraine. Je crains qu'il n'y ait pas grand-chose à faire, alors... debout ! Sentez un peu ce que j'ai pour vous...

Une délicieuse odeur lui chatouilla les narines, et son estomac gargouilla de plaisir.

— Café..., marmotta-t-il.

Il entendit un rire étouffé.

— Asseyez-vous et je vous en donnerai.

Une main fine glissa sous son épaule et le poussa.

— Je ne peux pas vous soulever, il faut m'aider.

— Si je m'assieds, vous arrêterez de parler ?

Il ne reconnut pas sa voix, on aurait cru qu'il se gargarisait avec des clous.

Un rire, de nouveau.

— C'est qu'on est grincheux, au réveil !

Godric prit une inspiration, grimaça de douleur puis, serrant les dents, se redressa.

Oh, bon Dieu ! Son cerveau clapotait, comme du liquide dans une cruche en faïence.

— Si vous devez vomir, faites-le dans le seau qui se trouve à vos pieds.

Frissonnant et se tenant le ventre, il chercha l'anse du seau à tâtons. Une main gantée se referma sur son poignet pour le guider.

Il agrippa l'anse comme un enfant se cramponne à sa nourrice, se força à ouvrir les yeux et… la vit.

— Vous, articula-t-il.

Dans sa voix vibrait un tel mépris qu'il en fut lui-même surpris.

Elle lui sourit. Ses dents blanches et parfaitement alignées étincelèrent entre ses lèvres pulpeuses.

— Mais… mais…, bégaya-t-il.

— On dirait une poule qui va pondre son œuf !

Elle se mit à caqueter bruyamment – elle imitait fort bien les poules – et éclata de rire.

— Pitié, grommela-t-il en se massant le front de sa main libre.

Elle ne s'arrêta pas de rire pour autant.

— Pourquoi ? articula-t-il.

— Vous demandez pourquoi je vous ai enlevé ?

Il émit un grognement.

— À votre avis ? enchaîna-t-elle sans attendre de réponse. Vous alliez kidnapper ma très chère amie, qui est aussi l'épouse de mon frère. Tous deux, faut-il vous le rappeler, se sont mariés uniquement parce que vous les y avez obligés. Mais cela ne vous a pas suffi, n'est-ce pas ?

Elle creusait son sillon d'une voix qui grimpait dans l'aigu.

— Non, bien sûr que non. Vous ne supportiez pas de les voir heureux ensemble, n'est-ce pas ? Vous alliez donc l'enlever et… quoi ? La déshonorer ? Humilier mon frère ? Le pousser à vous provoquer en duel et vous tuer ?

Les mots étaient pareils à des épingles glacées qu'elle lui lançait aux oreilles.

Elle se pencha et le daim souple de sa culotte moula plus étroitement ses cuisses. Elle était habillée comme un homme, nota soudain Godric.

— J'ai pris les choses en main et je vous ai retiré de la circulation, ajouta-t-elle, dardant sur lui un regard étincelant.

— Vous... vous portez une culotte, bafouilla-t-il.

Ce n'était pas ce qu'il voulait dire et, à en juger par l'expression de sa ravisseuse, ce n'était pas non plus ce qu'elle voulait entendre.

Elle s'adossa à son siège et croisa les bras sur sa poitrine, muette. Tant mieux, car sa voix lui écorchait les tympans et il n'arrivait pas à parler ou à penser correctement.

Il laissa ses yeux, secs et qui le brûlaient, s'attarder sur elle.

Outre la culotte moulante, elle portait des bottes noires au cuir éraflé – il n'en avait jamais vu d'aussi minuscules. Les revers crème étaient si crasseux que Beau Brummel en aurait pleuré. Elle arborait une redingote bleu nuit, sur un gilet à fines rayures bronze. Sa cravate était nouée de façon affreuse – sans doute un nœud de son invention – et un haut-de-forme noir trônait à côté d'elle. Elle avait ramassé ses cheveux sur le sommet de son crâne en un chignon maintenu par de nombreuses épingles qui accrochaient la lumière du dehors et jetaient alentour des éclairs qui blessaient les yeux.

— Café...

Pinçant les lèvres, elle extirpa d'une sacoche en cuir un pichet d'argile.

— Il vous faudra boire au pichet.

Godric lâcha l'anse du seau, tendit une main tremblante et se sentit déraper.

— Holà ! dit-elle, posant la main sur son torse, comme si son bras frêle pouvait l'empêcher de tomber.

Godric agrippa l'anse du seau pour se retenir mais, dans ce mouvement, il déséquilibra sa ravisseuse qui se retrouva à genoux dans l'espace exigu qui les séparait.

— Flûte ! pesta-t-elle, agitant la main qui tenait le pichet, ce qui fit voler des gouttes de café.

Elle braqua sur Godric un regard noir.

— Quel maladroit ! À cause de vous, j'ai renversé du café !

Il esquissa un sourire.

— Vous trouvez ça drôle ?

Portant le pichet à ses lèvres, elle avala bruyamment une gorgée de café.

— Hmm... délicieux, murmura-t-elle en s'essuyant la bouche d'un revers de main.

Sur quoi, elle rabattit d'un geste brusque le couvercle du pichet, qu'elle remit dans la sacoche. Sans quitter Godric des yeux, elle se hissa sur la banquette.

Il se focalisa sur les gargouillements de son estomac, audibles malgré le fracas des roues. Tout à coup, une idée se faufila dans son cerveau embrumé : des roues. Il en oublia complètement le café.

— Nous sommes dans une voiture, dit-il.

— Vous alors, rien ne vous échappe !

— Où allons-nous ?

— À Liverpool.

Il plissa le front. Il avait sans doute mal entendu.

— Pardon ?

— Je vous ai vendu à un cruel capitaine de navire marchand, déclara-t-elle avec un rictus bizarre. Le capitaine Blackclaw qui commande *Le Tourment*.

Elle s'interrompit, suçotant sa lèvre inférieure d'un rose tendre. Soudain, une sorte de grognement fusa de sa bouche.

— Oh, vous devriez voir votre tête, Visel !

Elle se tordait de rire.

Cette femme était aussi folle qu'on le racontait, songea Godric.

Eva se conduisait mal, elle en avait conscience, mais c'était plus fort qu'elle. Se moquer du séduisant, dédaigneux et maintenant furieux comte de Visel était trop amusant.

— Quand vous aurez fini de vous esclaffer, vous pourrez peut-être me dire où nous allons *réellement*.

Il parlait d'une voix qui n'avait rien à envier au blizzard, et braquait sur elle des yeux presque aussi clairs que ceux de son père, et qui reflétaient la déception qu'elle lisait parfois dans le regard paternel. L'espace d'un instant, elle sentit sa gorge se nouer, avant de se souvenir que c'était elle qui tenait cet homme en son pouvoir.

— Je vous le dirai quand vous aurez besoin de le savoir.

Il se rembrunit, ce dont elle se félicita.

— Pour l'instant, pensez seulement à bien vous tenir, ajouta-t-elle. M'énerver ne serait pas malin. En fait, vous auriez intérêt à me distraire, sinon vous vous retrouverez de nouveau ligoté sur le plancher. Avec un chiffon enfoncé dans la bouche, précisa-t-elle avec un petit sourire suffisant.

Il examina les marques rouges sur la peau bronzée de ses poignets. James avait failli avoir une attaque quand il avait desserré les liens et vu ces marques. Il avait insisté pour qu'on le détache, et ils s'étaient disputés.

— J'ai raison, Milady. Quand il se réveillera, on sera fichus. Si on ne nous pend pas pour ça, on…

— Oh, tais-toi donc !

Le défaitisme de James l'agaçait, sans doute parce qu'il avait des arguments pertinents.

— Tu n'as qu'à faire le trajet à côté du cocher, si tu as peur de sa réaction quand il reprendra conscience, lui avait-elle suggéré.

— J'en ai bien envie ! Qu'est-ce que vous ferez quand il se réveillera et s'apercevra que vous êtes seule, hein ? Dites-le-moi.

Elle avait sorti de la sacoche en cuir, empruntée à son frère Gabriel, un pistolet de duel appartenant à son père.

James avait poussé un rugissement qui aurait réveillé un mort, outre le pair du royaume ligoté sur le plancher.

— C'est l'un des pistolets du marquis, pas vrai ?

— Ce n'est certainement pas celui de la marquise.

James avait tambouriné du poing sur le toit de la voiture.

— Qu'est-ce que tu fabriques ?

— Je vais m'installer à côté du cocher.

— Pas question ! Je te l'interdis !

— Vous venez de me dire de sortir.

Bonté divine ! Elle détestait être prise en faute au beau milieu d'une dispute.

La voiture ralentit et s'arrêta, James ouvrit la portière.

— James ! Je t'ordonne de rester avec moi.

Il répondit par un grognement des plus grossiers.

— Tu seras congédié pour insubordination, le menaça-t-elle, agitant son pistolet.

James lui décocha un regard sceptique.

— J'espère qu'il n'est pas chargé, dit-il, montrant le pistolet, vu la façon dont vous le secouez.

— Je suis une championne de tir.

Il leva les yeux au ciel et sauta à terre.

— Qu'est-ce que je suis censée faire de lui quand il reprendra connaissance ?

— Donnez-lui un grand coup sur la tête – c'est bien ce que vous m'avez conseillé ?

Il referma brutalement la portière sans lui laisser le temps de répliquer.

— Tu es le pire homme de main que la terre ait jamais porté ! lui avait-elle crié.

Cette scène s'était déroulée plusieurs heures auparavant, un peu avant l'aube. Eva observa son prisonnier un instant, puis considéra les cottages qu'elle pouvait voir le long de la route. Ils retrouvaient la civilisation, il y avait probablement une auberge dans les parages. Il était temps de changer de chevaux.

Son otage se faisait sans doute la même réflexion, car il demanda :

— Où sommes-nous ?

— Ne vous occupez pas de ça, laissez-vous porter. Contentez-vous de vous conduire comme un gentleman pendant que nous changeons d'attelage. Si vous êtes sage, je vous ferai apporter votre petit déjeuner dans la voiture.

Les narines de Visel palpitèrent, il ressemblait soudain à un taureau prêt à charger.

— Je ne suis peut-être pas en état de vous étriper, mais je vais assez bien pour vous empoigner, grommela-t-il.

— Hmm...

Sans le quitter du regard, Eva se pencha pour fouiller dans la sacoche. Quand elle se redressa, elle pointait le pistolet sur lui.

— Sacré nom d'un...

— Tss tss, cher comte. On surveille son langage, quand on est avec une dame.

Les yeux de Visel s'étrécirent entre ses paupières rougies.

— Je me rappelle avoir dansé avec vous au bal des Pentwhistle, dit-il. Vous avez un langage de charretier.

Cette remarque, loin d'offenser Eva, lui fit plaisir – ce qui était sûrement l'effet recherché. Elle se souvenait de cette soirée ; elle avait manœuvré pour lui réserver la dernière danse, avant le souper, et il s'était montré taciturne et renfrogné.

— Moi aussi, monsieur, je me souviens de cette soirée. Vous n'étiez pas de très bonne compagnie.

Il souffla par le nez.

— Je crois que, ce soir-là, vous espériez souper avec Kittycat.

Il plissa les yeux et garda le silence.

Cela valait mieux, car le seul fait de penser à Kittycat mettait les nerfs d'Eva en pelote. Lucinda Kittridge – surnommée Kittycat – était la débutante la plus courtisée de la saison. Elle était parfaite, belle, riche et sophistiquée. Et elle regardait Eva comme si elle avait une larve devant elle.

Kittycat avait planté ses griffes dans Gabriel, avant qu'il soit obligé d'épouser Drusilla.

Eva dévisagea Visel.

— Je sais que vous faisiez semblant de poursuivre Kittycat de vos assiduités, pensant que cela embêterait Gabriel, poursuivit-elle.

Le comte haussa les sourcils.

— Vous pouvez sourciller, je sais que c'est vrai. Il était évident pour tout le monde que vous vous fichiez de Kittycat comme d'une guigne. D'ailleurs, même si cela n'avait pas été le cas, votre grand-père n'aurait jamais toléré pareil mariage. L'héritier du duc de Tyndale épouserait la fille d'un boucher ? ironisa-t-elle. Cela m'étonnerait fort !

Le silence têtu de Visel commençait à l'exaspérer, et elle s'obligea à desserrer ses doigts crispés sur la crosse du pistolet et à détourner le canon, au cas où le comte l'énerverait davantage et où son index presserait la détente sans avoir consulté son cerveau.

— Il est chargé ? demanda-t-il.

— Qu'en pensez-vous ?

— Je pense que vous êtes réellement aussi folle que tout le monde le dit.

Ces mots la laissèrent de marbre... ou presque.

— Et moi, je crois que vous êtes suicidaire, riposta-t-elle. On n'a pas idée d'asticoter une personne qui braque sur vous un pistolet chargé !

À cet instant, la voiture ralentit et tous deux aperçurent une enseigne de bois annonçant : *Le Cerf Couronné*.

Visel tourna vers Eva un regard incrédule.

— Nous sommes sur la grande route du Nord.

Eva ressentit un pincement d'inquiétude qu'elle s'empressa de dissiper. Elle n'aurait probablement pas dû lui retirer le bandeau qui l'aveuglait.

Bah, dans le fond peu importait qu'il sache où ils se trouvaient.

La voiture s'arrêta, et aussitôt le visage de James s'encadra dans la vitre. Quand il vit le pistolet dans les mains d'Eva, une expression effarée, franchement comique, se peignit sur ses traits.

— Ouvre la portière, James ! ordonna-t-elle.

Il hésita une seconde, puis avec réticence obéit. D'un geste imperceptible, Visel lâcha l'anse du seau.

— N'y songez pas, mon cher, gronda Eva en agitant son arme de bas en haut. Levez les mains.

James étouffa un gémissement.

— Lady Eva… pourquoi vous avez sorti ce pistolet ?

— Vous travaillez pour elle ? s'enquit Visel.

James allait répondre, mais Eva lui coupa la parole.

— Cela ne vous concerne pas, monsieur. James, va chercher de quoi manger, pendant qu'on change d'attelage.

— James, vous aidez votre maîtresse à enlever un pair du royaume. Renoncez-y maintenant, et je parlerai en votre faveur. Toutefois, si vous persistez…

— Fais ce que je te dis, James, intervint Eva d'une voix plus tranchante qu'elle ne le souhaitait, mais qui eut pour effet d'aiguillonner le jeune colosse.

La portière se referma, et Visel reporta son attention sur Eva qui le gratifia d'un sourire méprisant.

— La prochaine fois que vous tenterez de le racoler, attendez au moins que j'aie le dos tourné, espèce de... malotru.

Loin de le vexer, l'insulte parut l'amuser.

— Être pendue haut et court vous est peut-être indifférent, madame, mais exposer un fidèle serviteur à ce châtiment... ce n'est pas bien.

Eva ressentit cette fois un pincement de remords qu'elle s'empressa d'ignorer.

— Occupez-vous de vos oignons, Visel. Je prends soin de James, ne vous inquiétez pas pour lui.

Il s'appuya contre la banquette, enveloppant Eva d'un regard perturbant.

— Nous sommes donc sur la grande route du Nord. Laissez-moi deviner... Nous allons en Écosse ? Je vous ai enlevée et je vous emmène à Gretna Green.

— Vous êtes drôlement intelligent. Qui s'en serait douté, vu la stupidité dont vous avez fait preuve durant la saison ?

Il esquissa un sourire indulgent.

— Rassurez-vous, monsieur, nous n'allons pas à Gretna Green. Vous n'avez aucune envie de m'épouser, et j'en ai encore moins envie que vous.

— Permettez-moi d'en douter.

Eva lui décocha un regard noir.

— Je vous conseille de m'obéir et de vous tenir tranquille. Si vous êtes raisonnable, nous nous en sortirons tous sans chaînes aux pieds, maritales ou judiciaires.

— Et que ferez-vous si je ne me tiens pas bien ? Vous comptez vous arrêter sur la route, m'assommer et demander à ce grand dadais de creuser un trou pour m'enterrer ?

— Attention à ce que vous dites, milord. James est palefrenier, d'accord, mais il est aussi mon ami et je l'estime infiniment plus que vous. Au passage, vous devriez cesser de me donner d'aussi bonnes idées, quoique je vous obligerais à creuser vous-même votre tombe, avant de vous assommer.

À la surprise d'Eva, il éclata d'un grand rire sonore qui réveilla probablement son mal de crâne, car il grimaça.

— Si vous pouviez voir votre tête ! se moqua-t-il.

Elle fronça les sourcils.

— Eh bien quoi ? Qu'est-ce qu'elle a ?

Il se pencha brusquement vers elle, les yeux luisant entre ses paupières mi-closes, un pli sensuel au coin des lèvres.

— Rien, ma mignonne. Rien du tout.

Eva était sidérée, non par sa familiarité déplacée, mais par son regard brûlant qui faisait naître des frissons dans tout son corps.

Très vite, le sourire de Visel se mua en rictus, et toute trace de sensualité s'effaça de ses traits. Son regard énamouré n'était bien sûr que comédie. Il se jouait d'elle, pour le seul plaisir de voir s'il y parvenait.

Dieu qu'elle le détestait ! Lui et tous les hommes de son acabit, même si aucun d'entre eux n'avait jamais été aussi mauvais que lui. Pendant la saison, elle en avait rencontré beaucoup qui lui ressemblaient. Des arrogants, avec leur air supérieur et leur rictus perfide, des hommes convaincus qu'elle ne les entendait pas chuchoter dans son dos qu'elle était folle. Visel, lui, s'était toujours arrangé pour qu'elle entende ce qu'il disait d'elle.

— Eh bien ? reprit-il. Vous avez avalé votre langue ?

Au cours de la saison, elle avait souvent remarqué cette lueur qui flambait à présent dans ses pupilles - elle y brillait en principe quand il s'en prenait à Gabriel, et elle en avait conclu que Visel souffrait d'un genre d'hystérie masculine. Après tout, il avait fait la guerre pendant plus de dix ans. Ce n'était évidemment pas sans conséquences.

— Pourquoi avez-vous quitté l'armée ? Maintenant que vous êtes l'héritier du duc, enchaîna-t-elle sans attendre la réponse, je suppose que vous étiez obligé de rentrer en Angleterre. Vous auriez dû rester à la campagne. Vous détestez Londres –, les bals, les futilités. Vous méprisez la bonne société, et vous ne vous en cachez pas.

Il changea de position, ce qui le fit de nouveau grimacer.

— Je pourrais en dire autant vous concernant, milady. Dans les salles de bal, vous vous réfugiez dans un coin, vous faites tapisserie, ce qui vous vaut les critiques des dames de la bonne société. Vous ne fréquentez qu'une femme issue de la classe marchande qui feint de dédaigner le milieu dans lequel elle veut désespérément entrer. Alors, pourquoi vous comportez-vous de cette façon ?

— Je ne m'attendais pas à une question aussi idiote, même venant de vous. Je me comporte de cette façon parce que mon père m'y oblige. Il considère que le devoir et le destin d'une femme sont de se marier. Si j'étais un homme…

Elle se mordit les lèvres pour s'empêcher d'exprimer une pensée qu'il retournerait contre elle.

Il haussa un sourcil blond, que barrait une fine ligne blanchâtre. Un sourire cruel étira ses lèvres.

— Continuez… Si vous étiez un homme, vous… ?

— Taisez-vous, rétorqua-t-elle d'un ton las.

Il était agaçant et fatigant, elle ferait mieux de l'ignorer. Elle se détourna, scrutant par la vitre le ciel plombé. Il ne tarderait pas à pleuvoir.

— Je ne vous croyais pas lâche, fit-il remarquer.

Elle pivota et croisa son regard narquois.

— Ce qui signifie ?

— Vous le savez très bien.

Ils se toisèrent sans un mot. Dans ce silence, les bruits du dehors semblaient assourdissants. Eva avait l'impression que les yeux de Visel étaient d'un bleu plus glacial et dur qu'à l'ordinaire, ce qui était impossible. Un frisson la parcourut, qu'elle ne parvint pas à dissimuler. Les lèvres entrouvertes de Visel découvraient des dents blanches et légèrement irrégulières. L'une de ses incisives était ébréchée, mais ce défaut, s'il jurait avec la perfection de ses traits, ne le rendait pas moins séduisant. Au contraire, cela donnait un petit air dangereux à cette gueule d'ange.

— Je me demande ce qui se passera quand votre père nous rattrapera, dit-il pensivement.

— Cela n'arrivera pas.

— Ma chère enfant, si vous croyez qu'il laissera un homme enlever sa fille sans se lancer à sa poursuite, vous vous trompez lourdement.

Il affichait un sourire si suffisant qu'Eva en oublia toute prudence.

— Il pense que je suis avec ma sœur qui donne une fête à la campagne. Il n'aura pas tout de suite l'idée de vérifier où je suis, et d'ici là je serai rentrée.

— Dans ce cas, pourquoi aller jusqu'à la frontière ? Pourquoi ne pas me laisser ici pour rejoindre votre sœur ?

C'était tentant. Sauf que ce traître tenterait de s'échapper à la première occasion et que ce n'était pas encore le moment de le libérer. Elle voulait, si possible, offrir à Gabe et Drusilla deux semaines de répit. Ensuite ils seraient à la campagne, et Visel ne pourrait plus les ennuyer, du moins pas facilement.

— Je vois que mon idée vous plaît.

— Que vous vous taisiez me plairait beaucoup plus, rétorqua-t-elle d'un ton sec.

Il se mit à rire, amusé par sa rudesse, et ce rire sourd, profond, lui transperça le ventre. Elle crispa les mâchoires pour ne pas laisser son corps la détourner de son affaire. Les hommes comme Visel – sophistiqués, sûrs d'eux et sexuellement expérimentés – produisaient ce genre d'effet sur les femmes comme elle.

Les choses du sexe n'étaient plus un mystère pour Visel depuis belle lurette. Dans ce domaine, les jeunes filles de la bonne société, comme Eva, étaient plus ou moins traitées comme des champignons – cultivées dans l'obscurité à grand renfort de fumier – jusqu'à leur nuit de noces où elles étaient sacrifiées à leur mari. À l'inverse, Visel et ses semblables perdaient leur virginité dès leur plus jeune âge, souvent avec quelque infortunée domestique. Après quoi ils perfectionnaient leur savoir-faire avec les veuves et les courtisanes.

L'expérience, voilà ce qui faisait la différence entre cet homme et elle. Et il se servait de son expérience comme d'une arme qui lui donnait l'illusion d'être un homme accompli. Par chance, Eva avait une belle-mère prodigue de conseils pratiques. Mia s'était en effet efforcée d'éclairer ses trois belles-filles sur les relations charnelles entre les hommes et les femmes.

Non qu'Eva eût été complètement ignorante avant de bénéficier de ces informations. Elle avait souvent vu des animaux s'accoupler, elle n'ignorait rien de la dimension physique de l'acte. Sa belle-mère avait certes élargi ses connaissances, mais cela ne pouvait égaler l'expérience concrète. Or Eva n'en avait aucune, du moins pas avec un partenaire.

Elle avait plus d'une fois envisagé de se débarrasser de sa virginité, pour comprendre pourquoi on faisait toute une histoire de ces choses-là. La perte de son pucelage aurait pour avantage de la rendre invendable sur le marché du mariage, encore plus invendable que la réputation de folie qui s'accrochait à ses basques.

Si elle n'avait jamais couché avec un homme, c'était uniquement par peur des conséquences : un enfant, en l'occurrence. Devenir mère en dehors des liens du mariage serait un scandale, mais cela la libérerait de l'obligation de se marier. De plus, son père l'avait pourvue d'un capital largement suffisant pour élever un enfant sans difficulté, il serait même mieux loti que les bâtards du régent. Cependant elle ne lui offrirait pas ce que l'argent ne pouvait pas acheter : un avenir.

Mariée ou non, elle n'aurait jamais d'enfant.

— À quoi pensez-vous, milady ?

Elle sursauta, se rappelant brusquement qu'elle n'était pas seule.

— Et vous ?

— Je me disais que cette culotte moulante et cette redingote bien ajustée vous vont encore mieux qu'une robe de bal.

Il se pencha vers elle, et elle eut un mouvement de recul.

— Et aussi que j'aimerais bien voir vos fesses dans cette culotte moulante, ajouta-t-il en souriant.

Eva se sentit rougir. Oh, comme elle détestait son corps, ce traître. Visel ne mentait pas, elle le savait : elle était belle. C'était indéniable. Pourtant elle détestait depuis toujours l'image que lui renvoyaient les miroirs, sans parler des espoirs qu'on fondait sur son physique. Personne ne la croirait – peu importait, d'ailleurs – mais elle aurait voulu être une grosse fille ordinaire et pataude, comme l'une des aides-cuisinières, dans le château de son père. On l'appelait « Em », elle avait les cheveux et les yeux d'un brun boueux, elle riait à gorge déployée. Tout le monde aimait Em pour sa personnalité, et non parce qu'elle ressemblait à une insipide poupée de porcelaine.

Voilà ce qu'Eva aurait voulu être.

James était le seul homme au monde qui ne prêtait pas attention à son apparence, et ceci pour la bonne raison qu'il s'était toujours comporté comme il le ferait avec le benjamin de la famille : avec respect, mais sans cette admiration béate que lui témoignaient les autres garçons, du moins avant de savoir qui elle était. Après, ils la regardaient avec crainte et mépris.

Elle aimait et respectait James. Elle aurait tant voulu être comme lui. En fait, intérieurement, elle l'était : grande, solide et bien charpentée. Alors qu'en réalité, elle était petite, délicate et gracieuse. Le portrait craché de sa défunte mère, belle et folle à lier.

Penser à sa mère la fit grimacer, et elle jeta un coup d'œil chargé de rancune à Visel, qui lui remémorait la marquise d'Exley depuis longtemps disparue.

— Vous êtes ravissante même quand vous grimacez.

Il promena lentement son regard du bout des bottes d'Eva, le long de ses jambes et de son buste, jusqu'à son visage et sa tignasse.

— Vous pouvez cacher ce petit corps charmant sous des vêtements masculins, seul un aveugle vous prendrait pour un homme, ma mignonne.

Elle serra les dents sous cette avalanche de qualificatifs : « ravissante », « charmant », « mignonne ». Son cœur cognait dans sa poitrine, elle avait la sensation que sa peau était en feu.

Il le devina, car il se mit à rire.

Dieu qu'elle le haïssait !

— Vous m'avez demandé, monsieur le comte, à quoi je pensais ?

— Hmm ?

— Je pense que vous feriez bien de fermer votre clapet, sinon je vous bâillonne.

Il tapota la banquette à côté de lui.

— Vous aurez besoin pour ça de vos deux mains. Venez là, ma chère, je vous tiendrai votre pistolet.

Elle envisageait sérieusement de lui tirer dessus, quand James entrebâilla la portière, chargé d'un pichet d'argile et d'un gros paquet enveloppé d'un torchon.

— Sandwichs et bière, Milady.

— Donne-les au comte, ordonna-t-elle. Quand il aura la bouche pleine, il ne me cassera plus les oreilles.

Godric était affamé, il le constata dès la première bouchée de sandwich – qui n'avait pourtant rien d'exceptionnel : un bout de jambon et du fromage entre deux tranches de pain noir. La bière brune, mousseuse à souhait, se révéla un remède efficace contre le mal de tête.

Une heure après avoir quitté le relais de poste, il se sentait de nouveau presque humain. Avec tout ce que cela impliquait.

— Je dois satisfaire un besoin naturel, dit-il.

Les mots résonnèrent comme des coups de canon dans la voiture où régnait un silence absolu depuis qu'ils s'étaient remis en route. Sa geôlière pinça les lèvres et une rougeur charmante colora ses joues. Ce garçon manqué qui parlait cru n'était donc pas un cas totalement désespéré.

— Je ne voudrais pas que la situation devienne désagréable, insista-t-il comme elle le regardait fixement. Enfin, pas plus désagréable qu'elle ne l'est déjà.

Soupirant, elle toqua au plafond de sa main libre. Aussitôt, le panneau mobile, derrière la tête de Godric, coulissa.

— Lord Visel désire faire une halte.

— Ici, Milady ?

Godric reconnut la voix du jeune complice de lady Eva, qui semblait regretter amèrement de n'avoir pas dit non à sa maîtresse quand il en avait eu l'occasion.

— Le plus tôt sera le mieux.

— Euh… Ah ! Très bien, Milady.

Godric et lady Eva retombèrent dans le silence, sans cesser de se dévisager d'un air mauvais, tandis que la voiture ralentissait. Les postillons cherchaient sans doute un endroit où pouvait s'arrêter une berline attelée de quatre chevaux.

— Je présume que vous mijotez une évasion, monsieur le comte.

Elle était jeune, pas stupide. Et folle, certes, ce qui corsait sa façon de raisonner d'une certaine roublardise.

— Lady Eva… vous m'avez pris mon portefeuille et nous sommes au milieu de nulle part. Que pourrais-je faire, seul sur cette route déserte ?

— Vous êtes un débrouillard, je suis sûre que vous inventeriez quelque chose.

— Et moi, je suis sûr que votre arrestation sera un grand moment pour moi. Aussi, croyez-moi, je ne vous fausserai pas compagnie de sitôt, au risque de manquer le spectacle. Je ne tenterai pas de m'échapper, vous avez ma parole.

Elle suçotait sa lèvre inférieure, un tic qu'il commençait à connaître et qui indiquait d'intenses cogitations.

— Retirez vos bottes.

— Je… Pardon ? bafouilla-t-il, croyant avoir mal entendu.

— Déchaussé et au milieu de nulle part, vous ne risquerez pas de faire une bêtise.

Il regarda par la vitre les nuages qui s'amoncelaient dans le ciel.

— Il va pleuvoir.

— Dans ce cas, je vous conseille de ne pas lambiner.

— Je vous ai donné ma parole de gentleman.

— Je m'en fiche, je ne suis pas un gentleman.

La voiture s'arrêta et oscilla quand quelqu'un sauta à terre. James ouvrit la portière, toisa tour à tour Godric et la jeune femme. Son visage se crispa.

— Il vous a embêtée, Milady ?

— Non, j'attends qu'il ôte ses bottes.

Le garçon se répéta à mi-voix ce qu'elle venait de lui dire avant de demander :

— Enfin… pourquoi ?

— Bonté divine, James ! Pour qu'il ne s'enfuie pas ! Ne voyez-vous pas qu'il ne pense qu'à ça ?

Godric esquissa un sourire.

— En réalité, je ne pense qu'à une seule chose : j'ai besoin de pisser.

Eva sursauta comme s'il l'avait frappée.

— Enfin, Monsieur, lui reprocha James, rouge comme un coquelicot. Ce langage n'est pas…

— Si vous voulez vous soulager, vous feriez mieux de retirer vos bottes, déclara Eva en tirant sa montre d'un simple gousset de cuir. Je vous accorde une minute pour vous déchausser.

— Euh… Milady, bredouilla James.

— Tais-toi ! rétorqua la diablesse, les yeux rivés sur Godric.

Du bout du pied gauche, Godric tira sur le talon de sa botte droite, ahanant ostensiblement.

— Mes pieds ont gonflé, dit-il d'un ton accusateur. Sûrement parce que j'ai gardé mes bottes toute la nuit. Résultat, je n'arrive pas à les enlever.

— Aide-le, James, ordonna-t-elle.

Godric étendit ses jambes vers le jeune colosse et, quand celui-ci posa les mains sur les bottes, lui asséna un coup de pied dans l'estomac.

3

Visel – lui qui se mouvait comme un vieillard perclus de douleur – bondit soudain et, à la vitesse de l'éclair, frappa James et s'empara du pistolet.

Eva fut tellement surprise que son index se crispa sur la détente, et que le coup partit. La balle creva le plafond de la voiture. Visel se rua dehors. Eva se jeta sur lui, mais ses doigts glissèrent sur le satin de sa cape, et elle percuta si brutalement le montant de la portière qu'elle se mordit la langue jusqu'au sang et vit trente-six chandelles.

— Pas si vite, mon ami ! gronda Visel.

Eva cligna frénétiquement des yeux pour éclaircir sa vision. Visel, qui avait agrippé James, lui tordit le bras dans le dos pour l'obliger à se coucher sur le sol. Le jeune homme poussa un cri de douleur.

— Lai-ss-ez-le ! zozota Eva – elle avait la sensation que sa langue enflait.

Elle essayait de se tourner et ne réussit qu'à se coincer entre les sièges. Visel ne lui jeta même pas un regard.

— Vous deux ! lança-t-il aux postillons qui étaient descendus de cheval et, bouche bée, observaient la scène. Venez ici, et attachez-lui les mains. Il y a une corde dans la voiture.

Le plus grand des deux garçons – car ils n'étaient que des gamins – hésita, regardant tour à tour Visel, James et Eva.

— Ne bougez pas, leur ordonna-t-elle.

— Faites ce que je dis, articula Visel en pointant le pistolet sur eux.

Il parlait avec l'assurance hautaine d'un homme habitué à ce qu'on lui obéisse ; un officier, un pair du royaume, un mâle dominant.

Ce ton autoritaire la hérissa.

— Ne craignez rien, le pistolet est déchargé ! dit-elle aux deux garçons qui se dandinaient d'un pied sur l'autre.

Soudain, une inspiration lui vint, fruit de son imagination débridée.

— Je vous en prie... vous devez m'aider. Cet homme est un pirate... français, et je suis lady Eva de Courtney. Il m'a enlevée, il m'emmène chez son maître... Jean le Maudit, le roi des pirates.

Visel ricana.

— Voyez comment il est habillé, poursuivit-elle, les yeux rivés sur les postillons. C'est un acolyte du roi des pirates, un scélérat qui a servi Napoléon pendant des années.

Elle se tortillait pour essayer de se redresser et se cogna la tête contre le linteau de la portière, ce qui dérangea les épingles qui retenaient sa chevelure.

— S'il vous plaît, il faut m'aider, insista-t-elle.

Une épingle tomba sur le plancher et une lourde boucle noire dégringola sur l'épaule d'Eva.

Voilà, maintenant j'ai l'air d'une fille.

Pour faire bonne mesure, elle battit des cils.

— Je vous en prie...

Visel s'esclaffa.

— Si je ne tenais pas ce pistolet, j'applaudirais. Bravo, quel talent de comédienne !

L'un des postillons s'approchait, avec l'intention évidente d'atteindre le coffre, à l'arrière de la voiture.

— Hé, où tu vas comme ça ? aboya Visel.

— Pitié... ne le laissez pas me vendre aux pirates, gémit Eva.

Visel pivota vers elle. Il ne riait plus.

— Taisez-vous ou je vous bâillonne.

— Pas touche, espèce de brute !

La voix venait de derrière la voiture. C'était le plus petit des postillons, qui tenait un vieux pistolet dans ses mains tremblantes.

— Laissez-la tranquille, ajouta-t-il.

— Seigneur Dieu ! s'exclama Visel, interloqué. Tu ne crois tout de même pas à l'histoire à dormir debout qu'elle vous raconte ? Écoute-moi, jeune crétin, enchaîna-t-il d'un ton menaçant. Je suis Godric Fleming, l'héritier du duc de Tyndale. Tu trouves que je parle comme un satané Français ?

Le garçon sourcilla, frappé par la logique de l'argument.

— C'est justement pour cela que son maître l'a chargé de cette mission, intervint précipitamment Eva. Il est extrêmement doué pour changer sa voix, il peut prendre n'importe quel accent.

— Je sais transformer ma voix, en revanche je n'ai pas pris la peine de me déguiser en Anglais ? ironisa Visel, montrant sa cape particulièrement voyante.

Les deux postillons étaient perplexes. Il y eut un long silence.

— Posez ce pistolet et gardez les mains en évidence, que je les voie.

C'était l'autre postillon qui s'exprimait ainsi. Lui aussi tenait une arme, qu'il devait avoir sur lui, car il ne s'était pas écarté des chevaux.

Eva fit un clin d'œil moqueur à Visel et se tourna vers son sauveur.

— Oh, merci ! roucoula-t-elle de sa voix la plus haut perchée et la plus féminine.

Se tortillant, elle réussit enfin à dégager ses jambes et à s'extirper de la voiture. Elle dévisagea Visel, qui grimaçait de rage, et tendit la main.

— Donnez-moi ce pistolet, capitaine... Desjean. Ce n'est pas aujourd'hui que vous accomplirez votre ignoble mission.

Les narines de Visel palpitaient, et Eva faillit pouffer de rire. Elle agita les doigts.

— Allons, donnez-le-moi. Ne m'obligez pas à recourir à la violence.

— Faites ce qu'elle dit, Desjean, ordonna un des postillons. Lâchez cette arme, tout de suite. On n'a pas battu les Français pour leur permettre de venir chez nous voler nos femmes.

— Exactement, répliqua-t-elle, s'efforçant de garder son sérieux – malmener l'un des héros de guerre les plus décorés d'Angleterre était réjouissant. Nos maris et nos fils ont combattu pour nous protéger de vos semblables.

Visel secoua lentement la tête et, la fixant, fit tourner le pistolet dans sa main, avec l'aisance d'un homme habitué à manier des armes, pour lui présenter la crosse.

— Merci, susurra-t-elle.

Il esquissa un sourire qui n'augurait rien de bon pour elle, s'il réussissait à se libérer.

Elle regarda James, toujours couché par terre, sous la botte de Visel.

— James ?

Le palefrenier, qu'elle connaissait depuis toujours, la contemplait comme s'il ne l'avait jamais vue.

— Qu'est-ce que tu as, James ?

Il s'ébroua, comme s'il émergeait du brouillard. Eva sentit que, dès qu'ils seraient en tête à tête, elle aurait droit à de nouvelles remontrances.

— Dépêche-toi, James. Attache lor… euh… le capitaine Desjean.

Elle n'aurait su dire lequel des deux hommes paraissait le plus écœuré : le comte ou le palefrenier.

Bah, peu importait.

— Quand tu l'auras ligoté, installe-le dans la voiture. Je vais parler à nos sauveurs.

James s'exécuta, tandis que les postillons pointaient leur arme sur Visel.

Eva s'approcha d'eux, à pas lents et en ondulant des hanches. Elle imitait Kittycat, si belle, élégante et désirable. S'humectant les lèvres, elle jeta une œillade coquine aux deux garçons éblouis.

— Je ne sais comment vous remercier, dit-elle d'une voix caressante qu'elle-même ne reconnut pas.

Le comte l'observait avec un rictus goguenard. Elle gratifia les postillons d'un sourire enjôleur, bombant la poitrine comme le faisait Kittycat, avant de se rappeler qu'elle portait une redingote qui gâchait l'effet.

— Il m'a habillée en homme pour me cacher, expliqua-t-elle, battant des cils de plus belle et joignant les mains dans l'espoir de paraître inoffensive. Mon père, dès que nous lui aurons livré ce scélérat, vous récompensera pour votre courage.

Les deux postillons échangèrent un regard perplexe.

— Votre père, Milady ?

— Oui, nous nous rendons chez lui. Il a un manoir à la campagne, dans le…

Elle s'interrompit – pourquoi Visel l'aurait-il enlevée pour la reconduire chez son père ?

— Alors comme ça, je vous ramène chez votre papa ? intervint Visel, moqueur.

— Hé, vous ! l'apostropha le plus petit des postillons, agitant son pistolet de façon inquiétante. On vous a pas sonné !

— C'est ça, renchérit Eva. Vous ouvrirez votre bec quand on vous le dira. Merci encore, cher monsieur, susurra-t-elle au postillon. Quel est votre nom ?

— Jemmy, Milady.

Il fit la courbette et voulut retirer son couvre-chef, oubliant qu'il tenait un pistolet, lequel heurta bruyamment son front.

Garder son sérieux n'était décidément pas facile.

— Je crois pas qu'on puisse faire ça, Milady, déclara soudain l'autre postillon, visiblement beaucoup plus futé que son collègue et qui étudiait Visel d'un air calculateur. C'est peut-être un espion français, mais notre patron nous recommande toujours de pas nous laisser embringuer dans des manigances.

Ses yeux vifs allaient de Visel à Eva.

— Et là, je flaire une combine. On va vous conduire en ville, le juge de paix réglera tout ça. Vous aurez qu'à attendre à l'auberge.

— Bravo ! s'exclama Visel. Brillante idée !

Eva lui décocha un regard assassin et fit les gros yeux à James, qui s'empressa de pousser le comte dans la voiture.

— Ollie, on peut pas le laisser quelque part et ramener la dame chez son père ? suggéra Jemmy.

— Non, c'est au juge de paix de régler tout ça, répéta le dénommé Ollie. Cette histoire pourrait bien nous coûter notre emploi.

Eva vit que l'argument faisait mouche. Elle tenait quasiment Jemmy sous son charme, et voilà que son compère sabotait son travail.

Ollie la dévisageait maintenant d'un air soupçonneux.

— Comment ça se fait que votre domestique vous ait pas tirée de ce mauvais pas ? demanda-t-il, montrant James.

Celui-ci lança à Eva un regard éloquent : « Je vous avais prévenue. »

Heureusement, elle était capable de broder.

— Le capitaine Desjean détient également ma sœur cadette. Il a promis de se venger sur elle si nous ne lui obéissions pas.

Un grand rire retentit dans la voiture. Eva grinça des dents.

Ollie secoua lentement la tête.

— On vous emmène chez le juge de paix, décréta-t-il en s'approchant de la voiture. Tous les trois. Toi, tu montes dans la voiture avec eux, ordonna-t-il à James, pointant son pistolet sur lui.

Comme Eva ouvrait la bouche pour protester, il lui coupa la parole.

— S'il vous plaît, Milady. Je voudrais pas vous ligoter tous les deux, comme le Français. Je sens que quelque chose cloche. Mais si vous dites la vérité, le juge veillera à ce qu'on vous conduise chez votre père.

Ollie faisait preuve, face à des aristocrates, d'une force d'âme qui impressionna Eva, même si cela ne l'arrangeait vraiment pas.

— Très bien, dit-elle. Je suis sûre que le juge de paix saura découvrir la vérité.

Après quoi, elle serait dans les ennuis jusqu'au cou.

Godric se poussa afin que ses mains liées ne soient pas coincées contre le dossier de la banquette.

— Je ne vois pas pourquoi vous souriez, siffla Eva d'un ton méprisant.

— J'étais en train d'imaginer la fable que vous raconterez au juge de paix, sir Bertram Woodville, quand nous atteindrons Doncaster. Woodville et moi étions bons camarades, à Eton.

— Tant mieux pour vous.

— Son frère cadet était dans mon régiment.

James laissa échapper un gémissement. Lady Eva lui asséna un méchant coup de coude dans les côtes.

— Qu'est-ce que tu as encore, James ?

— Ce n'était pas bien, Milady.

— Quoi donc ?

— Ridiculiser un héros de guerre.

Elle ouvrit la bouche, sans doute pour vitupérer, mais le garçon la devança.

— On me mettra les fers aux pieds, marmonna-t-il, dodelinant de la tête. On fera venir le marquis. Enlever un héros de guerre, c'est sûrement un crime.

Lady Eva serrait les dents, Godric – qu'elle fixait de ses magnifiques yeux bleu lavande – voyait tourner les rouages de son cerveau.

— C'est votre faute, accusa-t-elle.

— Ha ! Comment ça ?

— Vous m'avez forcée à vous enlever parce que vous refusez de laisser Gabriel tranquille. Pourquoi haïssez-vous mon frère ? Qu'est-ce qu'il vous a fait ?

Godric sentit ses traits se crisper.

— Ce sont des affaires d'hommes, qui ne concernent pas les petites filles.

— Détrompez-vous ! Gabriel est mon frère, et je l'aime. Grâce à vous, il est marié avec ma meilleure amie, que j'aime aussi. Je pourrais me réjouir de ce mariage, mais vous ne souhaitiez pas leur bonheur lorsque vous les avez contraints à se marier. N'est-ce pas ? Vous saviez que Gabriel s'intéressait à Kittycat, vous vouliez vous venger de lui et le faire souffrir.

La diablesse était perspicace. Godric haussa négligemment les épaules, en espérant que son visage ne trahissait pas son humiliation.

— Je crois que vous n'avez même pas conscience de ce que vous faites, ni des raisons pour lesquelles vous agissez ainsi, enchaîna-t-elle. À mon avis, vous subissez les séquelles de la guerre, vous souffrez d'une forme de folie : l'hystérie masculine.

— *Milady !* s'exclama James d'un ton sec.

Elle tressaillit et rougit – Godric le remarqua malgré la fureur qui lui brouillait la vue.

— Il faut dire que vous êtes calée en folie, pas vrai ? riposta-t-il.

Lady Eva pinça les lèvres, et son compagnon fronça les sourcils, dardant sur Godric un regard réprobateur.

— Ce n'est pas bien, milord, dit-il.

Godric pouvait supporter la colère de la jeune femme, mais la déception qu'il lisait dans les yeux de ce garçon lui fit honte. Ce qu'il venait de dire était inutilement cruel et indigne d'un gentleman.

— Excusez-moi, marmonna-t-il. Votre domestique a raison, je n'aurais pas dû vous parler de cette manière.

Elle pointa le menton – deux taches rouges coloraient ses joues.

— Ce que vous dites m'est complètement indifférent.

Elle mentait. Néanmoins il s'abstint de tout commentaire.

— Maintenant vous ne pouvez plus faire de mal à mon frère, conclut-elle en lui décochant un regard réfrigérant. C'est tout ce qui compte pour moi.

Godric changea de position sur la banquette. Il avait les bras et les épaules en feu, ce qui ajoutait au remords de sa muflerie et aggravait son irritation. Se sentir en faute face à cette gamine était franchement énervant, et il se cramponnait à son exaspération, conscient d'accroître encore la quantité de torts dont il était d'ores et déjà coupable.

— Permettez-moi de vous contredire, ma chère. Je suis victime d'un kidnapping, et c'est tout ce qui comptera quand nous serons à Doncaster et que je parlerai à sir Bertram Woodville.

— Nous sommes deux contre vous, James et moi. Pourquoi vous croirait-il ?

Un petit sourire rusé éclaira un instant ses traits et elle ajouta :

— Que se passera-t-il si James et moi lui affirmons que vous projetiez de m'emmener jusqu'à la frontière, que vous m'avez enlevée pour m'épouser contre mon gré ? Hein ? Je vous signale au passage que nous avons loué cette berline sous *votre* nom.

Godric regarda James qui baissa le nez.

— Vous obligeriez votre domestique à mentir à un juge de paix ?

Le colosse tourna son attention vers sa maîtresse qui pâlit. Elle paraissait… si jeune soudain. Ce qu'elle était, bien sûr. *Elle a dix ans de moins que moi, au bas mot*.

Voilà qu'il se conduisait de nouveau comme une brute.

— Je vous fais une proposition, lady Eva. Si vous me détachez et me présentez des excuses, je raconterai une tout autre histoire à mon ami Bertie.

Une histoire qui se terminerait cependant de la même façon.

Dans les pupilles de James brilla une timide lueur d'espoir, qui s'éteignit quand il dévisagea sa maîtresse.

— Hors de question, rétorqua-t-elle d'une voix étrangement menaçante, tel le sifflement d'un serpent venimeux. Et je ne m'excuserai jamais de vous avoir enlevé. Je regrette simplement de ne pas vous avoir assommé et jeté dans un fossé, ou vendu à une bande de pirates pour que vous passiez le reste de votre existence enchaîné à un banc de galère sur un navire barbaresque !

— Milady…, souffla James.

Godric se mit à rire, amusé par la fougue qui faisait étinceler les yeux splendides d'Eva de Courtney et rougissait ses joues sculptées dans l'albâtre. Elle était indubitablement l'une des plus belles femmes d'Angleterre. Elle épouserait un homme incapable d'aimer une créature aussi passionnée. Quel dommage…

Il se tourna vers le domestique.

— Nous pourrions conclure un marché, James.

Lourde erreur… Le visage du garçon se ferma, et Godric eut l'impression de voir une herse de château fort tomber sur ses traits.

— Qu'est-ce que vous voulez faire ? demanda-t-il à sa maîtresse.

Le regard de celle-ci, sombre et orageux, s'éclaira. Elle fouilla dans sa sacoche en cuir et en sortit une cravate crasseuse.

— J'ai une idée.

Eva avait hâte de se débarrasser de Visel, cette vipère sournoise.

— Nous allons le bâillonner avec ça et sauter de la voiture. Quand ils ouvriront la portière, à Doncaster, ils ne trouveront que lui.

Les yeux de James s'arrondirent.

— C'est *ça*, votre idée ?

— Eh bien quoi ? rétorqua-t-elle, vexée.

— Sauter d'une voiture en marche n'est pas si facile, Milady. On peut se blesser, se casser quelque chose et ne plus pouvoir marcher. Et que se passera-t-il ensuite, hein ?

À l'évidence, elle allait devoir provoquer son ami ou lui faire honte – deux méthodes qui, en principe, fonctionnaient.

— Quelle mauviette tu es, James ! Tu n'as donc aucun esprit d'aventure ? Tu te souviens du jour où je suis tombée d'un cheval au galop ? C'était infiniment plus dangereux. Et cette partie de chasse, il y a deux ans, quand...

— Je me rappelle surtout que vous avez frôlé la mort.

Eva grinça des dents, elle aurait dû choisir un autre exemple de son invincibilité.

— Et le jour où...

— Qu'est-ce qu'on fera une fois qu'on aura sauté ?

— Au besoin, nous demanderons à un paysan de nous conduire avec sa charrette au relais de poste le plus proche. Je suppose que tu as encore l'argent que je t'ai donné ?

— Je crois qu'une partie de cette somme m'appartient, signala Visel.

Eva lui lança un regard noir.

— James ? insista-t-elle.

— Oui, j'ai l'argent.

— Nous avons largement de quoi payer notre place dans la malle-poste, et même de louer une voiture pour nous deux.

James mâchait sa lèvre inférieure, il réfléchissait.

— C'est une très mauvaise idée, vous en êtes conscient, lui dit Visel.

— Mêlez-vous de vos affaires ! le rabroua vertement Eva. À Doncaster, vous serez libre d'aller retrouver votre ancien camarade de classe et de faire ce que vous faites le mieux.

Il eut un sourire goguenard qui hérissa Eva. Elle regrettait de ne pas l'avoir tué lorsqu'elle en avait eu l'occasion.

— C'est-à-dire, mademoiselle ?

— Boire, jouer, vous pavaner et fréquenter les prostituées, comme tous les bellâtres de votre espèce.

— Fichtre, vous me connaissez bien ! rétorqua-t-il en riant. On croirait que nous sommes déjà mari et femme.

Il se tourna vers James, et son sourire s'effaça.

— Vous savez comment cette histoire finira, mon garçon, même si vous n'osez pas le dire à votre maîtresse.

— Fermez-la ! ordonna Eva, furibonde.

— Si vous sautez de cette voiture et ramenez lady Eva chez son père, le marquis l'obligera à m'épouser, il n'aura pas d'autre choix. Nous le savons tous les trois.

Une pause, puis il reprit :

— À votre avis, comment réagira le marquis quand il apprendra que vous avez aidé sa fille à enlever un pair du royaume ?

— Ne l'écoute pas, James ! Il est complètement fou. Il ignore tout de moi, de nous, de ma famille et des réactions de mon père.

Elle saisit le poing de James, crispé sur sa cuisse.

— *S'il te plaît*, murmura-t-elle, comme il fixait sur elle un regard anxieux. S'il te plaît.

James hocha la tête d'un air accablé. Pour ne pas lui laisser le temps de changer d'avis, elle se pencha vers lui, chuchotant à son oreille :

— Tu l'empoignes et tu le tiens fermement pendant que je le bâillonne. D'accord ?

Il hésita longuement – une éternité pour Eva – avant d'acquiescer.

Tous deux se tournèrent vers Visel. Il était impassible, raide comme un piquet.

— Inutile de me bâillonner, je ne crierai pas.

— Vous n'imaginez tout de même pas que je vais vous croire ?

— Bon, soupira Visel, s'adressant à James. Allez-y, je ne me débattrai pas, vous avez ma parole. Je resterai tranquillement assis pendant que votre maîtresse sautera dans le vide et se cassera une jambe, ou pire. Pour ma part, je serai content d'être débarrassé de vous deux. Je vous demande seulement de ne pas trop serrer le bâillon.

— Il est malin, James, c'est probablement une ruse. Bloque-lui les mains et tiens-le bien pendant que je le réduis au silence.

Visel ricana, cependant il ne bougea pas, même quand Eva se courba, les pieds largement écartés pour ne pas perdre l'équilibre, car la berline les bringuebalait.

Tandis qu'elle le bâillonnait, il la regardait fixement. Une lueur déplaisante brillait dans ses yeux. Heureusement, elle n'aurait bientôt plus à voir sa figure.

Le bâillon dûment attaché, elle regagna sa place sur la banquette. Elle était essoufflée, comme si elle venait d'exécuter une tâche pénible. Elle était surprise, voire un brin déçue, que Visel ne lui ait pas donné du fil à retordre. Elle n'avait certes aucune envie de le côtoyer plus longtemps que nécessaire. Toutefois, elle aurait adoré le ficeler comme un saucisson.

— Je vais vérifier que les liens de ses poignets ne lâcheront pas, Milady, lui dit James. Je sauterai le premier et je prendrai la sacoche. Vous devriez peut-être en sortir tout ce qui risque de se casser.

— Bonne idée, James.

Elle se pencha et ouvrit le lourd sac en cuir. Il lui fallut quelques minutes pour trier le bric-à-brac qu'elle renfermait : un pichet de café à moitié plein, un autre de bière - vide, celui-là -, des couverts, un exemplaire fatigué des *Voyages de Gulliver* - son roman préféré -, un bout de corde, des cartouches pour le pistolet qu'elle avait emprunté, et d'autres bricoles. Elle ne conserva qu'une carte du nord de l'Angleterre, deux mouchoirs propres quoique froissés, un petit couteau pliant et un paquet de berlingots - la friandise préférée de James.

— Et voilà ! s'exclama-t-elle en se redressant.

Elle tendit la sacoche à James qui paraissait encore plus anxieux qu'à l'accoutumée.

— Tout ira bien, le rassura-t-elle.

Visel l'observait d'un air moqueur.

— Je ne vois pas ce qui vous amuse, ronchonna-t-elle.

James passa la besace en bandoulière. Il était écarlate.

— Quelque chose ne va pas ? lui demanda Eva.

Les mâchoires crispées, il hésita puis secoua la tête et regarda par la vitre.

— Il bruine, Milady. Ça va être compliqué, vous êtes sûre que…

— Oui, allons-y.

Il ôta sa casquette qu'il fourra dans sa poche, prit une grande inspiration et ouvrit la portière, à la droite d'Eva.

— Faites attention à sauter aussi loin que possible des roues. Vous pliez les jambes, vous poussez sur vos pieds et…

— Bon Dieu, James ! Je sais sauter !

Seulement elle avait peur et commençait à transpirer, les yeux rivés sur le paysage qui défilait. La voiture roulait à une allure folle.

Elle déglutit.

— Finissons-en !

James se positionna dans l'ouverture de la portière et s'élança. Eva agrippa la portière pour qu'elle ne claque pas, ce qui effraierait les chevaux. Elle jeta un dernier coup d'œil à Visel, avec un sourire réjoui.

— Je vous souhaite un agréable voyage, milord !

Lui tournant le dos, elle s'apprêta à prendre son élan. Elle entendit alors un bruit étouffé derrière elle, puis deux jambes enserrèrent ses hanches.

Avec un cri perçant, elle se débattit comme une forcenée, martelant de ses poings l'étau de muscles qui l'emprisonnait.

— Lâchez-moi, espèce de brute, vous me faites mal. Lâchez-moi ! glapit-elle.

— Certainement pas, ma mignonne.

Avec un bâillon sur la bouche, on n'avait pas une élocution aussi nette.

Que se passait-il ?

Les jambes d'acier la tiraient impitoyablement en arrière, l'écartant de la portière. Puis deux mains puissantes la saisirent, deux bras prirent la place des cuisses. Elle ne pouvait plus bouger.

— Arrêtez de gigoter, vous allez vous blesser. Vous ne voulez pas que je vous ligote, n'est-ce pas ?

— Lâchez-moi !

Visel éclata de son grand rire sonore, qu'elle sentit vibrer dans tout son dos.

— Non.

— Vous me lâchez, on oublie tout ça et vous pouvez retourner dans votre caverne, lui proposa-t-elle.

— On ne parle pas de cette façon à son futur mari.

Un frisson de peur… et d'autre chose… la parcourut.

— S'il vous plaît, dit-elle en s'efforçant de garder son calme. James est là-bas dehors, il doit se demander ce qui se passe.

— J'en serais surpris.

— Si je ne le rejoins pas, il viendra me chercher. Il sait où nous allons, et il a assez d'argent pour se rendre à Doncaster.

— Vous vous trompez, très chère.

Elle se débattit encore, essayant vainement de desserrer l'anneau de ses bras.

— Comment ça ? Bien sûr qu'il…

Il approcha son visage du sien, elle sentit son souffle chaud sur sa tempe.

— James ne vous attend pas. D'après vous, ma belle, qui m'a détaché les mains pour que je puisse vous attraper ?

4

— Je vous déteste !

— Vous l'avez déjà dit. Plusieurs fois.

Lady Eva était assise en face de lui, blême de rage.

— Quand il vous retrouvera, mon père vous tuera.

— Cela aussi, vous l'avez déjà dit.

— Il vous criblera de balles et vous embrochera avec son épée.

— Votre cher papa ne fait pas les choses à moitié, ironisa-t-il.

Les beaux yeux de la jeune femme étincelaient de mépris.

— Personne en Angleterre ne manie aussi bien que lui le pistolet ou l'épée. Il vous réglera votre compte en un tournemain.

— Je n'en doute pas. Quoique... S'il me tue, je ne pourrai pas le débarrasser de vous.

Elle pointa son petit menton.

— Je ne vous épouserai pas. *Jamais*.

— Allons, milady. Vous pensiez que cela se terminerait autrement ? Vous avez passé les dernières vingt-quatre heures plus ou moins seule avec moi dans cette voiture. Si je ne vous épousais pas, votre père me brûlerait la cervelle.

Il grimaça, dardant sur elle un regard haineux.

— À cause de vous, nous sommes tous les deux piégés, conclut-il. Ficelés comme deux dindes de Noël.

Il vit que ses paroles déchiraient l'épais voile de fureur qui enveloppait la jeune femme. Car il énonçait une vérité : en organisant cette stupide expédition, elle les avait bel et bien enchaînés l'un à l'autre.

L'accablement le submergea. L'avenir qu'il entrevoyait était, à cause d'elle, désespérant. Peut-être souffrait-il des séquelles de la guerre, comme elle le prétendait, mais désormais il aurait une folle pour lui tenir compagnie – et même si elle ne l'était pas, elle se comportait comme telle.

Sans doute devina-t-elle ses pensées, car elle déclara :

— Votre grand-père ne vous permettra pas de vous marier avec moi.

— Je suis adulte, ma chère, rétorqua-t-il d'une voix chargée d'un mépris glacial, à geler les pierres. Le duc ne dirige pas ma vie.

— Vous êtes néanmoins son héritier, et si vous m'épousez, alors…

Pour une fois, la diablesse n'alla pas au bout de sa pensée.

— Je suis certes son héritier, seulement j'ai une tripotée de cousins au deuxième et au troisième degré susceptibles d'hériter du duché. Réjouissez-vous, vous ne serez jamais enceinte de moi.

Une vive rougeur colora ses joues d'albâtre.

— Vous voulez dire que…

— Vous ne serez pas tenue d'accomplir le devoir conjugal et d'assurer ma descendance.

Il ne lui expliquerait pas la véritable raison pour laquelle il n'aurait pas d'enfant avec elle, ni avec aucune autre femme. Il n'y était pas obligé. Il y avait des cas de folie dans la famille de lady Eva, cela lui servirait de prétexte. Il lui laisserait entendre que cette tare était rédhibitoire. Était-ce méprisable ? Indigne ?

Assurément. S'il avait un cœur ou une conscience, il en aurait peut-être des remords.

Quoique le ravissant visage de la jeune femme fût généralement un livre ouvert, Godric ne put deviner ce qu'elle pensait. Elle-même ne le savait probablement pas. Malgré son comportement scandaleux, elle n'était qu'une gamine innocente.

— Quel âge avez-vous ? demanda-t-il.

— C'est une question impertinente.

— Dix-huit ans ? Bonté divine..., grimaça-t-il, comme elle ne répondait pas. Dix-sept ?

— Cela ne vous concerne pas, mais j'ai dix-neuf ans, corrigea-t-elle sèchement.

Il ne se donna pas la peine de rétorquer qu'au contraire, l'âge de sa future femme le regardait au premier chef. Elle mentait peut-être, cela ne le surprendrait pas.

Sa sœur Louisa aurait fêté cette année son dix-neuvième anniversaire, et on ne pouvait imaginer jeune fille plus différente de la fautrice de troubles qu'il avait devant lui. Blonde comme Godric, douce et gentille, Louisa était une colombe face au faucon qu'était Eva de Courtney. Ou une pie, voire un corbeau – des oiseaux intelligents, retors et incontrôlables.

— Je n'en reviens pas que James m'ait abandonnée entre vos griffes, marmonna-t-elle.

Godric garda les yeux rivés sur la vitre ruisselante de pluie.

— Il l'a fait pour votre bien.

— Comment le savez-vous ? Vous n'avez même pas parlé avec lui.

— Ce n'était pas nécessaire. Il a écouté ce que je disais et compris que j'avais raison – vous l'auriez aussi compris si vous y aviez réfléchi un instant. Ce garçon n'est pas idiot, même si vous le menez par le bout du nez. Il a vu qu'il fallait mettre un terme à cette absurdité.

Il s'interrompit puis, cédant à la tentation de l'asticoter, ajouta :

— De plus, si vous pensez qu'il était emballé par la perspective de crapahuter à travers la campagne en tenant par la main une jeune aristocrate qui...

— Je n'ai pas besoin qu'on me tienne par la main ! siffla-t-elle.

Elle avait du mal à contenir sa fureur. Voilà qui était intéressant : qu'on la traite de folle la laissait de marbre, mais elle ne supportait pas qu'on mette en doute sa capacité à se débrouiller seule. Cela indiquait un penchant regrettable et fort peu féminin pour l'indépendance. Pire, cela montrait que la demoiselle avait des idées très arrêtées, qu'elle était tenace et résolue à n'en faire qu'à sa tête.

Eh bien, ils avaient ça en commun. Leur mariage allait être une partie de plaisir.

— À quoi bon nous disputer, lady Eva ? Votre domestique est parti et vous êtes avec moi. Ce soir nous serons à Doncaster. Dès notre arrivée, j'enverrai chercher mon ami Bertram. Je vous enfermerai dans une chambre, je vous trouverai des vêtements convenables, et demain matin nous reprendrons la route en direction de la frontière.

— Vous devrez m'enchaîner pour m'emmener en Écosse ! cracha-t-elle.

— Cela m'est parfaitement égal, rétorqua-t-il posément – du diable s'il sortait de ses gonds.

Le dépit se peignit sur le visage de sa compagne de voyage.

— Pourquoi faites-vous ça ? gémit-elle.

Sa pulpeuse lèvre inférieure tremblait d'une façon qui donna à Godric quelques idées des plus inconvenantes.

— Si vous me laissez partir, personne n'en saura jamais rien. Votre vie poursuivra son cours – je vous ai vu avec Kittycat, elle vous plaît. Si vous me libérez, vous pourriez l'épouser.

Godric ne jugea pas utile de lui dire que jusqu'à son réveil, ce matin dans cette fichue berline, il n'avait aucune intention de se marier un jour.

— Cette conversation m'ennuie, milady. Si vous n'avez rien de plus intéressant à raconter, vous pourriez peut-être nous accorder un moment de paix et de silence.

Il gaspillait hélas sa salive.

— Je serai la pire épouse que la terre ait portée.

Il n'en doutait pas.

— Je m'enfuirai à la première occasion et je...

Soudain, comme mues par une volonté propre, les mains de Godric se refermèrent sur les bras minces de lady Eva. Il l'attira à lui, jusqu'à ce que leurs nez se frôlent presque.

— Vous allez d'abord calmer vos nerfs. À dix-neuf ans, vous n'êtes plus une enfant. Si vous pensez que je tolérerai pareil comportement – ces menaces, cette violence, ce langage de charretier et ce manque de respect –, vous vous fourrez le doigt dans l'œil. Conduisez-vous dès à présent comme une lady, ou je trouverai des méthodes ingénieuses et certainement pénibles pour vous encourager à bien vous tenir. Et au cas où vous auriez le mauvais goût de vous lamenter sur votre sort, je vous rappelle que c'est *vous* qui avez provoqué ce désastre en m'enlevant. Vos actes ne sont pas sans conséquences, sachez-le.

Elle en resta bouche bée, ses beaux yeux écarquillés. Son visage avait la forme d'un cœur auréolé d'une masse de boucles d'un noir bleuté. Godric eut brusquement une envie folle de mordre sa lèvre inférieure, rouge et charnue comme un fruit. Il aurait voulu l'asseoir sur ses genoux et promener ses mains avides sur son corps de tanagra. Dans cette culotte moulante, chaussée de ces bottes minuscules, elle était sacrément attirante. Il lui arracherait volontiers son costume pour l'empaler sur sa verge qui palpitait douloureusement...

Il tressaillit, horrifié par le tour que prenaient ses pensées. Qu'est-ce qui clochait chez lui ? Seigneur Dieu... Il n'était pas question de coucher avec cette harpie. Il n'avait vraiment pas besoin de cela, et elle non plus d'ailleurs.

Il la repoussa brutalement. Il coucherait avec elle le moment venu, afin que le mariage soit légal, et cela n'irait pas plus loin. Il ne plaisantait pas quand il disait qu'il ne l'engrosserait jamais.

Il reporta son attention sur le paysage qui défilait derrière la vitre et, pour faire le vide dans son esprit, se força à respirer profondément – une technique apprise durant ses longues années de guerre. Car en réalité, la guerre n'était qu'un interminable ennui, entrecoupé d'épisodes de chaos et d'implacable violence. Dans un tel environnement, s'il ne développait pas son endurance, un homme pouvait devenir fou.

La folie... Il lança un coup d'œil à Eva. Elle aussi regardait au-dehors, les mains nouées sur son ventre, les traits crispés.

Était-elle folle ? Et lui, était-il fou ? Il avait assurément souffert d'une forme de démence quand, dans un hôpital portugais, on l'avait informé de la catastrophe.

— Je suis navré, colonel, avait déclaré le soldat de la garde royale. J'ai d'assez mauvaises nouvelles.

« Elles l'étaient, en effet », songea amèrement Godric. Il n'y avait qu'un Anglais pour qualifier « d'assez mauvaises nouvelles » le fait de perdre la plupart des membres de sa famille.

Lui qui s'apitoyait sur son sort parce que sa blessure ne lui permettait pas de marcher plus de dix minutes, s'était subitement retrouvé seul au monde.

Oui, les nouvelles n'étaient effectivement pas bonnes.

Ce jour-là, il avait assimilé une leçon capitale : le pire était toujours certain.

*

* *

Le relais de poste *Aux Armes du Roi* était le plus animé qu'Eva eût jamais vu. Le long des haies qui bordaient la route, les postillons guettaient l'arrivée des voitures et des diligences. Il y avait une autre auberge en face, et les deux établissements se livraient manifestement une compétition féroce.

La pagaille régnait dans la cour, quand leur chaise de poste y pénétra et s'arrêta derrière une file de voitures.

— Nous attendrons ici, déclara Visel d'un ton autoritaire qui la fit grincer des dents. Au cas où vous inventeriez une histoire abracadabrante de pirates ou d'enlèvement et autres balivernes, sachez que vous vous en mordrez les doigts. C'est que, voyez-vous, ajouta-t-il avec son sourire goguenard, cette auberge se trouve sur la route de Cross Hall, mon domaine familial.

Elle fit la sourde oreille.

Deux minutes après, la portière s'ouvrit et un homme – l'aubergiste, à en juger par sa tenue – abaissa le marchepied.

— Vous voilà, Monsieur le comte ! s'exclama-t-il, jovial. Quel plaisir de vous revoir !

Il tiqua en voyant la chevelure teinte de Visel, mais naturellement ce flagorneur minaudant ne fit aucun commentaire.

— Merci pour votre chaleureux accueil, monsieur Johnson, répondit Visel, fixant sur Eva ses yeux clairs qui pétillaient d'amusement. La situation est assez délicate, je le crains.

M. Johnson dodelinait de la tête comme un pigeon amoureux.

— Je sais, Milord. Le jeune Ollie m'a tout expliqué.

— Vraiment ? murmura Visel, narquois.

Eva lui décocha un regard noir.

— Oui, il m'a dit que vous étiez investi d'une mission qui exigeait... euh... du doigté.

Le comte éclata de rire.

— Ce garçon est un sage, je m'en doutais. A-t-il parlé de sir Woodville ?

La figure du servile aubergiste vira au rouge brique.

— Eh bien, en fait... oui. Mais c'était avant que je vous voie en face de moi. Maintenant que je sais que c'est vous, je ne...

— Je vous en prie, qu'on aille chercher le juge. Précisez-lui qu'il s'agit d'une affaire importante. En attendant, je réserve vos deux plus belles chambres et un salon particulier. Dans l'immédiat, je crois préférable de passer par l'entrée de service.

M. Johnson continuait à opiner du bonnet.

— Bien sûr, Monsieur le comte, tout de suite.

Il se tourna vers Eva. En voyant l'expression de son visage, il eut un mouvement de recul et s'éloigna à toute allure.

— Vous l'avez effrayé, ma chère, commenta Visel d'un ton suave.

Il descendit le premier. Ne trouvant rien à redire, Eva l'imita. Il la prit fermement par le coude et l'entraîna vers l'entrée de service. L'aubergiste s'empressa de les conduire au premier étage.

— Voilà notre plus belle chambre, déclara le bonhomme.

— Ce sera la vôtre, dit Visel à Eva. Faites préparer le bain de Madame. Il lui faut une femme de chambre et...

— Je n'ai besoin de personne, et je n'ai aucune envie de...

— Voulez-vous nous excuser un instant, monsieur Johnson ?

Sans attendre la réponse, Visel la poussa dans la pièce et ferma la porte au nez de l'aubergiste stupéfait.

Elle tenta de se dégager, mais Visel ne la lâcha pas.

— Écoutez-moi bien.

Elle reconnut ce ton sec et impérieux : c'était celui de son père, à ceci près que Visel n'était pas son père et qu'elle n'était pas obligée de lui obéir.

— Lâchez mon bras, ordonna-t-elle avec toute la virulence dont elle était capable.

— Cessez de discutailler à tout propos, ou cela deviendra fatigant pour nous deux.

— Lâchez-moi !

Il la poussa, l'obligeant à reculer jusqu'à ce qu'elle soit plaquée contre le mur. Des épaules aux hanches, leurs corps s'appuyaient l'un sur l'autre. Il lui pinça le menton entre ses doigts durs et chauds pour la forcer à lever la tête vers lui. Elle nota l'étonnante couleur de ses iris – un camaïeu de bleu cerclé d'or pâle – et les fines rides qui étoilaient le coin de ses yeux. Deux profonds sillons encadraient sa bouche. Sur sa mâchoire anguleuse brillait, dans la lumière de l'applique murale au-dessus d'eux, un chaume blond de barbe naissante.

C'était le visage d'un homme, pas d'un garçon.

Sous ce regard pénétrant, Eva comprit que manipuler Visel ne serait pas facile, il ne ferait certainement pas ses quatre volontés.

— Si vous vous conduisez comme une enfant, je vous traiterai comme une enfant.

Elle sentit cette voix grave résonner dans son corps, pareille au grondement lointain et menaçant du tonnerre.

— Comment osez-vous me parler de cette manière ? Je ne suis pas votre femme et je n'ai pas l'intention de le devenir !

— Vous serez ce que je voudrai que vous soyez, ma chère, et quand je le voudrai. Vous m'avez enlevé, enchaîna-t-il d'un ton sec. Vous m'avez assommé et traîné sur les routes. Nous irons en Écosse, je vous le garantis. Je ne me bagarrerai pas constamment avec vous. Je ne le ferai pas devant témoin et je ne me laisserai pas ridiculiser. Je vous punirai en privé, je vous coucherai sur mes genoux et vous donnerai la fessée que mérite la gamine capricieuse, têtue et indisciplinée que vous êtes.

— Vous n'oseriez pas ! s'exclama-t-elle.

Elle vit un sourire retrousser le coin de ses lèvres, une fossette se creuser sur sa joue hâlée.

— Oh que si ! Avec grand plaisir.

Il regarda sa bouche, ses narines palpitèrent et, l'espace d'un instant angoissant, elle crut qu'il allait l'embrasser.

L'espace d'un instant terrible, elle désira qu'il le fasse.

Mais il s'écarta brusquement, se dirigea à grands pas vers la porte qu'il ouvrit et claqua en sortant.

*

* *

— Bon sang, Godric... c'est incroyable.

— Tu l'as déjà dit, Bertie. Une demi-douzaine de fois.

Godric choqua son verre avec celui de son vieil ami.

Celui-ci, plus petit et dodu, et qui avait perdu beaucoup de cheveux depuis leur dernière rencontre, secoua de nouveau la tête.

— Je n'ai jamais entendu une histoire pareille. Un petit bout de femme qui enlève un homme à la sortie d'un bal costumé ? Si tu racontes cela à son père, il ne sera pas en droit de t'obliger à l'épouser.

— Si cette histoire s'ébruite, je serai la risée de toute l'Angleterre. Godric Fleming, le héros de guerre, enlevé par une écolière. Pas question ! De plus, la gamine serait perdue de réputation.

— Ce n'est pas déjà le cas ? Entre nous, elle est...

Godric haussa les sourcils, ce qui fit frémir son interlocuteur.

— Attention à ce que tu dis, Bertie. Tu parles de ma future femme.

Bertram avala une grande lampée de vin.

— Oui… bien sûr, mon vieux, bredouilla-t-il.

Godric prit une inspiration pour se détendre.

— Comment vont Amélia et les enfants ?

— Elle resplendit, répondit son ami, revigoré. Quant aux enfants, nous en avons sept à présent.

— *Sept !* Tu ne la laisses donc jamais tranquille ?

— Quatre garçons et trois filles, déclara Bertie, tout rouge, en se rengorgeant de fierté. Ils sont tous magnifiques, ils ont le physique de leur mère.

— Cela mérite de porter un toast.

Ils trinquèrent donc aux rejetons de Bertram, gâtés par la nature.

Ils continuèrent à boire à la santé des uns et des autres, se relâchant de plus en plus à mesure que la soirée avançait. Godric avait commandé un dîner pour sa « fiancée », à lui servir dans sa chambre. Il ne l'avait pas revue depuis qu'il l'avait quittée tout à l'heure, furieux. Il avait eu la sagesse de verrouiller sa porte, cependant il n'aurait pas été surpris qu'elle saute par la fenêtre pour s'enfuir et se fracasse le crâne sur les pavés. Il avait donc demandé à Johnson de payer un employé pour monter la garde toute la nuit dans la cour. L'aubergiste l'avait regardé comme s'il craignait d'avoir affaire à un déséquilibré, mais Godric s'en fichait. Il ne pourchasserait pas la donzelle dans tout le pays, non merci.

Elle était vraiment fatigante.

« Et tu vas passer le reste de ta vie avec elle », ironisa sa perfide voix intérieure.

Sacré nom d'un chien !

Tandis que Bertie divaguait sur la chasse, Godric essayait de remettre de l'ordre dans son chaos mental.

Il ne l'avait pas dit clairement à Eva, mais il n'avait jamais envisagé de se remarier – cela avait d'ailleurs été une énorme pomme de discorde entre lui et son grand-père, le duc de Tyndale.

Dès la mort accidentelle de son oncle, le plus âgé des fils survivants du duc, ce dernier avait harcelé Godric avec un acharnement ahurissant. Il était même allé jusqu'à se rendre sur le continent pour le convaincre de rentrer au bercail. Devant son refus, son grand-père avait persuadé Wellington de lui parler.

Lorsque celui-ci l'avait convié – ou plutôt convoqué – à dîner, Godric avait tout de suite compris pourquoi on lui faisait cet honneur.

— Vous avez accompli votre devoir envers votre patrie pendant quinze longues années, comte de Visel.

Que le duc utilise son titre de courtoisie annonçait effectivement ce qui suivit.

— Il est temps à présent d'accomplir votre devoir envers votre famille.

Wellington était l'un des hommes les plus puissants du monde, et de surcroît il était le commandant suprême. Godric ne pouvait en aucun cas désobéir au Duc de Fer, même si celui-ci formulait une simple suggestion.

Il était donc rentré au bercail. Son grand-père avait voulu l'installer à la campagne, où se trouvait le domaine depuis toujours dévolu à l'héritier de la couronne ducale – un endroit cauchemardesque où il se serait ennuyé comme un rat mort.

Il ne l'avait pas écouté. « Je vivrai à Cross Hall », lui avait-il déclaré. Il ne lui avait pas dit – car c'était l'un de ses rares parents encore en vie – que c'était pour lui un besoin viscéral. La mort de ses parents, de ses deux frères, de leurs épouses et de leurs enfants, ainsi que de sa jeune sœur, n'était devenue réelle pour lui qu'au moment où il avait franchi le seuil de la demeure où il avait grandi. Il ne l'aurait jamais imaginée aussi déserte et silencieuse. Malgré tous les domestiques qui l'occupaient toujours, c'était un tombeau. Un tombeau vide, car on n'avait pas retrouvé les corps des membres de sa famille. Leur navire, attaqué par les pirates, avait sombré.

— Godric ?

Il sursauta et s'aperçut que Bertie l'observait.

— Excuse-moi, je suis fatigué, j'ai dû m'assoupir un instant.

— J'en ai bien l'impression.

Par chance, Bertie avait trop bon caractère pour se vexer à cause de la distraction de son ami.

— Je proposais de faire appel à Samuel Porter, notre tailleur local. Il est tard, mais je sais qu'il serait disposé à travailler toute la nuit pour équiper l'héritier d'un duc.

— Ce serait épatant. Je n'ai que ça à me mettre, maugréa Godric, montrant la redingote et la culotte en peau de daim qu'il portait sous sa ridicule cape de pirate. Et j'ai réussi à perdre ma bourse en chemin.

Il préférait ne pas avouer à son ami que sa future femme lui avait volé son argent pour le donner à son complice.

— Tu vas devoir payer pour moi, je le crains.

— Bien sûr, ne t'inquiète surtout pas, répondit Bertie avec un grand sourire. Je suppose que tu voudras nettoyer... ça, ajouta-t-il, regardant les cheveux teints de Godric.

Ce dernier grimaça.

— Qu'en penses-tu, Bertie ? Ça me va bien ?

— Cette nuance de noir ne te flatte pas, mon vieux. D'ailleurs, tu aurais tort de cacher tes boucles blondes à tes innombrables adoratrices.

Bertie s'interrompit, ses joues rebondies soudain écarlates.

— Enfin... puisque tu te mets la corde au cou, je présume que cette époque est terminée.

Godric songea à celle qui devait trépigner dans sa chambre : sa future épouse. Il haussa les épaules, pour couper court à d'éventuelles questions sur les femmes, adoratrices ou non.

Il sourit à son vieux camarade.

— Outre le tailleur, il faudrait aussi faire appel à une couturière.

5

L'aube n'était pas encore levée, pourtant Eva arpentait déjà la chambre. Elle s'exhortait au calme, puisque se fâcher contre un homme ne menait à rien. Les hommes, eux, avaient bien sûr le droit de se mettre en colère. Les femmes, en revanche, étaient censées sourire, baisser la tête et obéir.

Eh bien, si Visel comptait avoir une épouse soumise, il allait avoir une mauvaise surprise. Il n'était pas au bout de ses peines !

Qu'avait-il dit ? Qu'elle n'aurait pas à s'acquitter du devoir conjugal. Il la trouvait si repoussante qu'il n'envisageait même pas de coucher avec elle.

Tant mieux ! Elle était ravie qu'il n'ait pas envie de la toucher. Elle ne le voulait pas non plus, sinon pour l'assommer à grands coups de pelle.

À cet instant, elle entendit la porte s'ouvrir et pivota : c'était le comte. Immobile sur le seuil, il la détailla des pieds à la tête et de la tête aux pieds. À la lumière du jour, ses yeux paraissaient délavés.

— Vous n'êtes pas encore habillée ? Pourquoi ? articula-t-il, les lèvres pincées.

— Quelqu'un a pris mes vêtements.

— Et ça, qu'est-ce que c'est ? demanda-t-il, désignant les affaires que la femme de chambre avait disposées sur un fauteuil.

— Je vous pose la question ! riposta-t-elle.

— Vous avez là une robe et des dessous que je vous ai fait livrer. Je me suis donné beaucoup de mal pour vous les procurer.

— Je veux *mes* vêtements. Ceux que je portais hier.

Il entra dans la pièce, referma la porte et, s'y adossant, croisa les bras.

— Il nous faudra tôt ou tard parvenir à un accord, milady.

Eva croisa elle aussi les bras et, continuant à l'imiter, darda sur lui un regard froid et hautain – ce qui n'était pas facile quand on était affublée d'un peignoir prêté par la femme de chambre. Lui, en revanche, était tout pimpant avec son manteau et son chapeau manifestement neufs.

— Je refuse de me quereller avec vous jour après jour. Que puis-je faire pour vous habituer à l'idée que nous serons bientôt mari et femme ?

Les sourcils froncés, Eva scruta le plafond d'un air exagérément pensif.

— Eh bien… voyons… vous pourriez… *Me. Laisser. Partir.*

Crispant les poings, frémissante de colère, elle s'avança vers lui.

— Je peux très bien rester ici. J'enverrai un message à mon père pour qu'on vienne me chercher. James est en route pour Londres, et mes parents ne s'absenteront pas avant plusieurs jours. Il ne leur faudra pas longtemps pour arriver ici et…

— Non.

— Et pourquoi ? s'énerva-t-elle. Je me fiche éperdument de ma réputation, puisque, vous l'avez sans doute compris, je ne songe pas à me marier un jour. Vous ne me reverrez jamais, et vous pourrez reprendre gaiement le cours de votre vie.

Les traits figés dans un masque dur, il fit un pas vers elle et, d'un geste imparable, lui saisit les bras.

— Je vais le répéter une dernière fois : vous serez mon épouse. Vous n'avez pas d'égards pour votre réputation ou votre nom ? Peu m'importe, j'en ai pour les miens et pour les membres de ma famille, hélas fort peu nombreux. Je ne tiens pas à ce qu'on me considère comme un homme assez vil pour déshonorer une femme sans réparer. Si vous pensez que quelqu'un, en Angleterre, pourrait croire que vous m'avez enlevé, vous êtes complètement...

Il se mordit la langue, de justesse.

— Personne ne goberait une histoire pareille. Que les gens y croient ou non ne change rien au fait que vous avez passé deux nuits seule avec moi. C'est le nœud du problème : votre honneur a été mis à mal. Vous avez vu ce qu'a fait votre frère après avoir compromis Mlle Drusilla Clare. Eh bien, on attend la même chose de moi.

Elle ouvrait la bouche pour riposter, mais il pointa un index menaçant.

— Ne dites rien que vous risqueriez de regretter, ma chère.

Elle crispa si fort la mâchoire que ses dents grincèrent.

— Si vous ne vous décidez pas à vous habiller et à monter dans la voiture, je vous y emmènerai en peignoir, poursuivit-il. Si vous n'êtes pas résolue à prononcer le « oui » fatidique devant un pasteur, j'en trouverai un qui sera moins... hmm... pointilleux sur les détails.

Eva en eut un haut-le-cœur.

— Vous m'épouseriez contre ma volonté ?

— Je pensais avoir été clair sur ce point. Oui, bien sûr que je le ferai. Parce que, dans tous les cas de figure, vous finirez par m'épouser. Si je vous laissais rentrer chez vous, comme vous l'exigez, le marquis d'Exley ne me pardonnerait pas d'avoir laissé une jeune aristocrate célibataire voyager seule. Il m'écraserait comme un cancrelat et, après m'avoir bien puni, nous traînerait devant l'autel. Et si je m'avisais de renâcler, votre père me tuerait, purement et simplement, et tous les juges de ce pays applaudiraient.

Il s'interrompit un instant.

— Alors oui, poursuivit-il d'une voix sourde et menaçante, je vous forcerai à faire dès à présent ce qui s'impose, afin de nous épargner un tas d'ennuis.

Eva sentait venir la *crise* – cette chose qui s'agitait à la lisière de sa conscience comme une chienne tirant sur sa laisse. Son père et tous les autres considéraient son tempérament colérique comme un signe de déséquilibre mental. Tout le monde, sauf Mia.

— Tu n'es pas malade, Eva, tu as simplement un caractère de cochon, lui avait dit sa merveilleuse belle-mère des années auparavant, alors qu'elle venait d'avoir avec son père une de ces disputes homériques qui désolaient la maisonnée.

— Comment savez-vous que je ne suis pas f… folle ?

Elle avait du mal à prononcer ce mot. Son père lui avait parlé de la maladie de sa mère alors qu'elle avait quinze ans à peine. Elle ignorait pourquoi il avait attendu si longtemps, sans doute parce qu'il n'avait pas eu le courage de regarder la réalité en face. Mia, sa nouvelle épouse, avait plus de cran.

— J'ai moi aussi un caractère épouvantable, avait confessé Mia ce jour-là. La fièvre me prend, mes mains se mettent à trembler, mon cerveau tourne dans ma tête comme un animal qui cherche à s'échapper de sa cage.

— Oui ! C'est exactement ce que je ressens, et…

— Tu n'es pas folle, ma jolie petite fille. Tu es simplement en colère et tu ne sais pas quoi faire de cette fureur.

Mia avait haussé ses épaules graciles, comme si le problème qui tourmentait Eva depuis toujours n'était qu'une peccadille.

— Tu devras apprendre à la contrôler. C'est possible, j'en suis la preuve vivante. Du moins la plupart du temps... Quand tu sens que ça monte, respire profondément et fais le vide dans ton esprit. Ce n'est pas le moment de discuter ni d'argumenter, cela ne te mènerait à rien.

Le joli visage de Mia s'était durci.

— On ne glapit pas, on ne trépigne pas. Ce sont ces réactions qui incitent les hommes à nous voir comme des créatures trop émotives, et donc à nous traiter comme quantité négligeable. Cela ne signifie pas que tu ne dois pas éprouver des émotions. Je te conseille simplement de les garder pour toi. Ne laisse jamais la colère te guider, ou la colère te gouvernera.

Eva se répétait à présent ces paroles, tout en soutenant le regard de Visel. Elle remarqua qu'une veine enflait sur sa tempe et comprit qu'il avait lui aussi du mal à se maîtriser. Pourquoi ? Tout ce qu'il avait dit était vrai. Elle serait forcée de l'épouser, pour le bien de sa famille. Car si on apprenait ce qu'elle avait fait, tous les siens pâtiraient du scandale – surtout sa jeune sœur. Melissa, si douce et calme, qui n'aurait plus la moindre chance de se marier.

Elle devait épouser Visel.

D'autant que tu en as envie.

Cette pensée résonna dans sa tête comme un gong – ou le marteau d'un juge. Elle craignit un instant d'avoir dit ces mots à voix haute, mais non... Visel n'avait pas cillé.

Une terrible lassitude la submergea soudain.

— Je vais m'habiller, murmura-t-elle.

Il fronça les sourcils, visiblement désarçonné par cette capitulation. Elle rangea ce détail dans un coin de son esprit, cela pourrait servir plus tard.

— Vous n'êtes pas en train d'échafauder un plan d'évasion ? s'enquit-il.

— Non.

Elle ne mentait pas, et en fut la première étonnée.

— Vous avez ma parole d'honneur, déclara-t-elle, hautaine.

Il lui décocha une œillade pénétrante, implacable, puis hocha la tête.

— Je vous envoie une femme de chambre. Je vous attendrai dans le petit salon.

Dès qu'il fut sorti, Eva se laissa tomber dans un fauteuil.

Désirait-elle vraiment cet homme ? Il la fascinait, d'accord, mais lui inspirait surtout de la rage et de la haine à cause des avanies qu'il infligeait à Gabriel. Elle brûlait de se venger, certainement pas de se marier avec lui.

Cependant... si elle cherchait uniquement à le punir, pourquoi s'était-elle sentie blessée quand il avait dit qu'après leur mariage il n'userait pas de ses prérogatives de mari ? Il n'avait aucune envie de coucher avec elle. Pourquoi était-ce blessant ? Cela signifiait-il qu'elle désirait faire l'amour avec lui ?

Tu le sais bien.

Elle ne pouvait ignorer les réactions de son corps, la chaleur qui l'envahissait, sans être déplaisante, quand il la regardait fixement. Sans doute avait-il cet effet-là sur la plupart des femmes – après tout, il était séduisant, viril, et réputé pour sa bravoure. Ne pas trouver attirant un homme pareil eût été anormal.

Était-ce pour cette raison qu'elle avait eu l'idée de l'enlever ? Avait-elle réellement mis ce plan à exécution pour sa propre satisfaction ? Se mentait-elle en prétendant le faire pour Gabriel et Drusilla ? Dans ce cas, elle s'était condamnée à vivre un enfer : elle le désirait – du moins son corps le désirait – et il avait clairement dit qu'il ne la toucherait pas.

À cet instant, on frappa discrètement à la porte.

— Entrez ! dit-elle.

Une femme de chambre pénétra dans la chambre. Soupirant, Eva se leva. La journée commençait.

*
* *

Ils avaient changé de postillons. En fait, Godric avait grassement payé les deux jeunes hommes qui les accompagnaient la veille pour qu'ils disparaissent. Il avait en outre demandé à l'aubergiste de les séparer pour leur prochaine mission. Ils ne se priveraient pas de cancaner, mais la fugue « amoureuse » de Godric et Eva serait de l'histoire ancienne quand la nouvelle parviendrait aux oreilles du Tout-Londres.

Il observait sa fiancée, assise en face de lui. Enveloppée dans une cape grise assez quelconque, elle avait posé à côté d'elle sur le siège un joli chapeau bleu pervenche, assorti à sa robe. Godric savait que sa robe était bleue, car il l'avait personnellement choisie dans la modeste boutique de la couturière. Sur les conseils de cette dernière, il avait acheté trois robes dont on pouvait ajuster le corsage grâce à un ruban sous la poitrine. Il faudrait simplement les raccourcir, sa future femme étant particulièrement petite et menue.

La tête tournée vers la vitre, elle contemplait le paysage. Elle avait un profil de médaille, pur et grave. Elle était sacrément belle, avec ses cheveux de jais, ses yeux bleu lavande et son teint d'albâtre. Pour sa part, quand il se regardait dans un miroir, son extrême blondeur le contrariait. Cela lui donnait l'air mièvre d'un chérubin jouant de la harpe sur un nuage – une comparaison affligeante qu'il avait trop souvent entendue dans la bouche de ses maîtresses.

Lady Eva de Courtney ressemblait, elle, à un personnage de la mythologie grecque. Une nymphe indomptable, têtue comme une mule.

Et à moitié folle.

— Pourquoi me regardez-vous comme ça ? demanda-t-elle d'un ton acerbe.

— Vous serez bientôt ma femme, répondit-il en souriant. J'ai le droit de vous regarder. Et vous, vous n'en avez pas envie ?

— Non.

La menteuse rougit violemment, et Godric étouffa un rire, amusé par sa candeur. Malgré ses dix-neuf ans, elle se comportait comme une gamine et lui donnait l'impression d'être un vieillard. D'ailleurs, elle le considérait sans doute comme tel, puisqu'il avait presque dix-sept ans de plus qu'elle. Seigneur Dieu ! À dix-neuf ans, il portait déjà l'uniforme.

Il se remit à l'observer. Une fille aussi belle, intelligente et pleine de vie avait dû être gâtée pourrie par son père. On avait été trop indulgent avec elle, ce qui expliquait sûrement son comportement fort peu orthodoxe. Durant la saison, Godric avait quelquefois croisé le marquis et son épouse, qui ne l'appréciaient guère. C'était un euphémisme : en réalité, ils le détestaient. Il ne pouvait pas le leur reprocher. Il s'était très mal conduit l'année dernière et, pour couronner le tout, il avait provoqué en duel Gabriel Marlington, le fils aîné de la marquise. Si le duel n'avait pas eu lieu, c'était uniquement parce que Godric avait présenté publiquement des excuses au jeune homme.

À ce souvenir, une bouffée de chaleur lui monta à la figure. Si, sur le moment, ces excuses avaient été humiliantes, il avait fait ce que l'honneur exigeait. Il s'était incliné pour complaire à son grand-père. Le duc avait quatre-vingt-six ans, il ne lui restait plus beaucoup de temps à passer sur cette terre – une réalité qu'il avait brandie tel un gourdin pour pousser son petit-fils à faire amende honorable.

— Renonce à ce stupide duel, Godric. Tu as tort et tu le sais. Si tu meurs, qui prendra ma relève ? Tu manqueras à ton devoir envers moi, et surtout envers les centaines de personnes qui dépendent du duc de Tyndale.

Godric n'avait pas menti en disant à lady Eva qu'il n'était pas obligé d'engendrer un fils pour assurer la pérennité du duché. Il y avait effectivement plusieurs héritiers potentiels, mais son successeur immédiat – son cousin Charles – était bien trop jeune pour coiffer la couronne ducale.

Godric avait donc présenté des excuses à Marlington. Au White, devant la crème de la haute société.

— Je serai une duchesse épouvantable.

— Que... Pardon ? bredouilla-t-il, surpris.

— Je serai une duchesse épouvantable, répéta-t-elle.

— Qu'est-ce qui vous permet de l'affirmer ?

— Vous m'avez observée, cette saison, vous voyez ce que je veux dire.

Godric aurait pu répondre qu'il ne lui avait pas vraiment prêté attention, mais c'eût été mensonger et de plus, insultant. Il n'en était pas encore réduit – du moins l'espérait-il – à se montrer cruel envers les petites filles.

— Ne vous inquiétez pas, je ne compte pas donner de grandes réceptions, dit-il.

— Je n'aime pas vivre en ville.

Il haussa les épaules.

— Vous pourrez vivre où bon vous semble.

Le visage de la jeune femme s'éclaira.

— Vraiment ?

— Dans la limite du raisonnable. Pourquoi ? ajouta-t-il, soudain intrigué. Où souhaitez-vous vivre ?

— À la campagne. Dans un haras.

Surpris de nouveau, Godric laissa échapper un rire. Elle lui décocha un regard noir.

— En quoi est-ce si drôle ?

— C'est tout bonnement... inattendu. Vous aimez donc les chevaux.

— Ils valent mieux que la plupart des gens, rétorqua-t-elle.

Le ton de sa voix indiquait clairement dans quelle catégorie elle le rangeait.

— Un haras... Vous êtes experte en équidés ?

Elle émit un reniflement dédaigneux.

— Vous élèveriez quelle race de chevaux ?

— Des chevaux de course, répondit-elle, catégorique.

— Il faut s'y connaître en pur-sang... et en courses hippiques.

— Je suis une excellente cavalière, si j'étais un homme j'aurais pu être jockey.

Elle eut une hésitation avant de préciser :

— Et j'ai assisté à de nombreuses courses.

Elle était si sérieuse qu'il s'abstint charitablement d'ironiser.

— Je vous ferais mordre la poussière, ajouta-t-elle, hautaine.

La pique le fit rire.

— Vraiment ?

— Absolument.

— Vous oubliez un détail : j'ai été un officier de cavalerie pendant plus de dix ans.

— Cela ne compte pas.

Il haussa les sourcils.

— Vous pourriez avoir été officier de cavalerie pendant cent ans que je vous battrais encore.

— Il faudrait que je l'aie été pendant cent trente-six ans pour qu'une gamine comme vous me fasse mordre la poussière.

« Quelle riposte puérile ! » se tança-t-il. Elle ne parut toutefois pas le remarquer, un autre point retenant visiblement son attention.

— Vous avez *trente-six ans* ?

Godric se hérissa.

— Et alors ?

Elle se borna à secouer la tête, et se tourna de nouveau vers la vitre – ce qui froissa Godric plus douloureusement que ne l'eût fait un sarcasme.

— Nous sommes forcés de nous arrêter pour la nuit ? demanda Eva en soupirant.

— Vous êtes pressée d'arriver en Écosse et de vous mettre la corde au cou ? rétorqua-t-il avec une lippe suffisante.

— Plus vite nous serons mariés, plus vite nous pourrons nous séparer.

Il la dévisagea avec cette moue condescendante qui lui donnait envie de le gifler.

— Qu'est-ce que cela signifie, je vous prie ?

— Vous avez dit que je pourrai vivre où bon me semblait, lui rappela-t-elle.

— Je n'ai jamais dit ça.

— Bien sûr que si !

— Non.

— C'était il y a six heures à peine. Vous êtes vieux, mais tout de même pas sénile au point d'avoir déjà oublié ?

Sa voix grimpait dans l'aigu, elle en était consciente. Elle transpirait malgré le froid. Elle s'exhorta au calme, mais elle n'était pas d'humeur à écouter la voix de la raison.

Visel la gratifia d'un sourire patient, proprement horripilant.

— Nous nous arrêtons, parce que la lune n'éclaire pas suffisamment la route et qu'il n'est pas nécessaire de prendre des risques, expliqua-t-il.

Il examina longuement sa main, ses ongles, et Eva remarqua – ce n'était pas la première fois – qu'il avait de belles mains. Ni blanches ni douces et presque féminines, comme l'étaient souvent celles des hommes de la haute société. Elles étaient fortes et tannées, couvertes d'un duvet blond et sillonnées de veines bleutées. Elles donnaient envie de...

Elle cilla, sidérée par cette pensée incongrue et les sensations qu'éveillait en elle la simple vue de ces mains. Mon Dieu, quelle horreur ! Levant les yeux, elle s'aperçut que Visel l'observait d'un air interrogateur. Elle avait perdu le fil. De quoi parlaient-ils ? Ah oui...

— Revenons à nos moutons, marmonna-t-elle. Vous aviez dit que...

Elle n'acheva pas sa phrase. La voiture s'était arrêtée si brusquement qu'elle dérapait sur la route et qu'ils durent se cramponner à la banquette. Le comte regarda par la vitre. Il pleuvait des cordes depuis qu'ils avaient quitté le dernier relais de poste, en début d'après-midi. Il n'était que 18 heures, pourtant on se serait cru à la nuit tombée.

— Que se passe-t-il ? demanda-t-elle.

— Je vais voir. Vous, ne bougez pas.

Elle se dressa sur ses ergots.

— Ne me parlez pas comme si j'étais un chien !

— Dois-je vous attacher ?

Comme elle ouvrait la bouche, il pointa sur elle un index impérieux.

— Restez là.

Sans lui laisser le temps de riposter, il ouvrit la portière, sauta à terre et disparut.

— Espèce de crétin, maugréa-t-elle en collant son visage à la vitre froide.

Elle ne vit que la pluie, le ciel plombé et des arbres serrés les uns contre les autres.

Elle allait passer la tête par la fenêtre, quand la portière, de l'autre côté de la voiture, s'ouvrit. Elle pivota d'un bond.

— Je... je ne faisais rien, bafouilla-t-elle bêtement.

Il monta sans l'aide du marchepied et elle l'envia – sa petite taille était une calamité.

— Que se passe-t-il ? s'enquit-elle, tandis qu'il ôtait son chapeau mouillé et que la voiture redémarrait.

— Un arbre est tombé en travers de la route, nous devons faire demi-tour, répondit-il d'un ton sinistre.

Une bouffée d'espoir gonfla le cœur d'Eva. Elle s'efforça de dissimuler son excitation, mais Visel ne fut pas dupe.

— Nous ne retournons pas à Londres, très chère. Nous allons rebrousser chemin jusqu'au dernier embranchement et nous prendrons une autre route, jusqu'à Cocklesham. Il y a là-bas deux auberges, ce qui devrait suffire pour la nuit.

Il s'essuya la figure avec un mouchoir immaculé.

— Ne vous mettez pas d'idées folles en tête, ajouta-t-il.

— Vous tuer, par exemple ? Je n'ai plus de pistolet. M'enfuir ? Où irais-je sans un sou ? Et dans cette tenue ? siffla-t-elle, montrant l'horrible robe qu'il avait achetée - un accoutrement féminin et gnangnan, d'un bleu affreux. En rase campagne, sous la pluie et dans l'obscurité ?

— Oui, ces idées-là, sans oublier celles que vous n'avez pas mentionnées.

— J'ai promis de ne pas m'enfuir, je n'apprécie pas que vous doutiez de ma parole.

— S'il vous plaît, milady. Ne vous drapez pas dans votre vertu, vous la jetteriez volontiers aux orties si vous pensiez pouvoir me fausser compagnie.

— J'ai l'impression que vous êtes habitué à ce que les femmes souhaitent vous fausser compagnie.

Les lèvres de Visel s'étirèrent dans un sourire qui n'avait rien d'aimable mais qui alluma une étrange flamme dans la poitrine et le ventre d'Eva. Il se pencha vers elle, les avant-bras posés sur ses cuisses musclées.

— Je vous laisse imaginer, vous qui êtes inventive, ce que bon vous semble au sujet de mes relations féminines. Sachez seulement que si vous me ridiculisez – ou si vous essayez de le faire –, vous aurez droit à une fessée.

Elle eut un mouvement de recul.

— C'est la deuxième fois que vous menacez de me brutaliser. Je ne suis pas une enfant à qui on donne la fessée !

— Dans ce cas, cessez de vous conduire comme une gamine. Nous savons tous les deux ce que nous avons à faire – nous marier, en l'occurrence. Vos jérémiades continuelles ne servent qu'à nous gâcher davantage l'existence. Si vous cherchez quelqu'un à blâmer, contemplez-vous dans un miroir.

Ces mots cinglants la blessèrent, d'autant plus… qu'il n'avait pas tort.

— Pour qui vous prenez-vous ? rétorqua-t-elle, ne trouvant rien de mieux à dire.

— Pour l'homme avec qui vous allez passer le reste de votre vie, très chère, répondit-il avec un rire amer.

Elle se mura dans un silence boudeur, et Godric croisa les doigts – pourvu que la discussion soit close, qu'il puisse enfin boucler la donzelle dans une chambre d'auberge, lui faire monter son dîner et ensuite se saouler à la taverne.

Hélas, ce n'était pas fini.

— Je vous déteste.

Si un regard pouvait tuer, Godric ne serait déjà plus qu'un cadavre gisant sur le plancher de la voiture.

— Vous vous répétez, soupira-t-il d'un ton las.

— Où sont mes vêtements ? Je déteste cette robe.

— Il y en a deux autres dans le sac de voyage.

— Je les déteste aussi.

— Vous ne les avez même pas vues.

— Peu importe – vous avez des goûts déplorables.

— Vous devrez vous en accommoder jusqu'à ce que nous vous trouvions une couturière qui vous habillera à votre convenance.

— Vous avez jeté mes vêtements ? Ils m'appartiennent, je les ai payés.

— Eva..., grogna-t-il.

— Je ne vous ai pas autorisé à m'appeler par mon prénom !

— Eva, répéta-t-il, les dents serrées, vos habits sont dans mon sac et...

— Que voulez-vous en faire ? le coupa-t-elle, écarquillant des yeux horrifiés.

— Les garder à l'abri. Vous pourrez revêtir cet accoutrement lorsque nous serons en sécurité dans mon domaine et que cela ne choquera personne.

— C'est vous qui n'arrêtez pas de choquer les gens, depuis votre retour en Angleterre.

Elle marquait un point. Mais comment lui avouer, sans passer pour un fou doublé d'un imbécile, qu'il regrettait son comportement ?

— Cessez d'ergoter, je ne changerai pas d'avis.

— Je veux récupérer mes vêtements et...

— Pour foutre le camp à la première occasion ?

Sa grossièreté la fit tressaillir. Il prit une inspiration, compta jusqu'à dix et reprit plus calmement :

— Votre père vous autorise-t-il à vous habiller en homme ?

— Oui.

— En public ?

Elle cilla et ne répondit pas.

— C'est bien ce que je pensais.

— Je n'ai rien dit !

— Oh si, votre visage a parlé pour vous.

Elle se tut, les mâchoires crispées. Et maintenant, qu'allait-elle inventer ? se demanda-t-il, presque amusé. En réalité, il avait l'intention de lui rendre son accoutrement masculin dès qu'ils seraient à Cross Hall.

Pour être honnête, il l'avait imaginée nue, assise sur lui, seulement chaussée de ses bottes à la hussarde...

— Pourquoi ce sourire idiot ? lui lança-t-elle brusquement.

— J'ai un sourire idiot ? rétorqua-t-il, s'extirpant de ses pensées lubriques.

— Je vous déteste !

Il ouvrait la bouche pour riposter, mais il vit qu'elle paraissait fatiguée, malheureuse et même un peu effrayée. Et terriblement jeune. Il en eut une bouffée de remords. Il avait largement dépassé la trentaine, il était temps de se conduire en adulte.

Il se pencha et lui prit la main – elle sursauta, tenta de se dégager, en vain.

— Je n'aurais pas dû vous menacer d'une fessée. Je ne lèverai jamais la main sur vous, ni sur quiconque, d'ailleurs.

Durant sa carrière militaire, il ne supportait pas qu'on fouette les soldats et n'avait jamais infligé ce genre de châtiment à ses subordonnés. La violence lui répugnait, elle était indigne d'un honnête homme.

Eva déglutit et hocha sèchement la tête – sa main était toute molle dans la sienne.

— Vous comprenez certainement que ce mariage est inévitable, reprit-il.

Il s'interrompit et elle acquiesça de nouveau.

— Nous pouvons seulement décider de l'avenir de notre relation, poursuivit-il. Quand j'ai dit tout à l'heure que vous pourriez vivre où vous le désirez, je voulais dire que nous passerions la majeure partie du temps à la campagne. Vous resterez avec moi à Cross Hall jusqu'à ce que je devienne duc. Mon grand-père n'est pas éternel, et lorsque je lui succéderai, je devrai assumer les responsabilités qui vont avec le titre. Votre père est un membre important du gouvernement, par conséquent vous savez qu'un duc ne peut pas se cloîtrer à la campagne. Je serai obligé de séjourner à Londres pendant les sessions parlementaires. Comme je n'ai pas l'intention de donner des réceptions, je n'aurai pas besoin de vous.

Il s'interrompit un instant.

— À Cross Hall, je n'ai pour le moment qu'une modeste écurie, je n'ai pas eu le loisir, depuis mon retour, d'acquérir des pur-sang. Quand je le ferai, je vous consulterai puisque vous vous intéressez à l'élevage. Lady Lavinia Price, ma grand-tante maternelle, est réputée pour sa connaissance des chevaux. Elle a même eu un petit haras. Vous pourriez la rencontrer. C'est une vieille dame à présent, moins active qu'autrefois, mais elle a toujours une écurie assez remarquable.

Il étreignit doucement sa main.

— Qu'en dites-vous ? Serons-nous capables d'aller de l'avant sans nous bagarrer jour après jour ?

Elle le dévisagea d'un air circonspect.

— Si je promets de ne plus me disputer avec vous ni vous fausser compagnie… vous laisserez mon frère tranquille ?

Malgré lui, sa main se crispa sur celle de la jeune femme qui tressaillit. Il la lâcha aussitôt.

— Je vous ai fait mal ?

Elle secoua la tête, mais il lut dans ses yeux une profonde méfiance.

— Vous serez ma femme, votre famille sera la mienne.

Il prit une inspiration pour trouver la force d'ajouter :

— Votre frère n'aura plus rien à craindre de moi. Vous avez ma parole.

Elle réprima un soupir de soulagement.

— Très bien. Je m'efforcerai de ne plus vous chercher querelle alors.

Elle lui lança un regard oblique qui, chez une autre femme, aurait pu passer pour aguicheur.

— Mon père dit que je suis plus querelleuse que... hmm... la plupart des gens.

Il le croyait sans peine.

6

Il y avait effectivement deux auberges à Cocklesham, excessivement modestes et guère appropriées à la situation sociale de sa fiancée.

Godric choisit la plus convenable – la différence ne sautait pas aux yeux. Malheureusement, ce n'était pas le genre d'établissement où il pouvait laisser lady Eva sans surveillance dans une chambre, pour ensuite passer la soirée accoudé au comptoir de la taverne.

Il déclara s'appeler M. Fleming, voyageant avec son épouse, et fit comprendre à l'aubergiste – passablement débraillé – qu'il ne se laisserait pas impressionner, au cas où l'un des rustres qui rôdaient autour du bâtiment s'égarerait au deuxième étage où sa femme et lui occuperaient les deux seules chambres attenantes.

Il avait songé à engager, comme la veille, une fille du coin pour servir Eva, mais à l'évidence il ne trouverait personne qui fasse l'affaire dans cette auberge. Il dut donc se contenter de graisser la patte – pas très propre – de l'aubergiste en demandant qu'on apporte de l'eau chaude et qu'on dresse la table dans la plus grande des deux chambres, puisqu'il n'y avait pas de salon privé.

L'aubergiste parti, il referma la porte et voulut la verrouiller. La serrure était cassée. Celle de l'autre chambre ne fonctionnait pas non plus.

— Ce n'est pas ce que j'aurais souhaité, déclara-t-il en rejoignant Eva, immobile à l'endroit précis où il l'avait laissée. Je voulais vous accorder un peu d'intimité, mais je vais devoir laisser la porte de communication ouverte. Je la fermerai, bien sûr, pendant que vous ferez votre toilette. Cependant il serait imprudent de dormir ici sans...

— Je comprends.

Cette capitulation le surprit. En voyant des cernes bistre qui creusaient ses yeux, il comprit qu'elle était exténuée.

— Je ne suis pas sûre de pouvoir rester éveillée jusqu'au dîner, ajouta-t-elle d'une voix sourde.

Godric s'approcha du lit, l'ouvrit et grimaça. Les draps étaient tachés et humides. Il alla chercher dans sa chambre la couverture usée, mais propre, de son lit.

— Je vous suggère de vous allonger sur la courtepointe, et je vous couvrirai avec cette couverture qui est bien sèche.

Elle s'exécuta, aussi docile qu'une enfant recrue de fatigue.

— Maintenant vous n'avez plus de couverture, dit-elle en bâillant.

— Ne vous inquiétez pas pour ça. Reposez-vous, je serai à côté.

Elle était déjà assoupie.

Il ne faisait pas vraiment froid dans la pièce, mais l'humidité était désagréable. Il attisa le feu dans la cheminée, puis il passa dans sa chambre en laissant la porte de communication entrebâillée. Il se regarda dans le miroir accroché au-dessus de la commode et constellé de chiures de mouche. L'homme qui lui rendit son regard paraissait aussi fourbu qu'Eva mais plus vieux d'une quarantaine d'années. Il aurait pu sombrer dans le sommeil sitôt la tête sur l'oreiller – humide ou non. Mais il avait une lettre à écrire

– qu'il avait remise à plus tard la veille, quand il avait écrit au père d'Eva.

Lorsqu'un domestique apporta les seaux d'eau chaude, Godric lui demanda du papier et une plume, composant déjà mentalement, avec difficulté, la missive qu'il devrait envoyer au duc.

*

* *

Eva se réveilla en sursaut. La pièce était plongée dans la pénombre, et il lui fallut un moment pour se rappeler où elle était. Ah oui, l'auberge de Cocklesham. Visel lui avait donné sa couverture et elle s'était endormie aussitôt.

Une faible lumière filtrait par la porte que Visel avait laissée entrouverte. Il n'était pas encore couché. Émergeant peu à peu des brumes du sommeil, Eva se remémora ce qu'il avait dit dans la voiture : il ne voulait plus se disputer sans cesse avec elle, afin que leur mariage soit plus paisible.

Il avait semblé presque amical, allant jusqu'à déclarer qu'elle n'aurait pas à vivre à Londres. En réalité, il faisait simplement preuve de bon sens, puisqu'ils étaient effectivement forcés de se marier. « Quand mon père apprendra ce que j'ai fait… », songea-t-elle soudain. Ce qui ne manquerait pas de se produire, maintenant que James…

James.

Elle grimaça. Elle était furieuse contre lui, à tort car si la situation avait tourné au désastre, ce n'était pas la faute de James. Elle seule en était responsable. Elle avait cru acheter la sécurité de Gabriel, sans prendre conscience que le prix à payer serait exorbitant.

Mais Visel avait dit qu'elle pourrait vivre à la campagne, s'habiller comme elle le souhaitait et choisir ses propres chevaux, en s'appuyant sur les conseils de lady Lavinia Price. Avec un peu de chance, il n'exigerait pas qu'elle partage ses centres d'intérêt.

Elle ne passerait pas le reste de sa vie à hanter les réceptions mondaines, affublée d'une robe de bal. Rassérénée par cette idée, elle repoussa la couverture d'un coup de pied et s'assit. Sa robe était toute froissée – elle avait le don de chiffonner ses robes, raison pour laquelle elle préférait les pantalons.

— Ah, vous êtes réveillée.

Elle sursauta. Visel se tenait dans l'encadrement de la porte de communication. Il avait retiré son affreux manteau et paraissait tout pimpant dans des vêtements qu'il avait portés toute la journée. Elle, en revanche, était dépenaillée. Comment se débrouillait-elle pour tacher ou déchirer toujours ses habits ?

Il entra dans la chambre.

— Avez-vous faim ?

Elle hocha la tête. Il la gratifia d'un vrai sourire – et non de ce rictus sarcastique auquel elle avait eu droit pendant toute la saison.

— Vous avez perdu votre langue ?

Elle se sentit rougir.

— Non, je ne suis pas tout à fait réveillée. Hier matin à votre réveil, vous n'étiez pas non plus spécialement guilleret.

— Vous oubliez que j'avais une bosse grosse comme un œuf de poule, rétorqua-t-il en tâtant avec précaution l'arrière de son crâne.

Elle émit un vague grognement.

— Venez, dit-il en tendant la main sur laquelle elle s'était secrètement extasiée. J'ai commandé du pain, du jambon et du fromage.

Elle considéra cette main tendue avec une méfiance qui le fit tiquer. Puis elle la saisit, et Visel l'aida à se lever. Elle vit alors qu'il lui avait ôté ses souliers et, lui jetant un bref regard, s'aperçut qu'il l'observait.

Il l'observait sans cesse.

— J'ai pensé que vous dormiriez plus confortablement sans chaussures. Je vous retire votre cape, si vous n'avez pas froid ?

Elle n'avait même pas remarqué qu'elle portait encore sa cape.

— Je devais être vraiment fatiguée, dit-elle en essayant de dénouer le cordonnet qui fermait son col et qu'elle avait naturellement réussi à entortiller.

— Laissez-moi faire.

Ses doigts étaient chauds, quand il écarta ses mains et entreprit de défaire le nœud.

— Eh bien, vous l'avez sacrément serré, grommela-t-il.

Elle en profita pour étudier son visage. La lueur des chandelles adoucissait ses traits et dorait sa peau. Concentré sur sa tâche, il entrouvrait ses lèvres – plus charnues quand elles ne s'étiraient pas dans son habituel sourire goguenard.

Il leva soudain la tête, ses doigts s'immobilisèrent. Ils se fixèrent. C'était si troublant qu'elle en eut le vertige.

Elle vit ses pupilles se dilater, ses narines palpiter, et entendit sa respiration s'accélérer. Elle chancela, attirée vers lui comme par un aimant.

Il tressaillit et, lui prenant les bras, la retint puis l'écarta doucement de lui.

Ils avaient tous les deux du mal à respirer, et Eva scruta le visage de son compagnon, y cherchant l'explication de ce qui venait de se produire.

Elle lut dans son regard une émotion qu'elle ne sut interpréter. Il recula.

— Finissez de défaire ce nœud, grommela-t-il. La table est dressée dans ma chambre, je… j'ai oublié quelque chose. Je reviens.

Il sortit à grands pas de la pièce et referma la porte derrière lui.

Eva resta clouée au sol, assourdie par les battements de son cœur. Elle avait la sensation que tout son corps était tendu vers... quelque chose d'inconvenant.

Que s'était-il passé ?

Que diable s'était-il passé ?

Godric foudroya du regard la porte qu'il venait de refermer, comme si elle était responsable de son érection.

« Bravo, colonel Fleming », ironisa sa voix intérieure.

Toi, boucle-la !

Il pressa sa main sur le gourdin qui déformait sa braguette et ravala un gémissement de douleur et de plaisir mêlés.

Retourne dans cette chambre, et prends-la. Pourquoi pas ? Vous serez mariés demain – à moins que la chance ne te fasse défaut et que les arbres qui bordent la route vers l'Écosse ne tombent tous pour te barrer le passage.

Il se mit à arpenter le couloir mal éclairé, ruminant de sombres pensées pour éteindre son désir.

Pourquoi le combattre ? Quelques heures de plus ou de moins... quelle importance ?

Il s'arrêta et s'appuya contre le mur pour réfléchir. Quelques jours auparavant, il était prêt à enlever une femme mariée pour ruiner sa réputation. Et maintenant il rechignait, par noblesse d'âme, à coucher avec une femme avec qui il était condamné à passer le reste de son existence. Qu'il la possède avant qu'elle ait la bague au doigt ou après... serait-ce si grave ?

Vas-y, mon vieux ! Il y a longtemps que tu n'as pas couché avec une femme – des semaines ! Ça te calmera et t'éclaircira les idées.

Il aurait dû descendre à la taverne et continuer à boire. Même si les quatre verres de whisky qu'il avait vidés en suant sur cette maudite lettre étaient sans doute largement responsables de son état lamentable et le rendaient incapable de contrôler ses pensées envahissantes.

Tête basse, il étudia ses pieds. Ses bottes étaient en piteux état, remarqua-t-il distraitement. Il avait donné un mois de congé à son valet – qui le servait depuis près de vingt ans et répondait au nom malencontreux de Darling. Il l'avait expédié dans sa famille pour ne pas voir la réprobation sur son visage pendant qu'il se préparait à enlever et à humilier la femme d'un autre. Il imaginait sans peine la tête que ferait Darling s'il apprenait qu'une gamine à peine sortie de l'école l'avait enlevé, lui.

Il ravala un grognement. Quel pitoyable imbroglio !

Tu retrouves un peu tes esprits, mon vieux. C'est effectivement un imbroglio, et c'est elle qui a tout embrouillé. Tu pourrais au moins en tirer un peu de satisfaction.

« Non ! rétorqua-t-il à son double concupiscent qui menaçait de prendre le contrôle. Nous serons bientôt mari et femme, et je préfère qu'elle ne perde pas sa virginité dans les draps sales d'une auberge miteuse. »

Tu deviens romantique, à présent ?

Il se décolla du mur, il avait passé assez de temps à ronger son frein dans ce couloir. Il se dirigea vers la porte de sa chambre et l'ouvrit d'un geste brusque.

Eva, qui était assise à la petite table, faillit laisser échapper le morceau de fromage qu'elle s'apprêtait à manger.

L'érection de Godric reprit de la vigueur à la vue des lèvres roses et gourmandes de la jeune femme. Son double concupiscent ricana dans sa tête.

Elle reposa le fromage dans son assiette quand il s'installa face à elle.

— Excusez-moi, j'aurais dû vous attendre avant de...

— Vous avez bien fait, l'interrompit-il en s'efforçant de ne plus penser à sa verge et d'affronter le ravissant visage de son interlocutrice qui l'observait d'un air interrogateur et innocent. J'avais un mot à dire à l'aubergiste, mentit-il.

Il saisit la bouteille qu'il avait commandée, renifla le vin – pas aussi infect qu'il le pensait, mais tout de même pas très bon.

— En voulez-vous ? proposa-t-il.

Elle hésita puis, opinant, poussa son verre vers lui.

— Je serai bientôt mariée, donc assez vieille pour boire un peu de vin, ironisa-t-elle.

Il lui remplit son verre à moitié.

— Merci, lord Visel.

— Appelez-moi plutôt par mon prénom. Godric, précisa-t-il, comme elle haussait un sourcil perplexe.

— Godric...

Entendre ces deux syllabes dans cette belle bouche pulpeuse n'arrangea pas la situation du côté de son entrejambe.

Serrant les dents, il se contraignit à disposer, sur une épaisse tranche de pain, du jambon et un morceau de fromage blanc et friable. Se concentrer sur la nourriture l'aiderait à s'ôter ses pensées salaces de la tête.

— Je crois n'avoir jamais rencontré un Godric.

— Nous ne sommes pas très nombreux, Dieu merci.

Il mordit dans sa tartine et grimaça : le pain était rassis.

Elle se remit à grignoter, délicate et gracieuse comme une chatte.

— Vous n'aimez pas votre prénom ? demanda-t-elle.

Il mastiqua le pain dur, avala une lampée de vin pour faire descendre le tout.

— Non.

— Hmm... Je trouve qu'il vous va bien.

Que répondre à cela ?

— À votre avis, nous devrons rester longtemps ici ? poursuivit-elle, avant de boire une gorgée qui tacha de rouge ses lèvres pulpeuses.

Seigneur Dieu...

— Godric ?

Il tressaillit, se forçant à détacher son regard de cette bouche rouge.

— Hmm ?

— Je vous ai demandé combien de temps, selon vous, nous resterons ici ?

— Sans doute jusqu'à demain matin.

Elle se tourna vers la fenêtre obscure et encadrée d'affreuses tentures vertes.

— Il pleut toujours, fit-elle remarquer.

Il mastiqua une autre bouchée.

— Nous pourrions rebrousser chemin jusqu'à la grand-route, suggéra-t-elle.

Il y avait pensé, lui aussi. Il reposa le pain rassis et mangea le jambon.

— Si vous craignez qu'on ne me voie, je promets de rester cachée.

Il but de nouveau une gorgée de vin, son attention rivée sur Eva. Il avait emprunté une route secondaire précisément pour que personne ne la remarque.

— Attendons de voir quel temps il fera demain matin, dit-il gentiment, pour ne pas briser, par un refus abrupt, la paix fragile qui s'était installée entre eux.

— Vous avez dit que votre domaine familial se trouvait dans cette région ?

Il s'obligea une fois de plus à détourner les yeux de la bouche de sa compagne. C'était bien la première fois que le spectacle d'une femme en train de manger l'excitait.

Il se rendit soudain compte qu'elle attendait une réponse.

— Pardon... vous disiez ?

Elle fronça les sourcils.

— Votre domaine familial se trouve bien dans cette région ?

— Nous avons dépassé la route qui y mène en sortant de Doncaster. Cross Hall n'est pas très loin d'ici, au sud-ouest.

Comme chaque fois qu'il pensait à sa demeure familiale, à présent vide, Il eut un pincement au cœur.

Eva finit les dernières gouttes de son vin, prit une fraise bien mûre dans un bol, la croqua puis lécha consciencieusement ses doigts barbouillés de jus.

Sacré nom d'un chien ! Il avait connu quelques-unes des courtisanes les plus habiles d'Europe, mais aucune n'arrivait à la cheville de cette gamine. Le pire était qu'elle ne cherchait pas à l'émoustiller – elle n'avait rien d'une coquette et sûrement aucune envie de le séduire, lui qu'elle méprisait ouvertement.

Elle croqua une autre fraise et il ne put que la contempler, sa verge palpitant de dépit sous la table.

Elle remarqua sa mine et, Dieu merci, l'interpréta de travers.

— Désolée, murmura-t-elle – et ses joues rosirent d'une façon qui aurait poussé un portraitiste à se damner pour la peindre. Gabe dit toujours que j'ai des manières de table dignes d'une sauvage.

Le nom honni le fit sourciller, ce qui n'échappa pas à Eva qui fronça sa bouche tachée de jus de fraise.

— Vous n'allez pas faire cette tête chaque fois que je prononce le nom de mon frère, n'est-ce pas ?

— Je ne sais pas. Quelle tête fais-je ?

Elle pinça les lèvres, crispa les mâchoires et ferma à demi les yeux. Il ne put s'empêcher de rire.

— Vous êtes une excellente comédienne.

Elle fourra encore une fraise dans sa bouche en le regardant fixement.

Il soupira.

— D'accord. Je ne ferai pas cette tête chaque fois que vous mentionnerez votre frère… Gabriel, articula-t-il, avec l'impression de mâcher des cendres. Et je témoignerai du respect à son épouse, Drusilla, qui sera bientôt ma belle-sœur.

Il repoussa son assiette et s'essuya les mains. Eva lui tendit son verre vide.

— Cela ne me paraît guère raisonnable, objecta-t-il.

L'expression butée qu'il commençait à bien connaître se peignit sur son visage.

— Très bien, dit-il en la servant. Ne faites pas cette tête...

Elle pouffa de rire.

— Quelle tête ?

— Ah non, je n'ai pas votre talent de mime. J'ai émis une objection seulement parce que je vois que vous n'avez pas l'habitude de boire.

Elle avala une grande gorgée et reposa son verre.

— Je n'ai pas l'habitude de boire du vin, mais j'ai souvent goûté aux alcools forts, fanfaronna-t-elle.

Godric réprima un sourire.

— Lesquels ?

— Brandy, whisky irlandais..., énuméra-t-elle, comptant sur ses doigts.

— Qui diable servirait de l'alcool à une jeune fille ?

— Je me suis servie toute seule, rétorqua-t-elle avec un air désarmant. Je peux l'avouer, puisque désormais mon père ne pourra plus me punir : les tavernes de notre coin du Devon me sont familières.

Elle reprit son verre, avala bruyamment une goulée de vin.

— Comme ça vous allez boire dans les tavernes de votre coin du Devon.

Elle hocha la tête.

— Pourquoi ?

— Pour la boxe.

— La *boxe* ?

Se rengorgeant devant son air interloqué, elle but une nouvelle fois. À ce train-là, elle roulerait bientôt sous la table. Puis elle s'essuya la bouche d'un revers de main, ravie de se conduire aussi mal. Sans doute croyait-elle qu'un tel comportement faisait d'elle une femme audacieuse, désinvolte et sophistiquée. En réalité, cela la faisait paraître terriblement jeune.

Et tellement adorable...

Chassant précipitamment cette pensée indésirable, il enchaîna :

— Laissez-moi deviner... C'est mon futur beau-frère qui vous emmène dans ces lieux mal famés ?

— Oui, Gabe n'est pas borné comme mon père, mon grand-père, ou mon oncle Cian, ou... les hommes en général, et vous en particulier.

— Si vous considérez que ne pas emmener une femme assister à un combat de boxe est le propre d'un esprit obtus, alors vous avez raison : je suis excessivement borné. Ce n'est pas un spectacle convenable pour une dame, et encore moins pour une jeune fille impressionnable.

Elle grogna – plus exactement, elle montra les crocs.

— Je ne suis pas une gamine, monsieur. Et je ne suis pas plus impressionnable que n'importe quel homme de mon âge. En quoi assister à un combat de boxe serait-il inconvenant ?

— Parce que c'est une activité purement masculine. Que je sache, ce n'est pas une matière que les filles apprennent à l'école, outre la broderie et l'aquarelle, dit-il avec ce sourire goguenard qu'elle ne supportait pas.

De fait, les yeux de lady Eva jetaient des éclairs. « Arrête de l'asticoter », s'ordonna-t-il.

— Plaisanterie à part, les lieux où se déroulent ces combats ne sont pas sûrs pour les jeunes femmes comme vous – ni même d'ailleurs pour les garçons sans expérience, conclut-il.

— Vous parlez sérieusement ? Vous qui avez fait la guerre sur le continent ? Je sais que de nombreuses femmes – même des aristocrates – suivent les armées en campagne. Je présume qu'un champ de bataille est nettement plus dangereux qu'une auberge de campagne pendant un combat de boxe.

Une image fulgura dans l'esprit de Godric – Lucia, ses mains souillées du sang de leur enfant. Il s'empressa de l'effacer, comme chaque fois.

— Cette comparaison est déplacée, répliqua-t-il d'un ton sec. La guerre n'est pas un jeu. Quant aux jeunes filles candides, elles n'ont rien à faire dans les tavernes. Savez-vous quel genre d'hommes fréquentent ces établissements ?

Il espérait qu'elle ignorait comment se comportaient certains individus qu'il avait croisés quand lui-même assistait à ces combats tapageurs dans des auberges de campagne.

— Je ne suis pas une candide jeune fille qu'il faut couver et protéger !

— Ah oui ? rétorqua-t-il avec un rire gras. Et qu'est-ce que vous êtes, s'il vous plaît ?

Elle écumait littéralement de rage.

— Je suis une femme qui a de l'expérience, qui… qui connaît la vie !

Plus il ricanait, plus elle se hérissait, toutes griffes dehors.

— Vous êtes un odieux personnage qui ne sait rien de moi !

— Je sais qu'on ne devrait pas vous permettre de traîner dans les tavernes pour voir des types se battre. Je vous imagine fort bien sautant sur le ring sur un coup de tête. Je n'en reviens pas que votre frè…

— Attention ! gronda-t-elle.

Godric grinça des dents mais ne s'appesantit pas sur le sujet de cet imbécile de Marlington. On verrait cela plus tard.

— Vous devrez vous contenter de vos souvenirs, car je vous interdirai à l'avenir de vous mettre en danger par pur caprice, décréta-t-il.

Elle reposa brutalement son verre.

— Je vois d'ici comment cela se passera.

— Tant mieux, je n'aurai pas à vous l'expliquer.

Elle se leva d'un bond, et il l'imita.

— Vous allez être un tyran comme… comme Barbe-Bleue ou… ou un ogre du même tonneau !

Le moment étant mal choisi pour éclater de rire, il la regarda s'agiter, furieuse et effrayée.

— Ne vous inquiétez pas, il n'y aura pas de cabinet fermé à clef et rempli des dépouilles de mes précédentes épouses. Je n'ai pas vécu à Cross Hall depuis près de vingt ans, et mes parents n'auraient pas toléré que j'entasse des cadavres dans une pièce.

Elle tapa du pied, comme une petite fille.

— Ne faites pas semblant de ne pas comprendre ce que je veux dire ! Vous me rognerez les ailes, vous me tiendrez en laisse jusqu'à ce que je ne sois plus qu'une idiote fade, minaudière et…

Elle s'interrompit, les yeux écarquillés. Elle avait du mal à respirer et le fixait avec désespoir.

— Je savais que ce serait pareil, que… que le mariage ne changerait rien. Je serai perpétuellement soumise à la volonté de quelqu'un, comme… une esclave.

Godric sentit une étrange émotion lui serrer le cœur – un mélange détonnant de compassion, d'affection et de désir charnel, sans oublier une forte dose d'alcool. Elle était si jeune, la vie ne l'avait pas encore éprouvée, et pourtant elle s'était mise dans une situation telle qu'elle avait atteint le point de non-retour. Elle deviendrait son épouse.

Son épouse. L'être qu'évoquaient ces mots n'était pas la jeune femme qu'il avait en face de lui, mais le fantôme de Lucia qui rôdait perpétuellement à la lisière de sa conscience.

— Avec ce mariage, j'échangerai simplement un maître contre un autre, murmura-t-elle.

Il y avait tant de tristesse dans sa voix que Godric s'approcha d'elle.

Elle renversa la tête pour le regarder intensément. Elle rougit et, instinctivement, il effleura du pouce sa joue brûlante, émerveillé par l'ineffable douceur de sa peau.

— Je ne veux pas être votre maître, Eva.

Il n'était pas tout à fait sincère, car il désirait ardemment devenir le maître de ce corps adorable. Il lui caressa la joue, plongeant, fasciné, dans ses yeux pareils à deux puits d'encre bleu lavande.

Ses longs cils frémirent, un frisson la parcourut.

Il glissa sa main sous la lourde chevelure noire. La nuque gracile de la jeune femme se nicha dans le creux de sa paume. Il posa un baiser léger sur ses lèvres, qui étaient encore plus tendres qu'il ne l'avait imaginé.

Les iris d'Eva s'assombrirent et il y vit luire la flamme du désir.

Qu'attends-tu ? Prends-la. Elle sera ton épouse.

Ces mots le firent tressaillir, les yeux noirs et le doux sourire de Lucia envahirent son esprit. Il retira sa main et recula.

— Si vous avez fini de manger, vous devriez vous coucher, déclara-t-il d'un ton bourru. Nous partirons à l'aube.

Elle battit des paupières, comme si elle se réveillait. Il eut l'impression qu'elle était blessée, mais elle se hâta de plaquer un masque méprisant sur son visage parfait.

— Je vous déteste !

Ah, nous revoilà au point de départ.

Tant mieux. Il préférait qu'elle le haïsse et veuille l'assommer à coups de tisonnier – cela lui éviterait de la culbuter sur une table et de lui faire l'amour jusqu'à ce qu'elle perde la tête et lui aussi.

Il s'arracha ce sourire ironique et condescendant qui ne manquerait pas de transformer chez elle la moindre trace de désir en exécration.

— Vous vous répétez, très chère. Je vous suggère d'aller me détester dans votre chambre, afin que je puisse dormir un peu.

Il crut un instant qu'elle allait empoigner l'arme la plus proche – une assiette, le couteau à beurre, un verre – et la lui lancer à la figure. Au lieu de quoi, elle redressa les épaules et, aussi digne et froide qu'une duchesse, lui fit la courbette.

— Bonne nuit, comte. Faites de beaux rêves.

Droite comme un I, elle regagna sa chambre, mais gâcha sa sortie en claquant la porte, si fort qu'un morceau de plâtre humide se détacha du mur.

Godric prit une grande inspiration, retint son souffle à s'en faire exploser les poumons, puis expira longuement et bruyamment.

Bravo, mon vieux. C'est bien toi qui disais ce matin même que tu refusais de te bagarrer avec elle à longueur de temps ?

— La ferme, grommela-t-il en remplissant son verre de vin à ras bord.

La nuit promettait d'être longue.

*
* *

Il faisait noir quand Eva se réveilla, désorientée. Où était-elle ? Exham ? Londres ? Elle tourna les yeux vers la petite fenêtre aux rideaux effilochés. Ah non, elle était à...

Godric.

Tout lui revenait : l'enlèvement, les disputes et, ce soir, la façon dont elle s'était quasiment pendue à son cou.

Quelle horreur ! Elle tendit la main vers la montre de gousset, sur la table de chevet, que Godric – non, Visel – lui avait permis de garder alors qu'il lui avait confisqué toutes ses affaires. Elle scruta le cadran. Bizarrement, elle n'avait pas dormi longtemps. Il n'était pas encore 2 heures du matin.

Elle s'assit dans le lit et remarqua soudain la lumière filtrant par l'entrebâillement de la porte de communication. Elle avait claqué cette porte en le quittant, et il l'avait rouverte. Une boule se forma au creux de son estomac, à l'idée qu'il l'avait épiée dans son sommeil.

Repoussant la couverture, elle posa les pieds sur le plancher froid et humide. Le feu ronflait dans la cheminée, Visel avait dû entrer dans la chambre pour l'attiser.

C'était gentil de sa part.

Elle fronça les sourcils, agacée. Gentil, Godric Fleming ? Allons donc ! Cet homme était un… crapaud venimeux. Il n'agissait que dans son propre intérêt, quel qu'il soit. D'ailleurs, elle ne lui avait rien demandé, elle était parfaitement capable de prendre soin d'elle-même. Elle refusait d'être redevable à quiconque, surtout pas à un individu aussi condescendant, autoritaire, détestable et…

Elle serra les dents pour refouler la colère qui enflait en elle. Elle devait impérativement contrôler ses émotions, sinon il continuerait à la provoquer et à la manipuler comme une enfant.

Sur la pointe des pieds, elle s'approcha de la porte, suffisamment entrouverte pour qu'elle puisse constater qu'il n'était pas couché. Il était assis dans le fauteuil qu'il avait légèrement déplacé, de sorte qu'il était quasiment face à elle, comme s'il avait passé des heures à contempler cette maudite porte.

Pour l'instant, il ne la regardait pas. Il semblait perdu dans ses pensées, la tête renversée contre le dossier du fauteuil, offrant à Eva une vue imprenable sur la puissante colonne de son cou et, dans l'échancrure de sa chemise à moitié déboutonnée, son torse musclé et tapissé d'un duvet doré.

Ce spectacle aurait suffi à l'étourdir, mais il y avait pire – sa main, qui pétrissait doucement sa braguette.

Elle se détourna brusquement et s'appuya contre le mur, le souffle court. Elle savait ce qu'il était en train de faire, parce qu'elle faisait la même chose de temps à autre... Elle déglutit bruyamment, son cœur cognait dans sa poitrine. L'épier serait indigne...

Et délicieux.

Une boule brûlante et palpitante se formait déjà entre ses cuisses. Oubliant ses bonnes résolutions, elle se retourna vers la porte entrebâillée.

Le spectacle était de plus en plus captivant. Visel se caressait la poitrine, son autre main posée, immobile, sur sa braguette. Ses longs doigts décrivaient de larges cercles sur sa peau halée, repoussaient la chemise pour découvrir un minuscule mamelon entouré d'une aréole brune.

Eva ravala une sourde exclamation. Elle n'ignorait naturellement pas que les hommes étaient eux aussi pourvus de mamelons, mais elle n'y avait jamais vraiment pensé.

Il massa la petite proéminence grenue et poussa un grognement sourd, cambrant les reins.

Eva sentit ses seins réagir, lourds soudain. La batiste de sa chemise de nuit irritait ses mamelons durcis.

Elle était tellement fascinée par les mouvements de la main de Godric sur son torse qu'elle faillit ne pas remarquer qu'il avait déboutonné sa braguette.

Bonté divine...

Il souleva ses hanches et baissa son pantalon, suffisamment pour dévoiler...

Sa vue se brouilla devant ce membre viril qui se dressait tel un monstre marin, luisant et dangereux, surgissant des vagues.

La main de Visel se referma sur sa verge. Un gémissement de plaisir fusa de ses lèvres. Ses doigts coulissèrent sur ce pilier de chair, s'attardèrent sur le gland laqué de rosée, puis rebroussèrent chemin jusqu'à la racine du membre.

Eva n'avait jamais rien vu d'aussi érotique. Elle avait l'impression qu'un feu couvait entre ses cuisses. Pour l'étouffer, elle pressa sa paume sur son sexe, ce qui ne fit qu'aggraver les choses.

Fascinée, elle regardait la main de Visel qui s'activait, impérieuse. Il savait comment tirer du plaisir de son corps, sans la moindre réserve. Eva pria pour que ce spectacle dure éternellement : les caresses, le pétrissage, les muscles crispés, la lente transformation de la verge gorgée de sang, droite et turgescente.

Il se mit à soupirer et à grogner, plus fort à chaque caresse. Il tremblait, les muscles de ses bras saillaient sous sa peau. Puis, tout à coup, il se figea, les reins creusés. Un petit geyser jaillit de son sexe. Il éjaculait – le mot que Mia lui avait appris et qui lui avait paru mystérieux et un peu sale, alors que le phénomène était magnifique.

Visel se détendit peu à peu, puis il leva la tête.

Affolée, elle courut vers le lit, se prit les pieds dans l'ourlet de sa chemise de nuit trop longue et tomba sur le matelas qui sentait le moisi. Elle roula sur le flanc et s'appliqua de toutes ses forces à faire semblant de dormir.

Elle entendit des pas dans la pièce voisine, puis une ombre se découpa dans le pâle rectangle que projetait sur le mur la lumière filtrant par l'entrebâillement de la porte. La silhouette de Visel.

Il resta là un moment qui parut à Eva une éternité. Ce fut seulement quand il disparut qu'elle s'autorisa à respirer de nouveau.

Dire qu'il aurait pu ouvrir les yeux et la surprendre en train de l'épier, pantelante !

Elle avait été d'une imprudence inconcevable. Pourtant elle ne regrettait rien.

Même si les images qui s'étaient gravées dans son esprit l'empêcheraient à coup sûr de dormir.

Et même si elle n'aurait peut-être pas le cran, demain, de regarder Visel en face.

7

— Vous êtes bien silencieuse ce matin, ma chère. Vous avez pu dormir suffisamment ?

Le fracas des roues était tel qu'Eva faillit ne pas entendre la question de Visel. Elle décida de ne pas réagir.

— Désolé de vous avoir réveillée si tôt, ajouta-t-il, comme elle ne répondait pas.

Il n'avait manifestement pas le moindre remords – une note amusée vibrait dans sa voix grave.

Elle se força à lever le nez, centimètre par centimètre, jusqu'à croiser son regard.

Il lui sourit et, à cet instant, elle eut la certitude qu'il savait qu'elle l'avait épié cette nuit. Comment pouvait-il lui faire face, tranquillement ? N'avait-il pas honte d'avoir été surpris la main dans le sac, en quelque sorte, dans un accès de lubricité ?

Ce qu'il lut sur son visage le fit rire.

À l'évidence, il n'avait pas honte.

Un débauché, voilà ce qu'il était.

Naturellement, il avait collectionné les expériences et les maîtresses, et ce qu'il avait fait cette nuit n'avait aucune importance pour lui. Résultat, il se comportait de façon tout à fait normale. En d'autres termes il était aussi arrogant, content de lui, superbe et exaspérant qu'à son habitude.

— Nous n'allons pas redevenir des ennemis, n'est-ce pas ? dit-il d'un ton cajoleur.

Elle lui décocha un regard noir et croisa les bras sur sa poitrine sans répondre.

— Je vais prendre ça pour un « oui ».

Il affichait un sourire goguenard, comme si l'hostilité de sa compagne de voyage l'amusait au plus haut point.

« Ta colère se retournera contre toi, les hommes s'en serviront pour te dominer. »

Elle se raidit au souvenir des paroles de Mia. Visel l'observait avec une curiosité détachée, comme s'il étudiait une fourmi présomptueuse, trimbalant une miette de pain trop lourde pour elle, et se demandait comment elle s'en sortirait.

— Nous ne sommes bien sûr pas des ennemis, répondit-elle dans un soupir.

Au prix d'un effort surhumain, elle décroisa les bras et sourit. L'étonnement qui se peignit sur les traits de Visel la récompensa. Cela ne dura malheureusement qu'une fraction de seconde.

— Je suis heureux de l'entendre. Puisque nous partageons notre intimité, par la force des choses, autant en profiter.

Elle ne put s'empêcher de tressaillir, et un sourire étira les lèvres de Visel.

— Non, très chère, pas de cette façon. Pas encore.

Elle tourna la tête vers la vitre pour cacher ses joues rouges - rougir à tout bout de champ était vraiment exaspérant - et scruta le ciel d'un gris d'ardoise que le soleil n'éclairait pas encore.

Fourbue, elle bâilla à s'en décrocher la mâchoire.

— Vous avez mal dormi cette nuit ? Vous n'arriviez pas à... fermer l'œil ?

Il se moquait d'elle, mais elle ne mordrait pas à l'hameçon. De toute manière, elle était trop exténuée pour trouver une réplique assassine. Elle allait simplement fermer les yeux un instant. Rien qu'une minute.

Elle tombait, tombait, tombait...

— Oh... Que...

— Je vous tiens.

Des bras chauds et robustes se refermaient autour d'elle et la soulevaient.

Elle se rassit tant bien que mal sur la banquette, secoua la tête pour s'éclaircir les idées.

— Où sommes-nous ? s'enquit-elle.

— À six kilomètres du dernier relais de poste.

Elle regarda par la vitre et crut d'abord qu'il faisait nuit, mais non, c'était la pluie - des trombes d'eau - qui occultait toute lumière.

— Mon Dieu... Quelle heure est-il ? bredouilla-t-elle.

— Presque dix heures. Vous avez fait la marmotte pendant plus de trois heures. Je n'avais jamais vu quelqu'un dormir aussi profondément dans une voiture, malgré les cahots de la route.

— Je suis capable de dormir n'importe où. À votre avis, quand atteindrons-nous la frontière ?

— Jamais, à cette allure d'escargot.

Eva comprit alors que la voiture se traînait sur la route.

— Je crois bien qu'un escargot vient effectivement de nous dépasser, dit-elle en bâillant.

— Ce ne serait pas surprenant, bougonna-t-il.

— Nous suivrons cette route jusqu'à Gretna Green ?

— Nous n'allons pas à Gretna Green.

Elle fronça les sourcils.

— Et où allons-nous ?

— À Coldstream, à l'*Hôtel du Pont*.

— Pourquoi ?

— Parce qu'à Coldstream, on marie les gens à n'importe quelle heure du jour et de la nuit. Ils sont très accommodants.

— Vous voulez dire que, si nous arrivons à 3 heures du matin, ils nous marieront quand même ?

— Oui, moyennant une bonne somme, grommela-t-il.

— On croirait que vous allez à l'échafaud, rétorqua-t-elle, agacée.

— Hmm...

— Si vous êtes si malheureux, vous n'avez qu'à me déposer au prochain relais de poste ! s'emporta-t-elle. J'enverrai une lettre à mon père. Je lui dirai que j'ai fugué, que...

Elle s'interrompit, à court d'idées. Pourquoi fallait-il que son imagination, pourtant fertile, se mette en panne à cet instant précis ?

— Je raconterai n'importe quoi, et vous serez délivré. Libre comme l'air.

Il lui lança un regard froid et, sans daigner répondre, tourna de nouveau la tête vers la vitre.

— C'est vous qui avez voulu tout ça, lui rappela-t-elle.

Il sursauta.

— Moi ?

— Disons que vous m'avez ordonné d'accepter l'inévitable sans discuter. Alors pourquoi vous comportez-vous maintenant comme une gamine ?

Il eut un haut-le-cœur de stupéfaction.

— J'ai mal entendu, articula-t-il d'un ton menaçant. Vous m'avez traité de « gamine » ?

— Je vous retourne le compliment. Tronqué cependant, car si je me souviens bien, c'était : une gamine capricieuse, têtue, *et cætera*.

Il secoua lentement la tête avec un petit rire découragé.

— Vous êtes la femme – non, je rectifie : la *personne* la plus chicaneuse que j'aie jamais rencontrée.

Elle haussa les épaules.

— On me l'a déjà dit.

En réalité, on le lui serinait depuis toujours. Seule sa belle-mère ne le lui avait jamais reproché.

« Tu as une forte personnalité, Eva, or le monde est cruel à l'égard de telles femmes. Elles ont parfois intérêt à feindre d'être faibles pour obtenir ce qu'elles veulent. »

Eva manquait terriblement de subtilité. Elle avait une fâcheuse tendance à jouer cartes sur table, ce qui était stupide, car Visel avait la réputation d'être un joueur redoutable.

— Donc, poursuivit-elle, nous échangeons nos vœux de mariage, après quoi nous remontons immédiatement dans cette voiture et nous allons... où ?

— Après la cérémonie, nous prendrons une chambre à l'auberge et nous y passerons une nuit.

— Seigneur Dieu... pourquoi ?

Il se pencha vers elle, rapide comme l'éclair.

— Parce que les gens voudront que nous passions une nuit ensemble pour consommer notre union, dit-il d'une voix caressante.

Elle rougit jusqu'aux oreilles.

— Vous plaisantez.

Il se réinstalla confortablement sur la banquette et contempla de nouveau le paysage noyé de pluie.

— Hélas non, milady.

— Je n'ai jamais entendu parler d'une chose pareille.

— Que vous n'en ayez jamais entendu parler ne signifie pas que cela n'existe pas. Je crains que vos lacunes ne soient plus considérables que vos connaissances.

Elle laissa échapper un ricanement qui sonna comme un aboiement.

Il la regarda fixement, d'un air sévère.

— Quoi ? grogna-t-elle.

— Rien.

Encore ce ton condescendant !

— Dites-moi, cher comte, comment les gens savent-ils que des mariés consomment réellement leur union ? Ils chargent un témoin de les suivre dans la chambre nuptiale, pour vérifier ?

— Oui.

Elle faillit s'étrangler.

— Mais c'est... c'est...

Il éclata d'un rire de gorge, ample et sensuel qui s'enroula autour d'elle comme une écharpe moelleuse.

— Vous êtes... un monstre !

Il la gratifia d'un sourire éblouissant.

— Pourquoi les gens voudraient-ils savoir si un mariage est... est... cons... consommé ou pas ? s'enquit-elle.

Elle se serait giflée de bégayer comme une idiote, mais le monstre eut tout de même l'élégance de ne pas se moquer d'elle.

— Ils se fichent de ce que font les mariés, ils veulent tout bonnement leur louer une chambre, déclara-t-il d'un ton soudain las.

— J'ai l'impression que vous êtes fatigué. Je me trompe ?

Elle se mordit les lèvres. Pourquoi abordait-elle un sujet potentiellement dangereux ?

— Je n'ai pas fermé l'œil de la nuit, répondit-il avec son insupportable sourire en coin.

— Ah...

Elle n'en dirait pas plus.

— J'ai du mal à dormir, quelles que soient les circonstances, et la situation actuelle n'est guère propice au sommeil.

Elle lui jeta un regard furtif. Il semblait sincère, en tout cas son petit air narquois avait disparu. Peut-être avait-il simplement envie de bavarder ? Après une hésitation elle demanda :

— Vous avez des insomnies ? Pourquoi ?

Il soupira.

— Désolée, dit-elle sèchement. Votre sommeil est-il aussi un sujet interdit, comme la guerre ou la famille ? De quoi, au juste, ai-je le droit de parler ?

— Pourquoi pas de vous ?

Sa voix était d'une douceur inquiétante, son visage indéchiffrable.

Elle croisa les bras et les serra contre sa poitrine, comme un bouclier. Elle ne se comprenait plus. Pourquoi était-elle intensément attirée par ce... mufle arrogant ? C'était pathétique.

— Eh bien ? insista-t-il.

— Eh bien quoi ? marmonna-t-elle, désorientée.

— Vous alliez me parler un peu de vous et de votre famille.

Elle étudia ses traits impassibles, son regard insondable et, de nouveau, la colère flamba en elle.

— Vous aimeriez, je suppose, que je vous parle de ma mère folle, railla-t-elle. N'est-ce pas ? Malheureusement, je n'ai pas grand-chose à raconter à son sujet, vu que j'avais cinq ans quand elle s'est jetée du toit d'Exham Castle. À en croire certaines personnes tout à fait charmantes que j'ai côtoyées durant la saison, ma mère était une sorte de catin qui aurait couché avec la moitié de la bonne société. Melissa, ma sœur cadette, en est la preuve vivante – comme l'a déclaré, alors que j'étais à portée d'oreilles, une douairière au cœur tendre : Melissa est « l'œuf du coucou dans le nid d'Exley ».

Elle s'interrompit et se pencha brusquement vers lui.

— Vous voudriez bien savoir si j'ai hérité de la folie maternelle, n'est-ce pas ? Vous craignez d'être obligé tôt ou tard de m'enfermer dans un grenier et d'embaucher un geôlier pour m'empêcher de forniquer avec un palefrenier ou de mettre le feu à la maison, ou de sauter du toit de ma nouvelle demeure – comment s'appelle-t-elle, déjà ? L'Enfer ? Le Bagne ?

— Simplement Cross Hall.

Il affichait un petit sourire amusé qui attisa la colère d'Eva.

— Je constate que vous n'avez pas le cran d'exprimer clairement ce que vous désirez savoir, enchaîna-t-elle avec un mépris cinglant. Pour ma part, je tiens à régler le problème une bonne fois pour toutes. La réponse à la question que vous ne me posez pas est la suivante :

j'ignore si je deviendrai folle, cher comte. Pour l'instant, je n'ai aucune envie de me jeter dans le vide ou de manger le tapis du salon, néanmoins je ne peux pas vous jurer que ces lubies ne me prendront pas un jour. Vous pensez peut-être que ce n'est pas une réponse satisfaisante ? Je le pense aussi, figurez-vous. Je dois vivre avec cette incertitude plus que contrariante, et j'aimerais ne pas avoir à en parler à longueur de temps.

Il était choqué, elle le sentait. Par ses paroles ou par la vulgarité de son langage ? Peu importait, elle s'en fichait complètement.

Elle espérait que la discussion était close – avec un peu de chance, il ne lui adresserait même plus jamais la parole –, quand il dit gravement :

— Si je vous ai blessée au cours des derniers mois, je vous présente mes excuses.

Elle en eut le souffle coupé.

— Vous ne m'avez pas blessée, mentit-elle.

— J'ai malgré tout honte de mon comportement. J'imagine que vivre avec une pareille incertitude est terriblement éprouvant.

À son grand désarroi, elle sentit les larmes lui monter aux yeux. Flûte alors ! Elle pouvait se débrouiller avec un Visel sarcastique et détestable, voire avec un Visel libidineux. Mais avec un Visel compréhensif et, par-dessus le marché, contrit ? Ah non, elle ne s'était pas préparée à ça.

Elle serra les dents et déglutit pour déloger la boule qui se formait dans sa gorge.

— Accepter la situation a dû être difficile pour l'enfant que vous étiez, reprit-il.

Elle le dévisagea longuement, pour s'assurer qu'il ne se moquait pas d'elle.

— À l'époque, je n'ai rien su. J'avais presque quinze ans quand mon père nous a parlé de notre mère, à mes sœurs et à moi.

Elle se mordit l'intérieur de la joue. Pourquoi lui faisait-elle ces confidences ?

Parce que, quand il sera ton mari, il saura tout de ta famille.

Mon mari.

Elle déglutit de nouveau, avec peine.

— Mon père pensait nous protéger, expliqua-t-elle, alors qu'il ne demandait rien.

— Je comprends.

— Eh bien, pas moi ! S'il nous avait parlé avant, j'aurais été mieux armée quand il a décidé de m'expédier en pension, parce que mes camarades, avant même de me rencontrer, savaient à peu près tout de moi. Mes sœurs et moi n'avions aucune idée des problèmes de notre mère et de son comportement à la fin de sa vie. En revanche, chaque membre de la bonne société avait au moins une histoire sordide à raconter sur la marquise d'Exley, sublime et complètement cinglée. Et, bien sûr, tous ces gens grillaient de partager ces anecdotes avec nous.

Son père avait reconnu son erreur et demandé pardon, seulement elle ne lui pardonnerait probablement jamais de les avoir si longtemps maintenues dans l'ignorance. Si Mia, sa belle-mère, n'était pas entrée dans sa vie, elle vivrait encore à Exham sans se douter de rien. À la réflexion, cela aurait peut-être été préférable. Mais elle n'aurait pas connu Mia et Gabriel, les deux êtres qu'elle aimait le plus au monde.

— Vos sœurs vivent-elles avec vous, dans votre demeure familiale ?

Elle eut envie de répondre par une insolence bien sentie – simplement parce qu'elle était d'humeur insolente – et se retint ; elle était trop lasse pour être suffisamment caustique.

— Non, il n'y a que Melissa. Catherine, ma sœur aînée, est mariée. Au fait, maintenant que j'y pense...

Son mari, le baron Salford, était capitaine. Le connaissez-vous ?

— On m'a parlé de lui.

Il s'interrompit, pensif, comme s'il fouillait dans sa mémoire.

— Je crois même l'avoir rencontré une fois, au bal des officiers.

— L'époque de la danse est révolue pour lui, il est coincé dans une chaise roulante.

Elle connaissait mal son beau-frère, cependant ce qu'elle savait de lui ne la rendait pas optimiste quant au bonheur de Catherine. Salford avait reçu un éclat de shrapnell dans la colonne vertébrale, et il était paraplégique. Solitaire et taciturne, il avait rencontré Cat alors qu'elle rendait visite à son amie, la sœur de Salford. Eva était convaincue que Cat l'avait épousé parce qu'il ne pouvait plus engendrer et qu'il avait déjà un fils, donc un héritier, né de son précédent mariage.

Mia avait exprimé son désaccord au sujet de ce mariage, mais Catherine n'en avait pas tenu compte, pour une fois. Les jeunes mariés vivaient à deux heures de route d'Exham Castle, et Eva ne les avait vus que trois fois en six mois. Elle les avait trouvés fatigués et manifestement malheureux.

Elle coula un regard oblique à Visel. Il semblait perdu dans ses pensées. Tant mieux. Même s'il avait fait amende honorable et serait bientôt son mari, elle n'avait aucune envie de lui parler des gens qu'elle aimait. Vu la façon dont il avait harcelé Gabriel, il ne méritait pas d'en savoir plus.

Elle ferma les yeux et appuya sa tête contre le dossier de la banquette. Le sommeil la gagnait, et elle ne résista pas. Un moment de répit serait le bienvenu.

8

Godric balaya du regard la pièce chichement éclairée et qui empestait le graillon. Il se serait volontiers donné des claques. Cette auberge délabrée était plus rebutante que celle de la veille, si tant est que ce fût possible. Pire, aujourd'hui ils n'avaient parcouru qu'une vingtaine de kilomètres. Ils étaient encore loin de la frontière.

Vers 14 heures, après cette pénible discussion avec Eva, la voiture s'était embourbée dans une fondrière. Il avait dû sortir sous une pluie battante, dans un paysage hostile et froid, pour la dégager.

Il baissa les yeux sur ses bottes et son pantalon crottés de boue, son manteau taché, et soupira. L'aubergiste malpropre – qu'il avait trouvé avachi sur le comptoir de la taverne – n'employait certainement pas de cireur pour nettoyer les chaussures des clients, ni de lingère pour laver leurs habits. Ma foi, il s'en était chargé lui-même à de nombreuses reprises pendant la guerre, cela ne lui faisait pas peur.

Il entendit soudain qu'on frappait à la porte de la chambre attenante. Il ouvrit la porte de communication et vit Eva assise sur le lit. Habillée de pied en cap, elle se frottait les paupières avec sa main gantée.

— Hé ! beugla une voix.

Se souvenant qu'il avait fermé à clef, il alla ouvrir. Deux costauds à la mine renfrognée apportaient un tub. Un gamin haut comme trois pommes les accompagnait, chargé d'un seau d'eau bouillante presque aussi grand que lui.

— Posez ça devant le feu, leur ordonna-t-il.

— Un bain ? dit Eva d'une voix éteinte.

Elle regardait la grande cuvette comme si elle était témoin d'un miracle prodigieux. Mais si on comptait seulement sur le gamin pour trimballer les seaux d'eau, le bain serait froid avant d'être prêt.

— Je vais attendre qu'ils aient fini de remplir le tub.

Elle ne protesta pas. Il avait déjà constaté que la fatigue la rendait plus malléable.

Tandis qu'elle se décidait enfin à retirer sa cape et son chapeau, Godric examina la pièce. Les murs étaient pisseux, la peinture écaillée. La chambre avait besoin d'un bon nettoyage de printemps, ce qui n'avait manifestement pas été fait depuis le règne de George Ier[1]. Si l'auberge était encore plus miteuse que la précédente, on pouvait au moins fermer les portes des chambres à clef. Car si le mauvais temps persistait – ce qu'à Dieu ne plaise –, ils seraient contraints de rester là plusieurs jours.

— J'ai faim, déclara Eva, le tirant de ses pensées.

— Je demanderai qu'on vous prépare quelque chose, quand vous aurez fini votre toilette.

Pour toute réponse, elle bâilla bruyamment.

— Vous voulez peut-être faire un somme après le bain et avant le dîner ? se moqua-t-il.

Elle avait dormi pendant la majeure partie de cette sale journée. Une vraie chatte. Comment pouvait-elle être encore fatiguée ?

— Non, je suis affamée.

1. George Ier régna de 1714 à 1727. *(N.d.T.)*

La porte s'ouvrit de nouveau, et les deux costauds entrèrent, chacun portant deux grands seaux d'eau chaude.

— Ça suffira, M'sieur ? demanda l'un d'eux.

— Ça suffira, Eva ?

— Oui, répondit-elle sans même regarder.

Godric donna un bon pourboire aux domestiques et, quand ils furent sortis, verrouilla derrière eux.

— Ne vous endormez pas, dit-il. L'eau refroidira vite.

— Je ne risque pas de m'endormir, j'ai trop hâte de me baigner. J'ai l'impression d'être recouverte de vase.

— Frappez à la porte quand vous serez habillée. J'aurai besoin de l'eau du bain.

— Mais elle sera froide.

— C'est pour mes vêtements, pas pour moi.

— Ah..., marmonna-t-elle, semblant remarquer soudain ses habits maculés de boue.

Il passa dans la chambre voisine, et sonna pour qu'on lui apporte de l'eau chaude. La nouvelle de sa générosité ayant déjà circulé, il fut servi sur-le-champ.

Il se déshabilla, se décrassa méticuleusement et se lava les cheveux. Puis il enfila ses habits de la veille. Quand il avait acheté, avant-hier – Seigneur, il avait l'impression que cela datait d'une éternité ! –, les toilettes d'Eva, il n'avait pas prévu qu'il aurait lui aussi besoin de vêtements de rechange pour atteindre cette foutue frontière.

On toqua timidement à la porte.

— Entrez, c'est ouvert !

Il pivota, tout en achevant de nouer sa cravate. Eva se tenait sur le seuil, hésitante. Elle avait revêtu sa dernière robe propre, d'un rose pâle qui mettait en valeur son teint crémeux et ses boucles noires. En réalité, toutes les couleurs lui allaient.

Il remarqua qu'elle avait les cheveux humides et fronça les sourcils.

— Vous attraperez la mort si vous ne les séchez pas. Mettez-vous devant le feu en attendant qu'on nous monte notre dîner. Je m'en vais jouer les lingères.

— Arrêtez de me donner des ordres, rétorqua-t-elle mollement. Je me sécherai les cheveux dans ma chambre pour vous regarder déployer vos talents domestiques.

Soufflant par le nez, il emporta ses affaires dans la chambre voisine, pieds nus – il n'avait qu'une paire de bottes.

Devant la cheminée, Eva se pencha en avant, secouant sa chevelure noire pareille à un rideau de soie, et la peignant avec les doigts.

— Je n'ai jamais vu un homme laver son linge.

Elle esquissa un petit sourire espiègle qui donna à Godric une bouffée de chaleur.

— Et vous, vous est-il déjà arrivé de laver le vôtre ? grommela-t-il.

Il trempa le coin d'une serviette élimée dans l'eau du bain, froide à présent, et entreprit de nettoyer ses bottes.

— Non, Dieu merci, répondit-elle, fronçant son joli nez. Je préférerais curer une écurie plutôt que de m'embêter à laver des vêtements.

Godric n'en fut pas surpris.

— Vous avez dû faire cela souvent quand vous étiez... euh... sur le continent, fit-elle remarquer.

Elle évitait soigneusement les mots « guerre » et « officier », parce qu'il avait mal réagi quand elle avait évoqué son passé de militaire.

— Non, pas souvent, admit-il. Mon ordonnance s'occupait très bien de moi.

Il aurait bien aimé que Darling soit là en ce moment, quitte à supporter ses airs moqueurs. Soupirant, il inspecta d'un œil critique la botte qu'il venait de décrotter. Il ne réussirait pas à la ravoir complètement.

— Elles sont fichues, déclara Eva, comme si elle lisait dans ses pensées.

— Faites attention, vos cheveux vont prendre feu, rétorqua-t-il en saisissant la deuxième botte.

Elle haussa les épaules mais recula d'un pas.

— Si seulement ils prenaient feu, je pourrais les couper.

— Vous prendriez le risque de brûler vive au lieu d'utiliser simplement une paire de ciseaux ?

Elle haussa les sourcils.

— Vous pensez que je devrais me couper les cheveux ? s'enquit-elle.

— Non, mais vous venez de dire que vous vouliez le faire.

— Cela ne vous embêterait pas ?

— Ce sont vos cheveux.

Elle parut réfléchir, tandis qu'il reposait sa botte et s'attaquait à son pantalon.

— Les cheveux courts ne plaisent pas à mon père.

— Je ne suis pas votre père.

Quoique j'aie presque l'âge de l'être. Cette pensée importune le fit sourciller.

— Quel genre de coiffure aimez-vous… pour une femme ? demanda-t-elle.

Godric leva les yeux du pantalon qu'il nettoyait avec la serviette pour ne pas trop mouiller la peau de daim. Eva soutint son regard. Était-ce la chaleur du feu qui rougissait ses joues ou l'envie de savoir ce qui lui plaisait ? Et pourquoi en était-il ému ?

De sa réponse à cette question apparemment anodine dépendait, il le sentait, une soirée tranquille ou passée à esquiver des coups d'œil assassins, voire quelques projectiles contondants.

— N'importe quelle coiffure vous irait bien. Si vous préférez les cheveux courts, vous n'avez qu'à les couper.

Elle parut tellement surprise qu'il craignit d'avoir commis une gaffe. Puis, soudain, elle lui sourit.

Nom d'une pipe… ce sourire !

Il s'empressa de reporter son attention sur la serviette qu'il tenait dans ses mains – lesquelles tremblaient un peu. « Normal, je suis fourbu », décréta-t-il. Il n'avait pas dormi depuis plus de vingt-quatre heures.

Mais oui, bien sûr... c'était la fatigue.

Heureusement, l'arrivée du dîner lui évita de s'appesantir sur le sujet.

*

* *

Godric éteignait les derniers tisons dans la cheminée et se préparait à passer une longue et pénible nuit sans sommeil, quand on frappa doucement à la porte de communication.

Il l'ouvrit et découvrit Eva armée d'un coupe-chou ; de grosses mèches taillées à la six-quatre-deux frôlaient son cou.

— Bonté divine ! Je ne vous ai pas dit qu'il fallait les couper tout de suite !

Elle était cramoisie.

— Ne rendez pas les choses plus difficiles – je me sens suffisamment idiote, chevrota-t-elle.

Seigneur Dieu, elle allait fondre en larmes.

— D'accord, je me tais. Bon. Je... Avez-vous besoin de quelque chose ? demanda-t-il, comme elle restait plantée sur le seuil.

Elle leva le coupe-chou.

— Vous voulez bien m'aider ?

— *Moi ?* coassa-t-il, horrifié. Je n'ai jamais coupé des cheveux, pas même les miens.

— S'il vous plaît, insista-t-elle, accablée. J'ai taillé ce que je pouvais voir, mais j'ai besoin d'aide pour le reste.

Il préféra ne pas dire ce qu'il pensait de son travail.

— S'il vous plaît, répéta-t-elle avec une grimace qui se voulait un sourire. Ça ne pourra pas être pire.

— À votre place, je ne compterais pas là-dessus, grommela-t-il en lui prenant le rasoir des mains. Où avez-vous trouvé cet engin ?

Elle haussa les épaules d'un air évasif, et il décida qu'il ne tenait pas à le savoir.

Il passa le doigt sur le tranchant de la lame – elle était complètement émoussée.

— Pas étonnant que vous ayez charcuté votre chevelure, ce rasoir ne couperait même pas du beurre. Malheureusement, je n'ai pas de cuir d'affûtage, je ne pensais pas en avoir besoin et je n'en ai pas acheté à Doncaster.

Il replia le coupe-chou et le lui rendit.

— Je vais utiliser mon rasoir qui est presque neuf.

Il alla le prendre sur la table de toilette, où il séchait, et suivit Eva dans sa chambre.

— Replacez-vous où vous étiez, dit-il, montrant la pile de cheveux gisant sur le sol, à l'endroit où avait eu lieu le carnage.

Quand elle fut devant le miroir, il se campa derrière elle. Où attaquer ? Sur le continent, les cheveux courts étaient à la pointe de la mode, certaines femmes les coupaient même plus court que lui.

— Quelle longueur voulez-vous ? demanda-t-il, cherchant son regard dans le miroir.

Elle hésita un instant, puis posa le bout de ses doigts sous sa mâchoire. Des boucles tombaient sur son front, frôlant l'arc parfait de ses sourcils. Il n'avait plus qu'à couper les côtés et le dos, et à égaliser les mèches mal taillées.

Il se mit au travail.

Eva eut deux révélations pendant que Godric s'affairait. Premièrement, elle aimait sentir ses mains sur elle. Et deuxièmement, elle était ravie d'avoir les cheveux courts. Admirer les lourdes boucles tomber mollement sur le sol était libérateur, comme si elle se débarrassait d'un poids qui l'écrasait.

Comme elle l'avait prévu, Godric était méticuleux et faisait du bon travail. Il maniait adroitement le rasoir, dans un silence que troublait parfois un grognement de satisfaction ou de mécontentement. Il s'appliquait tellement qu'un bout de langue pointait entre ses lèvres.

Il était séduisant en permanence, mais quand il ne vous infligeait pas son air renfrogné ou son petit sourire condescendant... il était sublime.

Lorsqu'il s'attaqua au côté droit, où elle avait fait le plus de dégâts, il laissa échapper un clappement réprobateur.

— Heureusement que vous m'avez appelé à la rescousse.

— Vous êtes un excellent coiffeur. Si j'avais su que vous possédiez ce talent, je vous aurais confié ma tête plus tôt.

Il ne répondit pas. Elle vit cependant qu'il appréciait le compliment.

Quelques minutes plus tard, il recula et se frotta le dos en grimaçant.

— J'aurais dû vous jucher sur un tabouret, marmonna-t-il.

Elle secoua la tête, et ses boucles noires se mirent en place, pareilles à un casque de jais. Elle considéra le reflet de Godric dans le miroir et sourit.

— Ça me plaît beaucoup. Et vous, qu'en pensez-vous ?

Elle eut l'impression, lorsqu'il étudia son reflet, que ses yeux bleus s'assombrissaient. Son cœur manqua un battement.

— Sur vous, c'est... joli, dit-il sèchement.

Elle ne pouvait détacher son regard de l'image que leur renvoyait le miroir. Ils formaient un couple spectaculaire, lui si grand et musclé, si blond, elle si menue et féminine – une constatation qui, pour une fois, ne l'agaçait pas.

Elle contemplait les mains de Godric, larges et fortes, sur ses épaules qui n'en paraissaient que plus délicates.

Un sourire étrange joua sur les lèvres de Godric – sensuel et… résigné ? Il la fit pivoter et lui prit doucement le menton entre le pouce et l'index.

Elle attendait ce baiser, mais quand il s'empara de sa bouche, ce fut aussi bouleversant que la première fois. Il referma son bras autour d'elle, le pressant contre lui. Il était soudain très différent de l'homme sarcastique qu'elle connaissait, et elle avait une envie folle de se pendre à son cou, de se fondre en lui.

Du bout de la langue, il effleura ses lèvres – une caresse légère et terriblement troublante. D'instinct, elle ouvrit la bouche pour l'accueillir. Il poussa un gémissement qui la fit frissonner de la tête aux pieds. Instinctivement, elle se plaqua contre lui, ce qui arracha à Godric un autre gémissement.

Elle sentait son érection, preuve éclatante qu'il la désirait, elle. Sa langue l'explorait, s'enroulait à la sienne, caressante et impérieuse à la fois.

Quand il commença à s'écarter, elle le retint. Cette fois, il laissa échapper un grondement et la plaqua contre lui.

— Il faut s'arrêter, murmura-t-il à son oreille, sans toutefois bouger.

— Je ne veux pas.

— Eva…

Elle pressa ses lèvres sur son cou, lécha sa peau chaude et salée. Il frémit tout entier et l'étreignit si fort qu'elle en eut le souffle coupé. Encouragée, elle mordilla délicatement le creux de sa gorge, où battait son pouls, comme on goûte un fruit juteux.

Cette fois, le grognement de Godric était une capitulation. Ses mains couraient sur le dos d'Eva, ses hanches, ses fesses. Il frottait son érection contre elle.

Elle savait parfaitement ce qu'il désirait. Mia avait fait l'éducation de ses belles-filles, disant que l'acte de chair pouvait donner autant de plaisir à une femme qu'à un homme.

Elle enfouit son nez dans les plis de la cravate de Godric, flaira sa peau comme une chatte qui découvre une nouvelle odeur.

— Eva...

Il allait parler et la priver des délicieuses sensations qui la submergeaient. Ah non, elle ne le laisserait pas faire. Elle se pressa plus étroitement contre lui, chevauchant sa cuisse. Elle se mordit les lèvres pour ne pas gémir de plaisir.

Il la lâcha brusquement et plongea dans les siens ses yeux presque noirs. Il semblait stupéfait.

— Je ne suis pas une écolière ignorante, murmura-t-elle. Je veux...

N'ayant pas les mots adéquats pour exprimer ce qu'elle voulait, elle se frotta sans vergogne contre sa cuisse.

Essoufflé, il inspira longuement, expira bruyamment. Elle craignit qu'il ne s'écarte, mais il souleva légèrement sa cuisse, l'enfonçant dans l'entrejambe d'Eva. Il la regardait fixement, ses pupilles étaient tellement dilatées qu'elle eut l'impression de tomber dans un puits sans fond.

Il bougea de nouveau sa cuisse, et Eva laissa échapper un soupir guttural.

C'est bon, tellement bon...

« Mais c'est lui ! protesta une voix dans un recoin de son esprit. L'homme que tu détestes. »

Oui, elle le détestait... et elle aimait ce qu'il lui faisait.

Il bougea de nouveau sa cuisse et, cette fois, elle sentit ses genoux s'ouvrir. Sa nature impulsive et intrépide prenait le dessus, son corps en feu étouffait ce qui lui restait de volonté.

Elle chercha à tâtons son entrejambe et le bouton de chair dont elle savait se servir pour apaiser cette brûlure qui palpitait au tréfonds de son ventre.

— Bonté divine, grogna Godric.

Il la poussa, si vite qu'elle en eut le tournis, vers le mur contre lequel il l'adossa. S'agenouillant devant elle, il retroussa sa jupe jusqu'à ses genoux. Il leva les yeux, et la flamme qu'elle y vit la fit frissonner.

— Eva ?

L'aristocrate sarcastique et distant avait disparu.

— Quoi ? marmonna-t-elle d'une voix presque grincheuse.

— Voulez-vous que j'arrête ? Ce n'est pas...

Il rougissait, et son incapacité à expliquer ce qui allait se passer la rendit téméraire. Elle le sentait vibrer, comme s'il fournissait un effort surhumain pour se contrôler.

— Est-ce que j'ai..., bafouilla-t-il. Vous avez peur ?

— Non.

Un sourire étrange joua sur les lèvres de Godric et détendit les traits de son visage d'ange déchu.

— Rien ne vous effraie, n'est-ce pas ? fit-il remarquer.

Pour toute réponse, elle pressa ses hanches contre lui et vit ses pupilles se dilater et manger le bleu de ses iris.

— Relevez votre jupe, ordonna-t-il d'une voix rauque.

Elle obéit. Ses mains tremblaient.

— Plus haut.

Il effleura ses genoux, ses cuisses. Elle sentit sur sa toison la caresse de l'air frais et des doigts de Godric, légers comme des ailes de papillon.

Elle savait ce qu'il allait faire – grâce à Mia qui n'avait pas été avare de précieuses informations – et son corps l'attendait avec une féroce impatience.

Il leva vers elle ses yeux étincelants.

— Écartez vos cuisses pour moi, Eva.

Elle soutint son regard, partagée entre l'envie de désobéir à ces ordres arrogants et le désir de découvrir ce qu'il voulait lui faire. Celui-ci fut bien sûr le plus fort. Elle écarta légèrement les pieds, mais il secoua la tête et continua jusqu'à ce qu'elle ait ouvert largement les jambes.

— Voilà, c'est bien, dit-il d'une voix éraillée qui attisa encore son excitation.

Elle serra les dents quand il dessina du bout du doigt les lèvres de sa vulve et son clitoris gorgé de sang. Ses gestes étaient précis, comme s'il avait fait ça des milliers de fois – ce qui était probablement le cas.

À cette idée, elle éprouva un pincement de jalousie qu'elle s'empressa de chasser. Pourquoi se soucier de ces choses-là, alors qu'elle attendait seulement de lui qu'il...

Il avait maintenant devant lui la part la plus secrète de son corps. Elle l'entendit ravaler un gémissement.

— Magnifique..., souffla-t-il.

Elle savait ce qu'il voyait, toujours grâce à Mia qui lui avait conseillé d'explorer son corps sans attendre qu'un homme s'en charge. Elle avait étudié dans le miroir ce sexe qui pouvait donner tant de plaisir si on cédait à ses exigences.

Il se pencha et prit délicatement le bouton de chair dans sa bouche, le suçant et le massant avec sa langue.

Un petit cri fusa de la gorge d'Eva. Ses jambes ne la tenaient plus, sa tête dodelinait, ses paupières se fermaient. Elle se forçait à garder les yeux ouverts, elle avait besoin de voir Godric, de voir sa bouche.

Elle remonta sa jupe plus haut, et Godric plongea son regard dans le sien.

Elle tremblait, elle allait jouir, mais cette fois elle essayait de se réfréner pour mieux savourer le spectacle de Godric à genoux devant elle. Elle contracta ses muscles intimes, comme si cela pouvait repousser la vague qui déferlait en elle, et Godric s'écarta. Il avait les lèvres rouges et mouillées, le menton luisant. Quand elle se pressa contre sa bouche comme une dévergondée insatiable, il eut un sourire qui acheva de la rendre folle. Alors il glissa sa main entre ses cuisses, et plongea son majeur dans la moiteur de sa chair.

Elle se mit à onduler, à balbutier des mots qu'elle-même ne comprenait pas. Il se pencha et reprit le bouton de chair dans sa bouche. Il la suça, tout en faisant aller et venir son doigt dans son vagin, de plus en plus vite.

Godric regardait Eva jouir sous ses mains et sa bouche, son corps souple convulsé par un orgasme explosif. Il ne savait pas trop à quoi il s'attendait avec cette jeune femme – certainement pas à cette tranquille acceptation d'un acte qui aurait fait pousser à la plupart de ses congénères des cris d'orfraie. Non seulement elle avait aimé ce qu'il lui faisait, mais elle ne l'avait pas quitté des yeux pour intensifier son plaisir. Où s'était-elle initiée à cette pratique ? Dans des lieux mal famés, probablement, pensa-t-il avec une bouffée de jalousie et de dépit.

Allons ! Quel droit avait-il de le lui reprocher ? Lui-même n'était plus puceau depuis belle lurette.

Il attendit qu'elle soit toute molle et abandonnée dans ses bras avant de la faire jouir une nouvelle fois, pour la simple raison qu'il en avait le pouvoir. Quand ses derniers spasmes s'apaisèrent, il laissa ses doigts enfoncés en elle, dans sa chaleur douillette. Il voulait la voir jouir éperdument, encore et encore.

Il retira enfin sa main et constata qu'il n'y avait pas la moindre trace de sang sur ses doigts. Elle n'avait donc pas menti : elle n'était plus vierge, ce qui expliquait son manque total de pruderie. Il en éprouvait un curieux mélange de soulagement – il ne l'avait pas débauchée en lui imposant des actes qu'on pratiquait généralement avec une maîtresse ou une courtisane – et de déception : ce n'était pas lui qui lui avait fait découvrir ces plaisirs-là.

Chassant ces pensées, il rabattit la jupe sur les jambes d'Eva et se redressa. Puis, passant un bras sous ses genoux, il la souleva. Elle était petite et légère comme une plume, cependant elle avait des hanches d'amphore et une poitrine généreuse. Il regrettait de ne pas l'avoir dénudée pour l'admirer. Ce n'était que partie remise.

— J'ai sommeil, bredouilla-t-elle, nichant sa tête au creux de son épaule.

Ce n'était pas surprenant – elle avait eu plus d'orgasmes en une demi-heure que lui en un mois !

Il la porta jusqu'au lit. Elle entrouvrit les paupières, dans un effort pour rester éveillée.

— Vous voulez que je vous serve de femme de chambre et que je vous enlève votre robe et votre corset ?

Elle acquiesça et bâilla bruyamment.

— Oui, s'il vous plaît. Je n'en reviens pas d'être aussi fatiguée.

À sa place, il aurait sans doute dormi pendant toute une semaine.

— Je déteste les corsets, dit-elle d'une voix pâteuse. Il faut vraiment que j'en porte ?

Il dut déglutir avant de répondre, car des images de seins nus et offerts jaillissaient dans son esprit et ranimaient sa verge.

— Vous n'avez pas à en porter pour moi, marmonna-t-il.

Il la mit debout, dégrafa le ruban, sous sa poitrine, qui fermait son corsage et qu'il baissa jusqu'à sa taille. Elle se laissait faire, accompagnant même ses mouvements, habituée depuis toujours à ce qu'une domestique la déshabille.

Sous la robe, elle avait une brassière blanche, toute simple, sur une chemise de fine batiste qui laissait entrevoir ses seins hauts et ronds, aux aréoles rose foncé et aux mamelons durcis. Les mains de Godric tremblaient lorsqu'il délaça le corset. Eva poussa un soupir de volupté qui faillit le faire jouir dans son pantalon.

Sacré nom d'un chien ! Il y avait des siècles que débarrasser une femme de son corset ne l'avait pas excité à ce point.

Il la coucha doucement sur le lit. Elle dormait déjà, sa bouche entrouverte, tentante comme un fruit. Il dut fournir un effort surhumain pour ne pas se jeter sur elle et planter jusqu'à la garde son membre douloureux dans le fourreau de chair dont il avait découvert la douceur affolante.

Il recouvrit Eva avec sa cape, puis drapa la courtepointe sur elle. Les draps, même s'ils paraissaient propres, étaient humides et sentaient le moisi.

Sans réfléchir, il se pencha et baisa la tempe de la jeune femme. Il enfouit son nez dans les boucles noires, et la huma comme on hume un vin pour en définir les arômes. Il inspira profondément, s'imprégnant de ce subtil bouquet.

Alors une illumination le frappa. Elle avait le goût et l'odeur du sucre – à vrai dire, jusqu'à cet instant magique, il ignorait que le sucre avait une odeur.

Endormie, elle avait l'air d'une princesse de conte de fées – une image infiniment plus troublante qu'il ne l'aurait cru. Le teint nacré, les lèvres vermeilles, les cheveux soyeux et brillants comme du jais. Elle était d'une beauté bouleversante et ne ressemblait à aucune femme de sa connaissance. Une rebelle, un garçon manqué. Mi-sirène mi-enfant perdue.

À l'instar de ses congénères, Godric appréciait les belles femmes, mais ce n'était pas leur beauté qui éveillait forcément son désir. C'était pour l'étincelle qui pétillait dans ses yeux noirs, pour sa gaieté et son sourire qu'il avait aimé Lucia, son épouse défunte, et non pour son physique. À vrai dire, on ne la trouvait belle que quand on la connaissait bien.

Quant à Eva de Courtney... Elle avait la beauté des trésors exposés dans les musées – d'ailleurs, elle lui donnait envie de l'enfermer dans une vitrine. Les hommes étaient-ils tous enclins à la considérer comme un objet superbe ? Était-ce pour cette raison qu'elle se méfiait autant d'eux ?

Elle n'était pas une précieuse porcelaine à mettre sous clef. Elle était une jeune femme de chair et de sang, débordante de vie.

Il se rendit soudain compte qu'il souriait avec mélancolie. Il s'efforcerait de ne pas l'étouffer, de ne pas la tenir en laisse ni de la contrôler – ce qu'elle le soupçonnait de vouloir faire.

Le problème ne serait sans doute pas là. Tout garçon manqué qu'elle était, elle avait le corps et les désirs d'une femme extraordinairement sensuelle.

Elle était si jeune, pourtant... Il voyait son regard s'éclairer chaque fois qu'il était gentil avec elle. Les filles, même les plus garçonnières, rêvaient d'amour romantique. Or dans ce domaine il ne pourrait pas la satisfaire. S'il avait l'allure d'un héros de roman – ce qu'il avait peut-être été à une époque –, ce n'était plus le cas.

Il la regarda une dernière fois puis éteignit la chandelle et regagna sa chambre. Il laissa la porte de communication ouverte.

Il renonça à se déshabiller – il n'avait pas envie de se coucher nu dans un lit peu engageant et surtout en supposant qu'il parvienne à dormir un peu, il ne voulait pas choquer Eva demain matin. Même si elle était plus à l'aise dans son corps que la plupart de ses semblables, cela ne signifiait pas qu'elle serait à l'aise avec son corps d'homme.

Il s'allongea sur la courtepointe, un bras replié sous sa nuque en guise d'oreiller. Déboutonnant sa braguette, il entreprit de soulager une érection devenue douloureuse. Ce fut vite fini, et le plaisir se dissipa aussitôt, cédant la place à la tristesse et au sentiment de perte qui l'envahissaient toujours dans ces moments-là.

Il allait passer une autre nuit blanche. S'il avait pu dormir lors de la première nuit de cette aventure, c'était uniquement parce qu'elle l'avait assommé, songea-t-il en tâtant la bosse à l'arrière de son crâne.

Il était habitué à ces insomnies. Elles le tourmentaient depuis longtemps, même avant la mort de Lucia et de Carl, mais elles avaient empiré depuis la tragédie. Il connaissait par cœur le processus : trois ou quatre nuits sans sommeil, après quoi il dormirait comme une souche pendant dix, seize et une fois même trente heures d'affilée.

Oh, il avait tenté de lutter. Il s'était saoulé, épuisé physiquement, et avec Lucia… eh bien, elle aussi avait passé de nombreuses nuits blanches.

Penser à sa défunte épouse ramena comme toujours le remords et la honte. Le remords d'avoir été absent quand Lucia avait eu besoin de lui, de ne pas l'avoir renvoyée en Angleterre après la naissance de Carl. Il l'avait gardée près de lui parce qu'il n'était qu'un égoïste.

Et la honte, parce qu'il allait être infidèle au souvenir de Lucia pour épouser une autre femme, et qu'il attendait ce mariage avec impatience, pour une raison au moins : il désirait ardemment Eva.

Depuis la mort de Lucia, il n'avait pas vécu comme un moine. Au contraire, il avait forniqué çà et là jusqu'à son départ de l'armée, puis à Londres quand il avait décidé de se venger.

Mais il le faisait pour assouvir un besoin physique, pas pour oublier le passé et commencer une nouvelle vie. Après ce qu'il avait fait, il ne méritait pas de tout recommencer.

Il tourna la tête vers la porte de communication. Il distinguait à peine le lit, dans la chambre voisine, la silhouette pelotonnée sous la courtepointe.

Il n'aimait pas Eva de Courtney – la plupart du temps, elle ne lui était même pas sympathique. Il aimait simplement son corps et ne serait pas capable de s'en priver.

Il saurait lui procurer du plaisir, et il lui offrirait un haras peuplé d'étalons. Un sourire amer joua sur ses lèvres.

Il espérait que la jouissance et les chevaux suffiraient à Eva, quand elle découvrirait qu'il n'avait rien d'autre à lui donner.

9

Eva ne trouvait pas le courage de regarder Godric dans les yeux. Depuis qu'ils étaient montés dans la voiture, elle fixait les boutons de sa redingote, son menton, sa bouche – sur laquelle flottait un sourire d'indulgence amusée qui lui donnait envie de le gifler.

Mia aurait dû lui signaler que faire face à une personne avec laquelle on a eu une relation sexuelle... choquante, pouvait être terriblement gênant.

Ce matin, à son réveil, elle avait découvert que Godric était déjà sorti. Il lui avait fait apporter de l'eau chaude pour sa toilette ainsi qu'un en-cas : jambon, œufs durs, pain beurré et confiture de prunes, café. Si elle redoutait de le voir apparaître, l'anxiété ne lui avait pas coupé l'appétit. Elle avait une faim de loup.

Il était finalement arrivé pour l'informer que la voiture serait prête dans un quart d'heure, et qu'elle devrait l'être aussi. Il parlait d'un ton posé et courtois, mais elle entendait une note moqueuse dans sa voix. Sans doute parce qu'elle était écarlate et ne se résolvait pas à le regarder dans les yeux.

La pluie avait enfin cessé, et le ciel était d'un gris maussade – en harmonie avec l'humeur d'Eva.

Godric restait silencieux, le visage tourné vers la vitre. Il pensait à ce qui s'était passé la veille au soir, elle le savait. Et il savait qu'elle y pensait aussi. Et elle savait qu'il savait que...

— Shh..., souffla-t-il en se penchant vers elle, si brusquement qu'elle sursauta. Si je vous ai choquée cette nuit, j'en suis navré. Sachez que nous n'avons rien fait de honteux, Eva. Bien sûr, j'aurais dû attendre que nous soyons mariés...

— Vous ne m'avez pas choquée, mentit-elle. Je connaissais le... les... euh...

Quelle expression avait employé sa belle-mère ? Caresses buccales ? Elle ne parviendrait jamais à prononcer ces mots.

Elle leva le nez et vit qu'il attendait la suite.

— Je connaissais... ça. Et beaucoup d'autres choses, ajouta-t-elle pour faire bonne mesure.

Il se recula, hocha la tête. Il pinçait les lèvres, et elle se demanda ce que signifiait cette expression. Peu importait, elle était soulagée qu'il se taise – et surtout qu'il ne parle plus de... *ça*.

Si Godric se mettait à rire – l'incapacité d'Eva à prononcer certains termes suggestifs et sa façon de clamer haut et fort qu'elle possédait une vaste expérience en matière de sexe étaient franchement cocasses –, elle le tuerait dans son sommeil la nuit prochaine.

Il se carra confortablement sur la banquette.

— Si nous continuons à cette allure, nous devrions atteindre la frontière demain vers midi.

Elle acquiesça, et il l'entendit déglutir. Elle avait manifestement la gorge nouée, ce qui toucha en lui une corde sensible dont il avait oublié l'existence.

Décidément, lady Eva de Courtney était une énigme : cette nuit, elle s'était livrée à une pratique d'un érotisme dont la plupart des Anglaises quinquagénaires et mariées n'avaient aucune idée. Non seulement elle s'était laissé faire, mais elle y avait participé avec enthousiasme.

Pourtant, aujourd'hui, elle avait de nouveau l'air d'une jeune fille innocente.

Elle l'intriguait de plus en plus.

— Depuis combien de temps fréquentez-vous les salons mondains ? demanda-t-il à brûle-pourpoint.

Elle fronça les sourcils, et il crut un instant qu'elle ne répondrait pas.

— C'était ma première saison.

— Seulement la première ? s'étonna-t-il.

Ferme-la, bon Dieu ! Que sais-tu des jeunes femmes et de leur première sortie dans le monde ? Il y a cinq mois de ça, tu n'avais encore jamais mis les pieds dans une salle de bal londonienne.

Elle tourna son regard vers l'extérieur.

— J'aurais effectivement dû faire mes débuts dans le monde à dix-sept ans, dix-huit au plus tard, expliqua-t-elle. Seulement je suis tombée malade et on m'a autorisée à rester à la campagne.

— Vous deviez être gravement malade.

Elle ne répliqua pas. Il fallait briser cette nouvelle barrière entre eux, avant qu'elle devienne infranchissable et gâche le peu de complicité qu'ils commençaient à partager. Il ne voulait pas être en conflit permanent avec la femme à laquelle il serait enchaîné jusqu'à la fin de ses jours.

— Hier, vous avez mentionné votre sœur cadette... Melissa, c'est bien ça ?

Elle lui lança un coup d'œil soupçonneux.

— Qu'y a-t-il ? Il n'est tout de même pas anormal de s'intéresser à sa future belle-famille ?

— Et qu'en est-il de votre famille ? rétorqua-t-elle d'un ton agressif. Pourquoi ne pas parler de vous, si vous avez tellement envie de papoter ?

Son premier réflexe fut de la remettre vertement à sa place. Il n'en fit rien. Il la regarda – il la regarda vraiment – et vit derrière le masque d'une beauté stupéfiante, à l'expression belliqueuse, une enfant effrayée.

Comment pourrait-elle ne pas se méfier, venant de lui, de ces ouvertures amicales ? De son point de vue, il s'était conduit comme un moins-que-rien depuis leur première rencontre. À vrai dire, tout le monde le pensait.

Il s'était montré cruellement sarcastique à son égard... jusqu'à la nuit dernière quand il s'était mis à genoux devant elle pour lui vouer un culte d'adoration... qu'un homme ne devrait pas imposer à sa jeune fiancée. Pas étonnant qu'elle ne sache plus sur quel pied danser et en soit fâchée.

— Très bien, soupira-t-il. Parlons de ma famille.

Cette tranquille capitulation stupéfia Eva. Elle s'attendait à recevoir, comme d'habitude, une rebuffade assortie d'un petit sourire condescendant. En réalité, elle l'espérait. Elle avait envie, sans trop savoir pourquoi, de le provoquer pour déclencher une dispute.

Elle l'observait avec l'impression de voir un nouvel avatar de l'homme qui, quelques heures plus tôt, s'était agenouillé devant elle pour lui faire des choses choquantes – car, contrairement à ce qu'elle prétendait, elle avait bel et bien été choquée – et incroyablement délicieuses.

Ce nouveau Visel, amical et qui s'intéressait à elle, ne ressemblait pas davantage à l'individu qui, durant plus de six mois, l'avait ignorée ou narguée.

— Je suis le troisième de la fratrie, et j'ai une sœur plus jeune que moi, commença-t-il. On m'a incité à acheter une fonction d'officier et à servir le roi et la nation. J'avais seize ans quand je me suis enrôlé.

— Pourquoi si jeune ?

— Les études ne me passionnaient pas. L'armée, en revanche, me fascinait depuis ma plus tendre enfance. Je n'étais plus un gamin, et beaucoup de jeunes gens s'engagent avant l'âge de seize ans.

— Ils ne sont généralement pas officiers.

Comme il lui lançait un regard surpris, elle haussa les épaules.

— Quoi ? Je n'ai peut-être que dix-neuf ans, mais je ne suis pas totalement ignorante. Je connais deux garçons, au village, qui se sont enrôlés à treize et à quatorze ans. Ils étaient de simples soldats, obligés de se coltiner le travail ingrat.

— Comment se fait-il que vous connaissiez des villageois et sachiez ce qu'ils faisaient dans l'armée ?

Une brusque colère, dont elle fut la première surprise, la submergea.

— Les gens que je connais et comment je les connais… ce ne sont pas vos oignons.

Il poussa un soupir accablé.

— Quoi ? maugréa-t-elle.

— D'où vous vient cette manie de transformer la moindre conversation en querelle ?

Elle allait réfuter cette accusation, puis décida soudain d'avouer la vérité. Pourquoi pas ? De toute façon, il s'en apercevrait tôt ou tard.

— J'aime bien ça, avoua-t-elle.

Il en resta bouche bée.

— Mon père dit que j'ai l'esprit de contradiction, mais je ne suis pas d'accord, précisa-t-elle.

Il éclata alors d'un rire grave et chaleureux qu'elle sentit se répercuter dans son ventre. Sa résistance céda, et elle répondit à sa première question :

— Mes sœurs et moi avions l'habitude de jouer avec les enfants du village qui se trouve sur les terres de mon père. J'avais à peine cinq ans quand ma mère est morte. Ma grand-mère et ma tante nous ont élevées. Quand ma grand-mère est tombée malade, ma tante ne pouvait plus nous tenir la bride haute, à Catherine et à moi, tout en s'occupant de Melissa – elle a deux ans de moins que moi – et en soignant notre grand-mère.

— Et votre père ?

— Il était rarement à la maison. Ses obligations le retenaient ailleurs.

En réalité, son père avait appris que sa défunte épouse – dont la mère avait fini ses jours dans un asile – était folle à lier. Il craignait que ses filles ne soient atteintes du même mal, et il était devenu amer et distant. Résultat, il ne rentrait à la maison que pour régler des problèmes relatifs à la gestion du domaine, ainsi que pour les anniversaires de ses filles – il y pensait, c'était déjà ça.

Godric la regardait comme s'il désirait poser une question à laquelle elle n'aurait probablement pas envie de répondre. Elle le devança.

— Je sais ce qui est arrivé à votre famille. Thomas Byer m'en a parlé.

Elle mentait – Tommy avait raconté la tragédie à Gabriel, son meilleur ami, et elle avait surpris leur conversation.

Les yeux bleus de Godric s'étrécirent, soudain semblables à deux lacs gelés.

— Tant mieux, ma chère, nous n'aurons donc plus à aborder ce sujet, déclara-t-il sèchement.

— Pourquoi ne...

— Le chapitre est clos. N'insistez pas, je risquerais d'être désagréable.

Elle n'insista pas. Quand il parlait sur ce ton, Godric Fleming lui rappelait son père. Il avait la même façon de tracer une ligne rouge à ne franchir sous aucun prétexte.

Il avait de l'autorité, ce qui n'était pas étonnant : il avait été durant des années un officier habitué à donner des ordres et à se faire obéir. Il la traiterait désormais comme l'un de ses soldats.

Son cœur se serra. Il lui donnerait du plaisir physique – du moins quand bon lui semblerait – et à en juger par ce qui s'était passé cette nuit, elle ne refuserait pas. Seraient-ils pour autant sur un pied d'égalité ?

Probablement pas. Il serait son seigneur et maître, et elle sa chose. Une fois de plus, elle dépendrait d'un homme convaincu qu'elle était folle, qui ne la comprendrait jamais et ne l'aimerait pas vraiment.

Et elle ne pouvait même pas le haïr pour cela, car s'ils se trouvaient dans cette situation, elle en était la seule responsable.

Oui, c'était elle qui les avait enchaînés l'un à l'autre, et ils devraient désormais s'en accommoder.

Un cahot inquiétant secoua soudain la voiture qui dérapa avant que les postillons puissent réagir.

Cela arracha Godric au silence déprimant dans lequel il se murait. Il regarda par la vitre. Le crachin qui avait commencé à tomber moins d'une heure après le départ s'était mué en une pluie battante qui enveloppait la campagne d'un épais rideau gris.

Il secoua la tête d'un air écœuré.

— Nous aurions dû rester à l'auberge. Je suis désolé de vous faire voyager dans ces conditions.

Décidément, il ne cessait de la surprendre : le comte de Visel admettait avoir eu tort ? Il lui présentait des excuses, à elle ? Elle s'abstint de tout commentaire, mais l'ironie se lisait sans doute sur son visage, car il dit :

— Eh oui… je suis capable de m'excuser, quand j'ai fait une bêtise.

— Alors vous devez vous excuser souvent.

Il éclata de rire.

Dieu que cet homme était étrange !

— Personnellement, je suis contente que nous ayons quitté l'auberge, reprit-elle, se tortillant sur la banquette car il fixait sur elle un regard pénétrant. Mes cheveux sentent le moisi, mes vêtements sont humides, et la nourriture était exécrable.

— Je crains fort que nous ne trouvions rien de mieux sur ce trajet. J'espérais que nous pourrions rejoindre la grande route du Nord dans la journée et passer une nuit dans une auberge plus confortable. Malheureusement, notre situation risque d'empirer.

Tous deux se tournèrent vers la vitre.

La grande voie du Nord était toujours bloquée, ce qui n'avait rien de surprenant : qui voudrait travailler sous ce déluge ? Godric avait ordonné aux postillons, pour contourner l'obstacle, de bifurquer vers l'ouest. Ils suivaient donc une route truffée d'ornières et si étroite que les branches des arbres qui la bordaient raclaient souvent le toit de la voiture.

— Expliquez-moi pourquoi vous vous pensez capable d'élever des chevaux, dit-il tout à trac, sur ce ton impérieux qui la hérissait.

— Pour que vous puissiez me rabaisser ?

— Peut-être. Cela vous effraie-t-il ?

— Rien ne m'effraie.

Il esquissa un sourire dubitatif.

Il la provoquait, et elle se garda bien de mordre à l'hameçon.

— Le père de James, le maître d'écurie de notre domaine, travaillait pour le duc de Langham, avant que mon père le débauche, expliqua-t-elle. Il y a longtemps de cela, James n'était pas né.

— Ah, Langham... Il a élevé quelques champions, n'est-ce pas ?

— Il a plusieurs haras. J'ai visité le plus important, avec ma famille. Le duc est considéré comme l'un des meilleurs spécialistes des pur-sang.

— Votre père s'est donc lancé dans l'élevage ?

— Non, il ne s'intéresse à la reproduction qu'avec ma belle-mère.

Visel se figea, la mâchoire pendante. Puis il laissa échapper un rire incrédule.

— Vous êtes vraiment incorrigible.

Elle ne put s'empêcher de se rengorger, même si ces propos égrillards n'étaient pas de son cru. Elle les avait entendus alors qu'elle écoutait aux portes – une manie dont elle avait honte, mais c'était plus fort qu'elle.

Ce jour-là, Gabriel se disputait avec sa mère, comme souvent. Il avait marmonné ces mots alors que Mia lui reprochait une fois de plus de mener une vie de bâton de chaise – il entretenait deux maîtresses qu'il logeait dans la même maison – au lieu de se marier et d'assurer sa descendance.

Ce commentaire inconvenant n'avait évidemment pas échappé à Mia qui avait vertement, et en arabe, remis son fils à sa place. Gabe et sa mère se chamaillaient sans cesse, après quoi ils s'embrassaient, ce qui stupéfiait toujours Eva. Ses sœurs et elle n'avaient pas ce genre de relation avec leur père.

Mia imputait le caractère querelleur de son fils aux années qu'il avait passées à Oran.

— Il a été mal élevé, on lui a laissé croire que sa parole avait force de loi.

— Mon père aussi en est convaincu, lui avait fait remarquer Eva.

Mia avait esquissé ce sourire mystérieux qu'elle avait chaque fois qu'on parlait de son époux.

— Tu as raison, ma chérie, les hommes se prennent tous pour des rois devant qui tout doit plier. La femme que Gabe épousera sera obligée, pour le dompter, de faire preuve de fermeté et de subtilité.

Mia, quant à elle, tenait la bride très haute au père d'Eva, qui n'était pourtant pas commode.

Eva lança un coup d'œil à l'homme assis en face d'elle, et qui n'était pas non plus un agneau. Pourrait-elle appliquer avec lui, quand ils seraient mariés, la méthode de Mia ?

Pour l'instant, il la dévisageait comme s'il avait affaire à une imprévisible nymphe champêtre surgie brusquement dans la voiture. Autant en profiter – désarçonner un homme était l'une des tactiques que préconisait souvent Mia.

— Mon père ne s'intéresse pas du tout aux chevaux, reprit-elle tranquillement. M. Brewster, le père de James, est un passionné, et le marquis l'autorise à faire un peu d'élevage. Ils ont vendu plusieurs chevaux de monte, mais aucun pur-sang.

Il garda le silence, posant sur elle ce regard sévère et indéchiffrable qui lui donnait l'impression d'être une gamine de dix ans.

Pourquoi usait-elle sa salive ? Il se fichait éperdument de ce qu'elle racontait.

Elle serra les dents, résolue à ne plus dire un mot.

Plus un seul mot.

Godric scrutait le visage d'Eva, où les émotions couraient comme de petits nuages blancs dans un ciel d'azur. La jeune femme était intelligente mais aussi peu machiavélique qu'un chaton. Bizarrement, cela lui inspirait de la tendresse et le besoin de la protéger – une réaction qui l'affolait.

« Tu peux la plaindre ou la ménager tant que tu veux, objecta sa voix intérieure, toujours aussi implacable, seulement ne la leurre pas en faisant semblant d'être autre chose qu'une coquille vide. »

Tandis qu'il s'abandonnait à son tourment intime, elle s'était murée dans le silence, remarqua-t-il soudain. Ses lèvres étaient crispées en une ligne sévère, signifiant qu'il avait oublié de lui donner la réplique et qu'elle en était offensée.

Tu vois ? Tu n'es même pas capable de bavarder avec elle sans la décevoir.

— Quand j'étais sur le continent, j'avais six chevaux.

Elle sursauta, surprise. Lui-même était stupéfait d'avoir dit cela. Depuis son retour en Angleterre, il n'avait jamais évoqué les longs mois passés outre-Manche, ni fourni à quiconque la moindre information, fût-elle aussi anodine que celle-ci.

Elle ouvrit la bouche, se ravisa aussitôt.

— N'hésitez pas, Eva, vous pouvez m'interroger.

Décidément, il ne cessait de se surprendre.

— Est-ce que vous... Étaient-ils... ?

Bon sang, pourquoi s'était-il fourré dans ce guêpier ?

— Deux d'entre eux avaient été mis à la réforme, répondit-il.

Elle hocha la tête, la mine sombre – elle commençait à déchiffrer le rébus.

— Aviez-vous une race préférée ?

Godric laissa échapper un rire amer, et elle eut un mouvement de recul, comme s'il l'avait giflée.

— Je ne me moque pas de vous, s'empressa-t-il d'expliquer. Je ris parce que les races chevalines et leurs qualités respectives étaient une énorme pomme de discorde dans la cavalerie. En tant que colonel, j'étais chargé d'acheter des chevaux pour mes hommes.

Et pour sa peine, il touchait une maigre obole.

— Vous qui aspirez à devenir éleveuse, sachez que l'armée ne possède pas de haras et qu'il n'existe pas de véritable service des remontes.

Elle opina de nouveau.

— Oui, d'après mon père, le système actuel est honteux, et les soldats sont à la merci de marchands peu scrupuleux qui, je le cite, leur refilent souvent des vieilles carnes.

Finalement, Godric ne détesterait peut-être pas son nouveau beau-père.

— C'est vrai, sauf si on recourt à des stratégies plus insidieuses.

Elle l'écoutait intensément, comme subjuguée – tout cela parce qu'il parlait maquignonnage. Quel homme résisterait à une jolie femme qui le regardait d'un air captivé ?

— Je trouvais souvent des montures *ad hoc* parmi les autochtones, ajouta-t-il.

Comprendrait-elle l'insinuation ? Elle fronça un instant les sourcils, puis un petit sourire retroussa le coin de sa bouche.

— Ah... Et ce n'était pas compliqué, parfois ?

— Compliqué ?

— Ces montures étaient portugaises – vous n'étiez pas obligé de leur apprendre l'anglais ?

Elle le taquinait, ce qui l'amusa.

— Elles apprenaient l'anglais bien plus vite que je n'apprenais le portugais.

— Et vous aviez une race préférée ? insista-t-elle.

— Le cheval de selle, robuste, haut de quinze mains ou plus, quand il venait de chez nous.

De fait, Wellington tenait à ce que leurs montures aient toutes cette taille, et comme ce n'est pas aux mendiants de choisir, on leur expédiait régulièrement des chevaux plus petits.

— Personnellement, je préférais le Hanovrien ou le Trakehner, précisa-t-il.

— Des races allemandes.

Il hocha la tête.

— C'est l'avant-dernier cheval que j'ai eu – un hongre cent fois plus intelligent que certains généraux de ma connaissance.

Elle éclata de rire, surprise et ravie.

— Quoi ? marmonna-t-il. Pourquoi me regardez-vous de cette manière ? lança-t-il en l'imitant.

— Je n'ai pas une voix aussi haut perchée et criarde ! protesta-t-elle. Et je vous regarde de quelle manière ? demanda-t-elle avec un sourire qui, chez une autre femme, eût été de la coquetterie.

— N'y comptez pas. Contrairement à vous, je suis un piètre mime. Mais vous n'avez pas répondu à ma question. Pourquoi avez-vous ri ?

Elle haussa les épaules.

— Votre remarque irrespectueuse à l'égard de certains généraux m'a surprise.

— Dire la vérité n'est pas irrespectueux.
— Je m'en souviendrai, ironisa-t-elle.
Cette fois, ce fut Godric qui éclata de rire.
— Pourquoi ne suis-je pas…
À cet instant, les chevaux hennirent et la voiture tangua brutalement.

10

Eva heurta un mur solide et chaud, des bras se refermèrent autour de sa taille. Elle se rendit compte alors qu'elle n'était plus assise sur sa banquette.

— Eva, êtes-vous blessée ? demanda Godric.

Elle secoua la tête, avec la sensation que son cœur battait dans sa gorge. Avec précaution, Godric l'assit sur ses cuisses. Ils penchaient bizarrement car la voiture était presque couchée sur le flanc. La vitre avait éclaté sous le choc, et la pluie dégoulinait sur la tête de Godric. Ses cheveux blonds étaient ébouriffés, un pli inquiet barrait son front.

— Avez-vous mal quelque part ?

— Non, marmonna-t-elle d'une voix rauque.

— Je vais ouvrir la portière pour voir ce qui se passe.

Il la souleva avec une aisance qui la troubla. Il avait une puissante musculature, elle l'avait constaté la veille.

Il ramassa son manteau tombé sur le plancher.

— Je vous couvre avec ça, pour vous protéger. Il y a du verre brisé un peu partout.

Elle acquiesça et se laissa emmailloter dans la pelisse.

— Je ne serai pas long, promit-il.

Elle sentit la voiture tanguer de nouveau, entendit crisser du verre. Elle attendit un moment puis, prudemment, souleva le vêtement. La pluie ruissela sur sa tête, comme si on renversait sur elle un seau d'eau glacée. Elle se réfugia précipitamment dans son cocon en drap de laine et s'efforça de calmer les battements de son cœur.

Bêtement, c'était ce bref contact physique avec Godric qui la bouleversait. Elle venait pourtant de frôler la mort, ou du moins elle aurait pu être sérieusement blessée.

— Eva ?

Godric se penchait vers elle.

— Secouez le manteau pour faire tomber les éclats de verre et donnez-le-moi.

Elle s'exécuta, et il jeta le vêtement sur son épaule.

— Accrochez-vous à moi, ordonna-t-il en lui tendant les deux mains.

Il l'extirpa de la voiture, la reposa doucement sur le sol, puis drapa le manteau sur elle pour lui éviter d'être trempée jusqu'aux os.

Elle leva la tête, plongeant dans ses yeux assombris. Ils se dévisagèrent longuement, en silence.

Un toussotement, derrière eux, les fit sursauter.

— Nous sommes prêts, Monsieur, déclara l'un des deux postillons.

— Très bien, répondit Godric. Une roue s'est cassée et la voiture a percuté le talus, expliqua-t-il à Eva.

— Les chevaux…

— Ils n'ont rien, la rassura-t-il avec un petit sourire, différent de son habituel rictus suffisant. Ces jeunes gens vont les emmener jusqu'au prochain village et revenir avec les secours.

Eva faillit dire qu'elle pouvait monter l'un des chevaux de tête, mais c'eût été pure vantardise. Les postillons portaient de grosses bottes à semelle de bois pour protéger leurs jambes et leurs pieds. Chevaucher avec ses escarpins serait une folie.

— Qu'allons-nous faire en attendant ? s'enquit-elle.

— Quand ils seront partis, nous récupérerons vos affaires et vous vous changerez. Vous aurez besoin de vos bottes pour marcher dans cette boue. Nous suivrons ensuite cette route, vu que la voiture, dans ces conditions, n'est pas un abri sûr.

Elle acquiesça.

— Vous pouvez vous mettre en route, dit Godric aux postillons qui patientaient.

Dans leurs pèlerines en coton huilé, luisantes de pluie, ils ressemblaient à de grands phoques.

— Bien, Milord. On fera aussi vite que possible.

Godric attendit qu'ils s'éloignent au petit galop, puis déclara :

— Je vais prendre le sac dans le coffre.

Lorsqu'il revint, il portait un sac en cuir flambant neuf – il avait dû l'acheter à Doncaster, en même temps que leurs vêtements de rechange. Il l'ouvrit et tendit à Eva sa culotte de peau.

Elle s'en saisit, hésitante.

— Je ne vous regarderai pas, promit-il, amusé.

Elle en fut évidemment piquée dans son orgueil – c'était le but recherché.

Le processus fut laborieux, mais elle fut bientôt vêtue de pied en cap – culotte, hautes bottes bien chaudes, chemise, gilet, redingote et cape, gants de cuir et cravate mollement nouée autour du cou.

— Tenez, dit Godric en récupérant son manteau et en lui tendant son chapeau en feutre de castor.

Maintenant qu'elle avait les cheveux courts, les glisser sous le couvre-chef était nettement plus facile. Quand ce fut fait, elle leva les yeux et s'aperçut que son compagnon l'observait d'un air déconcerté.

— Qu'y a-t-il ? demanda-t-elle.

— Rien.

— Votre manteau est tout mouillé.

— Oui, heureusement qu'il ne fait pas trop froid.

Eva claquait pourtant des dents. Il ne faisait certes pas aussi froid que l'an passé – que les gens appelaient désormais « l'Année sans été[1] » –, mais la température n'était pas clémente pour autant.

Godric jeta les vêtements trempés dans la voiture, referma la portière et saisit leurs deux sacs.

— Je peux porter le mien, lui dit-elle.

— Venez, je ne...

— Posez ce sac et retournez-vous lentement !

C'est une blague ? Telle fut la première pensée de Godric. L'univers semblait conspirer à les empêcher d'atteindre la frontière écossaise. Fallait-il y voir un signe ?

— Tournez-vous !

C'était une voix masculine, jeune et bizarrement aiguë.

— Ne dites rien, marmonna Godric à Eva qui, à son habitude, lui décocha un regard noir.

Ils pivotèrent. Godric chercha leur agresseur des yeux et, ne le voyant pas, voulut mettre une main en visière sur son front.

— Ne bougez pas !

Godric le repéra enfin et en resta pantois.

— Bonté divine ! s'exclama Eva, incrédule. Vous êtes en robe !

Godric ravala un grognement.

— Ce ne sont pas vos affaires ! la rabroua un inconnu en émergeant des fourrés qui bordaient la route.

C'était bien un jeune homme, et il était effectivement affublé d'une robe. Des bésicles, auxquelles il manquait un verre, étaient perchées de guingois sur son nez. Il

1. L'Année sans été désigne l'année 1816 : des perturbations sévères du climat détruisirent les récoltes en Europe septentrionale, au Canada et aux États-Unis. *(N.d.T.)*

était armé d'un long fusil bizarre, qu'il tenait d'une main, avec difficulté, tout en appuyant la crosse contre sa hanche.

— Vous allez me donner votre argent et… et votre sac, avec vos habits, déclara-t-il à Godric.

— C'est un tromblon que vous avez là ?

— Une arquebuse, rectifia dignement le jeune homme. Elle est très ancienne et la crosse est ornée de plaques de bronze superbement ouvragées. Elle aurait appartenu à Donatello Visconti, un lord viennois.

Godric était médusé. Eva, bien sûr, pouffa de rire.

— Il me semble entendre pérorer mon ancienne gouvernante, se moqua-t-elle. Vous n'avez pas besoin d'une arquebuse, il vous suffit de parler pour que vos victimes meurent d'ennui.

Godric ferma brièvement les yeux, atterré.

— Je vous conseille de la boucler ! glapit l'amateur d'armes anciennes. Je n'hésiterai pas à m'en servir.

Godric rouvrit les paupières.

— Ne nous énervons…

— Allez-y, faites-moi taire ! l'interrompit Eva. Je parie que ce machin n'est même pas chargé. Et en supposant qu'il le soit, j'ai l'impression que vous n'avez jamais tiré un coup de feu. Je vise certainement mieux que vous et…

Godric posa une main sur l'épaule d'Eva pour l'attirer contre lui, et plaqua l'autre sur sa bouche.

— Tenez, prenez le sac, dit-il, montrant du menton le sac qui contenait ses vêtements. Je vous donnerai ma bourse si vous m'autorisez à la prendre dans ma poche.

Leur agresseur, rouge de colère, dardait sur Eva un regard assassin. Sa poitrine plate, que découvrait un décolleté plongeant, se soulevait et s'abaissait au rythme de sa respiration précipitée.

— Restez tranquilles, Eva, la prévint-il en soulevant le bas de sa robe pour s'avancer vers eux.

Comme elle ouvrait la bouche, il la bâillonna plus fermement. Elle lui mordit la paume.

— Ça fait mal, nom d'un chien !

— Vous n'avez qu'à ôter votre main de ma bouche ! riposta-t-elle d'une voix sifflante.

— À condition que vous fermiez votre clapet !

— Je me tais !

Godric en doutait. Néanmoins, il la lâcha.

— On ne bouge pas, ordonna le jeune homme en s'approchant encore.

Il était apparemment du même âge qu'Eva, petit et presque aussi menu qu'elle. À en juger par sa voix chevrotante, il était nerveux. Il pressait un long doigt élégant sur la gâchette de son arme – cela ressemblait en tout cas à une gâchette ; les connaissances de Godric en matière d'arquebuses auraient tenu dans un dé à coudre.

Le jeune homme saisit vivement le sac puis recula d'un pas titubant. Il se rendit alors compte qu'il avait oublié la bourse.

Il crispa si fort les mâchoires que Godric vit saillir, sous la peau blanche, les tendons de son cou.

— Ce n'est pas nécessaire de me donner tout votre argent, juste… juste la moitié.

Godric fut surpris, mais s'empressa de lui remettre la moitié du contenu de sa bourse – une somme convenable car Bertie, à Doncaster, lui avait avancé vingt-cinq livres.

Le voleur recula de nouveau, l'air soudain hésitant.

— Je… je suis désolé de…

Eva renifla bruyamment, le jeune homme se tourna vers elle et, instinctivement, Godric se rapprocha, prêt au besoin à s'interposer entre elle et le canon de l'arquebuse.

Leur agresseur écarquilla soudain des yeux ronds comme des soucoupes.

— Mais... vous êtes une *fille* !

— Eva..., gronda Godric, comme elle s'apprêtait à lancer l'une de ces répliques cinglantes dont elle avait le secret.

Elle le foudroya du regard et – à sa grande surprise – se tut.

— Vous avez ce que vous vouliez, déclara-t-il au jeune homme. Je vous suggère de poursuivre votre chemin.

Rougissant de plus belle, le voleur baissa lentement son arme en faisant attention à ce que le canon ne touche pas le sol boueux, et saisit le sac. Il secoua la tête.

— Non, je... je ne peux pas, marmonna-t-il tout bas. Tenez, ajouta-t-il en tendant le sac. Reprenez-le. Je suis désolé.

Godric récupéra son bien, gêné pour le garçon qui ravalait ses larmes. Si Eva le remarquait, elle...

— Vous pleurez ? demanda-t-elle, incrédule.

Pinçant les lèvres, leur interlocuteur allait relever son arme, lorsqu'ils entendirent des chevaux arriver. Les postillons étaient-ils déjà de retour ?

Quand l'attelage apparut, Godric fronça les sourcils. Il n'y avait pas de voiture en vue.

— Qu'est-ce que...

— Bonjour, tout le monde ! déclara une voix nonchalante, derrière lui. Pas de mouvements brusques, s'il vous plaît. Veuillez baisser votre arme... euh... mademoiselle.

Eva n'avait jamais vécu une journée aussi excitante. D'abord un accident de voiture qui avait failli les tuer, puis la rencontre avec un voleur affublé d'une robe, maintenant un autre vaurien leur tombait dessus... et l'après-midi n'était pas terminé !

À contrecœur, leur premier voleur remit son tromblon au bandit de grand chemin, à la mise voyante, qui s'était approché.

Ses comparses avaient mis pied à terre et les entouraient. Ils n'étaient pas du même calibre que le jeune homme en robe, nota Eva avec inquiétude. C'étaient manifestement des criminels, patibulaires et prêts à tout.

— Surtout, taisez-vous, lui murmura Godric.

Elle frissonna sous le regard luisant de l'un des brigands – coiffé d'un haut-de-forme cabossé, piqué d'une épingle ornée d'une grosse émeraude. Son sourire révélait des chicots noircis.

— C'est un fusil, ça ? s'étonna le chef de la bande, en examinant l'arme.

— Une arquebuse, rectifia le premier voleur.

Il s'interrompit, sa pomme d'Adam montant et descendant le long de son cou.

— Elle... euh... elle aurait appartenu à Donatello Visconti, un lord viennois, ajouta-t-il.

Son interlocuteur écarquilla les yeux et se tourna vers ses complices qui affichèrent un large sourire – hormis l'homme au chapeau qui lorgnait Eva.

— Vous m'en direz tant, reprit le chef. Et où est ce... Donatello Vis... Vis...

— Visconti, monsieur. Il n'est nulle part, voyez-vous. Il est mort.

— Ah, fit le bandit après un long silence.

Il se détourna du jeune homme en robe pour regarder Godric et Eva. Il fronça les sourcils, ce qui était compréhensible – il avait devant lui un trio pour le moins improbable.

Puis il pivota vers ses sbires.

— Qu'est-ce que vous attendez, vous autres ? Mettez-vous au travail.

D'un même mouvement, les hommes se ruèrent vers la voiture.

— Où sont nos postillons ? demanda Godric.

— Vous inquiétez pas, mon vieux, on s'en prend pas aux honnêtes travailleurs, répondit le chef. On les a ficelés, les gars les libéreront un peu plus tard.

Eva lança un coup d'œil à Godric, pour voir s'il croyait le bandit, mais il ne lui prêta pas attention.

Les autres avaient entrepris de redresser la voiture, avec force ahans et jurons, car ils glissaient dans la boue et se cassaient la figure.

Un spectacle réjouissant.

La voiture dérapait et retombait dans le fossé pour la troisième fois, quand une carriole délabrée approcha en brinquebalant. Son conducteur, enveloppé dans une capote militaire, l'arrêta et, gauchement, en descendit. Il lui manquait une jambe.

— Il n'a qu'une seule..., commença Eva.

— Chut, souffla Godric.

Le nouveau venu étudia longuement la voiture, puis saisit une canne rangée sous la planche qui lui servait de siège. Claudiquant, il alla se camper à l'arrière de la carriole, où s'entassait tout un bric-à-brac.

Entretemps, les brigands avaient relevé la voiture. L'un d'eux, le plus petit, se glissa dessous et coinça un billot de bois – où l'avait-il déniché ? – sous l'essieu de la roue cassée. La voiture tangua mais resta debout.

L'estropié les rejoignit, une roue calée sur son épaule et une boîte à outils à la main.

Tous semblaient indifférents à la pluie qui ruisselait sur eux.

— C'est Donny, déclara le chef sur le ton de la confidence. Un spécialiste.

Le dénommé Donny était effectivement habile. Fixer la nouvelle roue – quoique légèrement plus petite et plus large que le modèle original – ne lui prit que quelques minutes.

— C'est bon, annonça-t-il en s'écartant, pour laisser deux autres membres de la bande atteler les chevaux.

La voiture s'ébranla. La roue trop petite la faisait chanceler sur l'étroite route défoncée, ce qui ne la ralentit pas pour autant, car elle s'engagea bientôt dans le tournant et disparut.

— Et voilà ! s'exclama le chef, souriant d'une oreille à l'autre. Maintenant, on me donne ce qu'on a dans les poches sans faire d'histoire, d'accord ? Vous d'abord, ordonna-t-il à Eva.

Furieuse, elle détacha la chaîne de sa montre de gousset et la lui tendit.

— C'est tout ce que j'ai.

— Flynn ! lança le type au chapeau, médusé. C'est une fille !

— Eh oui, Matthew, c'est une fille.

Flynn extirpa de sa poche le mouchoir le plus crasseux qu'Eva eût jamais vu et s'épongea la figure.

— Et rudement jolie, avec ça, ajouta-t-il avec un sourire froid.

Eva sentit Godric se rapprocher d'elle.

— Il se trouve qu'elle est également ma femme, déclara ce dernier d'une voix onctueuse, pourtant cinglante comme un coup de fouet.

— Bon sang ! Tu ne le reconnais pas, Flynn ? intervint alors un blond taillé comme un Hercule. C'est Fleming... le *colonel* Fleming.

Godric ne lui avait manifestement pas laissé un bon souvenir.

— Vraiment ? rétorqua Flynn, haussant un sourcil goguenard. Je crois que tu as raison, Paul. C'est bien le colonel Fleming. Un héros de guerre, les gars, en chair et en os.

Ses acolytes gloussèrent, et Eva coula un regard à Godric. Un frisson la parcourut. Il avait l'air de la Grande Faucheuse venue récupérer sa dernière victime.

— Et vous devez être Gentleman Flynn, dit Godric.

Ses yeux, troués par des pupilles rétrécies, semblaient soudain plus clairs, d'un bleu argent étincelant qui évoquait une lame fraîchement aiguisée.

Flynn pressa sur sa poitrine une main pareille à un battoir.

— Vous avez entendu parler de moi ? Je suis flatté.

Ses hommes s'esclaffèrent.

Eva s'en voulait de n'avoir pas deviné immédiatement à qui ils avaient affaire. Gentleman Flynn et sa bande de déserteurs, qui écumaient la région, faisaient la une des gazettes depuis des mois.

Elle essaya de se remémorer ce qu'elle avait lu à leur sujet, mais sans doute fallait-il en prendre et en laisser. Ces joyeux drilles étaient-ils aussi des assassins ?

— Tenez, dit Godric, en retirant de son auriculaire sa lourde chevalière en or. Prenez aussi ma bourse.

Flynn tendit la main, et Godric y posa sa bague et sa bourse.

— Et maintenant, partez.

Une lueur mauvaise s'alluma dans les prunelles de Flynn. Il s'avança, collant presque son visage contre celui de Godric.

— Les types de votre espèce n'ont plus d'ordre à me donner, *colonel*.

Il se racla la gorge et expédia un crachat gluant à quelques millimètres du pied de Godric.

Dégoûtée, Eva recula d'un bond. Quand elle leva la tête, elle vit que Godric pointait un pistolet sur la tempe du brigand.

Elle étouffa une exclamation. D'où sortait ce pistolet ?

Flynn, lui aussi, était médusé.

— À présent, déclara froidement Godric, dites à vos hommes de baisser leur arme, ou je vous fais un trou dans le crâne.

Une telle violence vibrait dans sa voix qu'Eva en eut la chair de poule.

Un petit muscle tressauta sur la mâchoire de Flynn, la haine flamba un instant dans ses iris sombres, vite dissimulée derrière un masque jovial.

— Vous avez entendu, les gars ? dit-il.

La plupart de ses comparses, occupés à extraire la voiture du fossé, n'avaient pas dégainé leurs armes. Seuls le dénommé Matthew et un autre homme avaient un pistolet à la main.

— J'ai eu tort de pas vous fouiller, ricana Flynn en louchant vers le canon braqué sur sa tête. Il est superbe, ce pistolet. Pourquoi vous vous en êtes pas servi, quand le gamin a voulu vous dépouiller ?

Flynn avait assisté à la scène ? s'étonna Eva. Depuis combien de temps les épiait-il ? S'il était là, à les attendre, cela signifiait qu'il avait saboté la voiture.

Godric ne répondit pas.

— Vous, l'arquebusier ! appela-t-il, sans quitter Flynn du regard.

— Moi ? coassa le jeune homme en robe.

— Désarmez ces deux messieurs et tenez Flynn en respect.

— Pitié, colonel ! gémit Flynn, goguenard. Il tremble comme une feuille, si j'attrape le hoquet, il me brûlera la cervelle.

— Eh bien, veillez à ne pas bouger d'un cil. Eva, prenez l'arquebuse.

Docile, elle s'empressa de débarrasser Flynn de l'antique fusil – il était tellement lourd qu'elle vacilla sous son poids.

— Vous pouvez nous désarmer tous, déclara Flynn, et même nous tuer. Ça changera rien. En nous voyant pas arriver, le reste de la bande reviendra.

Un rictus effrayant fendit la figure du bandit.

— Ça ira mal pour vous. Surtout pour cette dame, ajouta-t-il en regardant Eva qui recula.

— Vraiment ? rétorqua Godric d'un ton amusé. Je pensais pourtant que, quand on tranche la tête du serpent, le reste ne sert plus à rien. Que se passerait-il si je vous décapitais, Flynn ?

Avec son pistolet, d'une pichenette il fit sauter le chapeau du brigand et appuya le canon sur sa tempe.

Flynn déglutit bruyamment.

— Vous pouvez me tuer... ou rester ici avec nous, et je laisserai partir votre femme, dit-il.

Un sourire cruel étira les lèvres de Godric.

— Et je vous croirais sur parole ? La parole d'un voleur, tricheur, déserteur ? Et violeur.

Flynn se raidit.

— J'ai jamais violé une femme ! C'est un mensonge !

— Alors pourquoi vous en prendre à la mienne ? Vous avez dit, je vous cite : « Ça ira mal pour elle. »

— Il était pas question de la violer ! se récria Flynn, consterné. Je parlais de rançon, mon vieux ! Je voulais simplement dire que ce serait pénible pour elle d'attendre ici avec nous. Vous êtes le foutu héritier du duc de Tyndale ! J'ai beau être un ignorant, je sais qu'il est riche comme Crésus. J'ai pas besoin de vous garder tous les deux ici. Vous me suffirez.

— Vous comptez donc demander une rançon à mon grand-père pour me libérer, résuma platement Godric.

— Voilà, acquiesça Flynn, comme s'il avait affaire à un idiot. Je suis un voleur, un tricheur, un faussaire, un déserteur, un pilleur de tombes, et un tas d'autres choses. Mais pas un assassin ni un violeur. Et mes hommes non plus, je le leur permets pas. Vous avez certainement lu des articles sur moi – est-ce qu'on m'accuse d'avoir tué et violé ?

Ses complices, derrière lui, opinaient énergiquement du bonnet. L'homme au chapeau, en revanche, gardait les yeux rivés sur Eva.

— Et lui ? demanda-t-elle, braquant l'arquebuse sur le malotru. Il n'arrête pas de m'observer.

— Qui ? marmonna Flynn, déconcerté. Matthew ?

— Il me déshabille du regard !

— Il est simplet, Milady, expliqua Flynn en riant. Ça l'empêche pas d'aimer les jolies choses.

— Je ne suis pas une *chose* !

— Bien sûr, d'accord, vous énervez pas. Je voulais dire que... hmm... notre Matthew apprécie la beauté. Mais il ferait pas de mal à une mouche.

Eva lança un coup d'œil au benêt qui ne se départait pas de son sourire bizarre.

— Pourquoi ne pas vous battre en duel ?

Tous se tournèrent vers le dénommé Paul, celui qui avait reconnu Godric le premier. Il avait un accent beaucoup plus distingué que ses acolytes.

— C'est ce que fait un gentleman, non ? railla-t-il. Nous n'avons pas de rapières, nous avons... ça, dit-il, brandissant des poings de la taille de jambons.

— Ce n'est pas de cette façon que vous obtiendrez votre rançon, rétorqua Godric sur le même ton.

— Non. Ça donnera clairement à l'un d'entre nous l'occasion de vous écrabouiller la figure.

Les hommes se mirent à grommeler et à chuchoter, couvrant le bruit de la pluie qui sembla s'interrompre, comme pour écouter ce qui se passait.

— On a qu'à voter, suggéra l'un d'eux.

— Ou ! s'exclama un autre.

Tous acquiescèrent vigoureusement.

— Va pour le vote, décréta Flynn. On est tous d'accord pour régler ça comme des gentlemen ?

— On est pour !

— Qui est contre ?

Seule la pluie répondit.

— Combat de boxe adopté à l'unanimité ! clama Flynn. Si Sa Seigneurie gagne, on les laisse, sa femme et lui...

— Et le garçon, intervint Godric.

Flynn haussa les sourcils, mais hocha la tête.

— On les laissera partir tous les trois. S'il perd, il viendra avec nous et il écrira une belle lettre que les deux autres apporteront à son grand-père.

— Oui, d'accord ! braillèrent ses compagnons.

Flynn se tourna vers Godric, une lueur cruelle dans les yeux.

— La décision finale vous revient, Milord.

11

— J'accepte, déclara Godric en s'écartant de Flynn, sans pour autant cesser de le menacer de son pistolet.

— Non, ne faites pas ça ! s'exclama Eva.

Godric la dévisagea d'un air surpris.

— Je pensais que vous aimiez la bagarre.

— Je ne plaisante pas, Godric ! Cet homme ment comme un arracheur de dents, il ne tiendra pas parole. Refusez, je vous en prie. Nous avons trois armes et...

— Quatre, rectifia l'arquebusier en robe.

— Oui, quatre. Nous pouvons tenter notre chance.

La situation ne prêtait pas à rire, pourtant Godric esquissa un sourire amusé.

— Vous n'avez donc aucune confiance en moi, Eva ?

Sans attendre de réponse, il se tourna vers leur nouvel allié.

— Quel est votre nom, jeune homme ?

— Andrew, bredouilla le garçon qui, d'une main tremblante, pointait son arme vers Flynn. Andrew Lowell.

Godric s'approcha d'Eva et dit à voix basse :

— Je veux que vous partiez avec Andrew. Suivez cette route, débarrassez-vous de cette maudite arquebuse qui vous ralentirait. L'un de nos postillons m'a dit que le prochain village n'est qu'à quatre ou cinq kilomètres. Si vous...

— Non.

Godric sourcilla.

— Pardon ?

— Non, et je vous saurais gré de ne pas jouer les colonels avec moi.

C'était pure bravade, il voyait la peur dans ses yeux.

— Eva... Le moment est mal choisi pour se disputer. Il faut...

— Vous, vous m'abandonneriez ?

— Ce n'est pas comparable...

— C'est exactement pareil ! Je ne vous quitte pas.

Elle croisa les bras sur sa poitrine, avec cet air buté qu'il commençait à connaître et à redouter.

— Euh... colonel Fleming ? On s'y met, avant que la pluie nous fasse fondre ?

Godric décocha un regard exaspéré à Flynn qui haussa nonchalamment les épaules.

— Je signale simplement qu'il pleut des cordes.

La pluie semblait effectivement redoubler de vigueur.

— Eva...

— Non.

— Bon Dieu de bon Dieu !

Elle cilla mais ne bougea pas.

— Eva, grinça-t-il, scrutant son ravissant visage.

— Non.

— Bon ! Prenez ça, dit-il en lui tendant le pistolet. Je veux que vous restiez à côté d'Andrew, et vous allez me promettre de...

— Je ne partirai pas.

— Pas tout de suite, mais si ça tourne mal...

Elle déglutit avec peine, son menton tremblait comme si elle luttait contre les larmes.

— Si je perds, je ne pourrai pas vous protéger, Eva. Vous, en revanche, vous pourrez m'aider en alertant les autorités.

Elle hocha la tête et, d'un geste brusque, saisit le pistolet.

— Je vous le promets.

— Bien ! Surveillez Flynn et ses sbires, je suis sûr qu'ils ont des poignards et autres instruments de ce genre, cachés sur eux. Je doute néanmoins qu'ils aient des pistolets de poche, ils ne sont pas assez raffinés pour ça.

Elle hocha la tête.

Souriant, Godric lui planta un baiser sur la bouche et la poussa, stupéfaite, vers Andrew qui, un pistolet dans chaque main, n'en menait visiblement pas large.

— Surveillez aussi Andrew, qu'il ne se fasse pas exploser la cervelle.

Eva esquissa un sourire qui n'éclaira pas ses yeux.

Godric attendit qu'elle se campe aux côtés d'Andrew pour se tourner vers les hommes de Flynn.

— Alors, lequel d'entre vous aimerait taper sur un pair d'Angleterre ?

Il ne fut pas surpris de voir s'avancer le grand blond au regard étincelant.

Godric déboutonna de ses doigts gourds son manteau trempé.

— Vous ne votez pas, cette fois ? railla-t-il.

— Vous trouvez ça drôle, pas vrai ? grimaça son adversaire. Que les gens comme nous aient le droit d'exprimer leur opinion en votant.

Godric tendit son manteau à Eva qui s'en saisit, tout en pointant le pistolet sur Flynn.

— Oui, je trouve drôle qu'une bande de voleurs et de déserteurs pensent mériter le droit de vote.

Le grand blond lança sa pèlerine en coton huilé à l'un de ses compagnons et déboutonna soigneusement sa vareuse militaire, d'un vilain gris-brun dû à l'abus des teintures.

Godric ne lui reprochait pas de porter ce qui était probablement le vêtement le mieux coupé qu'il ait jamais possédé. La plupart des soldats étaient sortis de la guerre sans un sou en poche, avec pour seuls biens les habits qu'ils avaient sur le dos.

Ce qu'il ne pardonnait pas à ces hommes, c'était leur désertion.

— Les gens comme vous nous ont toujours pris pour des imbéciles, marmonna Paul. De la chair à canon, voilà tout ce qu'on est pour vous.

— Personnellement, rétorqua posément Godric en ôtant son gilet, je suis favorable à l'élargissement du droit de vote. À condition d'exclure les criminels.

Son interlocuteur se rapprocha d'un air menaçant.

— Vous êtes qu'un…

Flynn s'interposa soudain entre eux, une main à plat sur le poitrail de son complice.

— Du calme, Paul.

Celui-ci grogna, mais s'immobilisa. D'un même mouvement, les deux combattants retirèrent leur chemise, et Godric dut admettre que son adversaire était avantagé. Il pesait six ou sept kilos de plus que lui et exhibait des muscles d'acier.

Lorsque Godric pivota pour confier sa chemise à Eva, il la surprit en train d'étudier son torse nu et ne put s'empêcher de sourire. Quel homme ne serait pas flatté qu'une belle femme le couve ainsi du regard ?

— Et maintenant, les règles ! annonça Flynn d'une voix de stentor, endossant le rôle du maître de cérémonie.

Sans quitter Eva des yeux, Godric entreprit d'assouplir ses muscles contractés par le froid. Il s'étira, fléchit le buste en avant, puis d'un côté et de l'autre. Il était conscient de faire la roue comme un paon, mais le désir qu'il devinait dans l'expression d'Eva l'échauffait bien plus que quelques exercices.

Elle pensait à la nuit dernière, il le savait, et il revoyait son visage quand il s'était agenouillé devant elle. Pour la première fois depuis qu'il s'était réveillé avec une bosse sur le crâne, il était impatient de l'épouser. Pas seulement pour réchauffer son lit, mais parce qu'il aimait son courage et son énergie, et que, avec elle, il se sentait vivant.

Ils finiraient peut-être par bien s'entendre, pourquoi pas ? À condition de ne pas s'être étripés avant.

— Prêt, Milord ? rugit Flynn derrière lui.

Godric lança un dernier regard à Eva, puis pivota vers son adversaire. Il était prêt, autant qu'il pouvait l'être.

Eva sentait son cœur cogner dans sa poitrine, et un filet de sueur glacée couler le long de son dos. Elle se rapprocha d'Andrew, le pistolet braqué sur Flynn. Le bandit et ses comparses paraissaient fascinés par le spectacle d'un soldat déshonoré s'attaquant à un héros national.

— Godric a recommandé de les surveiller, dit-elle à Andrew. Vous pouvez tenir à la fois le pistolet et ce foutu tromblon ?

— C'est une...

— Je sais ! siffla-t-elle. Je vous demande si vous êtes capable de viser, de tirer et, au besoin, de tuer.

— *Tuer ?* Il n'a pas parlé de ça ! rétorqua le jeune homme.

Le verre embué de ses lunettes masquait son œil gauche ; l'autre, dans la monture vide, était noisette et semblait vouloir jaillir de son orbite.

Eva haussa les épaules et pivota à demi, pour garder dans son champ de vision les deux lutteurs. Ils se tournaient autour prudemment et pataugeaient dans la boue épaisse qui dissimulait d'innombrables nids-de-poule.

— S'il perd, que se passera-t-il, à votre avis ? chuchota-t-elle. Vous croyez qu'ils nous laisseront partir ?

— Flynn l'a promis. Il a dit...

— Je l'ai entendu, merci, le coupa-t-elle sèchement.

Elle frémit lorsque Paul, rapide comme l'éclair, frappa Godric qui ne put parer le coup. Son adversaire était massif *et* véloce.

Godric projeta son poing gauche – il était donc gaucher, nota Eva – que Paul esquiva de justesse.

Elle se mordillait les lèvres, son attention concentrée sur les deux hommes, jaugeant les forces et les faiblesses de chacun. Godric avait une allonge supérieure, mais Paul était indubitablement plus rapide, et plus jeune. De surcroît, il avait la rage dans l'âme.

Paul plaça deux autres directs, pour s'adapter à un adversaire gaucher et évaluer ses défenses. Il ne manquait pas de style, il se penchait parfois un peu trop en avant, remarqua Eva.

Godric appliquait les techniques de défense, ce qui était plus sage. Il dansait littéralement pour éviter les coups. Il était magnifique et incroyablement viril. Il avait un corps harmonieux, ni trop mince ni trop robuste, des muscles bien dessinés, à la fois puissants et souples. Et il n'avait pas une once de graisse.

C'était le corps d'un aristocrate, mais d'un aristocrate qui ne se ménageait pas. Et qui, peu à peu, se muait en fauve.

— Je vous ai vu boxer deux fois, dit Paul sur le ton de la conversation, malgré la hargne qu'on sentait bouillonner en lui.

— Vraiment ? rétorqua tranquillement Godric.

Il esquiva habilement un crochet suivi d'un direct, sourit et secoua la tête pour rejeter en arrière ses cheveux dégoulinants de pluie et de sueur.

— Oui, confirma Paul. Contre MacNamara et Olsen.

Godric sourit à l'évocation de ces noms.

— Vous les avez massacrés tous les deux, précisa Paul en lui assénant un coup qui manqua la mâchoire et toucha l'épaule.

Godric laissa échapper un grognement sans pour autant vaciller.

Les deux combattants, quoique très différents, étaient de force égale. Godric compensait le désavantage de l'âge par une technique impeccable. Paul palliait un manque de technique par la vigueur de la jeunesse.

Ils se battaient sans parvenir à porter un coup décisif à leur adversaire. Paul continuait à parler et commençait à s'essouffler.

— Mon frère était sous vos ordres, figurez-vous.

À cet instant, il réussit à lancer un direct qui atteignit Godric au menton.

Eva se rendit compte qu'elle se mordait la lèvre jusqu'au sang.

Godric chancela et se ramassa sur lui-même, comme s'il était sur le point de s'écrouler, puis, passant brusquement sous la garde de son adversaire, il lui décocha deux uppercuts si violents qu'on entendit claquer les mâchoires de Paul. Comme s'il dansait, il s'écarta pour parer un contre un peu mou.

Les deux boxeurs s'étudiaient, se tournaient autour le temps de reprendre leur souffle. Les hommes de Flynn grommelaient et s'agitaient, tels des chiens flairant le sang.

— Votre frère ? Un lâche et un déserteur comme...

Paul lui asséna un crochet du droit qui fit reculer Godric d'un bon mètre. Les bandits se précipitèrent pour le bloquer.

— Reculez ! hurla Eva qui s'approcha de Flynn, le pistolet pointé sur sa poitrine.

Flynn leva les mains en signe de bonne volonté.

— Vous entendez, les gars ? En arrière toute !

Ronchonnant et traînant les pieds, ses hommes s'éloignèrent des deux combattants.

Quand Eva se retourna vers Godric, elle vit du sang couler de sa bouche. Il souriait toujours et lui fit un clin d'œil.

Elle secoua la tête, écœurée. *Ah, les hommes !*

— Barry n'était pas un déserteur, et c'est bien dommage pour lui, décréta Paul en lançant un crachat sanguinolent aux pieds de Godric. S'il avait déserté, il serait sans doute toujours vivant. Mais ce pauvre fou croyait que vous protégeriez vos hommes.

Avec un rire convulsif, il porta un coup maladroit que Godric évita facilement avant d'envoyer un direct qui fit trébucher Paul.

— Mon frère a cru à cette fable jusqu'au jour de sa mort. Il y croyait certainement encore pendant qu'il vous attendait. Et vous n'êtes jamais venu !

Godric avait du mal à respirer. Une saison mondaine passée à boire et à faire la fête… ce n'était pas bon pour les poumons.

Par chance, Paul n'arrêtait pas de parler et s'essoufflait de plus en plus.

— Vous vous souvenez d'Orthez[1], *colonel* ? Vous vous souvenez de ce jour-là, espèce de salaud ?

Eva tressaillit. Godric était distrait, il prêtait attention aux paroles de son adversaire plutôt qu'à ses mouvements.

Paul s'en aperçut, lui aussi.

— Vous étiez censé amener du renfort, mais vous avez scindé la troupe en deux.

Paul se jeta sur Godric et l'empoigna, lui bourrant les flancs de coups de poing.

— Flynn ! Séparez-les ! s'écria Eva.

Figé, le bandit observait avidement le spectacle : Paul était en train de venger tous les hommes du commun malmenés par un officier.

Eva voulut s'élancer, mais Andrew la retint par le bras, avec une force étonnante.

---

1. Bataille d'Orthez, 27 février 1814 : l'une des dernières batailles de la guerre d'Indépendance espagnole. Elle opposa l'armée française et les forces anglaises et portugaises commandées par le duc de Wellington. *(N.d.T.)*

— Ne bougez pas, ordonna-t-il. Vous ne feriez que le distraire davantage.

Elle se dégagea brusquement et obéit, consciente qu'il avait raison. Que se passait-il ? Godric ne réagissait pas, n'essayait pas de repousser Paul – comme s'il acceptait la punition.

— Vous l'avez laissé mourir ! hurla Paul. Et vous l'avez fait pour sauver votre putain !

Ses mots produisirent l'effet d'éperons plantés dans les flancs d'un cheval fourbu. Godric s'ébroua soudain.

— Elle n'était pas une putain ! rugit-il.

Vif comme l'éclair, il lança un uppercut qui atteignit Paul à la pointe du menton et le souleva de terre.

Paul tituba, Godric continua à frapper jusqu'à ce que son adversaire s'écroule dans la boue, sur le dos.

Godric ne le lâcha pas pour autant et plongea sur lui, le martelant de coups de poing.

— Ce n'était pas... une... une putain... c'était ma... ma femme !

Il bredouillait tellement qu'Eva ne comprit pas tout de suite ce qu'il disait.

Sa femme ?

12

Les hommes de Flynn durent s'y mettre à plusieurs pour écarter Godric de son adversaire inconscient.

— Restez là, ordonna sèchement Eva, braquant le pistolet sur la panse de Flynn qui, glissant dans la boue, voulait s'approcher de son compagnon.

— Paul a besoin...

Eva lança un rapide coup d'œil aux brigands qui s'échinaient à bloquer les poings de Godric.

— Votre Paul s'en remettra.

Flynn écarquilla des yeux incrédules. À juste titre, car Godric était manifestement en proie à une telle fureur qu'il ne se contrôlait plus. Eva comprenait, cela lui était déjà arrivé. Bien sûr, elle n'avait pas eu l'occasion de mettre son adversaire en pièces. Dommage, cela paraissait libérateur.

— Mais enfin... il va le tuer ! s'exclama Flynn.

— Il y a quelques minutes, c'est Paul qui allait le tuer, et vous n'avez pas levé le petit doigt.

Flynn se dandinait d'un pied sur l'autre.

— C'est mon beau-frère, bon sang !

Ah, voilà qui expliquait tout.

— Ma femme m'étripera s'il lui arrive malheur, marmonna-t-il.

— Vous réagissez un peu tard. Le malheur est arrivé.

Godric, en l'occurrence.

— Ne vous tracassez pas. Voyez, il commence à se calmer, ajouta-t-elle, montrant la mêlée.

Elle avait raison, les poings de Godric ne martelaient plus le corps inerte de Paul. Deux hommes lui maintenaient le bras gauche – au biceps tellement contracté qu'une grosse veine bleue saillait sous la peau tachée de boue et de sang. Trois autres hommes bloquaient son bras droit et ses jambes.

Eva eut une bouffée de chaleur à la vue de ce corps qui semblait sculpté dans du marbre blanc, sur lequel on discernait les traces d'anciennes blessures, et qui était maintenant marbré d'ecchymoses.

Il était beau, sauvage et redoutable, tel un dieu vengeur.

— Qu'est-ce qu'on fait de lui, chef ? demanda, à bout de souffle, un sbire de Flynn qui avait la lèvre fendue.

Eva balaya du regard la route étroite, les arbres qui la bordaient, aux branches courbées sous le poids de l'eau. La pluie avait tout détrempé, cependant elle remarqua un grand châtaigner sous lequel le sol paraissait à peu près sec.

— Mettez-le là-bas, répondit-elle. Surveillez-le, Andrew, dit-elle par-dessus son épaule, les yeux rivés sur Flynn qui s'était précipité vers Paul.

— Bon sang de bonsoir ! tonna le chef de la bande, furieux. Il a la mâchoire et le nez en miettes. Et son œil droit est…

— Vous voulez dire, je crois, qu'il a perdu, déclara-t-elle, feignant l'indifférence. Allez-vous tenir votre promesse et nous laisser partir tous les trois ? Ou faudra-t-il que je vous abatte – ainsi que Paul, pour faire bonne mesure ? Votre famille serait peut-être soulagée d'être débarrassée de lui, vu son état, conclut-elle, jetant un regard dédaigneux au blessé ensanglanté qui gisait dans la boue.

La figure de Flynn vira au rouge brique.

— Mais quel genre de lady vous êtes ? J'ai connu sur les docks des putains qui étaient moins féroces et insensibles que vous.

Eva ne daigna pas répliquer.

— Vous êtes une barbare, poursuivit Flynn d'un ton écœuré. Comme lui, ajouta-t-il, montrant Godric affalé au pied du châtaigner. Vous êtes cinglés, tous les deux. Allez, les gars, on ramène Paul au campement.

Les hommes qui avaient déplacé Godric soulevaient maintenant Paul, toujours inerte.

Flynn leur fit signe de passer devant et leur emboîta le pas. Il s'enfonça dans les fourrés en fixant Eva, comme s'il redoutait qu'elle ne se lance à ses trousses.

Elle attendit que toute la bande ait disparu pour se précipiter vers Godric.

— Faites le guet, ordonna-t-elle à Andrew. Ils pourraient revenir.

— Je m'en charge, répondit-il d'une voix ferme, même si ses mains tremblaient toujours. Occupez-vous de Sa Seigneurie.

— M. Fleming, rectifia-t-elle.

— Je pensais que...

— Je sais !

Elle s'agenouilla auprès de Godric qui clignait des yeux d'un air hagard. Il saignait et sa figure se tuméfiait déjà.

— Godric ? *Godric*, répéta-t-elle, affolée. Vous devez vous lever. Nous ne pourrons pas vous porter.

Comme il ne réagissait pas, elle encadra son visage de ses mains.

— S'il vous plaît, Godric.

Une lueur s'alluma au fond de ses iris sombres, ses lèvres meurtries remuèrent.

— Partez sans moi, murmura-t-il.

Eva se tourna vers Andrew.

— Il n'est pas lucide. Je crois qu'il ne m'entend pas.

Andrew la rejoignit, marchant en crabe et continuant à braquer ses armes vers les fourrés.

— Il a reçu de sacrés coups sur le crâne, avant d'assommer l'autre. Je n'en reviens pas qu'il soit encore debout… enfin, assis… et à peu près conscient.

Eva partageait sa stupéfaction.

— Qu'allons-nous faire ? Nous ne réussirons pas à le porter.

Elle dévisagea Andrew.

— Courez chercher de l'aide, déclara-t-elle. Je reste là.

— Je ne peux pas courir, rétorqua-t-il, montrant sa robe trempée. Vous, vous êtes habillée comme il faut. Allez-y, moi je veillerai sur…

À cet instant, ils entendirent un cheval approcher sur la route. Eva se campa aussitôt devant Godric, pour lui servir de bouclier, et sourit à Andrew qui, spontanément, l'imitait. Il ne manquait pas de courage, après tout, songea-t-elle.

Tous deux pointèrent leurs armes vers le tournant.

— Ne tirez pas avant qu'on sache qui c'est, articula Andrew, tremblant de nouveau.

Eva ne répondit pas. Le nouveau venu prenait tout son temps.

Enfin, un imposant cheval de trait au chanfrein orné d'un croissant blanc apparut, attelé à une antique charrette délabrée. Le vieil homme qui la conduisait ressemblait à son cheval, avec sa barbe et ses cheveux blancs sous un grand chapeau cabossé.

— C'est qui, à votre avis ? marmonna Andrew.

Soudain, Eva reconnut, à l'arrière de la charrette, l'un des postillons – il s'appelait Joe, lui semblait-il.

Une vague de soulagement l'envahit, si violente qu'elle chancela. Les larmes qu'elle retenait depuis si longtemps débordèrent.

— Merci, mon Dieu ! murmura-t-elle. Merci !

13

— Vous avez dit, me semble-t-il, que vous saviez jouer ! ronchonnait une voix familière.

— Oui, et je le maintiens, riposta une autre voix, masculine et vexée.

À qui appartenait cette voix ? Ah oui… Andrew.

— Vous avez omis de préciser que vous jouez comme ma vieille gouvernante.

— Désolé, répliqua sèchement Andrew. Je n'avais pas compris que j'étais en compagnie d'un général.

— Et moi que j'étais assise en face d'une vieille grand-mère !

— Si vous êtes méchante, je vais…

— Oh, le pauvre petit !

— Vous êtes la femme la plus horrible que j'aie jamais rencontrée.

— C'est vrai ? Je prends cela pour un compliment.

— Et voilà, je…

Godric ouvrit la bouche pour leur demander de se taire, mais n'émit qu'un pitoyable grognement.

— Vous êtes réveillé !

Il grimaça – le cri d'Eva lui avait vrillé les tympans –, se força à ouvrir les paupières et plissa les yeux, aveuglé par la lumière. Un visage flou se penchait sur lui.

— Godric !

— Ne faites pas tout ce boucan, vous allez...

— Fermez-la, Andrew.

Godric sentit des mains fines et chaudes encadrer sa figure.

— Godric !

— Chut, marmonna-t-il.

— Qu'est-ce que je vous disais, hein ? commenta Andrew.

— Bouclez-la ! Je suis désolée, Godric. Vous avez mal à la tête ? D'après Mme Crosby, vous...

— Eva, l'interrompit-il, levant une main qui tremblait comme une feuille.

Un silence bienfaisant s'installa, et Godric se résigna à rouvrir les paupières.

Cette fois, il vit clairement le visage de la jeune femme, son expression anxieuse. Il avait un tel mal de crâne que des larmes perlèrent à ses paupières. Eva ravala une exclamation.

— Mal... tête..., bafouilla-t-il.

Andrew se matérialisa alors à côté de la jeune femme, un verre à la main.

— Buvez ça, dit-il. Mme Crosby avait prévu que vous souffririez.

Godric interrogea Eva du regard. Elle grimaça.

— C'est du laudanum.

— Non merci...

Eva le gratifia d'un sourire approbateur.

— Vous avez raison, ce n'est pas nécessaire. Cela ne servirait qu'à vous embrouiller les idées. Que diriez-vous d'une bonne tasse de thé et de quelque chose à manger ?

Il acquiesça, ce qui lui arracha un gémissement.

— Andrew, apportez à mon mari du thé, du pain, de la confiture, et une tranche du jambon de M. Norton, ordonna Eva.

— Primo, je ne suis pas votre domestique, riposta le jeune homme. Secundo, Mme Crosby a recommandé de lui faire avaler ça. Avec un peu de bouillon, du gruau et...

— Mme Crosby n'est pas médecin.

— Elle en sait plus que vous sur...

— Pas de gruau, articula Godric.

Le jeune homme se renfrogna et soupira.

— Bien.

Eva ricana, tandis qu'Andrew sortait de la pièce d'un pas de grenadier. Il eut cependant le bon goût de ne pas claquer la porte.

— Qui est Mme Crosby ? demanda faiblement Godric.

— La cuisinière. Elle croit tout savoir et elle est affreusement autoritaire.

« La paille et la poutre... », songea Godric.

— Vous voulez vous asseoir ? proposa-t-elle.

Ce ne fut pas une mince affaire, Eva étant trop menue pour le soulever, mais il réussit à se redresser. L'étourdissement et la nausée passés, il se sentit beaucoup mieux.

Eva approcha une chaise du lit et s'y installa.

— J'ai dormi longtemps ? demanda-t-il.

— Nous sommes arrivés ici à 14 heures, et il est maintenant 19 heures.

Cinq heures perdues.

— Vous n'aviez pas beaucoup dormi les deux nuits précédentes, reprit-elle. Vous aviez besoin de sommeil.

Godric leva une main pour repousser les cheveux qui lui tombaient sur le front et remarqua qu'il avait une chemise de nuit. Il n'en portait jamais.

— Elle appartient au fils de M. Norton, expliqua Eva, lisant dans ses pensées.

— Qui est M. Norton ?

— L'aubergiste.

— Où sommes-nous ?

— À l'*Auberge du Pasteur Glouton*.

Il haussa les sourcils, et elle éclata de rire.

— Quel joli nom, n'est-ce pas ? Ce n'est qu'une petite auberge, pas un relais de poste, il n'y a que deux chambres à louer.

Elle s'interrompit, toute rose soudain, puis enchaîna :

— Nous sommes à cinq kilomètres de Bellsley, un village trop petit pour avoir une auberge, un policier ou un docteur.

— Je ne connais pas cet endroit.

— Personne ne le connaît. C'est un trou perdu, et nous y sommes tombés. Je ne me doutais pas qu'il y avait autant de forêts en Angleterre. Je ne m'étonne pas que Flynn, avec sa bande, se prenne pour Robin des bois.

Flynn...

— Dites-moi ce qui s'est passé... après.

— Les deux postillons ont réussi à s'échapper. Flynn ne mentait pas quand il a dit qu'ils étaient sains et saufs. L'un d'eux a couru chercher de l'aide dans la ferme la plus proche, l'autre a rejoint la grand-route. C'est fou, non ? Faire de la marche sous un tel déluge ?

Quand il tombait des hallebardes, c'était sûrement le meilleur moyen d'arriver à bon port, pensa Godric.

— Je suppose qu'il était pressé de prévenir son patron, dit-il. Quand celui-ci saura que la voiture et l'attelage ont été volés, ce postillon risque d'avoir de sérieux problèmes.

— Ce n'est pas sa faute ! Son patron n'oserait quand même pas...

— Pourriez-vous me raconter toute l'histoire, avant de partir en croisade ?

— Oh... oui, bien sûr. Mais... vous l'aiderez, n'est-ce pas ? Lui et son collègue ? Joe est encore ici. Il a attrapé un rhume, il dort dans l'écurie.

— Je les aiderai de mon mieux. La suite de l'histoire, s'il vous plaît.

— Eh bien… euh… on nous a ramenés ici. Et voilà, c'est tout. Sauf que M. Norton garde nos armes. Andrew les lui a remises, marmonna-t-elle.

C'était probablement une bonne chose, vu la façon dont Andrew et elle se chamaillaient.

— On a prévenu les autorités ? s'enquit-il.

— Le fils de l'aubergiste s'en chargera demain matin. M. Norton ne veut pas qu'il aille au bourg par ce temps.

Godric tourna la tête vers la fenêtre. La pluie ruisselait sur les carreaux.

— J'ai peur que nous ne soyons bientôt sous l'eau, commenta Eva d'un air lugubre. D'après M. Norton, la rivière est en crue et les routes sont inondées. C'est pour cette raison que nous ne sommes pas allés chercher un médecin – il n'arriverait jamais jusqu'ici.

Elle lui lança un regard oblique.

— Vous pensez que nous devrions quand même aller le chercher ?

— Non.

— Vous dites ça pour me rassurer ou…

— Je vais bien, Eva. Ce n'est pas mon premier combat de boxe, loin de là. J'avais uniquement besoin de me reposer un peu.

À cet instant, la porte s'ouvrit derrière Eva qui sauta sur ses pieds, prête à voler dans les plumes d'Andrew.

— Oh, madame Crosby…, dit-elle, comme si elle venait de découvrir, sur sa rose préférée, une vilaine limace des jardins.

La personne qui venait d'entrer ne correspondait pas du tout à l'idée que Godric se faisait d'une cuisinière. Cette blonde aux yeux verts était presque aussi ravissante que sa future épouse. Plus âgée d'une dizaine d'années, elle était aussi plus grande et dotée de formes plus généreuses. On ne s'attendait pas à rencontrer une telle beauté dans une humble auberge de campagne.

— Ce n'était pas la peine d'apporter vous-même cette collation, madame Crosby, déclara Eva, foudroyant du regard Andrew qui s'adressait à la cuisinière et haussa les épaules d'un air penaud.

Mme Crosby fit mine de ne pas avoir entendu Eva – ce qui n'était pas très prudent – et gratifia Godric d'un sourire éblouissant.

— Mais il est réveillé ! roucoula-t-elle. Bonsoir, monsieur Fleming.

— Bonsoir, madame. Si je ne m'abuse, c'est vous qui m'avez soigné, dit-il, touchant le bandage qui entourait son crâne.

— Non, c'est moi, s'insurgea Eva dont le visage se marbra aussitôt de rouge.

Mme Crosby lui décocha un coup d'œil condescendant – celui d'une sœur aînée amusée par les facéties de sa cadette.

Seigneur Dieu…

— Votre… épouse a effectivement été d'un grand secours, Monsieur Fleming.

Lui aussi eut droit au même regard, et cela lui déplut autant qu'à Eva, quoique pour des raisons différentes. Pourquoi cette inconnue mettrait-elle en doute leur statut de couple marié ?

— Je suis navrée que vous ayez été attaqués et dépouillés dans le voisinage, qui était naguère si agréable. Ces exactions sont assez habituelles, à présent, car beaucoup d'habitants de la région connaissent des temps difficiles.

Sa bouche pulpeuse souriait, mais l'éclat dur de ses prunelles indiquait que la situation des voleurs lui inspirait de la compassion. Une attitude fréquente dans toute la Grande-Bretagne, à cause de la scandaleuse inertie du gouvernement concernant le sort des soldats blessés et sans emploi, qui étaient légion.

— On nous a délestés de nos affaires et aussi, j'en ai bien peur, de tout notre argent, fit-il remarquer.

— Mme Fleming m'en a informée. M. Norton est heureux de vous être utile, cher Monsieur.

Enfin une bonne nouvelle. Godric inclina la tête.

— Faites-lui part de ma gratitude, je vous prie. J'aimerais pouvoir dire que nous n'abuserons pas longtemps de sa générosité, seulement...

Il montra la fenêtre, et Mme Crosby opina.

— Je vous conseille de rester ici au moins quelques jours, même si le temps s'améliore. L'hématome que vous avez sur la tempe est un peu inquiétant, il vaudrait mieux attendre qu'il se résorbe. J'ai dit à votre... épouse que vous deviez garder le lit, boire du bouillon et manger du gruau. Jusqu'à ce que vous recouvriez vos forces, ce qui, pour un homme comme vous, ne tardera pas, conclut-elle, l'enveloppant d'un regard suggestif manifestement destiné à lui échauffer l'imagination.

Eva observait la cuisinière comme si elle avait affaire à un serpent qui s'était faufilé dans la pièce pour planter ses crochets venimeux dans la chair de Godric. Mme Crosby mesurait-elle le danger auquel elle s'exposait en provoquant cette jeune femme au caractère ombrageux ?

Une part de lui la soupçonnait de savoir exactement ce qu'elle faisait. Mais pourquoi narguer ainsi une inconnue ? Mystère.

On pouvait cependant comprendre qu'une trop ravissante veuve, au fin fond de la campagne, s'ennuie à mourir et cherche à se distraire – en supposant qu'elle soit veuve et n'ait pas, tout simplement, la cuisse légère.

— Merci de votre sollicitude, madame Crosby, susurra-t-il avec un sourire chaleureux, pour lui montrer qu'il était lui aussi capable de jouer ce jeu-là. Cependant, je préférerais une tasse de thé, des toasts, des œufs et du jambon – mon *épouse* m'a recommandé le jambon de M. Norton. J'aimerais aussi qu'on m'apporte de l'eau chaude et qu'on me prête un rasoir, si c'est possible.

Elle hocha lentement la tête, comme si ces paroles la blessaient, et Godric en éprouva une pointe de remords.

Mieux valait cependant qu'il se charge de remettre cette femme à sa place, avant qu'Eva le fasse.

— Vous ne voulez pas goûter ce bouillon ? C'est ma spécialité, il vous remettra d'aplomb.

En principe, quand une femme le couvait de ce regard brûlant, ils étaient tous les deux nus et enlacés.

— Je me sens parfaitement bien, mentit-il. Et je ne prends pas de laudanum.

Du moins plus maintenant.

Elle inclina la tête, montrant une soumission fort peu convaincante.

— Très bien, Monsieur, dit-elle en s'avançant vers lui. Si vous me permettez de vérifier votre pansem...

Godric leva une main pour l'empêcher de le toucher. Eva, qu'il surveillait du coin de l'œil, semblait avoir doublé de volume tant elle hérissait ses piquants.

— Ce ne sera pas nécessaire, madame Crosby. Je n'ai que trop abusé de votre temps. Merci infiniment.

— Cela ne me dérange pas, répliqua-t-elle avec une petite moue complice – à l'évidence, elle ne se laissait pas facilement décourager.

Vraiment bizarre... et intéressant. Et très imprudent.

— Je suis sûr que vous avez mieux à faire que d'examiner mes égratignures. Ma femme s'en chargera. Puis-je demander si mes vêtements...

— Je ne m'en suis pas encore occupée. Mme Norton a proposé de prêter une robe de chambre, ajouta-t-elle, montrant le valet de nuit sur lequel était drapé un peignoir. Elle est quelconque, certes, mais elle vous suffira peut-être pour l'instant ?

Elle le gratifia d'un nouveau sourire entendu, puis pivota à demi pour avoir à la fois Eva et Godric dans son champ de vision.

— Votre charmante et jeune épouse s'est fait tellement de souci pour vous.

Eva s'approcha et – volontairement ou non – la bouscula au passage.

— Oh, pardonnez-moi, je suis maladroite.

Elles étaient face à face, telles deux chattes prêtes à en découdre. Un silence chargé d'électricité s'installa.

Ce fut l'aînée des deux rivales, plus habile, qui le rompit.

— Vous êtes pardonnée, ma chère, dit-elle avec un rire harmonieux. J'envie votre exubérance enfantine – vous me faites penser à un chaton espiègle.

— Merci d'être aussi compréhensive, madame Crosby. Les compliments de mes aînées me touchent profondément, riposta Eva.

Mme Crosby fit une courbette – étonnamment gracieuse pour une cuisinière de la campagne – et prit congé.

Eva lui emboîta le pas et referma la porte, la claquant au nez d'Andrew qui, planté sur le seuil, recula d'un bond.

Elle se retourna, son regard jetait des éclairs. Godric écarquilla des yeux innocents.

— Qu'y a-t-il ?

— Ah non, grimaça-t-elle. Pas ça.

Godric tapota le bord du lit, où elle était assise avant l'intrusion de la cuisinière.

— Venez là.

— Non, marmonna-t-elle en croisant les bras sur sa poitrine.

Godric lui sourit, conscient néanmoins de jouer avec le feu.

— Seriez-vous jalouse, ma chérie ?

— De vous ? ironisa-t-elle, dédaigneuse.

Elle avait peut-être l'air d'un chaton, mais elle savait se défendre.

Godric émit un petit rire qui lui transperça le crâne, et lui fit signe d'approcher.

— Vous m'obligez à tourner la tête pour vous voir, c'est douloureux.

— J'en suis navrée, rétorqua-t-elle – sous-entendu : Bien fait pour vous !

Elle s'avança cependant et s'arrêta à quelques centimètres du lit.

— Je devrais peut-être m'éclipser avant qu'elle revienne, pour vous laisser libre de flirter avec cette... cette...

Bonté divine, elle était vraiment adorable.

— Vous êtes jalouse.

— Non, simplement dégoûtée. Si vous tenez absolument à flirter avec toutes les vieilles biques...

Il ne put s'empêcher d'éclater de rire.

— Toutes les vieilles biques qui passent, enchaîna-t-elle, les dents serrées, je vous serai reconnaissante de vous en abstenir quand je suis dans les parages.

Il prit sa main, délicate et fraîche, dans la sienne. Il crut un instant qu'elle allait le gifler, ce qu'il aurait, à force de jouer ainsi avec elle, amplement mérité.

— Si cela vous ennuie, mon cœur, il vous suffira de me dire gentiment d'arrêter.

Il baisa le bout de ses doigts crispés, en lui décochant un regard par-dessous ses cils.

Une violente rougeur colora son ravissant visage. Ses yeux bleu lavande étincelèrent.

— Oh non, *chéri*. Pour rien au monde, je ne voudrais vous priver de ces plaisirs simples. C'est tout ce qui reste à un homme d'un âge avancé.

Godric éclata d'un rire tonitruant, rejetant la tête en arrière – ce dont il se repentit cruellement.

— Ouille ! grogna-t-il.

— Oh, susurra-t-elle, feignant l'inquiétude. Vous vous êtes fait mal, mon cœur ?

— Petite peste, grimaça-t-il.

À cet instant, on frappa un coup sec à la porte qui s'ouvrit aussitôt.

Mme Crosby franchit le seuil, un grand plateau de lit dans les mains. Elle dardait sur eux un regard acéré.

Nom d'une pipe, elle avait dû courir à la cuisine et remonter dare-dare.

Eva dégagea sa main et recula.

— Et voilà, Monsieur, dit Mme Crosby.

Elle posa le plateau sur les cuisses de Godric, effleurant comme par inadvertance la partie la plus sensible de son anatomie, ce qui le fit tressaillir.

— Veuillez m'excuser, murmura-t-elle, fixant le sol, un petit sourire aux lèvres.

Godric était séduisant, il le savait – tout de même pas à ce point. Que mijotait cette femme ? Cherchait-elle à le faire assassiner dans son sommeil ?

— Je vous suis infiniment reconnaissant de me manifester autant d'empressement, répondit-il.

Les beaux yeux de la cuisinière brillaient comme des émeraudes.

— S'il y a autre chose que je peux...

Elle laissa sa phrase en suspens – l'insinuation était limpide.

— C'est trop gentil, madame... hmm... Crosby. Je vous remercie.

— Bien... Je ferai monter l'eau et le rasoir quand vous m'aurez sonnée pour que je vous débarrasse du plateau.

Godric fronça les sourcils.

— Vous êtes seule pour assumer toutes les corvées ?

— Comme nous n'attendions pas de clients par ce temps, Mme Norton a donné congé aux filles afin qu'elles puissent rentrer chez elles avant que tout soit inondé.

— Ah, je vois... Je suis vraiment désolé de vous causer du dérangement.

Elle battit des cils – franchement, elle en faisait un peu trop.

— C'est un plaisir pour moi.

Eva se racla la gorge. Godric se sentit rougir mais, sans lui laisser le temps de répondre, la cuisinière lui fit la courbette et se dirigea vers la porte en ondulant des hanches. En sortant, elle frôla Andrew qui la contemplait avec un sourire idiot.

— Entrez ou sortez, lui ordonna sèchement Eva. En tout cas, fermez la porte !

Andrew s'empourpra, entra et ferma la porte.

— Pourquoi l'avez-vous amenée ici ? marmonna Eva.

— Je n'ai rien fait, elle s'est amenée toute seule, se défendit le jeune homme. Je ne pouvais pas l'en empêcher, à moins de la ligoter.

Ce garçon doux comme un agneau n'aurait jamais réussi à stopper la diablesse qui venait de quitter la pièce, songea Godric.

— Je n'aime pas cette femme, décréta Eva en regardant Godric.

— Vraiment ? répliqua Andrew, moqueur. Je ne l'aurais jamais deviné.

Eva se retourna d'un bond vers le jeune homme.

— On se calme, les enfants, soupira Godric.

Les deux autres pivotèrent, les lèvres pincées, l'air butés. Godric eut soudain une envie folle de se cacher la tête sous les couvertures et de dormir jusqu'à ce qu'il cesse de pleuvoir.

Au lieu de quoi il tendit la main à Eva.

— Venez là.

Elle se mordilla les lèvres, raide comme un piquet.

— S'il vous plaît... Je suis en piteux état, et je m'en excuse. Asseyez-vous près de moi pendant que je mange un peu.

Il la vit rougir, touchée par son invitation. Il pensa alors, non sans inquiétude, qu'elle était en train de s'enticher de lui et que, s'il n'y prenait pas garde, la taquiner et la provoquer ne ferait qu'accélérer le processus.

« Cela n'a rien à voir avec toi, persifla sa voix intérieure. Ce n'est qu'une jeune fille impressionnable qui a envie de tomber amoureuse. »

Il en doutait. Eva était jeune, certes, cependant elle possédait un esprit tranchant et, d'après ce qu'il avait observé durant la saison mondaine, elle ne cherchait pas un mari. Elle disait même ne pas vouloir se marier, et il la croyait. Si elle ne supportait pas les minauderies de Mme Crosby, c'était probablement parce qu'elle considérait l'attitude de la cuisinière comme un manque de respect à son égard.

L'amour et le mariage sont des choses différentes, mon pauvre vieux.

— Vous avez vu la façon dont elle s'est frottée contre Andrew ? s'indigna-t-elle. Vous avez vu ?

— Euh..., bredouilla-t-il en portant la fourchette à sa bouche.

— Il est tombé dans son piège et maintenant, il est follement amoureux d'elle.

Elle lança au jeune homme un regard qui aurait énervé les hommes les plus sereins de la création, dont Andrew ne faisait assurément pas partie.

De fait, il se dressa sur ses ergots.

— Ce n'est pas...

— On sait pourtant bien qu'elle ne remarquerait même pas un freluquet pareil, poursuivit Eva, coulant un regard complice à Godric. Sauf si elle mijotait un mauvais coup.

— Un... *freluquet* ? s'étrangla Andrew. Merci bien ! Et je précise que je ne suis absolument pas amoureux d'elle.

— Suis-je bête, rétorqua-t-elle, claquant des doigts. Vous êtes amoureux de votre tromblon, bien sûr !

— C'est une...

— Eva... Andrew, intervint Godric, sur le ton qu'il employait naguère avec des soldats indisciplinés.

Cela fonctionna également avec les deux chamailleurs. Ce n'était pas grand-chose, mais il en fut réconforté.

— Pouvez-vous arrêter de vous disputer ? Cinq minutes.

Andrew fixait sur Eva un regard menaçant dont l'effet était singulièrement atténué par ses lunettes ridicules et ses vêtements d'emprunt, dépareillés et aussi peu seyants que sa robe en loques.

— C'est toujours elle qui commence, avec ses commentaires tellement intelligents, protesta ce dernier.

— Ils valent mieux que vos commentaires stupides !

Godric s'éclaircit la voix.

— Asseyez-vous, Andrew, s'il vous plaît.

Lorsque le jeune homme fut assis – aussi loin d'Eva que l'exiguïté de la chambre le permettait –, Godric reprit :

— J'aimerais manger en paix. Si vous me racontiez, Andrew – il fit les gros yeux à Eva qui affichait des airs de martyr –, comment vous vous êtes retrouvé sur cette route avec une… hmm… arquebuse.

Et une robe bleue.

Le garçon remonta ses bésicles, ou ce qui en restait, sur son nez.

— En résumé, mes cousins m'ont battu, revêtu d'une robe de ma défunte mère et jeté dans le fossé avec l'arquebuse.

Godric avala une bouchée de jambon – effectivement délicieux – et reposa sa fourchette.

— Serait-ce un rite de passage, dans votre famille ?

Eva gloussa puis, comme Godric lui décochait un regard sévère, pinça les lèvres.

Andrew se tortilla sur son siège, son corps frêle empêtré dans des habits appartenant sans doute au fameux fils de M. Norton, dont la chemise de nuit était trop large pour Godric qui n'était pourtant pas un avorton. Andrew, qui n'était pas beaucoup plus grand qu'Eva, nageait dans un ample et rustique pantalon, retenu à la taille par une ficelle en guise de ceinture.

— Mon père, Stephen Lowell, est mort il y a trois mois, déclara-t-il d'un air étrangement digne, malgré son accoutrement de pitre. C'était un érudit, spécialiste des armes anciennes. Il avait toujours vécu modestement, jusqu'à l'année dernière. Il a fait de mauvais placements et je n'ai appris qu'après son décès qu'il avait de lourdes dettes.

Nul besoin d'être un génie pour deviner la suite – Andrew s'était retrouvé dans le dénuement.

— Vous avez donc demandé de l'aide à votre oncle, fit remarquer Godric.

Andrew hocha la tête, très pâle soudain.

— Mon oncle est un ferblantier très prospère. Il m'a proposé de travailler pour lui.

Voyant l'étonnement de Godric, le jeune homme esquissa un faible sourire.

— Il ne s'agissait pas de forger le fer, rien d'aussi pénible. Il voulait que je tienne ses livres de comptes. Seulement j'ai découvert quelques... euh... erreurs, et quand je l'ai interrogé à ce sujet, il m'a traité de menteur et de voleur, et il m'a mis à la porte.

Il lança un coup d'œil nerveux à Godric.

— Il avait deux associés, vous comprenez.

— Ah... Et ses associés n'étaient pas conscients du problème.

Andrew opina.

— Je n'aurais pas dû lui en parler, j'ai été stupide. Je n'ai rien dit à personne, ajouta-t-il dans un soupir. J'aurais sûrement dû le faire.

— Il vaut parfois mieux capituler, rétorqua gentiment Godric.

La gratitude se peignit sur le visage du garçon qui déglutit avec peine, sa pomme d'Adam montant et descendant le long de son cou grêle.

— Je bouclais ma malle lorsque mes trois cousins – qui sont eux aussi ferblantiers – sont entrés dans ma chambre. Je crois qu'ils avaient prévu de me passer un savon, mais ils ont ouvert ma malle. Ils ont vu la robe et l'arquebuse. La tentation était trop forte, je suppose.

Andrew redressa les épaules avec une dignité touchante.

— La robe et l'arquebuse… c'est tout ce qui me reste de mes parents.

Godric avala une bouchée de jambon pour dissimuler son émotion. Eva se taisait, bouche bée.

À sa grande stupeur, elle se rua sur Andrew et l'entoura de ses bras, heurtant ses lunettes qui tombèrent sur le sol.

— Quelle horrible histoire ! Pourquoi ne m'avez-vous rien dit ? Je suis désolée d'avoir été méchante avec vous.

Andrew lança un regard affolé à Godric qui, avec un sourire, l'encouragea à tapoter le dos de la jeune femme, conseil que le garçon s'empressa de suivre.

Soulagé, Godric se renversa contre son oreiller. Il allait peut-être, enfin, avoir un peu de tranquillité.

Eva se sentait pitoyable, les yeux rivés sur Andrew qui sortait de la chambre. Godric avait demandé à ce dernier d'emporter le plateau, pour épargner une corvée supplémentaire à Mme Crosby.

Dès que le jeune homme eut refermé la porte, elle revint auprès de Godric et resta immobile, hésitante, devant le lit.

Il bâilla puis lui fit signe de s'asseoir près de lui. Elle obéit et fut agréablement surprise quand il posa sa main à présent gonflée et meurtrie sur la sienne.

— Je vous félicite d'avoir offert à Andrew une place dans la maisonnée de votre père. C'est très gentil de votre part.

Pour éviter de croiser son regard trop perspicace, elle étudia ses longs doigts aux jointures écorchées.

— C'était le moins que je puisse faire, j'ai été tellement odieuse avec lui. J'ignorais qu'il avait traversé d'aussi terribles épreuves, dit-elle d'une voix étranglée. Si j'avais su tout ça...

— Chut...

Sa douceur la rendait encore plus nerveuse que ses railleries. Elle lui lança un coup d'œil furtif et vit qu'il l'observait d'un air bizarrement songeur.

— Qu'y a-t-il ?

Il secoua la tête.

— Rien.

Il esquivait ; il n'était pas le genre d'homme qu'on pouvait forcer à vous faire des confidences – ni à quoi que ce soit d'ailleurs. Et la façon dont il avait répondu aux quelques questions personnelles qu'elle lui avait posées ne l'incitait pas à lui en demander davantage, surtout pas sur ce qui tournaillait dans son esprit : Godric Fleming avait-il été marié ?

— Vous avez l'air bien pensive. Pourquoi ?

— Je pense, figurez-vous, que Mme Crosby avait sans doute raison.

Il haussa les sourcils.

— Quand elle a dit que vous deviez rester couché.

— Je connais mon corps, et lui me dit que si je ne me lève pas, du moins pendant une heure ou deux, je ne dormirai pas de la nuit.

— Très bien, grimaça-t-elle en rougissant.

— Qu'y a-t-il, Eva ?

— Il y a que... à notre arrivée ici, Andrew était dans tous ses états et il a vendu la mèche. Il a dit que vous étiez le comte de Visel.

— Aaah... je vois. Ma foi, ce n'est pas la pire catastrophe de la journée.

Il affichait un bizarre sourire de travers, car sa lèvre était fendue et son œil gauche tellement tuméfié qu'il en était presque fermé. Des hématomes couvraient son visage, son cou et son superbe torse, pourtant il demeurait séduisant.

— Oui, sauf que cela compliquera les choses, si nous changeons d'avis, objecta-t-elle.

Il fronça les sourcils, ce qui le fit tressaillir et poser un doigt circonspect sur l'énorme bleu de son visage.

— Changer d'avis à quel sujet ? demanda-t-il distraitement en tâtant avec précaution son visage, comme pour mesurer les dégâts.

— De l'Écosse, chuchota-t-elle – ce qui était idiot, vu qu'ils étaient seuls dans la pièce.

Il sourit et prit de nouveau sa main.

— Voyons, ma chérie, auriez-vous des doutes concernant notre destination ?

Ce « chérie » murmuré d'une voix de velours était pour le moins troublant, pour ne pas dire perturbant.

— Si nous avions pu rester discrets, nous aurions peut-être eu le choix.

— Eva, vous savez bien que nous n'avons jamais eu le choix.

Il ne voulait pas la blesser, mais lui laissait clairement entendre que, quand elle l'avait enlevé, elle avait scellé son destin et le sien.

Il lui effleura la joue, une caresse qui lui donna envie de se pelotonner sur ses genoux comme un petit chat et de tout oublier – qui elle était, ce qu'elle avait fait et le piège qu'elle lui avait tendu sans mesurer les conséquences.

— J'aurais préféré rester discret pour préserver votre réputation du mieux possible, mais le fait que quelques personnes connaissent la vérité – et qui, pour la plupart, ont maille à partir avec la justice – n'est pas si grave.

Eva se recula – pour dire ce qu'elle avait à dire, il ne fallait pas qu'il la touche.

— Je regrette.

— Quoi donc ?

Elle le dévisagea longuement. Contre toute attente et en très peu de temps, elle en était venue à respecter cet homme et même à l'apprécier.

Une fois qu'elle aurait confessé ses torts, il la jugerait irrémédiablement folle.

Tu le lui dois.

Elle prit une grande inspiration.

— Je regrette... tout ça. Je vous ai assommé, ligoté, à cause de moi vous avez été roué de coups, pour finir par atterrir... *ici.*

Elle se leva d'un bond.

— Je ne suis pas idiote, vous savez, j'ai conscience de me conduire souvent comme une sale gamine de quinze ans plutôt que comme une femme adulte.

Godric réprima un sourire devant tant de lucidité.

— Je ne vous trouve pas idiote, Eva.

C'était la stricte vérité. Elle était bien trop intelligente et ne manquerait pas de lui en faire voir de toutes les couleurs.

— Je ne pense pas non plus que vous vous conduisez comme une sale gosse.

Ça, c'était un petit mensonge, mais elle paraissait si malheureuse qu'il n'avait pas le cœur de l'asticoter.

— Je crois que vous vous efforciez, de façon assez admirable, de sauver les personnes que vous aimez.

Moi aussi, si j'en avais eu la possibilité, j'aurais fait n'importe quoi pour sauver Lucia et Carl, et le reste de ma famille.

— Ce qui est fait est fait, enchaîna-t-il. Ne perdez pas votre temps à vous flageller. La vie est trop brève.

Tu t'entends, mon vieux ? Tu pourrais peut-être suivre tes bons conseils ?

Elle se mit à arpenter la pièce, fourrageant dans ses cheveux courts.

— Je souhaiterais que mon père voie les choses de cet œil-là. Il me reproche sans cesse mon impulsivité et mon inconséquence.

Elle lui lança un regard assombri qu'il ne put déchiffrer.

— C'est sans doute pathétique, mais j'ai toujours vénéré mon père. Je me suis évertuée à le satisfaire, pour qu'il soit fier de moi. Seulement il est tellement…

Elle s'interrompit, agitant les mains.

— Oh, vous savez certainement comment il est, conclut-elle.

Godric acquiesça. Le marquis était un homme réfrigérant, tous les membres de la haute société s'accordaient sur ce point. On avait du mal à l'imaginer dans le rôle d'un père, pourtant il avait au moins cinq enfants, et son épouse ne tarderait pas à lui en donner un sixième.

— Il ne vous punira pas, Eva, ne vous inquiétez pas. Il n'aura plus ce pouvoir, puisque vous serez ma femme.

Elle secoua violemment la tête, ses boucles noires dansant autour de son visage.

— Oh, il ne me punit jamais. Il se contente de me dévisager.

Elle pivota et Godric en fut interloqué. Il avait soudain devant lui le masque glacial du marquis d'Exley.

— Ah oui… il a ce regard-là, reconnut-il en frissonnant.

En un instant, elle redevint Eva, une jeune femme suprêmement adorable, drôle et intelligente, terrifiée à l'idée de décevoir un père exigeant.

Godric eut de la peine pour elle. Son propre père avait été fier de lui dès l'instant où il avait fait ses premiers pas – certains de ses camarades d'école étaient moins chanceux. Voir Eva aussi tourmentée lui donnait envie d'estourbir le marquis, ce glaçon doublé d'un tyran domestique.

Une question – qu'il voulait poser depuis longtemps – lui vint brusquement à l'esprit.

— Comment avez-vous eu vent de mes ridicules projets pour la femme de votre frère ? demanda-t-il, rougissant au souvenir de ses agissements lamentables lors de la dernière saison mondaine.

— Quand vous avez annulé le duel avec Gabriel, j'ai compris que vous aviez une idée derrière la tête, alors j'ai commencé à vous filer, expliqua-t-elle, penaude. James m'a aidée. Il ne nous a fallu que quelques semaines pour découvrir le pot aux roses. Je savais néanmoins que, si j'en parlais, personne ne me croirait.

Elle avait probablement raison, hélas, songea-t-il. Quelle personne saine d'esprit aurait soupçonné Godric Fleming d'élaborer un plan aussi déplorable, sordide et cruel.

— Je n'en reviens pas d'avoir fait autant d'imbécillités en si peu de temps, marmonna-t-elle.

Elle marchait de long en large en se tordant les mains. Comme elle passait tout près du lit, il lui saisit les poignets et l'attira contre lui – ce qui le fit grimacer de douleur.

Sourd à la voix intérieure qui le vouait aux gémonies, il referma sa main sur la nuque délicate de la jeune femme et s'empara de sa bouche.

« Grossière erreur, mon vieux », soupira sa voix intérieure, lassée.

Oui, je sais.

Il aurait dû s'arrêter, bien sûr, mais la façon qu'elle eut de se lover contre lui alluma le feu dans son ventre. Il plongea avidement sa langue dans la bouche tendre qui s'ouvrait sous la sienne. Le corps souple d'Eva ployait sous l'assaut, elle s'accrochait à son cou avec de petits gémissements de plaisir.

Il la dévorait, tressaillant chaque fois que, par inadvertance, elle frôlait ou heurtait un hématome ou une plaie – il en était couvert et souffrait le martyre.

Seulement voilà, cela en valait la peine.

Avec un adorable ronronnement, elle se pressa contre sa verge tendue, ce qui lui donna le vertige... et le ramena brutalement sur terre.

Bon Dieu de bois ! S'il ne s'éloignait pas tout de suite de ce corps de sirène qui l'étourdissait de son chant, il allait la prendre, là sur ce lit.

Serait-ce vraiment si terrible ?

Non, ce serait délicieux – pour lui, du moins –, mais Andrew ou Mme Crosby pouvaient entrer dans la pièce à tout instant.

Au prix d'un effort surhumain, il s'écarta.

Elle battit des paupières, surprise et déroutée, fixant sur lui ses yeux immenses, couleur lavande.

— J'accepte vos excuses, Eva, dit-il d'une voix éraillée, même si je ne les mérite pas.

— Des... euh... des excuses ? bafouilla-t-elle.

Il ne répliqua pas, pour lui laisser le temps de reprendre ses esprits.

— Oh... des excuses, oui. Mais... pourquoi vous ne les mériteriez pas ?

Et pourquoi diable avait-il repris le fil de leur discussion ? C'était bien le dernier sujet – non, l'avant-dernier – qu'il souhaitait aborder ; il ne supportait pas qu'elle lui demande pardon, vu les horreurs qu'il avait commises.

— Si je ne m'étais pas conduit comme un malotru envers vous et votre famille, et particulièrement envers votre frère... Gabriel – ce nom lui restait encore dans le gosier –, vous n'auriez pas eu besoin de les protéger contre moi, lui et son épouse.

Elle allait répondre et se ravisa.

— Quoi ? demanda-t-il à contrecœur, craignant d'ouvrir la boîte de Pandore. Dites ce que vous avez à dire.

— Vous l'auriez vraiment enlevée ? Drusilla ? précisa-t-elle, comme s'il ignorait à qui elle faisait allusion.

Ce n'était pas la question qu'il redoutait – et qui était en l'occurrence la source de son antipathie pour Marlington.

— Je ne sais pas, Eva, répondit-il avec un regret sincère. Je crois que j'ai eu une sorte... d'absence. Quand

James a prononcé mon nom, il a d'une certaine manière rompu le maléfice, et je me suis rendu compte que je faisais le guet dans une ruelle sordide, avec l'intention d'enlever la femme d'un autre.

Eva cilla, sans détourner son attention pour autant.

— J'ai brusquement compris que j'étais complètement fou. Si James n'était pas arrivé à ce moment-là...

Il haussa les épaules.

— Je ne sais pas, répéta-t-il. Donc, d'une manière ou d'une autre, vous avez sauvé votre amie et votre frère. Pensez-y, la prochaine fois que vous vous sentirez coupable.

Il avait espéré qu'en se délestant de ce poids qui lui pesait sur la conscience, il se sentirait mieux. Il s'était trompé. Sous le regard distant, voire critique, qu'Eva fixait maintenant sur lui, il se sentait encore plus minable.

Il agita une main désinvolte, pressé, comme le lâche qu'il était, de passer à autre chose.

— En tout cas, je vous suis reconnaissant d'avoir pris soin de moi aujourd'hui.

Elle inclina la tête – ce remerciement lui faisait visiblement plaisir.

— Vous auriez fait la même chose pour moi. D'ailleurs, ajouta-t-elle avec un sourire espiègle qui éclaira son visage et affola le cœur de Godric, Andrew s'est démené, lui aussi. Or il avait du mal, avec cette horrible robe sur le dos.

Godric acquiesça, amusé, puis s'aperçut tout à coup qu'Eva s'était changée.

— À qui appartient cette robe que vous portez ?

Elle baissa les yeux sur la jupe, comme si elle avait oublié son existence.

— À une des servantes qui n'est pas là aujourd'hui. Elle laisse quelques vêtements à l'auberge, pour pouvoir se changer quand elle passe la nuit ici.

Elle grimaça et ajouta :

— Si j'en juge par la mine horrifiée de Mme Crosby devant mes habits, je crains de ne jamais les revoir.

À cet instant, la porte s'ouvrit et Andrew entra. Il s'arrêta net en les voyant tous les deux sur le lit, et rougit jusqu'aux oreilles.

— Oh je... j'aurais dû frapper...

— Mais non, Andrew, venez, le rassura Godric.

Eva se leva d'un bond. « Tant mieux », songea-t-il. Sa pauvre cervelle avait manifestement souffert pendant le combat de boxe, résultat : il ne contrôlait plus ses mains ni sa bouche qui s'obstinaient à s'égarer sur le corps de la jeune femme.

— Voilà de quoi vous raser, déclara Andrew en posant le nécessaire sur la commode. Je redescends chercher l'eau chaude.

Il repartit à toute allure, et Eva lui emboîta le pas.

— Je vous laisse faire votre toilette, dit-elle.

— Où allez-vous ?

— En bas, dans la salle de la taverne.

Il fronça les sourcils. Qu'elle déambule seule dans une auberge inconnue ne lui plaisait pas du tout.

— Pourquoi ne pas attendre, dans votre chambre, le retour d'Andrew ? Il vous accompagnera.

— Ma chambre, c'est celle-ci, répondit-elle. Vous ne m'avez pas entendue, tout à l'heure ? Ils n'ont que deux chambres, et Andrew occupe l'autre.

Godric s'en souvenait vaguement ; seulement son cerveau embrumé n'avait pas vraiment assimilé l'information.

— Désolé, je crois que je suis complètement abruti.

— Mme Crosby a dit qu'on nous apporterait une paillasse pour que je ne dérange pas votre sommeil en... euh... partageant votre lit, bredouilla-t-elle, rouge comme un coquelicot.

Il allait rétorquer qu'Andrew et lui n'avaient qu'à occuper la chambre voisine, puis se souvint qu'Eva et lui se prétendaient mariés.

Il hocha donc la tête.

— Dans ce cas… très bien.

Il lui dirait plus tard qu'il se réservait la paillasse.

Elle pivota, sortit et referma doucement la porte.

Godric se laissa retomber sur l'oreiller et, malencontreusement, se cogna le crâne contre la tête de lit. Il regretta que son adversaire, durant le combat, ne l'ait pas haché menu. Car comment dormir dans la même pièce qu'Eva et maîtriser ses mains baladeuses ainsi que le reste de sa personne ?

14

Si Mme Crosby avait la plastique d'une déesse et les mœurs d'une courtisane, elle cuisinait comme une fée. Godric n'ayant qu'une chemise de nuit et une robe de chambre sur le dos, M. Norton – un colosse d'une timidité maladive – les installa dans un petit salon privé, contigu à la taverne pourtant déserte où les clients prenaient généralement leurs repas.

Quand Godric avait tenté de le faire parler de son fils, qui devait aller alerter les autorités, il avait rougi et bredouillé de telle sorte que Godric en avait déduit que, pour un commerçant du cru, il était déconseillé de lancer la police aux trousses de Flynn et de sa bande.

Il ne lui en voulait pas. Qui aurait envie d'affronter des brigands sanguinaires qui étaient aussi des voisins ?

D'ailleurs, il préférait sortir Eva de ce trou perdu sans recourir à un juge de paix – en espérant que Flynn ou ses complices respecteraient leur accord.

Andrew termina sa crème renversée et, satisfait et repu, se carra dans sa chaise.

— Mazette ! soupira-t-il en caressant son estomac de ses doigts osseux. C'était vraiment bon. Je suis…

— Gavé comme une oie ? lança Eva. Vous avez ingurgité de quoi rassasier trois valets d'écurie.

Le jeune homme se raidit.

— Je suis d'accord avec vous, Andrew, c'était succulent, s'empressa de renchérir Godric. Il fait tellement chaud dans cette pièce que je m'assoupis, ajouta-t-il en se redressant.

— Ne vous sentez pas obligé de me tenir compagnie, déclara Eva, ce que démentait l'expression de son visage.

Godric, qui aurait pu se sentir flatté, était assez lucide pour comprendre que, si elle désirait sa compagnie, c'était surtout pour ne pas rester seule avec Andrew.

Il se rassit donc sur son siège.

— Il est effectivement un peu tôt pour se coucher, grommela-t-il.

— Nous avons des cartes à jouer, annonça-t-elle avec enthousiasme.

— Il y a des livres, si vous préférez, suggéra Andrew, montrant la douzaine de volumes coincés entre deux boulets de canon en guise de serre-livres. Sans doute des histoires à dormir debout, publiées par Minerva Press[1], précisa-t-il en lançant un coup d'œil à Eva.

— Pourquoi vous me regardez en disant ça ? rétorqua-t-elle.

— Vous êtes une femme, et ce sont des romans pour les femmes.

Elle se hérissa.

— En réalité, intervint précipitamment Godric avant que les flèches commencent à pleuvoir, j'ai lu quelques-uns de ces livres et je les ai appréciés.

Les deux autres en furent estomaqués. Leur mine était franchement cocasse.

— C'est vrai ? demanda Andrew, comme si Godric confessait qu'il aimait bien se pavaner dans Hyde Park

1. Minerva Press : maison d'édition anglaise, connue pour son influence dans le développement de la littérature sentimentale et du roman gothique à la fin du XVIIIe siècle. *(N.d.T.)*

seulement vêtu d'un manchon de fourrure et d'un chapeau de paille.

— Il ment, dit platement Eva avec le frisson de dégoût d'un chat qui, par inadvertance, s'est mouillé les pattes.

— Vous me peinez profondément, se plaignit Godric, pressant une main sur son cœur.

Eva croisa les bras et pointa le menton – sa posture habituelle quand elle s'apprêtait à vous voler dans les plumes.

— Très bien ! Citez-moi l'un de vos romans préférés.

— Ah... donc vous les appréciez aussi ?

— Pas du tout, ils sont consternants, rétorqua-t-elle en rougissant. Mais ma sœur Melissa les dévore comme des friandises, il y en a partout dans la maison.

— Voyons..., marmonna-t-il, comme s'il fouillait sa mémoire.

En fait, les ouvrages de Minerva Press avaient été les seuls livres dont il disposait pendant sa convalescence. Les épouses des officiers les achetaient puis les donnaient à l'hôpital. Pour ne pas devenir fou à force de ruminer des idées noires, il en avait lu des dizaines.

— Je dirais que j'ai bien aimé... *The Castle of Wolfenbach*[1], ou *Count Roderic's Castle*[2], par exemple.

Pour la première fois de sa vie, Godric regretta de n'être pas doué pour le dessin.

— Votre tête, Eva... Impayable !

— J'avoue que je suis moi aussi surpris, Monsieur, commenta Andrew.

— Et pourquoi, je vous prie ?

— Eh bien, parce que vous êtes...

Le garçon jeta un regard circulaire et chuchota :

---

1. Littéralement *Le Château de Wolfenbach*, roman gothique d'Eliza Parsons, publié en 1793. *(N.d.T.)*

2. Littéralement *Le Château du comte Roderic*, roman gothique dont l'auteur est anonyme, publié en 1794. *(N.d.T.)*

— ... *un colonel.*

— Et alors ? Vous pensez que les militaires en campagne n'aiment pas frissonner de peur en feuilletant un roman gothique ?

Eva souffla par le nez, une autre habitude qui la faisait ressembler à un taureau miniature.

— J'avoue que je n'y ai pas réfléchi, répondit Andrew sans la moindre ironie.

— Tous les deux, vous aimez peut-être lire des fadaises, seulement moi j'ai envie de jouer aux cartes, ronchonna Eva. Andrew, allez les chercher dans la chambre de Godric.

Le jeune homme sursauta, les yeux exorbités. Godric se leva.

— Je m'en charge, Eva. J'ai justement oublié quelque chose dans ma chambre.

— Vous voyez ? maugréa-t-elle, montrant Godric tout en braquant un regard noir sur Andrew. L'homme qui nous a sauvés aujourd'hui va s'épuiser à monter l'escalier, tout ça parce que vous êtes un paresseux, un bon à rien qui...

Godric sortit de la pièce pour ne plus les entendre. Ils s'étaient bien comportés pendant quelques heures, ils pouvaient maintenant s'étriper. Quant à lui, il voulait parler en privé à Norton. Il avait préféré ne pas s'appesantir sur le sujet de Flynn et du juge de paix devant ses deux jeunes compagnons.

Il longea la salle de la taverne et vit un client solitaire qui, accoudé au comptoir, lui tournait le dos. Un campagnard, apparemment, car il ne portait pas la vareuse reteinte qu'affectionnaient les acolytes de Flynn.

— Puis-je vous aider ?

Godric pivota d'un bond et découvrit Mme Crosby appuyée contre le chambranle d'une porte – probablement celle de la cuisine.

— Je vous ai surpris, je suis désolée, dit-elle – elle n'en avait pas l'air. Vous cherchez quelque chose ?

— Je souhaiterais m'entretenir avec M. Norton.

— Il n'est pas là. Je peux peut-être le remplacer ? proposa-t-elle de sa voix veloutée, un brin suggestive.

Un éclair illumina brusquement la salle, immédiatement suivi d'un coup de tonnerre. L'orage était tout proche.

Godric, qui s'était tourné vers la fenêtre, pivota de nouveau et perçut sur le visage de la cuisinière une expression qu'il ne put déchiffrer et qui s'effaça aussitôt.

— J'espère que M. Norton n'est pas dehors, déclara-t-il, de plus en plus intrigué par cette femme qui, maintenant, fixait sur lui un regard aguicheur.

— Je l'espère aussi.

Ils se turent, les yeux dans les yeux. Godric sentit courir le long de son dos un frisson qui n'avait rien de sensuel.

Un autre éclair zébra le ciel, et Mme Crosby s'approcha. Elle effleura la tempe de Godric de ses doigts chauds et rugueux. Une caresse des plus inconvenantes.

— C'est douloureux ? murmura-t-elle.

Godric lui saisit le poignet et l'écarta doucement mais fermement. Il allait la lâcher, quand elle posa son autre main sur sa taille.

— Que voulez-vous, madame Crosby ? s'enquit-il avec un petit rire.

Elle haussa les épaules, massant son flanc meurtri. Il tressaillit et lui étreignit rudement le poignet jusqu'à ce qu'elle ravale un gémissement, sans toutefois cesser de lui pétrir la taille.

Ses lèvres pulpeuses s'incurvèrent dans un sourire carnassier.

— Ce que je veux ? À votre avis…

Godric vit un rai de lumière s'étirer sur le sol, par l'entrebâillement d'une porte, derrière lui – celle du salon privé.

Le sourire de Mme Crosby se teinta d'ironie. Elle laissa retomber sa main.

— Prévenez-moi si vous désirez accepter mon offre, susurra-t-elle. Je veux dire… mon aide.

Godric sut qui se tenait derrière lui avant même de lâcher le poignet de son interlocutrice. Il la regarda disparaître dans la cuisine, puis se retourna pour affronter la tempête.

Eva avait l'impression, depuis quelques jours, de passer son temps à ballotter dans une voiture ou à arpenter des tapis usés jusqu'à la trame dans des auberges étriquées et crasseuses.

Ces adjectifs étaient cependant excessifs pour qualifier la pièce où elle se trouvait, qui était d'une propreté impeccable et assez grande pour un couple.

Elle ravala un grognement. Une image tournait obstinément dans son esprit : le large dos de Godric, des doigts de femme qui pétrissaient sa taille.

Puis son air amusé, quand il s'était retourné vers elle.

— Désolé, ma chérie, je me suis arrêté pour parler à Mme Crosby. Vous vous inquiétiez pour moi ? À moins que vous n'ayez achevé ce pauvre Andrew et qu'il ne faille vous aider à enterrer son cadavre ?

— Très drôle, rétorqua-t-elle d'une voix chevrotante qui l'horripila. Je monte simplement me coucher, j'ai la migraine.

Il lui décocha un sourire signifiant qu'il n'en croyait pas un mot.

— Après vous, dit-il, montrant l'escalier.

— Je n'ai pas besoin d'escorte.

Il s'approcha, posa une main au creux de ses reins et se pencha pour murmurer à son oreille :

— Je dois prendre les cartes à jouer, ma chérie.

Sur quoi, il lui baisa la tempe.

Il la suivit donc à l'étage, récupéra les cartes, puis il lui souhaita une bonne nuit et redescendit l'escalier.

Et voilà.

Eva avait entendu Andrew regagner sa chambre. Godric était donc seul au rez-de-chaussée depuis plus d'une heure.

Seul ou pas.

— Je m'en fiche ! marmonna-t-elle entre ses dents, pour chasser l'image de Godric en train de faire à Mme Crosby ce qu'il lui avait fait à elle.

Elle se jeta sur le lit, sans ôter l'affreuse robe marron qu'on lui avait prêtée ni les chaussons en tissu trois fois trop grands pour elle.

À cet instant, on toqua à la porte de communication.

— Oui ! lança-t-elle sèchement, sans daigner se lever lorsque la porte s'ouvrit.

— Que se passe-t-il ? demanda Andrew d'une voix encore plus haut perchée qu'à l'ordinaire.

— Rien.

— J'ai eu l'impression que vous marchiez au pas cadencé en balançant les meubles contre les murs.

Eva se redressa à demi.

— Qu'est-ce que vous avez fait, en bas ?

Andrew battit des paupières – il avait retiré ses lunettes ridicules, remarqua-t-elle.

— Où donc ?

— Quel crétin ! s'emporta-t-elle. En bas, dans le petit salon. Mais vous étiez peut-être ailleurs ?

L'insulter n'était pas le meilleur moyen de lui soutirer des informations, se tança-t-elle en le voyant froncer les sourcils.

— Désolée, je ne pensais pas ce que j'ai dit. Vous avez joué aux cartes ?

Une expression d'incertitude se peignit sur les traits délicats du jeune homme, et Eva craignit qu'il ne tourne les talons et la plante là. Mais, Dieu merci, il était d'un naturel enjoué et s'appuya contre le chambranle de la porte.

— Nous avons joué un moment.

Sans doute jusqu'à ce que Godric s'arrache les cheveux. Andrew était un joueur lamentable.

— Ensuite on a causé.

— Et de quoi ?

Il haussa les épaules avec une nonchalance étudiée.

— Des affaires d'hommes. Vous ne comprendriez pas.

— Des affaires d'hommes, voyez-vous ça !

Plissant les paupières, il braqua sur elle un regard myope.

— Inutile d'élever la voix.

Eva serra les dents pour ne pas crier qu'il devrait s'estimer heureux qu'elle ne se jette pas sur lui pour lui extorquer à coups de poing l'information dont elle avait désespérément besoin. Heureusement, avant qu'elle perde le contrôle d'elle-même, il déclara :

— Godric a commandé une bouteille de cognac, et on a parlé de choses et d'autres. Nous sommes tous les deux des anciens élèves d'Eton, se rengorgea-t-il.

Eva rongeait son frein. Inconscient du danger qui le menaçait, Andrew poursuivit :

— Nous avons surtout parlé du genre de travail que j'aimerais faire. Il a dit qu'il m'aiderait à trouver un poste de secrétaire.

— Ah..., grommela-t-elle. Et que faisait-il quand vous l'avez quitté ?

Elle sentit le feu lui monter aux joues. Par chance, Andrew parut trouver normal qu'une femme s'intéresse aux allées et venues de son mari.

— Il lisait.

— Ah oui ?

— Il apprécie vraiment ces romans gothiques, n'est-ce pas ? répliqua-t-il avec un sourire malicieux.

Elle s'abstint de répondre qu'il en savait autant, voire plus, qu'elle sur son *mari*.

— Il se passe quelque chose d'étrange ici, dit-elle à contrecœur – elle aurait préféré en discuter avec

Godric, mais elle le détestait et il était capable de se réjouir que l'Abominable Crosby ait pris possession de leurs armes.

— Au sujet des romans gothiques ?

Eva leva les yeux au ciel sans répondre.

— Quoi ? Pourquoi vous faites cette tête ?

Dieu que son cher James lui manquait !

— Vous avez demandé à M. Norton de nous rendre nos armes ? s'enquit-elle.

— Non. Rien ne presse.

Eva aurait voulu lui fracasser le crâne avec sa satanée arquebuse.

— Je vous ai dit de les récupérer une demi-heure après qu'ils les ont prises. Pourquoi lambinez-vous ?

— Je ne comprends pas pourquoi c'est à moi de le faire. Pourquoi ne le demandez-vous pas à Godric ?

— Vous me posez la question ? Il s'est fait rosser, il a mal partout.

Et cela ne s'arrangera pas si, cette nuit, il fait des folies de son corps.

— On peut se passer de lui une minute, non ? D'ailleurs, avec la bosse qu'il a sur le crâne, je ne suis pas sûre qu'il ait les idées claires.

— Vous pensez que son cerveau est endommagé ? s'affola Andrew. Mme Crosby a dit...

Eva pointa sur lui un index menaçant.

— Si vous prononcez seulement son nom encore une fois, je vous jure que vous vous en repentirez.

Il battit des cils, ouvrit la bouche... et se tut.

— Bien ! Maintenant, écoutez-moi.

— J'écoute, marmonna-t-il. Mais ce que vous voulez, c'est que j'approuve. Vous vous rendez compte, j'espère, que nous n'avons pas de quoi payer tout ça. Ils ne nous connaissent pas, pourtant ils nous ont accueillis – trois étrangers sans un sou en poche. Ils nous ont offert un toit, de quoi manger et nous vêtir. À mon avis, ils ont pris nos armes en guise de caution.

Eva le dévisagea, muette.

— Eh oui, persifla-t-il, ce qui ne lui ressemblait pas. Vous ne pensez pas à tout.

Il avait presque réussi à la convaincre.

— Et vous ne trouvez pas leur générosité un peu… *bizarre* ?

— Vous êtes folle ? Ils sont simplement gentils. Le mot « gentillesse » ne fait pas partie de votre vocabulaire ?

— Nous offrir leur aide *sans* prendre nos armes… ça, ce serait de la gentillesse.

— Qu'est-ce que vous insinuez ? Que cet aimable aubergiste et sa cuisinière ont pris nos armes parce qu'ils nourrissent de noirs desseins ? Qu'ils font partie du vaste réseau criminel de Flynn ? ricana-t-il.

Dieu qu'il était bête !

— Selon vous, Andrew, les habitants de la région ignorent-ils qu'ils côtoient une bande tristement célèbre de voleurs et d'assassins ?

— Nous ne pouvons pas affirmer que ce sont des tueurs.

— Écoutez, je ne prétends pas que M. Norton est le complice de Flynn, je pense simplement qu'il ne peut rien lui refuser – à l'instar de toutes les personnes qui vivent dans les parages.

Andrew plissait le front et mâchouillait ses lèvres, signe que les paroles d'Eva se frayaient un chemin dans sa cervelle engourdie. Pour un étudiant, il était passablement obtus et crédule.

Oh, elle ne le détestait pas – bien qu'il ait apparemment pour seul mérite un savoir encyclopédique des plus assommants, en matière d'armes anciennes. Elle s'interrogeait, en fait, sur sa capacité à analyser correctement une situation. Il s'était tout de même retrouvé sans le sou, affublé d'une robe, sur une route de campagne.

Il ébaucha le geste de remonter ses lunettes sur son nez, se souvint qu'elles n'y étaient pas, et fronça les sourcils.

— Admettons, de façon purement hypothétique, que vous n'avez pas tort et qu'ils craignent peut-être Flynn, dit-il.

Ce n'était pas ce qu'elle espérait, mais c'était un début.

— Bien.

— Je n'ai pas *dit* que vous aviez raison, j'ai *dit*...

— J'ai *entendu*.

— Donc, en admettant que ce soit le cas, que va-t-il se passer, selon vous ?

— Je ne sais pas, avoua-t-elle. Je veux seulement avoir un pistolet à portée de main quand je découvrirai ce qui se trame, enchaîna-t-elle comme il ricanait.

— J'ai toujours mon arquebuse, fit-il remarquer avec le plus grand sérieux.

— Peut-être parce que nul n'ignore qu'il faut une demi-heure pour amorcer cet engin et tirer. En supposant qu'il y ait une balle dans le canon.

— Combien de fois faut-il vous expliquer que recharger une arquebuse n'est pas compliqué ?

— C'est rassurant.

— De toute manière, je le répète, ils n'ont pas pris nos armes, ils ne les ont simplement pas... euh... laissées dans nos chambres, après nous avoir aidés à transporter M. Fleming.

Elle le dévisagea fixement, sans un mot.

— Bon d'accord, ils les ont prises ! capitula-t-il. Peut-être que M. Norton est en train de les nettoyer ?

Comme Eva restait muette, il poussa un lourd soupir.

— Je lui demanderai de me les rendre, marmonna-t-il.

— Et s'il refuse, que ferez-vous ?

Il ouvrit la bouche… et aucun son n'en sortit.

— Si vous lui demandez de vous les rendre et qu'il refuse, vous le mettrez dans une position difficile. Tandis que si vous ne le lui demandez pas…

Andrew écarquilla des yeux stupéfaits.

— Vous voulez que je les *vole* ?

— Je veux que vous les récupériez. Car, si vous réfléchissez bien, ce sont eux qui nous les ont volées.

— Euh… pas vraiment, puisque nous les avions prises à Flynn – du moins deux d'entre elles.

Eva secoua la tête, sidérée.

— Nous avons réellement cette discussion ou je rêve ?

Andrew leva ses deux mains en signe de pacification.

— D'accord… les armes sont à nous.

— Bravo ! Donc… quel est votre plan ?

— *Mon* plan ? s'exclama-t-il. C'est votre idée, c'est à vous d'en avoir un !

À l'évidence, Godric étant indisposé, elle allait devoir tout faire seule.

« Oui, et nous savons tous que ta dernière initiative a été couronnée de succès », souffla une perfide petite voix intérieure.

Certes, enlever Godric n'avait pas résolu le problème qu'il posait, elle le reconnaissait.

Un coup de tonnerre retentit soudain, qui les fit sursauter.

— Voilà mon plan, déclara Eva. Demain, quand ils seront tous les deux occupés, vous irez fouiller leurs chambres.

— *Quoi ?*

Il fallut un quart d'heure supplémentaire pour le convaincre, et Eva avait un atroce mal de crâne quand le jeune homme regagna sa chambre et claqua la porte de communication derrière lui.

Il avait cependant promis de récupérer les pistolets.

Ceci réglé, elle pouvait recommencer à se morfondre à cause du malotru qui se trouvait au rez-de-chaussée, en se demandant ce qu'il faisait et avec qui il le faisait.

Godric ne fermerait pas l'œil de la nuit, c'était sûr et certain. Souffrant de troubles du sommeil, il n'avait parfois besoin que de cinq ou six heures de repos pour se retaper. Il avait donc décidé de laisser Eva ronger son frein, puis il avait passé une heure interminable à jouer au piquet avec Andrew. Le jeune homme était intelligent, mais rigoureusement incapable d'assimiler les rudiments de ce jeu.

À bout de nerfs, Godric avait proposé de boire un cognac et de bavarder un peu.

Il avait d'abord rassuré Andrew : il l'aiderait à trouver un nouvel emploi – ce qui ne serait pas une mince affaire, car il n'avait pas la moindre lettre de recommandation. Sur quoi, le garçon s'était mis à bâiller à s'en décrocher la mâchoire et s'était excusé en rougissant. Prétextant qu'il avait envie de lire, ce qui était faux, Godric l'avait envoyé se coucher.

Demeuré seul, il tira le cordon de sonnette. Il fut soulagé de voir entrer Norton, et non Mme Crosby.

— Oui, Mil… euh… Monsieur Fleming ? bafouilla-t-il.

La bévue d'Andrew ne lui avait donc pas échappé. Eh bien, tant pis.

— Auriez-vous un guide de la région ou une carte d'état-major ?

— Eh bien… euh… oui ?

Pourquoi le bonhomme était-il aussi nerveux ? Parce qu'il connaissait l'identité de Godric et que l'idée d'héberger l'héritier d'un duc l'angoissait ? C'était possible. Après tout, l'*Auberge du Pasteur Glouton* n'était pas un relais de poste. Andrew n'avait vu qu'une carriole dans l'écurie, un vieux cheval de trait et six box vides.

— J'aimerais vous l'emprunter, dit Godric, comme son interlocuteur – un colosse plus grand que lui et plus lourd d'au moins vingt kilos – continuait à le regarder fixement.

— Je vais vous chercher ça, marmonna l'aubergiste en tournant les talons.

— Au fait, monsieur Norton...

Celui-ci se retourna lentement.

— Qu'en est-il du juge de paix ?

— Ah oui... sir Bevil.

— Ma femme m'a dit que vous aviez prévu d'envoyer votre fils le prévenir ?

— Oui, Monsieur... Demain à la première heure, pourvu que le temps s'améliore un peu.

Comme un fait exprès, un violent coup de tonnerre ébranla la bâtisse.

— Je ne sais pas si Anthony pourra passer, c'est le problème, grimaça Norton. Il y a six heures de ça, je suis sorti et j'ai vu que la Nidd montait presque jusqu'au tablier du Cutley Bridge. Je suppose que, maintenant, le pont est sous l'eau.

Godric se rappelait vaguement avoir franchi ledit pont dans une charrette, à la sortie de la forêt.

L'aubergiste était blême. Qu'est-ce qui pouvait bien les perturber, lui et la cuisinière ?

— Cette forêt, au sud... la forêt de Guisecliff ?

— C'est ça.

Godric avait mémorisé ce nom, lu dans les articles de journaux qui mentionnaient Flynn et sa bande.

— Vous n'avez pas l'accent du Yorkshire, monsieur Norton, dit-il à brûle-pourpoint. Et Mme Crosby non plus.

Norton secoua la tête d'un air pitoyable et... coupable ?

— Je suis le propriétaire de cette auberge depuis quatre ans seulement. Je viens de Dorking.

— Ah… Et qu'est-ce qu'un homme du Surrey fait dans le Yorkshire ?

Et pourquoi avez-vous ce regard fuyant ?

À cet instant, la porte du petit salon s'ouvrit, et Mme Crosby apparut. Ses yeux allèrent de Norton à Godric qui y vit briller une lueur d'inquiétude.

— Il y a de l'eau dans le cellier, monsieur Norton, dit-elle. La fuite s'aggrave.

L'affolement se peignit sur le visage du colosse.

— Il vaut mieux que j'aille voir, marmonna-t-il.

— Pouvez-vous m'apporter cette carte ? lui demanda Godric, tandis que l'aubergiste détalait en hochant la tête.

Mme Crosby s'appuya contre le chambranle de la porte, les bras croisés sur sa poitrine.

— De quelle carte s'agit-il… Monsieur ?

— M. Norton a promis de me prêter sa carte d'état-major.

Elle hocha lentement la tête, promenant sur Godric un regard appréciateur.

— Je lui demanderai de me la donner, on vous la remettra avec vos vêtements demain matin. À moins que je ne vous l'apporte ce soir dans votre chambre.

Godric sourit, imaginant la réaction d'Eva si elle revoyait Mme Crosby.

— M. Norton va s'en charger tout à l'heure.

Il eut l'impression qu'elle voulait dire autre chose, mais elle se contenta d'opiner.

— Avez-vous besoin de quoi que ce soit avant que j'aille me coucher ?

— Non merci, répondit-il. J'ai tout ce qu'il me faut.

Une étincelle qu'il ne sut interpréter s'alluma dans les yeux verts de la dame.

— Je vous souhaite une bonne nuit.

Quand elle eut refermé la porte, il jeta un coup d'œil à la pendule sur le manteau de la cheminée :

il était à peine 23 heures. Eva ne dormait sans doute pas encore.

Soupirant, il prit un livre, se servit une larme de cognac et s'installa dans un fauteuil pour lire.

Hélas, malgré une intrigue échevelée, *The Orphan of the Rhine*[1] ne parvint pas à capter son attention. Il laissa tomber l'ouvrage sur ses cuisses et contempla le feu mourant. La pluie ruisselait sur les carreaux. De toute évidence, ils seraient forcés de rester ici un jour de plus. Et une nuit.

Eva devait penser qu'il était en train de se livrer à la débauche avec la belle cuisinière. Elle ne se doutait pas, et c'était tant mieux, qu'il était en réalité obsédé par sa ravissante, amusante, exaspérante et ensorcelante future épouse.

— Sacré nom d'un chien, pesta-t-il en avalant son cognac d'un trait.

Il remplit derechef son verre en se disant que ce serait le dernier. Il ne cherchait pas à s'assommer, simplement à s'étourdir un peu.

Il devait l'admettre : Eva avait réussi à s'insinuer sous sa carapace. Son visage adorable, son corps de tanagra, sa vitalité. Elle était lucide et reconnaissait se conduire parfois de manière irréfléchie. Il avait beaucoup réfléchi ces derniers mois, ce qui ne l'avait pas empêché de faire n'importe quoi. Il ne critiquait donc pas son impulsivité. Elle était profondément attachée à sa famille, et il l'estimait pour cela.

La triste vérité, c'est qu'il n'avait rien à lui offrir, hormis un nom qui serait pour elle une protection dérisoire, et des ébats amoureux qui seraient sans doute fantastiques. Il avait pour elle de l'affection et du respect, mais il ne l'aimait pas d'amour. Car il savait ce

1. Littéralement *L'Orpheline du Rhin*, roman gothique d'Eleanor Sleath, publié en 1798 par Minerva Press. *(N.d.T.)*

qu'était l'amour. Il avait aimé Lucia et Carl, et son cœur leur appartenait toujours.

Il pensait – ce n'était pas vanité de sa part – qu'Eva était au bord de tomber amoureuse de lui. Pourquoi, sinon, l'attitude ridicule de Mme Crosby la mettrait-elle en fureur ? Même si ce n'était qu'un engouement dû à quelques baisers et aux regrettables privautés qu'il s'était permises, elle ne récolterait que du chagrin quand elle se rendrait compte qu'il ne partageait pas ses sentiments, qu'il ne le pouvait pas.

Il espérait sincèrement qu'une fois mariés ils parviendraient à vivre en bonne entente. Il ne s'opposerait pas à son projet de haras – ce n'était pas un caprice de petite fille, il en était convaincu. Elle avait la passion des chevaux.

Il passerait le plus clair de son temps à Londres et la laisserait mener sa vie. Elle ne serait que rarement obligée de quitter Cross Hall. Elle devrait être présentée à la cour, bien sûr, et au décès du grand-père de Godric, ils s'installeraient dans le manoir ducal. Mais à part ça, elle aurait grosso modo ce qu'elle disait vouloir : une vie de célibataire.

Et tu crois qu'elle sera heureuse de vivre avec ses chevaux, comme une veuve sans enfants ?

Elle ne veut pas d'enfants.

Elle te l'a dit ?

Godric se figea, son verre à la main, essayant de se remémorer cette pénible discussion. Avait-elle réellement dit qu'elle ne voulait pas d'enfants ou l'avait-il supposé ?

Haussant les épaules, il avala une lampée de cognac. Peu importait, de toute façon : lui n'en voulait pas, c'était une raison suffisante.

Il comptait être gentil avec elle en veillant à ne pas la mettre enceinte. Il materait son bas-ventre, se tiendrait loin du lit conjugal et cesserait de l'embrasser et de la caresser à tout bout de champ.

Avoir des relations sexuelles avec elle n'amènerait peut-être pas Eva à l'aimer véritablement. En revanche cela alimenterait sa toquade et la ferait souffrir quand il reprendrait enfin le cours de son existence.

La garder à distance ne serait pas facile pour lui ; il lui ferait toutefois cette faveur. Il lui devait bien cela, n'est-ce pas ?

Mon vieux, tu es un modèle de décence et de maîtrise de soi.

« Toi, tu la boucles ! » riposta-t-il, ignorant le rire moqueur qui résonnait dans sa tête, tandis qu'il gravissait l'escalier menant à la petite chambre qu'il partageait avec sa future femme.

La mine sombre, Eva scrutait le plafond, quand elle entendit des pas dans le couloir. Godric. Elle ferma les paupières à la seconde où la porte s'ouvrait.

N'entendant plus rien, elle dut fournir un effort considérable pour ne pas entrouvrir un œil afin de voir ce que Godric fabriquait. Elle avait éteint toutes les chandelles sauf une qui, à moitié consumée, brûlait à l'autre bout de la pièce. Elle avait également déplacé les meubles pour pousser le lit de sangles le plus loin possible du grand lit – c'est-à-dire, hélas, assez près.

Les lattes du plancher craquèrent, puis elle reconnut un bruit d'os cognant contre du bois.

— Nom d'un chien !

Elle se mordit les lèvres pour ne pas rire.

— Je suis content de vous divertir, milady, bougonna Godric. Je sais que vous êtes réveillée, ajouta-t-il comme elle gardait les paupières closes. À moins que vous ne souffriez d'une maladie rare qui vous fait vous tordre de rire en dormant.

Soupirant, elle se résigna à ouvrir les yeux. Il se massait le tibia et dardait sur elle un regard noir.

— Qui a déplacé le lit ? s'enquit-il.

Elle haussa les épaules.

L'air exaspéré, il s'approcha. Elle se redressa.

— Qu'est-ce que vous faites ? demanda-t-elle d'une voix sourde, où la peur se mêlait à l'excitation.

Il s'arrêta brusquement.

— À votre avis ?

Ils se dévisagèrent, dans la pénombre. Ce fut Godric qui rompit le silence.

— Vous dormirez dans le grand lit, je prends ce lit de sangles.

— Je suis très bien ici.

— Eva, articula-t-il sur ce ton autoritaire qu'il ne lui avait pas infligé récemment et qu'elle détestait.

— Cessez de me donner des ordres, vous n'êtes pas mon mari, et assurément pas mon seigneur et maître ! Je commence à reconsidérer cette expédition en Écosse, voyez-vous.

Elle s'interrompit une fraction de seconde, puis ajouta en marmonnant :

— Pourquoi êtes-vous revenu dans cette chambre ?

Elle faillit hurler de dépit en s'entendant poser cette question humiliante.

— Qu'est-ce que vous racontez ?

Il la dominait de toute sa taille, les poings sur les hanches, les lèvres pincées. Puis tout à coup, il comprit à quoi elle faisait allusion. Et cet odieux et sardonique individu ricana.

— Ah, c'est donc cela qui vous a énervée ? Le monstre aux yeux verts vous a visitée[1]...

Repoussant la couverture d'un coup de pied, elle se leva.

— Excusez-moi, *monseigneur*, je sais que les hommes de votre espèce se conduisent le plus souvent comme

1. Référence à la citation extraite de la tragédie *Othello* de Shakespeare : « Attention, monseigneur, à la jalousie ; c'est le monstre aux yeux verts qui tourmente la proie dont il se nourrit. » *(N.d.T.)*

des chiens en rut, mais vous pourriez peut-être mettre un frein à votre lubricité quand je suis coincée sous le même toit que vous – non, que dis-je ? Dans la même chambre !

— Je suis un homme de quelle espèce, au juste ?

Une fois de plus, elle ne s'attendait pas à cette question qui déchaîna en elle un chaos de pensées et d'émotions contradictoires.

Elle ne put que se raccrocher à la seule idée qui tournaillait dans son cerveau comme un requin assoiffé de sang.

— Je vous hais !

— Je ne crois pas, chérie, répondit-il en souriant.

— Ne m'appelez pas comme ça ! Et je me fiche de ce que vous croyez !

— Je pense que vous mentez, dit-il d'une voix si grave et sourde qu'elle eut l'impression d'entendre des feuilles mortes glisser sur des pavés.

Malgré la pénombre, elle vit s'allumer dans ses yeux une lueur qui la fit frissonner. Elle croisa ses bras sur sa poitrine, tel un bouclier.

— Non, je ne mens pas !

Seigneur Dieu ! Je parle comme une écolière stupide !

Il hocha lentement la tête.

— Je pourrais très facilement vous prouver le contraire...

Du bout des doigts, il effleura sa mâchoire qui, découvrit-elle à son grand désarroi, était intimement reliée à son ventre et à son cœur qui se mit à battre la chamade. Le sang chantait dans ses veines avec une ardeur qui l'étourdit. Et au lieu de reculer, comme son cerveau le lui ordonnait, son corps, ce traître, se rapprocha de Godric.

— Voilà qui est mieux, murmura-t-il.

Il baisa sa bouche – un baiser infiniment plus doux que ceux qu'ils avaient échangés auparavant.

Chancelante, elle s'appuya contre lui. Il sentait le savon, le sel et le cognac, une odeur qui la grisa.

— Eva, murmura-t-il, pressant ses lèvres chaudes sur le lobe de son oreille et le long de son cou, poussant du nez son col en dentelle.

Trop furieuse pour se déshabiller, elle avait seulement ôté ses chaussures. De toute façon, elle avait prévu de dormir sur le divan du petit salon, au rez-de-chaussée. Ou n'importe où, pourvu qu'elle ne partage pas la chambre de cet homme.

C'était raté.

Sa tête ployait mollement, comme une fleur trop lourde pour sa tige. Elle sentit le souffle brûlant de Godric au creux de son épaule, ses dents qui tiraient sur son fichu qui tomba sur le sol.

Il s'empara alors de sa bouche.

Se haussant sur la pointe des pieds, elle s'accrocha à son cou, glissant ses doigts dans ses cheveux. Il laissa échapper un petit grognement de satisfaction.

Ils s'embrassaient, sans violence ni douceur, et c'était encore mieux que la dernière fois. Leurs baisers seraient-ils ainsi chaque fois plus enivrants ? C'était inimaginable, elle n'y survivrait pas.

Ses grandes mains pétrissaient sa taille. Quand leurs lèvres se désunirent, elle renversa la tête en arrière pour mieux savourer la caresse sur sa peau de sa bouche vagabonde.

Elle se rendit compte qu'il avait dégrafé sa robe quand ses doigts rugueux firent glisser son corsage et sa chemise sur ses épaules.

— Pas de corset, tant mieux, murmura-t-il.

Habilement, il la dévêtit et fit courir ses mains sur ses flancs. Un frisson le parcourut.

— Dieu que c'est bon…

Bouleversée, elle se pressa contre lui. Elle le sentit se crisper, l'entendit ravaler un gémissement. Puis, prenant ses fesses à pleines mains, il la souleva de terre, la porta jusqu'au grand lit et l'y coucha.

De fines gouttes de sueur perlaient sur ses tempes et son front.

Eva vibrait tout entière, nue, bras et jambes écartés.

— Je vous ai fait mal ? souffla-t-elle.

— Oui.

Il la dévorait des yeux, avec tant d'avidité qu'elle se sentait désirable et intrépide.

— Tant mieux.

Il se mit à rire et se débarrassa de sa robe de chambre. Une énorme bosse déformait sa chemise de nuit.

— Vous êtes une petite sorcière, n'est-ce pas ?

Sans répondre, elle se caressa la poitrine, et les yeux de Godric, qui suivaient le mouvement de sa main, étincelèrent. Voilà... c'était l'expression qu'elle voulait voir sur le visage de cet homme à toute heure du jour et de la nuit. Cette expression-là disait qu'elle était la seule au monde qu'il voulait regarder.

Sa respiration se fit rauque quand elle promena sa main sur son ventre, de plus en plus bas jusqu'à son mont de Vénus.

— Eva..., dit-il d'une voix éraillée, presque un râle d'agonie.

Elle lui sourit. C'était ça, le pouvoir, songea-t-elle. Elle comprenait maintenant pourquoi Mia disait souvent qu'une femme bien élevée avait à sa disposition des outils et des moyens que les hommes – ainsi que leurs propres mères et grands-mères – voulaient l'empêcher d'utiliser.

Il ne respirait plus, statufié. Il attendait la suite. Elle pressa sa paume moite sur le petit bouton de chair, sous les noirs frisottis de sa toison. Elle frissonna et le vit frémir.

Quand il plongea de nouveau les yeux dans les siens, elle y lut... Elle n'aurait su définir quoi. Sauf que cela lui plaisait infiniment.

Alors, une fois de plus, il posa une question à laquelle elle ne s'attendait pas :

— Vous me haïssez toujours ?

— Plus que jamais.

Il émit un petit rire de gorge, fixant les doigts d'Eva. Sous ce regard brûlant de désir, elle ne put qu'accentuer ses caresses.

— Vous êtes une tentatrice, murmura-t-il.

Sous sa chemise de nuit, Eva voyait une ombre longue et épaisse dont elle ne pouvait détacher ses yeux. Comme mue par une volonté propre, sa main libre se mit à errer sur sa poitrine, effleurant ses mamelons dressés.

— Je constate que vous n'avez pas exagéré votre expérience, n'est-ce pas ? fit-il remarquer.

Étonnée, elle faillit lui demander de quoi il parlait, et se souvint brusquement que, la veille, elle s'était vantée de sa prétendue expérience. D'ailleurs, à en juger par son sourire, cela lui plaisait.

Il se débarrassa prestement de sa chemise, offrant à Eva un spectacle qui lui coupa le souffle. Elle avait aperçu sa verge l'autre soir, quand il se donnait du plaisir. Mais là, son membre viril se dressait orgueilleusement devant elle, si près qu'elle en avait des picotements dans les doigts et que ses cuisses se contractaient.

Il se positionna au-dessus d'elle, appuyé sur un coude, et l'embrassa avec une ardeur qui lui donna le vertige.

— Tu es si belle, souffla-t-il en mordillant son lobe d'oreille. Je vais te dévorer.

Il se souleva, prenant appui sur ses mains, et plongea ses yeux dans les siens.

— C'est ce que tu veux, tu en es sûre ?

Elle hocha la tête. Oui, elle voulait connaître cela depuis ses quatorze ans, quand elle avait épié un valet et une domestique en train de copuler dans une chambre qu'ils croyaient déserte. Elle s'était faufilée dans cette pièce jour après jour, pour les observer. Voir les jambes de la jeune femme nouées autour des fesses musclées de son amant qui la besognait lui donnait des démangeaisons dans tout le corps.

Comme maintenant.

Godric n'hésita pas. Il aurait agi différemment s'il avait su qu'elle était vierge. Il aurait attendu le mariage, peut-être même qu'il ne l'aurait jamais déflorée.

Il glissa un genou entre ses cuisses qu'il souleva, jusqu'à ce que son membre dressé, qu'il prit dans sa main, effleure la fente mouillée d'Eva.

— Oh... tu es toute prête. Dis-moi que tu le veux.

— Oui, je...

Elle n'eut pas le temps d'achever sa phrase.

À la seconde où il plongea en elle, avec la délicatesse d'un étalon en rut, Godric comprit. Il n'avait jamais défloré une vierge, mais l'expérience n'était pas nécessaire pour savoir qu'il en avait une entre les bras.

Elle ne laissa échapper aucun cri, aucun gémissement. Seul son vagin déjà étroit, qui enserrait sa verge gorgée de sang, se contracta. Il eut soudain l'impression d'avoir une statuette entre les mains. Il resta en elle et ne bougea plus.

— Oh, Eva, je...

— Taisez-vous, ordonna-t-elle d'une voix hachée.

Mortifié de l'avoir brutalisée, il fut cependant amusé par cette réaction si typique d'elle.

— Pourquoi as-tu menti ? s'enquit-il d'un ton plus sévère et plus accusateur qu'il ne le souhaitait, car la guerre se déchaînait en lui – sa conscience le condamnait, et son corps le poussait à continuer.

— J'ai menti pour éviter... ce qui est en train de se passer. Faut-il vraiment discuter maintenant ? s'énerva-t-elle.

Godric poussa un soupir et, rustre, faible et honteux, s'enfonça en elle. Elle laissa échapper un sourd grognement.

— Je te fais mal ?

— Non.

Il n'était pas sûr de la croire, mais elle souleva ses hanches.

— Ne vous arrêtez pas, murmura-t-elle.

Le corps de Godric obéit à cet ordre, avant même que son cerveau embrumé comprenne. Il se retira puis, lentement, s'enfonça de nouveau dans le fourreau de chair.

Eva grogna. Jamais il n'avait rien entendu d'aussi érotique.

Elle était toute mouillée, à présent. Il se mit à aller et à venir en elle, avec d'infinies précautions. À chaque mouvement, elle soupirait. Chaque fois qu'il se retirait, elle se cramponnait à ses épaules, comme pour le garder en elle. Elle n'avait pas d'expérience, certes, cependant son corps savait d'instinct ce qu'il fallait faire. Elle l'accompagnait, se contractait et s'ouvrait en rythme avec lui.

— Oui, Eva... voilà..., murmura-t-il, ralentissant la cadence et glissant une main entre leurs ventres pour titiller et masser son clitoris.

— Godric..., gémit-elle.

Sa chair brûlante enserrait sa verge comme un étau. Un spasme violent la secoua tout à coup. Elle lui enfonçait les ongles dans les épaules, le griffait. Ses yeux bleu lavande semblaient immenses dans la lueur vacillante de la chandelle.

Quand elle ferma les paupières et que son corps se détendit, il recommença à s'activer. Encouragé par son soupir de plaisir, il se remit à aller et à venir en elle, à grands coups de boutoir, l'entraînant dans la danse primitive du mâle et de sa femelle.

Il la labourait, la possédait, sans cesser de scruter son beau visage. Quand il fut sur le point de jouir, il se retira vivement et répandit sa semence sur son ventre.

Il frissonnait encore quand la perfide voix, dans sa tête, ricana : « Et voilà, tu l'as fait. »

15

Godric lava la jeune femme avec un linge humide, s'essuya, puis s'allongea à côté d'elle. Son poids fit pencher le matelas, si bien qu'elle roula vers lui. Il lui prit doucement le menton, l'obligeant à soutenir son regard. Elle lut dans le sien, derrière la brume du plaisir, une question.

— Je sens que je vais me faire réprimander. Quelle barbe, ronchonna-t-elle.

Il laissa échapper un petit rire surpris.

— Tu dis ça comme si tu avais dépensé tout ton argent de poche ou épuisé ton cheval sans le faire exprès, fit-il remarquer.

Elle haussa les épaules.

— J'aurais pu te blesser, Eva, tu y as pensé, au moins ?

— Tu ne l'as pas fait.

— J'aurais peut-être aimé être prévenu que je déflorais une chaste jeune fille, et avoir mon mot à dire. Je suppose que tu n'y as pas pensé non plus ?

Ces mots furent pour Eva comme une gifle. Mue par une impulsion incontrôlable, elle repoussa Godric de toutes ses forces.

L'effet de surprise combiné avec les multiples hématomes qui constellaient son corps le fit basculer et tomber lourdement sur le sol. Effarée, elle sauta sur ses pieds et se précipita vers lui. Il gisait sur le dos, inerte et les paupières closes.

Elle s'agenouilla près de lui.

— Godric ? Godric ! appela-t-elle en lui secouant l'épaule. Tu t'es cogné la tête ? Tu t'es assommé ?

Pour toute réponse, il la prit par la taille et la souleva.

— Bon Dieu de bois, grogna-t-il en l'asseyant sur lui.

— Tu as mal ? insista-t-elle.

— Oui, je souffre le martyre.

Elle fit la moue et serra le poing, prête à le frapper, mais il saisit son poignet.

— Ah non... tu m'as assez maltraité.

Elle bougea sur lui, et il retint son souffle.

— Oui... ça, c'est beaucoup mieux.

Elle rougit quand il souleva les hanches pour se frotter contre elle. Se sentir gênée maintenant, après s'être conduite comme une débauchée, était franchement ridicule.

— Pourquoi m'as-tu jeté hors du lit ?

Elle ne répondit pas, et il se frotta de nouveau contre elle ; cette fois, ce fut elle qui retint son souffle.

— Allons, Eva, tu me dois au moins ça. Explique-moi ce qui t'a mise en colère.

C'était tellement humiliant !

Le monstre continuait à onduler des hanches.

— Je te tourmenterai jusqu'à ce que tu me le dises, la menaça-t-il.

— Si tu n'as trouvé que ça pour me tourmenter, tu n'es pas au bout de tes peines.

Il éclata de rire.

— Je crains de ne pas pouvoir en faire davantage pendant un moment – une heure environ.

Eva eut l'intuition que c'était une plaisanterie égrillarde, mais elle ne posa pas de question – elle avait suffisamment étalé son ignorance pour cette nuit.

— Parle, ordonna-t-il.

— Je sais bien que tu ne voulais pas le faire, marmotta-t-elle.

Godric se figea, son sourire s'effaça.

— Je ne voulais pas faire quoi ?

— Tu as dit que tu ne me voulais pas... comme ça.

Bon sang, allait-il la forcer à poursuivre cette humiliante discussion ?

— Quoi ? Je n'aurais jamais dit une chose pareille. D'ailleurs, comment diable cela serait-il venu dans la conversation ?

Une bulle de joie éclata dans le cœur d'Eva.

— Tu as dit que tu... que je ne serais jamais enceinte de toi.

— Ah oui... ça.

— Oui, *ça*.

— Que je ne veuille pas d'enfants ne signifie pas que je refuse... *ça*, murmura-t-il en se frottant de nouveau contre elle.

— Tu veux dire que...

— Oh oui, la coupa-t-il. Il faut que tu sois complètement folle pour...

Il s'interrompit.

— Bon Dieu de bois..., grimaça-t-il. Je ne pensais pas à...

— Je sais. Ce n'est qu'une manière de parler, Godric, je ne suis pas bête au point de ne pas le comprendre. Que disais-tu donc ? Je dois être complètement folle pour... ?

— Pour croire ne fût-ce qu'une seconde que je n'avais pas envie de te faire l'amour. Tu es éminemment désirable, Eva. Et parfois, quand tu t'abstiens de m'assommer ou de braquer un pistolet sur moi, je m'aperçois que je t'aime bien.

— Ah oui ?

Il hocha la tête et l'attira contre lui.

— Oui.

Ils échangèrent un baiser langoureux qui permit à Eva d'explorer à loisir ce corps d'homme, de connaître sur le bout des doigts ses reliefs et ses méplats.

Quand elle releva la tête pour reprendre son souffle, Godric la regardait fixement. Malgré la pénombre, elle vit qu'il affichait ce bizarre sourire de travers dû à sa lèvre fendue, et elle se souvint brusquement qu'il était blessé.

— Je ne te fais pas mal… assise sur toi ? s'inquiéta-t-elle.

— Si. Tu n'as pas encore compris que j'aime souffrir ?

— Je commence à penser qu'il te manque une case, et peut-être même plusieurs.

Il éclata de rire, et elle se rendit soudain compte que, depuis quelques jours, elle appréciait énormément sa compagnie. Il ne correspondait pas du tout à l'idée qu'elle se faisait de lui - un sinistre individu, cruel et répugnant. Au contraire, il était drôle, surprenant et souvent gentil. Et il était aussi formidablement doué pour les choses du sexe…

Surgit alors dans son esprit l'image de Mme Crosby, de sa main qui pétrissait la taille de Godric. Elle eut la sensation qu'on lui jetait un seau d'eau glacée à la figure. Elle recula vivement.

— Oh, murmura-t-il en lui prenant le menton entre le pouce et l'index. Qu'y a-t-il ? Dis-moi.

— Toi et… la cuisinière, bredouilla-t-elle.

— Ahhh…, fit-il, haussant un sourcil narquois.

— Godric ! s'exclama-t-elle. Tu ne peux pas me demander ce qui m'agace ou me chagrine, et te moquer de moi quand je te réponds.

Il hocha la tête, soudain grave.

— Tu as raison, Eva. Donc… est-ce que Mme Crosby t'agace ou te chagrine ?

Eva se dégagea et s'assit.

— Les deux, marmonna-t-elle.

Soupirant, il noua ses mains derrière sa nuque et grimaça – le plancher n'était évidemment pas confortable.

— Tu ne serais pas mieux sur le lit ? s'enquit Eva.

— Laisse-moi d'abord tranquilliser ta petite cervelle suspicieuse. Tu ne m'as pas surpris en train de faire des avances à Mme Crosby. Je n'aime pas médire des femmes, mais c'est elle qui m'a caressé le visage et quand je lui ai bloqué le poignet, elle a posé son autre main sur ma taille. C'est à ce moment-là que tu es arrivée.

Il lui sourit puis ajouta d'un air pensif :

— Quelque chose, je ne sais pas quoi, cloche chez elle... Et aussi chez Norton.

— C'est-à-dire ?

— Norton est nerveux comme une puce, et Mme Crosby me saute au cou comme si j'étais l'homme le plus fascinant d'Angleterre.

— Je croyais que tu étais effectivement l'homme le plus fascinant d'Angleterre.

— Oh, merci, ma chérie, murmura-t-il en souriant.

— Je n'ai pas dit que moi, je le croyais, mais que toi, tu en étais persuadé.

— Parce que c'est vrai.

— Dans ce cas, tu dois être habitué à ce que les femmes te sautent au cou.

— En effet. Seulement elles attendent dix minutes, en principe. Mme Crosby m'a aguiché à la seconde où j'ai repris connaissance.

— Elle cherche peut-être à combattre son ennui ? Il ne se passe pas grand-chose par ici, et M. Norton n'est pas vraiment un brillant causeur.

— Certes. Cependant j'ai quand même l'impression que quelque chose ne tourne pas rond. J'ai peut-être trop d'imagination.

— Non, j'ai la même impression que toi. À ton avis, M. Norton est nerveux parce qu'il craint que Flynn ne découvre que nous sommes là ?

— Cette idée m'a traversé l'esprit.

— Flynn nous a pourtant laissés partir – pourquoi serait-il contrarié que nous nous soyons réfugiés dans cette auberge ? Que pouvions-nous faire, alors que les routes sont inondées et les ponts coupés ? Et avec toi qui étais inconscient ?

— La raison parle par ta bouche, ma chérie, mais je ne suis pas sûr que Flynn soit si raisonnable.

Eva revit la fureur qui déformait le visage du bandit quand il emmenait son beau-frère blessé.

— Tu n'as sans doute pas tort, reconnut-elle. Il y a malgré tout une bonne nouvelle : avec ce temps abominable, personne ne peut rien faire.

Godric la dévisagea gravement.

— Oui, c'est un avantage. Malgré tout, il est préférable de rester sur nos gardes. Je veux que tu me préviennes, si tu vois quelque chose de bizarre.

Il s'interrompit, hésitant, puis enchaîna :

— N'en parle pas à Andrew qui ne me paraît pas capable de tenir sa langue. Il ne faudrait pas qu'il mette la puce à l'oreille de nos hôtes.

Eva se mordillait les lèvres, prête à évoquer la promesse qu'elle avait extorquée à Andrew.

— Qu'y a-t-il ? demanda Godric.

Elle regarda son œil tuméfié, ses traits tirés par la fatigue.

— Rien, répondit-elle.

Elle avait déclaré à Andrew qu'ils devaient prendre des initiatives, elle ne reviendrait pas là-dessus.

— Très bien, dit-il en s'asseyant. Si je reste plus longtemps sur ce plancher humide et froid, je vais attraper des courbatures.

Eva se leva et lui tendit une main secourable.

— J'envisage sérieusement de me cramponner à toi, preuve de ma décrépitude.

Avec force grognements, il se leva.

— Merci de m'avoir offert ton aide.

Il la saisit soudain par les hanches et la plaqua contre lui.

— Mes parents m'ont appris à respecter et à secourir les personnes âgées, le taquina-t-elle.

Il sourit, ses dents blanches étincelèrent dans la lueur de la chandelle qui tremblota et s'éteignit.

— Tu seras donc mon bâton de vieillesse, rétorqua-t-il en la couchant sur le lit.

— C'est ta place, Godric, tu es trop grand pour le lit de sangles.

Il s'allongea près d'elle.

— Pourquoi faudrait-il que l'un de nous deux couche sur ce grabat ?

Il enroula son bras autour de sa taille et la pressa contre son corps musclé.

— Je ne suis pas fatigué. On ne t'a jamais dit que les vieux n'avaient pas besoin de beaucoup de sommeil ?

Eva souriait dans le noir. Jamais, lui semblait-il, elle n'avait été aussi heureuse.

— Figure-toi que, moi non plus, je ne suis pas fatiguée.

— Ah, le dynamisme de la jeunesse !

Lovée contre lui, le dos collé à son torse, elle sentait les battements réguliers de son cœur résonner en elle.

— Comment pourrions-nous nous distraire ? murmura-t-il.

Elle frotta ses fesses contre son ventre.

— Ah oui..., murmura-t-il. Je crois pourtant avoir mentionné que j'avais besoin de récupérer. Nous avons par conséquent une bonne demi-heure à tuer. Je rallume la chandelle et je te lis un passage de *The Orphan of the Rhine* ?

— Seigneur ! s'exclama-t-elle en riant. C'est le titre exact ?

— Hmm, marmonna-t-il en promenant ses lèvres sur son cou.

— Tu lisais vraiment des romans gothiques quand tu étais… malade ?

Elle ne voulait surtout pas aborder des sujets susceptibles de troubler la fragile harmonie qui régnait entre eux. En l'entendant soupirer, elle craignit d'avoir dépassé les bornes.

— Ne t'inquiète pas, Eva, tu peux bien sûr me poser des questions sur ma vie d'avant. Je ne répondrai peut-être pas à toutes – je n'attends pas non plus que tu répondes à toutes les miennes –, mais une épouse a le droit de les poser.

Eva serra les dents. Une épouse… C'était justement à ce sujet qu'elle désirait l'interroger. Ceci dit, si elle allait trop loin…

Espèce de lâche.

« Et alors ? riposta-t-elle *in petto*. Où mon impulsivité et mon intrépidité m'ont-elles menée jusque-là ? »

Eh bien, elles t'ont menée ici.

Ça, c'était un coup bas.

— À quoi penses-tu ? Je te sens crispée.

— Je veux savoir ce qui est arrivé à ta famille.

Godric se raidit et desserra son étreinte. Un silence lourd s'installa. Elle avait commis une erreur.

Elle ouvrait la bouche pour le prier d'oublier ce qu'elle venait de dire, quand il déclara :

— Je sais que je te dois une explication. Seulement… je n'ai jamais raconté cette partie de ma vie à personne.

Il y avait un tel désespoir dans sa voix qu'elle eut peur. Son histoire était-elle si épouvantable ? *Tu es trop curieuse, laisse-le tranquille.*

— Je suis désolée, je ne voulais pas…

— Chut, il faut que tu saches. Et je crois que j'ai besoin de t'en parler.

16

Godric avait toujours su que ce moment arriverait fatalement. Il s'était conduit comme un petit garçon qui se cache derrière un arbre en croyant que les autres ne peuvent pas le voir puisque lui ne les voit pas. Et voilà où cela les avait menés… lui et Eva.

— Tu as entendu ce que j'ai dit pendant le combat. Ma femme est morte ce jour-là… Le jour où j'ai scindé la troupe en deux pour regagner le campement, parce qu'un éclaireur m'avait informé qu'il était attaqué.

Godric s'accorda un instant pour refouler la tragédie dans le passé. Eva avait besoin d'en savoir plus sur sa famille, sur Lucia, mais personne, homme ou femme, n'avait besoin de connaître les détails les plus atroces.

— Je suis navrée pour ta femme, murmura-t-elle.

— Merci.

Il n'aurait pas la force de lui dire le reste, ni même de prononcer le nom de Carl. En quoi une omission pourrait-elle la blesser, puisqu'il avait tant d'autres vérités à lui avouer ?

— La bataille fut terrible et j'ai été blessé. J'ai dû faire un long séjour à l'hôpital. C'est à cette époque que fut signé le traité de Fontainebleau[1]. Comme tu

1. Par ce traité, signé le 14 avril 1814, Napoléon abdiquait sans condition et acceptait de résider sur l'île d'Elbe. *(N.d.T.)*

le sais probablement, beaucoup d'Anglais affluèrent en Europe. Ma famille était du nombre. Le bateau qui les transportait fut attaqué par deux navires corsaires. Au lieu de se rendre, comme l'aurait fait un capitaine raisonnable, celui du *Vaillant* a d'abord tenté d'échapper à ses assaillants puis, n'y parvenant pas, il a donné l'ordre de charger les six canons du bâtiment et de faire feu. On connaît ces détails car il y a eu trois survivants.

— Oh, mon Dieu… Les navires corsaires…

— Oui, leurs capitaines prêtaient allégeance au sultan Assad Hassan.

Godric ravala le flot de bile qui lui raclait la gorge.

— Je projetais de m'en prendre au sultan et à ses partisans. La marine britannique s'en est chargée pour moi au moment de la prise d'Oran.

— Tu t'es donc rabattu sur le seul membre de la famille du sultan que tu as trouvé sur ton chemin, pour assouvir ta vengeance.

— Oui, c'est ça, soupira-t-il.

— Tu savais que mon frère Gabriel combattait Assad ? C'était son ennemi juré.

— Oui…

Comment expliquer qu'à ce moment-là plus rien n'avait d'importance, que la vérité ne comptait pas ? Qu'il était dévasté et cherchait une cible, n'importe laquelle, sur laquelle déverser son désespoir et sa haine.

— Je comprends. Vraiment, je comprends, insista-t-elle comme s'il en doutait. Je ne pense pas pour autant que tu aies bien agi, mais je dois admettre qu'à ta place j'aurais peut-être fait la même chose. Tu veux bien me dire qui était à bord du bateau qui a sombré ?

Il prit une inspiration.

— Mes parents, répondit-il d'une voix tremblante. Mes deux frères, leurs épouses, mes neveux – douze et quatorze ans – et ma sœur qui avait dix-neuf ans.

Gauchement, Eva se blottit dans ses bras.

— Je suis navrée, Godric, murmura-t-elle en pressant sa joue contre la sienne, mêlant leurs larmes. Tellement navrée.

Il la serra contre lui. Pour la première fois depuis plus d'une année, il n'était plus seul à pleurer ses morts.

*

* *

Eva ne comprit pas ce qui l'avait réveillée. Le silence régnait dans la chambre obscure et, un bref instant, elle fut submergée par la sensation étrange d'avoir un corps nu contre le sien.

— Tu as bien dormi ?

C'était la voix grave et sourde de Godric.

— J'ai dormi longtemps ?

— Non, une heure environ.

— Et toi ?

— Hélas non, dit-il d'un ton qui se voulait léger mais cachait mal sa lassitude.

— Tu n'as pas trouvé de remède à tes insomnies ?

— L'effort physique est parfois efficace. Chez moi, j'ai un lourd sac de sable que je bourre de coups de poing. Ou alors, à l'aube, je pars chevaucher au grand galop. N'importe quoi pour m'épuiser.

Elle se blottit plus étroitement contre lui.

— Et maintenant, il n'y a rien que nous puissions faire pour t'épuiser ?

— Oh si, murmura-t-il et elle entendit un sourire dans sa voix.

— Tu dois avoir mal partout.

— À certains endroits plus qu'à d'autres...

— Tu te crois malin et charmeur, n'est-ce pas ? rétorqua-t-elle avec un rire doux.

— Es-tu charmée ? murmura-t-il en effleurant sa tempe de ses lèvres, ce qui la fit frissonner.

— Pas encore.

Lui aussi se mit à rire.

— Hmm... Parle-moi donc de cette fameuse expérience dont tu te targues.

— On peut changer de sujet ? grogna-t-elle.

— Fais-moi plaisir.

— Bon, soupira-t-elle. Tu as constaté que l'une de mes allégations était fausse.

— Certes, acquiesça-t-il, sa main caressant distraitement la hanche d'Eva. Cependant elles ne sont pas toutes vantardise, car certaines... choses ne semblent pas t'avoir choquée.

— Oh... *ça*.

— Oui, *ça*, confirma-t-il.

Ses pouces s'égaraient maintenant sur son ventre et y faisaient naître des frissons délicieux.

— Eh bien, euh..., marmonna-t-elle, s'efforçant de se concentrer. Que sais-tu de ma belle-mère ?

— La ravissante et mystérieuse Euphemia de Courtney ? Les rumeurs vont bon train à son sujet, et certaines doivent être vraies, si on prend pour preuve son gaillard de fils aîné.

— Elle a vécu dix-sept ans avec le sultan Abdul Hassan – plus longtemps qu'en Angleterre. Cela a profondément influencé sa vision des choses, sur tous les plans. Elle considère que les femmes devraient savoir ce qui les attend dans le lit conjugal.

Une pause, puis elle poursuivit :

— Elle estime également qu'elles doivent satisfaire leurs maris et exiger qu'en retour ils leur donnent du plaisir.

Un silence suivit cette déclaration, Godric s'était figé. Eva commençait à craindre de l'avoir choqué, quand il dit :

— Ah, elle est donc aussi sage que belle. Il faudra que je la remercie, ajouta-t-il en lui baisant le front.

Sa réaction, quoique inattendue, ne la surprit pas vraiment.

— Tu ne me trouves pas impudente et vulgaire ?

— Si, répondit-il avec un petit rire. Seulement j'adore ça.

— Je... Ta femme n'était pas comme moi ?

Elle le sentit se crisper. Mais pourquoi parlait-elle toujours sans réfléchir ?

— Non... Lucia avait été élevée dans un couvent.

Eva se mordit les lèvres pour s'exhorter à ne pas insister, cela ne servirait qu'à les blesser tous les deux. En vain ; c'était comme gratter une croûte : on ne pouvait pas s'en empêcher.

— Elle était italienne ?

— Portugaise.

— Comment l'as-tu rencontrée ?

Nouveau silence, qui se prolongea.

— Elle était la fille d'un officier portugais. Je l'ai vue pour la première fois lors d'un dîner que son père donnait en notre honneur, pour nous remercier d'avoir chassé les soldats français de la région, expliqua-t-il d'une voix rêveuse. Comme elle était la seule femme conviée à cette réception, il était impossible de ne pas la remarquer. Mais elle était surtout...

Il s'interrompit, Eva patienta un instant et, n'y tenant plus, conclut :

— ... ravissante ?

— Pardon ? Oh je..., bredouilla-t-il, comme si elle l'avait arraché à d'agréables souvenirs.

Quelle idiote ! Pourquoi le poussait-elle à évoquer une femme que, de toute évidence, il avait aimée ? Elle ne se contentait pas de gratter la croûte, elle versait du sel sur la plaie.

— Ravissante ? Non, elle avait un physique assez ordinaire. Elle était attirante, et il y avait dans son regard une sérénité et une douceur qui étaient un baume bienfaisant dans ce déchaînement de violence.

— Tu l'as épousée tout de suite après votre rencontre ?

— Hmm... Non. Je ne l'ai pas revue pendant un an. Son père avait été tué et elle avait été recueillie par des parents. C'est le hasard qui nous a réunis de nouveau. Et j'ai alors su que...

Il s'interrompit et parut s'ébrouer mentalement.

— Quand elle est morte, nous étions mariés depuis cinq ans, dit-il d'un ton brusque.

Les confidences étaient terminées. Il ne s'était guère épanché, cependant une chose était claire : il avait tendrement aimé son épouse, et il l'aimait encore.

Comment osait-il se conduire de cette façon – parler d'une femme à une autre femme qui le faisait bander. Quel mufle ! Malade de honte, il caressa les courtes boucles d'Eva – si différentes des longs cheveux soyeux de Lucia.

— C'est du passé, Eva. Je sais que cela t'intrigue, mais c'est une partie de ma vie que j'ai laissée derrière moi.

Il mentait, car Lucia hantait si souvent ses rêves que, certaines nuits, il avait peur de fermer les yeux.

— Je ne cherche pas à la garder secrète, je ne souhaite simplement pas m'y appesantir.

Oui, tu préfères garder ça pour toi, comme un avare couve son or.

Irrité, il secoua la tête pour chasser cette pensée importune. Mieux valait concentrer son attention sur la femme vivante et désirable qu'il tenait dans ses bras, plutôt que sur un fantôme de plus en plus impalpable.

Il roula sur le dos, entraînant Eva avec lui.

— C'est sur toi que j'aimerais m'appesantir, murmura-t-il dans le noir. Enfourche-moi, ordonna-t-il – il avait soudain terriblement besoin d'elle.

Elle obéit aussitôt, et sa docilité attisa encore le désir de Godric. Il glissa ses doigts entre ses cuisses fines, dans son sexe déjà moite.

— Bon Dieu, ce que j'aime te toucher, grommela-t-il, enfonçant en elle son majeur.

Avec un long gémissement, elle se frotta contre lui.

— Tu es sûre ? Ce n'est pas trop douloureux ? demanda-t-il, faisant aller et venir son doigt.

— Un peu, chevrota-t-elle, mais pas assez pour que tu t'arrêtes.

Il se mit à rire. Elle n'avait aucune fausse pudeur, et il en serait éternellement reconnaissant à la marquise d'Exley. Grâce à ses précieux conseils, il avait dans son lit une femme prête à prendre du plaisir et à en donner, au lieu de se dérober.

Tu n'as jamais touché Lucia de cette manière.

Il tressaillit, repoussant cette perfide pensée et l'image de son épouse défunte, si timide et pudique.

Eva s'empalait sur son doigt, ses hanches commençaient à onduler.

— Oui, voilà, l'encouragea-t-il d'une voix rauque. Chevauche ma main, prends ce que tu veux de moi. Sers-toi de moi.

Ses mots eurent l'effet d'un coup de cravache, et elle se mit à le chevaucher pour de bon. Il la caressait et promenait son autre main sur ses cuisses musclées par des années d'équitation.

Des rafales de vent fouettaient les vitres, un éclair illumina soudain la chambre, gravant dans la mémoire de Godric l'image d'Eva, la tête renversée, ses mains sur ses petits seins ronds, et sur son visage adorable une expression d'extase muette.

Elle était aussi impétueuse que la tempête qui les retenait prisonniers dans cette auberge.

Godric accéléra le rythme, puis retira sa main pour qu'elle s'empale à présent sur son membre douloureusement turgescent. D'un coup de reins, il plongea dans sa moiteur, la tenant par les hanches.

— Comme ça ? gémit-elle.

Il laissa échapper un rire fou.

— Oui, Eva, comme ça…

Il l'écartelait sauvagement, et elle l'engloutissait tout entier. Ils jouirent ensemble, secoués par des spasmes d'une violence inouïe.

— Tu veux donc me tuer ? marmonna-t-il, pantelant.

Elle roula sur le flanc, essoufflée.

— Ce ne serait pas la pire façon de mourir.

Il éclata de rire. Quand s'était-il senti aussi content ? Aussi… heureux ?

Godric fut réveillé par une lumière qu'il ne reconnut pas tout de suite : le soleil.

— Bonjour ! Monsieur est un lève-tard.

Il tourna la tête. Eva était assise près de l'une des deux fenêtres de la chambre, un livre dans les mains.

— J'espère que tu n'es pas en train de lire ce roman, celui que tu as calomnié, dit-il.

Il bâilla et grimaça – sa lèvre fendue et son œil tuméfié l'élançaient.

Eva posa le roman et s'approcha du lit.

— Je crois bien que tu as dormi. Oh, Seigneur, ajouta-t-elle, scrutant son visage. C'est encore pire qu'hier. Tu es vraiment… bariolé.

— Tu sais comment ramener un homme à la vie, ma chérie. Si ma pauvre mémoire de vieillard ne me trompe pas, ma sale tête ne t'a pas fait fuir, cette nuit, susurra-t-il avec une moue suggestive.

— Tu n'es qu'un vieillard lubrique !

Il éclata de rire. Se redressant tant bien que mal, il cala deux oreillers derrière son dos. Il s'aperçut alors qu'Eva avait les yeux rivés sur son érection.

— Lui aussi se réveille, dit-il en caressant son membre dressé.

Elle déglutit bruyamment, rouge comme un coquelicot.

À cet instant, on frappa à la porte qui s'ouvrit avant qu'ils aient eu le temps de réagir. Godric remonta précipitamment les couvertures sur son ventre.

— Ah, vous êtes réveillés, tant mieux ! s'exclama Mme Crosby, sans se soucier du regard noir qu'Eva lui décochait. Je voulais vous apporter votre petit déjeuner avant de partir.

— Partir ? répéta bêtement Godric, tandis qu'elle posait, avec un petit sourire, le plateau de lit sur la couverture, que son érection tendait comme un piquet de tente.

— Oui, je vais prendre la carriole et essayer d'atteindre le bourg. Nous serons bientôt à court de victuailles.

— Je croyais que les routes étaient inondées.

— En effet, mais comme il a cessé de pleuvoir vers 3 heures du matin, je vais essayer de passer par le chemin charretier qui mène au pont, un peu plus loin.

Godric, lorsqu'il avait consulté la carte d'état-major que M. Norton lui avait prêtée la veille, avait effectivement remarqué ce chemin. Il avait même prévu de demander à l'aubergiste pourquoi personne ne tentait de passer par là. Seulement, il n'avait pas revu le patron des lieux.

— Vous avez faim, très chère ? demanda-t-il à Eva.

— J'ai déjà mangé, répondit-elle, les yeux toujours rivés sur la cuisinière.

Godric but une gorgée de café noir.

— Je comptais moi aussi vérifier dans la journée si ce chemin est praticable, dit-il. Je pourrais y aller à pied, mais je serai ravi de faire le trajet avec vous, madame Crosby.

— Ah... c'est très gentil. Cependant je vous avoue que je suis pressée de sortir.

C'était compréhensible, lui aussi commençait à étouffer entre les quatre murs de l'auberge.

— Où est M. Norton ?

— Il est parti à l'aube prévenir le juge de paix.

— Vraiment ? rétorqua Gordon qui se coupait une tranche de jambon fumé. Son fils ne devait-il pas s'en charger ?

— Anthony a attrapé froid, je lui ai conseillé de garder le lit, expliqua-t-elle en lui lançant un regard signifiant que certains de ses patients, eux, lui obéissaient.

— J'aimerais vous accompagner, déclara Eva.

Mme Crosby pivota et battit des cils, comme si elle remarquait soudain sa présence.

— Oh... ce n'est qu'une carriole, il n'y a pas beaucoup de place et le siège est une simple planche.

— Cela ne me dérange pas. En revanche, j'aimerais récupérer mes vêtements, ajouta Eva, montrant sa robe d'emprunt.

Mme Crosby haussa les sourcils.

— Pour aller au bourg ?

Eva se hérissait déjà, aussi Godric se hâta-t-il d'avaler sa bouchée de jambon.

— Ma femme a raison, madame Crosby. Par ce temps, si la carriole versait dans un fossé, une robe serait un embarras.

La cuisinière le dévisagea puis haussa les épaules.

— Très bien. Vos habits sont propres, je vous les apporterai quand je remonterai prendre le plateau.

— Je vous accompagnerai aussi, annonça alors Godric.

Une expression inquiète passa fugacement sur le ravissant visage de la cuisinière.

— Oh... C'est qu'il n'y a pas de place pour trois, sur le siège.

— Vous pourriez peut-être vous asseoir à l'arrière, suggéra Eva d'une voix doucereuse.

— J'étalerai du foin à l'arrière, et c'est moi qui m'y installerai, tel un roi fainéant, intervint précipitamment Godric.

Mme Crosby haussa de nouveau les épaules.

— À votre guise, rétorqua-t-elle, puis, brusquement, elle saisit la tasse de Godric. Le café est froid, je vais vous en chercher une autre tasse.

Sans lui laisser le temps de refuser, elle sortit à toute allure.

— Cela promet un voyage agréable, soupira Eva.

— Tu n'as qu'à rester ici et lire, suggéra-t-il en se préparant une tartine de confiture de prunes.

— Très drôle, ronchonna-t-elle. Je ne veux pas qu'elle remette les pieds ici. Je descends chercher mes vêtements.

— N'oublie pas mon café ! lui dit-il comme elle sortait d'un pas martial. J'aurai besoin d'un bon fortifiant, coincé dans une carriole avec vous deux, marmonna-t-il.

Eva s'habilla pendant que Godric terminait son petit déjeuner. Lorsqu'elle émergea de derrière le paravent, elle le vit qui, sa tasse de café à la main, souriait béatement.

— Fichtre… tu as vraiment l'air de manquer de sommeil, Godric.

— J'ai eu une soirée animée, gloussa-t-il.

Elle leva les yeux au ciel et, comme il s'y attendait, rougit.

— Tu ne devrais pas te reposer ? insista-t-elle. Je m'occuperai seule de la bête, j'en suis capable.

Éclatant de rire, il termina son café et reposa sa tasse.

— Je vais m'habiller.

Eva ouvrit la bouche pour l'en dissuader – il avait réellement une tête de déterré – puis se ravisa. En fait, elle voulait qu'il l'accompagne.

— Je préviens Andrew, déclara-t-elle.

Godric cligna des yeux, tel un hibou, avec un geste vague de la main.

— Accorde-moi dix minutes.

Il paraissait sur le point de s'endormir mais, s'abstenant de tout commentaire, Eva toqua à la porte de communication.

— Entrez ! cria Andrew.

Il était assis à la petite table, penché sur des morceaux de...

— Sapristi, Andrew ! Ce sont nos armes ? demanda Eva en refermant la porte, plus énergiquement que nécessaire.

Il leva le nez.

— Oui, je les ai récupérées ce matin, comme vous me l'aviez dit.

— Pourquoi les avez-vous démontées ?

— Seulement une.

— Qu'est-ce que vous fabriquez ?

— Je les nettoie, figurez-vous ! Ces pistolets ne sont pas extraordinaires, et ils ne vaudront plus un clou s'ils s'enrayent.

Il n'avait sans doute pas tort.

— Où les avez-vous trouvés ?

— Vous avez remarqué les deux portes au bout du couloir ?

— Celles qui paraissent donner sur d'autres chambres ?

— C'est le cas.

— Ah oui ? Pourquoi, alors, M. Norton a-t-il dit que l'auberge n'en comptait que deux ?

— Sans doute parce qu'elles sont très encombrées.

— C'est-à-dire ?

— Elles sont pleines de meubles, de vêtements, de caisses de cognac...

— Ah bon, marmonna-t-elle.

Changeant brusquement de sujet, elle montra, sur une soucoupe, une mixture noire et granuleuse.

— Qu'est-ce que c'est ?

— Ça ? Un mélange de ma composition qui permet de se passer d'une mèche d'un mètre de long, enduite de salpêtre, pour faire feu.

Eva écarquilla les yeux.

— Peu importe, soupira-t-il. Sachez seulement que, grâce à ça, l'arquebuse tirera aussi vite que la plupart des armes à feu.

Elle le croirait quand elle le verrait, cependant elle se garda de le dire pour ne pas souffler la discorde.

— Où est l'autre pistolet ?

— Sous mon oreiller.

Elle alla le prendre et l'inspecta.

— Où sont les balles ?

— Pourquoi ?

— Parce que je les veux, évidemment.

— Pourquoi ?

À en juger par sa mine, il allait ergoter indéfiniment. Eva connaissait bien cette expression, c'était celle que sa famille redoutait de voir sur son visage – elle comprenait maintenant pourquoi.

— Godric et moi devons nous rendre en ville. Il voudra prendre un pistolet, déclara-t-elle – là, elle s'avançait un peu.

Andrew se redressa.

— Je viens aussi.

— Vous devrez vous installer à l'arrière de la carriole, sur la paille, avec Godric. Il n'y a que deux places sur le siège, pour Mme Crosby et moi.

Il rougit en entendant le nom de la cuisinière. Eva ravala un soupir d'exaspération.

— Chargez-le, et vous avez dix minutes pour remonter le pistolet que vous avez démantibulé. Vous y arriverez ?

Il lui décocha un regard dédaigneux.

— Oui, les yeux fermés.

— Et sans les mains si ça vous chante, mais dépêchez-vous.

Elle toqua de nouveau à la porte de communication.

— Godric ? Tu es habillé ?

Elle entendit un bruit bizarre, une sorte de rire. Ouvrant la porte, elle vit Godric là où elle l'avait laissé : sur le lit. Couché sur le flanc au bord du lit, il se tordait de rire.

Elle se précipita et tomba à genoux près de lui.

— Godric ! Que se passe-t-il ?

— Pa... paralysé, répondit-il d'une voix à peine audible.

— À cause du coup que tu as reçu sur la tête ? Oh, mon Dieu...

Était-elle fautive ? Elle l'avait peut-être épuisé, cette nuit ?

— Langue... paralysée...

Ses paupières se fermaient, un filet de bave coulait du coin de sa bouche.

— Godric !

Elle lui secoua énergiquement l'épaule, ce qui ne servit qu'à le faire basculer en avant et glisser lentement – il était trop lourd pour qu'elle puisse l'arrêter – sur le sol.

— Andrew ! appela-t-elle. Venez vite, c'est Godric ! Il ne va pas bien du tout ! Je crois qu'il a été...

Elle perçut un mouvement derrière son dos, se retourna et étouffa un cri d'effroi devant le spectacle qui s'offrait à elle : Andrew, les bras levés, et derrière lui Mme Crosby qui, un sourire mauvais aux lèvres, pointait leur pistolet.

— ... empoisonné, acheva-t-elle d'une voix blanche.

17

— Vous avez intérêt à ce qu'il se remette ! cracha Eva, les poignets cisaillés par la corde qu'Andrew, obéissant à l'ordre de Mme Crosby, avait serrée à fond.

— Vous vous répétez, rétorqua la cuisinière en la jetant sans cérémonie, avec l'aide d'Andrew, sur la paille qui recouvrait le plateau de la carriole. C'est la quatrième fois que je vous le dis : il est seulement endormi. Maintenant, mettez-lui ce bâillon, ordonna-t-elle à Andrew.

Celui-ci regarda tour à tour la cravate qu'elle lui fourrait dans les mains, et Eva qui fulminait.

— Dépêchons, gronda Mme Crosby en lui enfonçant le canon du pistolet dans les reins.

Andrew se pencha sur Eva. « Désolé », articula-t-il silencieusement.

— Ce n'est pas nécessaire, déclara Eva. Je me tiendrai tranquille, vous avez ma parole.

Mme Crosby se contenta de ricaner.

Quand Andrew eut fini de nouer le bâillon, la cuisinière vérifia qu'il était bien serré.

— Bien, suivez-moi, dit-elle en le poussant avec le canon du pistolet.

— Euh… où m'emmenez-vous ? protesta Andrew, tandis qu'ils s'éloignaient. Je ne pourrais pas venir avec vous ? Comme ça… vous pourriez me surveiller et ce serait…

Eva n'entendit pas la suite. Elle se démena furieusement pour desserrer la corde qui lui mordait les poignets et les chevilles, en vain. Un grognement de dépit et de rage lui échappa. Cette Mme Crosby était une pourriture, elle aurait dû le prévoir. Elle aurait dû charger elle-même le pistolet.

Elle aurait dû, elle aurait pu, mais elle ne l'avait pas fait.

Elle revoyait Godric, inerte et vulnérable, son visage grisâtre luisant d'une sueur malsaine.

Et si cette femme mentait ? Si elle l'avait réellement empoisonné ?

Mais pourquoi mentirait-elle ? Tu as vu son regard. Si elle voulait le tuer, il serait déjà mort.

Cette pensée la rasséréna quelque peu.

Elle cessa brusquement de se trémousser. Le claquement de bottines à talons sur les pavés annonçait le retour de la cuisinière qui jeta un coup d'œil à Godric. Elle avait le soleil dans le dos, le visage dans l'ombre.

— Maintenant il n'y a plus que vous et moi, Milady.

Sa voix douce, presque gentille, fit frémir Eva.

Elle se hissa sur le siège, les rênes claquèrent, et le vieux cheval de trait démarra sans enthousiasme.

— Désolée de vous imposer cet inconfort, dit-elle – là, elle mentait. Ce ne sera pas long.

Ce n'était pas vraiment rassurant.

Elles gardèrent ensuite le silence. Eva se démanchait le cou pour tenter d'apercevoir le paysage, par-dessus les hautes ridelles de la carriole, et tenter de prendre ses repères. La route était sans doute flanquée de champs, car elle ne voyait, de loin en loin, que des haies.

Dix ou quinze minutes s'étaient écoulées, quand le bruit des roues changea. La carriole franchissait un pont.

Eva, sous son bâillon, laissa échapper un rire amer.

La cuisinière tourna la tête vers elle.

— Eh oui, un seul pont était inondé. Vous êtes tellement confiants, tous les trois. Joe le savait, bien sûr, raison pour laquelle j'ai veillé à ce qu'il tombe malade.

Eva se serait giflée. Elle était allée à l'écurie voir comment il se portait, s'était étonnée qu'il dorme aussi profondément, et avait supposé qu'il avait simplement besoin de repos.

Un instant après apparut au-dessus d'Eva une voûte de plus en plus dense, formée par des arbres. Entraient-elles dans le bois qu'ils avaient traversé en venant ?

Elle n'y avait pas vraiment fait attention, mais le trajet jusqu'au *Pasteur Glouton* n'avait sûrement pas duré plus d'une demi-heure.

La carriole était secouée de cahots. Si la pluie avait cessé, il faudrait un certain temps avant que les routes – surtout les chemins charretiers, comme celui qu'elles suivaient – soient complètement dégagées.

De nouveau, le bruit des roues changea. La carriole roulait maintenant sur un sol souple, de l'herbe ou peut-être un tapis de feuilles mortes. Le bois était si épais qu'on se serait cru au crépuscule.

Eva eut l'affreuse intuition que Mme Crosby les conduisait au campement de Flynn. Elle se remémora la façon dont elle avait provoqué le bandit et sentit son estomac se nouer.

Cinq minutes après, environ, la carriole ralentit puis s'arrêta. Mme Crosby sauta à terre et dételа le cheval ; Eva entendit tinter le harnais puis un bruit de sabots qui s'éloignaient.

La cuisinière se matérialisa soudain à côté d'Eva qui poussa un petit cri.

— Je vous ai fait peur, désolée, murmura la femme d'une voix sourde.

Elle paraissait moins sûre d'elle, à juste titre : dans cette forêt qui semblait vouloir avaler les humains, on se sentait tout petit.

— Je vais vous détacher les chevilles. Si l'envie vous prenait de me donner un coup de pied ou de vous enfuir, je vous conseille d'y renoncer. Je n'hésiterais pas à tirer, croyez-moi. Je n'aurais pas besoin de vous tuer, vous estropier suffirait.

Le ton maussade de la cuisinière était bien plus convaincant qu'une menace.

Quand elle eut libéré les pieds de sa prisonnière, elle la leva. Eva vit un petit cottage flanqué d'un appentis sous lequel s'abritait le cheval qui mastiquait tranquillement du foin.

— Allons-y, marmonna Mme Crosby en la faisant passer par-dessus les ridelles raboteuses – Eva se félicita de porter sa culotte de peau, cela lui éviterait d'avoir les fesses truffées d'esquilles.

De la fumée s'échappait de la cheminée du cottage qui était donc habité, ce qui ne surprit pas Eva. Elle fut cependant étonnée, à l'intérieur, de voir l'homme affalé sur un grabat trop petit pour lui qu'on avait poussé dans un coin.

Appuyé contre des coussins qui le maintenaient assis, il avait les yeux tuméfiés, presque fermés, et les mâchoires visiblement disloquées.

— Dora, marmonna-t-il, ce qui le fit grimacer de douleur.

— Tais-toi, Paul. Il ne faut pas parler, tu le sais.

Elle poussa Eva jusqu'à une lourde et grossière chaise en bois, l'unique siège de la pièce, où elle l'assit sans ménagement. Après quoi, elle l'attacha au dossier et aux pieds de la chaise.

— Et voilà, dit-elle avec un soupir de satisfaction. Vous ne bougez plus et vous attendez sagement pendant que je vais chercher un vieil ami.

Paul bredouilla quelque chose d'incompréhensible. Mme Crosby se tourna vivement vers lui.

— Toi, tu te tais ! Cela ne te concerne pas. D'ailleurs, si tu continues de jacasser, ta mâchoire ne guérira jamais. Ce qui, selon moi, ne serait pas une tragédie, mais je suppose que tu n'es pas de mon avis.

Elle ouvrit un petit placard où était rangées une cuvette et de la vaisselle.

— Je nettoierai ça tout à l'heure. Dans l'immédiat...

Elle versa un liquide trouble dans un petit verre qu'elle apporta au blessé.

— ... tu devrais boire cette potion qui t'aidera à dormir et donc à guérir.

Il la dévisagea longuement puis, avec réticence, prit le verre, minuscule entre ses gros doigts.

— Parfait, dit Mme Crosby en souriant. Je serai de retour dans une demi-heure. Repose-toi.

Elle se tourna vers Eva, et ne remarqua donc pas que Paul versait prestement la potion entre son grabat et le mur.

— Quant à vous, Milady, ne faites pas de bêtises.

Eva lui décocha un regard noir qui amusa la cuisinière, laquelle débarrassa Paul du verre vide qu'elle posa sur la paillasse de l'évier.

Puis elle glissa le pistolet dans la ceinture de sa jupe et sortit. Quand elle eut fermé la porte à clef, Eva observa Paul.

Il avait les yeux fermés et la tête appuyée contre le mur. Il respirait bruyamment. Eva pensait qu'il s'était assoupi, lorsqu'il fit soudain passer ses longues jambes par-dessus le bord du lit. Avec une lenteur de tortue, il tituba jusqu'à l'évier où il saisit... un couteau.

Chancelant, il s'approcha d'Eva qui déglutit bruyamment. Il faisait peine à voir, avec sa mâchoire de travers et ses paupières gonflées et violacées qui laissaient à peine entrevoir ses yeux.

Une grande main chaude se posa sur l'épaule d'Eva. Elle sentit sur sa tempe la lame froide du couteau qui tressauta. Elle poussa un cri qui résonna dans toute la pièce.

Mais Paul ne lui prêtait pas attention. Il étudiait les liens qui bloquaient ses poignets. Puis, grognant et gémissant de douleur, il entreprit de scier la corde avec le couteau manifestement émoussé.

Quand il eut libéré sa main droite, il lui tendit le couteau et, chancelant de plus belle, retourna vers le grabat où il se laissa tomber lourdement.

Le surveillant du coin de l'œil, Eva s'échina à détacher sa main gauche. Paul ne bougeait plus, peut-être était-il évanoui. Quand elle eut les deux mains libres, elle s'attaqua à la corde enroulée autour de ses chevilles. Son cœur cognait dans sa poitrine.

Une demi-heure, avait dit Mme Crosby. Depuis combien de temps s'acharnait-elle sur cette maudite corde ?

Soudain, elle fit un faux mouvement, et la pointe de la lame troua le cuir souple de sa botte et entailla sa jambe.

— Bon Dieu de bon Dieu ! pesta-t-elle entre ses dents, ravalant les larmes de douleur qui perlaient sous ses paupières.

La corde céda enfin, et Eva examina son mollet. La plaie était peu profonde, mais cuisante.

Elle atteignait la porte quand elle se souvint de Paul – il l'avait aidée, elle voulait s'assurer qu'il ne souffrait pas trop. Elle s'approcha de lui sur la pointe des pieds, le couteau serré dans sa main droite.

Il ouvrit alors des yeux pleins de larmes, qui n'étaient pas seulement dues, songea Eva, à la souffrance physique.

— Vous voulez boire un peu de potion ? chuchota-t-elle, comme si quelqu'un risquait de l'entendre. Il en reste. Vous devriez vraiment dormir.

Elle n'avait jamais vu un géant pleurer, et cela la désarma.

— Je vous en apporte, d'accord ?

Il la fixa durant plusieurs précieuses secondes puis hocha imperceptiblement la tête.

Eva se précipita vers l'évier, posa le couteau et déboucha le flacon de potion. Elle dut aider Paul à se redresser, ce qui prit quelques minutes supplémentaires. Quand il put enfin boire sans s'étrangler, Eva tremblait d'angoisse et d'impatience. Il avala le contenu du flacon, après quoi elle l'aida à s'allonger et remonta la couverture sur lui. Elle se détournait quand il la retint par le bras.

Il fixait sur elle un regard qui ne semblait pas être celui d'un assassin.

— Clef, bredouilla-t-il.

Mme Crosby avait effectivement verrouillé la porte. Comme Paul pointait un doigt tremblant vers le placard, Eva se précipita et y découvrit une grosse clef pendue à un clou.

Elle eut du mal à l'introduire dans la serrure. Il y avait du bruit dehors. Une carriole ? Des chevaux ? Des voix ?

Elle ouvrit brutalement la porte… et se retrouva nez à nez, une fois de plus, avec le canon de son propre pistolet.

Godric nageait dans une épaisse et chaude mélasse. Ses membres, pourtant étrangement légers, ne lui obéissaient pas.

Quelque chose de déplaisant lui donnait des petits coups, lui triturait le bras. Il l'écarta d'une claque.

— Lord Visel, réveillez-vous. S'il vous plaît ! Godric… il faut retrouver Eva. Sans vous, je n'y arriverai pas.

Eva… Ce nom réclamait son attention. Mais pourquoi ? Un brouillard tourbillonnant l'enveloppa avant qu'il puisse entrevoir la réponse.

— Oh, bonté divine ! J'espère que vous ne m'étriperez pas pour ça…

Une giclée d'eau glacée l'arracha à son cocon douillet.

— Lord Visel !

On lui faisait tourner la tête sur le côté, brutalement. Une douleur atroce lui vrilla la tempe et acheva de le réveiller.

— Godric, s'il vous plaît !

Nouvelle gifle. Cette fois, il ouvrit les yeux.

— Arrêtez de me frapper, grogna-t-il.

— Dieu merci !

Des mains s'agrippèrent à ses épaules et le secouèrent comme un prunier.

— Mme Crosby a enlevé Eva, je crois qu'elle a l'intention de la tuer !

Ces mots furent plus efficaces que des gifles ou de l'eau froide. Godric s'ébroua pour dissiper le brouillard qui menaçait de l'engloutir de nouveau.

— Il... il y a longtemps ? demanda-t-il d'une voix qu'il ne reconnut pas.

— Je ne sais pas trop. Quatre heures, peut-être plus. Elle m'a enfermé dans la resserre, je me suis égosillé pendant une éternité avant que quelqu'un vienne. Le fils de M. Norton, en l'occurrence – Anthony, gentil mais très nettement attardé. Il m'a fallu parlementer pendant au moins une heure pour le persuader de me délivrer et... Godric ? Vous vous rendormez ?

Godric souleva ses paupières lourdes comme du plomb et vit Andrew lever la main pour lui asséner une nouvelle gifle.

— Non..., râla-t-il, rassemblant le peu de forces qui lui restait pour se lever.

La pièce se mit à tourner autour de lui, il sentit son estomac se tordre et eut à peine le temps de se pencher en avant pour vomir son petit déjeuner.

Quand il n'eut plus rien à cracher, Andrew, qui s'était prudemment tenu à distance, s'approcha.

— Je peux peut-être... vous apporter quelque chose ?

— Café.

Godric s'écarta du lit, titubant comme un ivrogne, cherchant du regard ses vêtements – ce qui n'était pas facile, car il voyait double.

— Je pense que vous ne devriez pas…

— Café !

Le garçon sortit en courant. Godric se mit à quatre pattes pour atteindre ses habits, qui étaient là où Eva les avait laissés pour lui.

Mon Dieu, Eva… Si une pensée était capable de se frayer un chemin dans son cerveau embrumé par la drogue que Mme Crosby lui avait administrée – du laudanum, probablement –, c'était bien celle-ci : Eva seule avec cette femme, à cause de lui qui n'était qu'un imbécile.

Quand Andrew revint, Godric avait réussi à enfiler sa chemise, à l'envers, et à s'entraver les jambes dans la robe de chambre et la chemise de nuit.

La première tasse de café quitta aussitôt son pauvre estomac. Andrew lui en resservit une autre – il avait apporté un pichet plein – et Godric n'en vomit que la moitié. Quand il eut revêtu son gilet, son pantalon, et chaussé ses bottes, il s'attaqua résolument à son troisième café. Il avait l'impression que sa tête était bourrée de coton, mais au moins il ne perdait pas conscience à tout bout de champ.

Andrew lui tendit une cravate qu'il repoussa d'un geste brusque.

— Redites-moi ce qui s'est passé, ordonna-t-il, serrant sa tasse entre ses mains tremblantes.

Andrew lui relata une fois de plus les événements, mais cette fois Godric était à peu près lucide. La chambre se remit à tourner brièvement lorsqu'il se leva. Il enfila son manteau, saisit son chapeau et ses gants. Il ouvrit la porte… et percuta un grand corps mou.

— Oh ! là, là ! s'exclama le garçon – car le titan n'était qu'un jeune garçon – en reculant précipitamment, effrayé alors qu'il pesait au moins trente kilos de plus que Godric.

— Tout va bien, Anthony, le rassura Andrew. C'est Godric – je t'ai parlé de lui, tu t'en souviens ?

Anthony hésita puis hocha la tête d'un air terrifié.

— Il ne te fera pas de mal. N'est-ce pas ? ajouta Andrew en regardant Godric.

— Bien sûr que non, répondit ce dernier. Je te prie de m'excuser, Anthony, et je te remercie d'avoir délivré Andrew.

Le titan sourit timidement.

— Nous avons besoin de deux chevaux, ajouta Godric. Sais-tu où nous pourrions les trouver ?

Anthony secoua tristement la tête.

— Bon Dieu de bois ! tonna Godric, ce qui fit sursauter le garçon. Oh... excuse-moi, Anthony.

Il se tourna vers Andrew.

— Vous dites qu'elle se dirigeait vers le nord ?

— En effet.

— Anthony, ton père est-il allé prévenir le juge de paix ?

Godric n'espérait pas de réponse cohérente, mais le garçon opina vigoureusement.

— Ton père t'a dit de te cacher, n'est-ce pas ?

Anthony acquiesça de nouveau.

Godric saisit le pistolet qu'Andrew lui tendait et vérifia qu'il était chargé.

— Bon, je ne vais pas rester ici à me tourner les pouces. La marche m'éclaircira les idées. Andrew, vous devriez vous cacher avec Anthony et attendre M. Norton.

Le jeune homme redressa les épaules et pointa le menton – sa posture habituelle quand il se querellait avec Eva.

— Je ne suis pas de cet avis, Milord.

Godric soupira. Décidément, rien n'était simple.

18

Eva se retrouvait en territoire familier, assise sur la grossière chaise de bois, un pistolet sous le nez. Heureusement, Crosby et Flynn n'avaient pas encore eu le temps de la ligoter ou de la tuer. Ils étaient dans un coin de la pièce en train de se disputer à voix basse.

Mme Crosby, qui pointait le pistolet sur Eva, paraissait très agitée. Sa main tremblait. Eva avait eu du mal à la convaincre qu'elle avait réussi à s'échapper sans l'aide de Paul. Elle préférait ne pas imaginer ce que cette détraquée pourrait faire si elle apprenait que son acolyte l'avait trahie.

La dispute était visiblement de plus en plus véhémente.

— Non ! s'écria la cuisinière.

Elle pivota d'un bond, braquant maintenant l'arme sur Flynn.

— Il n'en est pas question ! Si tu as fait une promesse idiote, tant pis ! Je veux qu'il soit là pour me voir tuer quelqu'un qu'il aime.

— C'est une folie, Dora, qui nous coûtera cher.

— Je m'en fiche !

Flynn perdit brusquement son calme.

— T'es pas le centre du monde ! tonna-t-il avec force postillons. Tu comptes nous tuer tous pour te venger ?

Des tremblements violents secouaient Mme Crosby. Le pistolet, qu'elle tenait à deux mains, tressautait dangereusement.

— Pose cette arme, Dora. Laisse partir la fille.

Elle baissa légèrement le bras. Eva, qui retenait son souffle, recommençait à respirer quand, à la vitesse de l'éclair, le bras de la cuisinière décrivit un moulinet. Flynn, véloce malgré sa lourde carcasse, la plaqua au sol à l'instant où elle pressait la détente. La détonation fut assourdissante, la balle ricocha entre les murs du petit cottage, des éclats de pierre volèrent en tous sens.

Eva déglutit et secoua la tête pour soulager ses tympans douloureux. Flynn s'était assis sur Dora Crosby qui ne se débattait plus. Elle pleurait à chaudes larmes.

Flynn lançait à Eva un regard plein d'une infinie tristesse, quand la porte s'ouvrit brusquement, livrant passage à quatre ou cinq hommes qui se précipitèrent vers leur chef.

Celui-ci leur ordonna - il criait, car le coup de feu l'avait rendu sourd, lui aussi - d'emmener Mme Crosby au campement. Ses sbires soulevèrent la cuisinière qui sanglotait et sortirent.

Quand la porte se referma, le bandit se tourna vers Eva.

— Son mari, le frère de Paul, est mort ce jour-là. Depuis, elle est plus la même. Le chagrin l'a détruite, comme il a détruit, à ce qu'on raconte, votre homme.

Eva n'avait aucune envie de parler de Godric avec lui. Il dut le lire sur son visage, car il poussa un énorme soupir.

— Venez, je vous ramène à l'auberge.

Eva se recula vivement.

— Je n'irai nulle part avec vous.

Un sourire las étira les lèvres de Flynn.

— Vous êtes une sacrée bagarreuse, pas vrai ? Digne de faire partie de ma joyeuse petite bande.

Il regarda Paul, vautré sur le grabat, et marmonna quelque chose qu'Eva n'entendit pas. Tant mieux, elle refusait de l'écouter débiter des balivernes.

— Je veux mon pistolet, déclara-t-elle d'une voix de stentor.

Il haussa les sourcils.

— Pour me trouer la peau ?

— Il est déchargé, fit-elle remarquer.

— Mais s'il était chargé, vous me tireriez dessus, pas vrai ?

Elle haussa les épaules, fatiguée de cette discussion. Elle avait un atroce mal de crâne.

— Peut-être.

Il se mit à rire et lui tendit néanmoins le pistolet, crosse en avant.

— Vous aurez quelques heures de marche pour retourner à l'auberge.

— Quelle direction dois-je prendre ? demanda-t-elle en glissant l'arme dans la ceinture de son pantalon, dans le dos, et en rajustant les pans de sa redingote pour dissimuler la bosse.

— Suivez le chemin charretier jusqu'à la route et tournez à gauche. Au carrefour suivant, prenez à droite. Ensuite tout droit jusqu'au *Pasteur Glouton*.

Eva se dirigea vers la porte.

— Hé, ma jolie !

Elle pivota.

— Vous ne direz rien… pour Dora.

Son sourire goguenard s'était effacé, il avait soudain la mine sombre d'un vieil homme.

— On l'arrêterait si on savait qu'elle a tiré sur la femme d'un comte.

Il avait raison. À vrai dire, à la place de Dora Crosby, si Eva avait eu devant elle la personne responsable de la mort de Godric, elle l'aurait abattue.

— Je ne dirai rien.

Sur ces mots, elle sortit et referma la porte.

Elle suivit le sentier qui serpentait à travers bois, tapissé de mousse et de feuilles mortes. Le soleil se faufilait entre les arbres et mouchetait le sol de paillettes dorées.

Somme toute, c'était une belle journée pour faire de la marche.

Après avoir franchi le pont – en parfait état –, ils avaient tourné le dos au bourg. Mme Crosby n'y aurait pas emmené sa prisonnière, Godric en avait la certitude.

Ils marchèrent en silence jusqu'à un chemin boueux qui coupait la route.

— Elles sont parties par là ? demanda Andrew.

Godric examina le sol et crut y discerner des traces de roues.

— À droite ou tout droit ? insista Andrew comme Godric ne répondait pas.

Le jeune homme avait le mérite de vous garder éveillé... et une fâcheuse tendance à s'angoisser pour un rien, à ruminer et à vous bombarder de questions. Du matin au soir et du soir au matin. Par comparaison, la compagnie d'Eva était de tout repos. Elle était impulsive, certes, mais au moins elle n'avait pas peur de son ombre.

Godric désigna du doigt le chemin qui s'enfonçait dans les bois.

— Je l'aurais parié, bougonna Andrew.

— Et vous auriez gagné, car la bande de Flynn se cache probablement dans la forêt plutôt qu'au milieu d'une prairie.

Godric s'engagea dans le chemin, marchant sur le talus herbeux pour éviter les fondrières remplies de fange.

— Heureusement que j'ai pris mon arquebuse, nous entrons en territoire ennemi, déclara Andrew après quelques minutes d'un silence bienfaisant.

— Oui, heureusement, marmonna Godric.

En réalité, il craignait qu'Andrew ne glisse dans la boue et ne se fasse sauter la cervelle – ou celle de Godric – avec son engin antique. Toutefois, il n'avait pas eu la force de contredire son jeune compagnon quand celui-ci lui avait expliqué, en se perdant dans les détails, comment il avait réparé l'arme afin de pouvoir le charger en moins de vingt minutes et se passer d'une mèche.

Il ne pleuvait pas, mais les nuages recommençaient à s'amasser dans le ciel. « Pourvu que Norton regagne l'auberge avant la tombée de la nuit ! songea Godric. Et pourvu que le juge de paix l'accompagne ! » Anthony leur donnerait le message de Godric, et ils pourraient au moins partir à leur recherche.

— D'après vous, pourquoi Mme Crosby a fait ça ? s'enquit Andrew pour la énième fois.

— Je l'ignore, répondit Godric pour la énième fois.

En fait, il avait sa petite idée sur les motivations de la cuisinière. Elle était liée avec Flynn ou un membre de sa bande, et elle avait dû penser qu'Eva lui servirait de monnaie d'échange pour obtenir ce qu'elle voulait. Flynn profiterait-il de l'aubaine – une fille de marquis, c'était un joli butin – ou tiendrait-il sa promesse ? Telle était la question.

Andrew, qui marchait à côté de lui, le frôla soudain. Il serrait son arquebuse dans ses bras, le canon pointé sur le crâne de Godric.

— Andrew... hmm... vous pourriez porter cette arme sur l'épaule pendant que nous discutons ?

— Comment ? Oh, je... oui, bien sûr. Désolé.

Le jeune homme fit passer le fusil sur son épaule gauche, tenant la crosse à deux mains.

— Elle est lourde, commenta-t-il.

— Vous voulez que je la porte un moment ? soupira Godric.

— Euh... non merci. Peut-être un peu plus tard ?

Le jeune homme vouait une profonde affection à son arquebuse, Godric ne le lui reprochait pas, mais il aurait préféré qu'il ne s'encombre pas de cette antiquité. S'ils étaient obligés de courir, se coltiner ce fardeau ne les aiderait pas.

— Si je peux me permettre, Monsieur… vous êtes mariés depuis longtemps ?

Andrew ne remarqua pas le regard sévère que Godric lui lançait. Il scrutait les bois devant eux, et s'essoufflait à suivre son compagnon qui marchait à grands pas.

— Non, pas longtemps. Pourquoi ?

— Simple curiosité. Vous auriez dû voir la tête de votre femme. Si ses yeux pouvaient tuer, Mme Crosby aurait été réduite en cendres, déclara le jeune homme d'un ton mi-amusé mi-admiratif.

— Ah oui ?

— Si elle n'avait pas été aussi inquiète pour vous – elle ne savait pas quelle drogue on vous avait fait ingurgiter –, je crois bien qu'elle aurait sauté sur Mme Crosby sans se soucier du pistolet.

Andrew se mit à rire. Godric, lui, sentit son estomac se contracter. C'eût été le bouquet ! Lui drogué et inconscient, par pure stupidité, et Eva tuée à cause de lui.

Il eut l'impression que son cœur se décrochait soudain dans sa poitrine et il faillit perdre l'équilibre.

Andrew le retint par le coude.

— Attention de ne pas tomber, Monsieur. Vous voulez vous reposer une minute ?

Godric, qui étouffait, craignit de s'effondrer s'il faisait un pas de plus. Il s'arrêta et se pencha, les jambes largement écartées, les mains sur les genoux. Il avait du mal à reprendre sa respiration. Il aurait pu, aujourd'hui, avoir une autre mort sur la conscience, un autre nom à ajouter à ses litanies. Il était une sorte de calamité ambulante, tous ceux qui passaient un peu trop de temps avec lui le payaient de leur vie.

— Milord ?

La voix douce et timide dispersa peu à peu l'épais brouillard qui envahissait sa tête.

Ressaisis-toi, mon vieux. Tu t'apitoieras sur ton sort plus tard. Ce gamin compte sur toi. Lui aussi risque de se faire tuer à cause de toi.

Il se redressa si brusquement qu'Andrew recula d'un bond.

— Je veux que vous retourniez à l'auberge, ordonna-t-il d'un ton dur qu'il n'aurait même pas infligé à ses soldats.

Le visage du jeune homme s'affaissa.

— Mais qui vous aidera si vous rencontrez des ennuis ?

— Je rebrousserai chemin.

Dire la vérité, à savoir qu'Andrew le gênerait plus qu'autre chose, eût été cruel.

— Sauf votre respect, Monsieur, vous n'êtes pas en état de continuer seul. Je vous accompagne.

Le laudanum, la douleur, la fatigue et l'angoisse qui tenaillait Godric lui firent perdre patience.

— Je n'y tiens pas, Andrew. Franchement, je ne veux pas être responsable de vous. Vous me ralentirez ou, mieux, vous me ferez sauter la cervelle avec ce maudit tromblon.

Deux taches rouges colorèrent la figure d'Andrew.

— Très bien, dit-il avec raideur, se drapant dans sa dignité. Puisque c'est comme ça, je retourne à l'auberge.

Sans un mot, sans même un au revoir, il partit et Godric se dirigea vers les bois où le chemin disparaissait, comme englouti par une gueule noire et humide.

Il marchait dans un silence sinistre depuis un quart d'heure environ, quand il entendit un froissement derrière lui. Dégainant son pistolet, il pivota brusquement et découvrit… Andrew.

— Ne tirez pas ! glapit ce dernier.

Il recula, trébucha, battit gauchement des bras et des jambes pour ne pas tomber, tout cela sans lâcher son encombrante arquebuse.

— Sacré nom d'un chien ! pesta Godric.

Il fit signe au jeune homme d'approcher.

— Qu'est-ce que vous n'avez pas compris quand je vous ai dit de retourner à l'auberge ?

— Eva ne vous aurait pas abandonné, répondit Andrew comme si cela expliquait tout.

Godric faillit rétorquer qu'Eva était infiniment plus débrouillarde que lui. Au lieu de quoi, il soupira ostensiblement et, les dents serrées, se remit en marche.

Il venait de se décider à briser le silence et se montrer magnanime envers son compagnon, quand le cri plaintif d'une tourterelle retentit tout près d'eux.

Andrew sursauta et poussa un cri. Une détonation à peine moins assourdissante qu'un coup de canon éclata à un mètre de l'oreille droite de Godric. Un panache de fumée sulfureuse les enveloppa.

Godric se tourna lentement vers Andrew qui le regardait, la moitié de la figure couleur de suie, les lunettes pendant à son oreille.

— Je suis désolé ! beugla-t-il d'une voix qu'on dut entendre à Londres.

Eva entendit une détonation, quelque part dans les bois puis, malgré ses tympans endoloris, des voix claironnantes. Croisant mentalement les doigts, elle se cacha promptement derrière un gros arbre pour guetter les arrivants.

Un grand sourire fendit son visage quand elle les vit. Elle se précipita vers eux. Ils étaient manifestement aussi sourds qu'elle, car ils ne perçurent pas immédiatement le bruit de ses pas. Elle était à un mètre de Godric lorsqu'il dégaina son pistolet.

— C'est moi ! cria-t-elle.

— Eva ! hurla Andrew au même instant.

S'ensuivit une cacophonie de vociférations et de gesticulations, jusqu'à ce que Godric prenne Eva par le bras.

— Fichons le camp d'ici, nous poursuivrons ce dialogue de sourds en marchant.

Eva apprit ainsi qu'ils s'étaient lancés à sa recherche, à pied, qu'un oiseau avait effrayé Andrew et que, par mégarde, l'arquebuse s'était déchargée.

Eva s'apprêtait à tancer vertement le jeune homme pour sa maladresse, mais Godric la tira vers lui si brutalement qu'il faillit la soulever de terre. Il se tourna vers Andrew et, un doigt sur ses lèvres, articula silencieusement « des chevaux ».

Ils coururent vers les taillis et durent se séparer pour se cacher ; Andrew derrière un arbre, Godric et Eva derrière un autre, à l'écorce rugueuse. Il la tenait serrée contre lui, contre son corps chaud et rassurant.

Les cavaliers apparurent, l'arme au poing. Ils avaient manifestement entendu la détonation.

Le premier montait un grand cheval gris. Des larmes de joie plein les yeux, Eva s'élança.

— Père ! s'écria-t-elle.

19

Eva remarqua aussitôt deux choses : d'une part, son père toujours si raffiné et élégant était sale et couvert de poussière ; d'autre part, il semblait en proie à une colère froide – elle ne l'avait jamais vu aussi furieux, et ce n'était pas peu dire.

Il dardait sur elle ses yeux pareils à des diamants bleus, en frappant sa botte crottée de sa cravache.

Elle déglutit avec peine.

Elle avait cru que les yeux de son père ressemblaient à ceux de Godric. Elle s'était trompée. Lourdement. Il y avait de la chaleur dans ceux de Godric, tandis que les iris du marquis d'Exley étaient du même gris qu'un lac de montagne caché sous d'épaisses couches de glace.

Elle sentit un mouvement derrière elle, à l'instant où l'homme qui l'accompagnait, Thomas Byer, la soulevait de terre et l'étreignait.

— Bonjour, Démone, dit-il, utilisant le surnom que lui donnait Gabriel. Que diable avez-vous fabriqué ? ajouta-t-il d'une voix sourde et triste.

Elle se trémoussa jusqu'à ce qu'il la repose sur la route boueuse, sans cesser cependant de la tenir par la taille.

— Que faites-vous ici, Tommy ? demanda-t-elle, surprise par son air malheureux.

Le vicomte Thomas Byer était connu pour son indolence et son légendaire détachement, et pour être le plus vieil étudiant d'Oxford. On le surnommait « l'Indifférent », mais Eva savait que ce n'était pas vrai. Il était le meilleur ami de son frère – deux réprouvés qui s'étaient rencontrés lors de la première année d'université de Gabriel.

Sans lui laisser le temps de répondre, le marquis déclara sèchement :

— Nous pourrions peut-être retourner à l'auberge avant de nous engager dans des conversations de ce genre ?

Eva se tourna vers lui – la rage qu'elle lut dans son regard la fit frémir.

— Bien sûr, père.

Le marquis lança un coup d'œil à Godric qui s'était campé derrière elle. Comme il hochait sèchement la tête, Godric la prit par la taille, la souleva et l'assit sur la selle, derrière son père.

Le trajet jusqu'à l'auberge se déroula dans un silence lourd. Godric chevauchait à leur gauche, le visage fermé et indéchiffrable. Tommy était à leur droite, la mine sombre. Seul Andrew était égal à lui-même ; il contemplait son arquebuse d'un air émerveillé, stupéfait qu'elle ait fonctionné.

Eva se félicitait d'être derrière son père et de ne pas avoir à lui faire face. Il paraissait avoir vieilli de dix ans depuis la dernière fois qu'elle l'avait vu. Était-il possible qu'un homme grisonne en si peu de temps ? Car les cheveux de jais du marquis étaient maintenant d'un blanc neigeux sur les tempes. Si son regard était plus acéré qu'une lame, ses paupières semblaient flétries.

Quand ils atteignirent le *Pasteur Glouton* et se dirigèrent vers la petite écurie, M. Norton et son fils Anthony vinrent à leur rencontre.

— Re-bonjour, Mes... Messieurs, bafouilla l'aubergiste. Désolé, dit-il à Godric, le juge de paix est absent, il fait sa tournée.

Godric opina.

— C'est tant mieux, commenta le marquis de sa voix coupante. Je n'ai pas besoin de public.

Muets, tous pénétrèrent dans le petit salon de M. Norton. Le marquis jaugea la pièce d'une propreté irréprochable.

— Avez-vous d'autres clients ? demanda-t-il.

— Euh... non, sir.

— Dans ce cas, je réserve toute l'auberge pour la soirée.

— Père ?

Il tourna vers elle ce regard froid qui lui faisait perdre ses moyens.

— Il n'y a que deux chambres, dit-elle.

— Pour ce qui est des chambres, intervint alors Norton, qui parut stupéfait que des mots soient sortis de sa bouche, je vais préparer les autres.

— Je croyais que vous en aviez seulement deux ? s'étonna Godric.

Andrew ne lui avait donc pas parlé des deux autres pièces, songea Eva.

— Non, j'en ai quatre, répondit Norton, gêné.

Godric se renfrogna. Eva bâilla, elle n'avait qu'une envie : les planter là et dormir.

— Je... je suis navré, Monsieur Fleming, bredouilla Norton en se dandinant d'un pied sur l'autre. C'est que... vous comprenez, Mme Crosby les gardait fermées à clef.

— Qu'est-ce que tout cela signifie ? Et qui est cette Mme Crosby ? intervint Tommy, décochant à Eva un coup d'œil qui la mit mal à l'aise.

— La cuisinière de l'auberge, répondit-elle. C'est une longue histoire. Ces pièces sont-elles habitables ? demanda-t-elle à Norton, pressée de se soustraire à l'examen attentif de son père et à celui, déconcertant, de Tommy.

Lui qui n'était jamais sérieux plus de dix secondes paraissait à présent aussi sévère et vieux que le marquis.

— Oh oui, bien sûr ! affirma Norton qui se rua littéralement vers l'escalier.

Godric se campa aux côtés d'Eva.

— Je dormirai avec Andrew, déclara-t-il au marquis. Eva gardera sa chambre. Quant à vous et Byer, vous occuperez les deux autres.

Le marquis toisa Godric comme s'il était une saleté quelconque sur laquelle il avait marché par inadvertance. Eva vit le visage de son amant rougir. Toutefois, il ne détourna pas les yeux et elle fut fière de lui. Il fallait avoir le cœur bien accroché pour soutenir le regard d'Adam de Courtney.

Puis Godric pivota vers elle et, avec un sourire rassurant suggéra :

— Vous n'avez qu'à monter, Eva. Je passerai chercher mes affaires dans quelques minutes.

— Tu as une heure pour faire un brin de toilette, déclara le marquis. Ensuite rejoins-moi dans la salle.

Eva était devant la porte de sa chambre lorsqu'elle s'aperçut que Tommy l'avait suivie.

— Puis-je vous parler un moment ? s'enquit-il.

Elle aurait préféré ne plus jamais parler à personne, mais elle acquiesça et l'invita à entrer. Elle allait refermer la porte, quand il secoua la tête.

— Ce ne serait pas convenable, Eva. Laissez-la ouverte.

Elle le dévisagea, ahurie : qui était ce personnage autoritaire et ennuyeux comme la pluie ? Son air solennel la mit soudain en colère.

— Que faites-vous ici ?

— Gabe et Drusilla sont très occupés, et je n'ai pas voulu que votre père soit seul.

Tommy s'approcha et lui prit le menton.

— Visel a-t-il... ? Est-ce qu'il vous a... ?

Il s'interrompit, les dents serrées. Quel culot !

— Cela ne vous regarde pas, répondit-elle froidement.

— Ce n'est pas faux, rétorqua-t-il sans la lâcher. Peu importe ce qui s'est produit, évoquer ce sujet en votre présence est grossier de ma part. Ne vous inquiétez pas, Eva. Je prendrai soin de vous et... je réglerai le problème.

Il effleura sa joue, posa sa main sur sa nuque et se pencha comme s'il allait... l'embrasser.

Elle essaya de se dégager. En vain. Il avait trop de force.

— À la vérité, je me moque de ce qui s'est passé entre vous. Vous pouvez m'épouser, Eva, vous n'avez pas besoin de vous sacrifier pour...

— Ce que ma fiancée a fait ou n'a pas fait ne vous concerne pas, Byer.

Ravalant une exclamation de surprise, Eva se retourna. Godric était immobile dans l'encadrement de la porte, les bras croisés sur la poitrine. Nonchalant, l'air amusé, mais ses yeux...

Tommy laissa retomber sa main, et les deux hommes, d'un même mouvement, s'avancèrent l'un vers l'autre. L'atmosphère de la pièce se chargea d'électricité, comme le ciel avant l'orage.

— Vous n'avez pas autorité s'agissant de cette jeune femme, déclara Tommy.

Un vilain rictus retroussa les lèvres de Godric.

— J'ai un mot à dire à Eva.

— Dans ce cas, je reste là, décréta Tommy.

Les deux hommes gonflaient leurs plumes, tels deux coqs prêts à se battre.

Eva s'approcha de Tommy et lui posa la main sur l'épaule.

— Vous devriez sortir, Tommy.

Comme il ne bougeait pas, fixant Godric, elle ajouta :

— Tout ira bien, il faut nous laisser.

Elle craignit un instant qu'il ne refuse, mais il hocha sèchement la tête et quitta la pièce sans un mot.

Godric se tourna vers elle. Froid, poli et distant.

— J'ai besoin de savoir ce qui s'est passé aujourd'hui, avant de m'entretenir avec ton père.

Ils en revenaient donc à ça ? Eva leva la tête et le toisa.

— Je te le dirai à une condition.

Il laissa échapper un rire incrédule.

— Laquelle ?

— Promets-moi que tu ne le répéteras à personne.

Ils se dévisagèrent longuement.

— Cela ne concerne que nous, Godric.

En l'entendant prononcer son prénom, il parut s'adoucir.

— Très bien, tu as ma parole.

Eva lui relata succinctement les événements. Il l'écouta en silence, jusqu'à ce qu'elle avoue que Dora Crosby lui avait tiré dessus.

— Bon sang ! Il faut traîner cette femme devant un juge. Elle aurait pu te tuer !

— Elle ne l'a pas fait.

— Non, mais il faut...

— Tu as promis. Tu vas manquer à ta parole ?

— Bien sûr que non, grommela-t-il. Eva il...

— Tu veux que je te raconte la suite, oui ou non ?

Il en resta bouche bée.

— Tu es une vraie harpie, n'est-ce pas ? Bon d'accord... continue.

Quand elle eut terminé son récit, il demanda :

— Tu crois qu'elle ne reviendra pas ici ?

Elle songea à la femme anéantie qu'on avait emmenée.

— À mon avis, Flynn et Paul prendront soin d'elle. Paul, qui est en bien plus piteux état que je ne l'imaginais, précisa-t-elle d'un ton sévère.

Une légère rougeur colora les joues de Godric.

— Oui, bon… je suis une brute. Nous le savions déjà, n'est-ce pas ? Flynn a donc tenu parole.

— J'avoue que, moi aussi, j'ai été surprise.

Godric plissa les paupières, avec ce sourire en coin qui la troublait tellement.

— Pourquoi me regardes-tu de cette façon ? s'agaça-t-elle.

— De quelle façon ?

Elle poussa un soupir théâtral.

— Je ne suis pas d'humeur, mon cher.

— J'étais en train de t'imaginer, te défendant contre cette femme qui te menaçait de son arme. Tu es incroyable ! En réalité, tu n'avais pas besoin qu'Andrew et moi courions à ta rescousse.

Elle haussa les épaules, refusant de se laisser amadouer par l'admiration qu'elle lisait dans les yeux de Godric.

— Je n'en reviens pas que tu aies emmené Andrew et sa satanée arquebuse.

— Il a fait de son mieux. Je pense toutefois que je vais l'obliger à remettre cette antiquité dans son état originel.

Un silence puis elle reprit :

— Je ne veux pas que mon père soit informé de toutes ces péripéties.

— Pourquoi ?

— Tu sais quelle sera sa réaction s'il apprend ce qui s'est passé avec Flynn.

— Il usera de son influence politique pour qu'on traque cette bande de déserteurs. Et je lui apporterai mon aide.

— Ah oui ? Malgré la promesse que tu m'as faite ?

— Eva…

— Et, à ton avis, que diront Flynn et ses acolytes quand ils seront arrêtés et que certains d'entre eux décideront de raconter leur histoire ? Tu permettras aux gazetiers d'en faire leurs choux gras ?

Il fronça les sourcils. La flèche avait touché la cible.

— Tu as raison, admit-il à contrecœur. Cela restera entre nous.

— Tu dois prévenir Andrew.

Il hocha distraitement la tête.

— Je te laisse faire un brin de toilette. Ton père désire me parler.

Une pause.

— Qu'est-ce que Byer fait ici ? ajouta-t-il d'un air faussement détaché.

— Il est venu à la place de Gabriel.

— Vraiment ? Vous n'aviez pas passé un marché, tous les deux ?

— Un *marché* ? répéta-t-elle, ahuri.

— Oui, Eva, grommela-t-il. Un accord... sentimental.

— Avec Tommy ?

— Il veut t'épouser, rétorqua-t-il, les mâchoires crispées, l'air buté.

— Godric... je le considère comme un grand frère.

— J'espère qu'il ne regarde pas ses sœurs comme il te regardait, ricana-t-il.

— Tommy n'a pas de sœur, objecta-t-elle bêtement, sidérée par ce qu'impliquaient les paroles de Godric.

Ricanant de nouveau, celui-ci prit ses affaires et ouvrit la porte de communication.

— À tout à l'heure, dans le petit salon.

Il s'engouffra dans la chambre d'Andrew et referma derrière lui. Eva se laissa tomber dans un fauteuil.

Tommy serait donc *amoureux* d'elle ?

Non, c'était impossible.

N'est-ce pas ?

Heureusement, le marquis d'Exley n'était pas encore dans le petit salon lorsque Godric y entra, trois quarts d'heure plus tard. Norton s'y trouvait, ainsi que deux jeunes femmes, l'une coiffée d'une charlotte de femme de chambre, l'autre étant manifestement une fille de cuisine convoquée de toute urgence.

— Où est le marquis d'Exley ? demanda-t-il à l'aubergiste.

— Le mar... *marquis* ? bafouilla ce dernier, affolé. Dans sa chambre, Mon... Monsieur. Avec l'autre gentleman. Enfin... chacun est dans sa chambre.

Dans une situation moins fâcheuse, Godric aurait été amusé par la terreur qu'inspirait Exley à Norton, qui était pourtant beaucoup plus costaud que le marquis.

— Sa Seigneurie a ordonné qu'on lui monte son repas, mais Mme Crosby n'est pas là. À la rigueur, je peux préparer quelque chose, seulement voilà... ici, on n'a jamais reçu des membres de la haute société – à part, peut-être, sir William Tavish, mais...

— Monsieur Norton, le coupa Godric sur le ton qu'il employait avec ceux de ses soldats qui, quand les canons grondaient et la mort rôdait autour d'eux, n'avaient qu'une envie : courir se cacher dans un trou de souris.

— Euh... oui ?

À cet instant, la porte derrière Godric s'ouvrit, et la figure de Norton se décomposa. Inutile d'être grand clerc pour deviner qui venait d'entrer.

— Monsieur Norton ! répéta Godric.

L'aubergiste sursauta.

— Prévoyez une simple collation – du pain, de la bière, peut-être quelques tranches de votre jambon et ces délicieux petits légumes marinés dans le vinaigre ?

— Ah oui... ça, on a, bredouilla Norton, hochant frénétiquement la tête.

— Parfait, l'encouragea Godric en lui assénant une tape sur l'épaule et en le poussant vers la sortie.

— Je vous sonnerai quand nous serons prêts, monsieur Norton, intervint Exley d'une voix si douce qu'il fallait tendre l'oreille pour l'entendre.

Elle eut cependant l'effet d'un détonateur, et Norton partit comme une flèche en direction de la cuisine.

Le marquis était à présent impeccable, svelte et élégant dans sa redingote et ses hautes bottes. Son regard pâle était rivé sur Godric qui eut soudain l'impression d'être crasseux de la tête aux pieds.

Exley l'observait fixement, sans desserrer les dents. Le silence était dérangeant et se prolongea si longtemps que Godric se demanda si le marquis n'allait pas renoncer à discuter pour l'emmener *illico* sur le pré et l'abattre d'un coup de pistolet.

— Asseyez-vous, Visel.

Godric prit place sur l'une des quatre chaises qui entouraient la table, et Exley s'assit en face de lui. Maintenant qu'il pouvait étudier de plus près son interlocuteur, Godric voyait sur lui les stigmates de l'âge. Outre les tempes grisonnantes, les yeux étaient encadrés de rides profondes et soulignés de cernes bistre dus à la fatigue du voyage. À moins qu'ils ne soient dus au simple fait d'avoir une fille pareille...

— J'ai rencontré mon palefrenier, James Brewster, pas très loin de Doncaster, déclara soudain Exley.

Godric hocha la tête. Il avait effectivement aperçu le jeune homme qui bouchonnait le cheval du marquis dans l'écurie. À vrai dire, il s'était étonné qu'Exley ait gardé James à son service au lieu de le congédier sur-le-champ pour avoir aidé Eva à mener à bien pareille équipée. Exley n'était peut-être pas aussi inhumain qu'il le paraissait.

— James m'a raconté ce qui s'est passé, ajouta ce dernier. En détail.

La colère du marquis était palpable, mais Godric sentit qu'Eva, et non lui, en était la cible.

Il éprouva alors une bouffée de compassion pour la rebelle qui les avait faits prisonniers, lui et son avenir. Vivre auprès d'un père de cette espèce n'était sans doute pas une partie de plaisir. Il pensa à son propre père, un homme doux et tendre qui aimait sa famille, ses métayers et sa bibliothèque remplie de livres. Le seul individu qu'Edmund Fleming aurait pu inquiéter était son intendant – et plutôt à cause de sa prodigalité que de sa dureté.

Adam de Courtney était probablement l'être le plus froid que Godric ait jamais rencontré. Bien sûr, il connaissait son histoire, ou du moins les rumeurs qui couraient à son sujet – on chuchotait qu'il avait assassiné ses deux premières épouses. Il savait aussi qu'il avait tué trois hommes en duel, qui avaient médit de sa première femme. On racontait également qu'il était un joueur formidable et avait amassé des fortunes au fil des ans, en plumant ses adversaires.

Oui, il plaignait Eva.

— Vous êtes dans une situation délicate, Visel, j'en suis navré et je vous présente mes excuses.

Godric sursauta.

— Je…

Une ombre de sourire passa sur les lèvres d'Exley.

— Vous semblez surpris. Vous pensiez que je vous pourchasserais pour vous provoquer en duel parce que ma fille vous a enlevé ?

Cette ironie glaciale fit rougir Godric. Le sourire de son interlocuteur s'imprima discrètement au coin de sa bouche.

— Ah, je vois que c'est le cas, dit Exley, et Godric eut la pénible sensation de redevenir un gamin de quinze ans.

— Ne vous excusez pas pour le comportement d'Eva, monsieur. Elle est ma fiancée et dans quelques jours, si le temps le permet, j'assumerai seul la responsabilité de ses actes.

Les yeux du marquis s'étrécirent.

— Ma fille souhaite donc vous épouser ?

Godric haussa les sourcils. Quelle bizarre question !

— Nous sommes restés seuls tous les deux pendant plusieurs jours et plusieurs nuits. Il y a eu de nombreux témoins : les postillons, Norton, deux autres aubergistes, Andrew...

Sans compter une bande de voleurs et de déserteurs.

Le marquis agita négligemment une main élégante.

— Les gens peuvent avoir des trous de mémoire quand on les y encourage habilement.

— Vous graisseriez la patte à tous ces gens ? rétorqua Godric, incrédule.

— Graisser la patte... quelle vilaine expression.

Flynn et ses acolytes – sans parler de Mme Crosby – avaient eux aussi été témoins de son intimité avec Eva. Devait-il communiquer cette information au marquis ?

Il songea à Eva, à la promesse qu'il lui avait faite.

— Les mauvaises langues s'en donnent déjà à cœur joie, n'en doutez pas, finit-il par dire. Surtout maintenant que vous êtes ici, et qu'on sait que le marquis d'Exley est le père de ma prétendue épouse.

Une imperceptible roseur colora les pommettes saillantes d'Exley. « Bon sang, songea Godric, il devrait tout de même savoir qu'avant son arrivée en fanfare je me suis débrouillé pour cacher l'identité de sa fille. »

— Quoi qu'il en soit, déclara Exley de sa voix coupante, je ne sacrifierai pas ma fille par crainte du scandale. Le bonheur d'Eva est plus important pour moi que sa réputation ou le nom de notre famille.

Pour la première fois, Godric éprouva une certaine sympathie pour le glacier qu'il avait devant lui.

— Et vous croyez que se marier avec moi mettrait son bonheur en péril ?

— Je l'ignore, Visel. Qu'en pensez-vous ? Vos récents agissements semblent indiquer que ma famille vous est antipathique, ce qui ne paraît pas propice à une union heureuse.

Exley s'interrompit. Et Godric n'eut rien à objecter à cette observation judicieuse quoique douloureuse.

— Je ne l'obligerai pas à vous épouser, reprit le marquis. Je ne laisserai pas ma fille entre vos griffes si vous avez l'intention de la faire souffrir.

L'insulte était cuisante.

Le premier réflexe de Godric fut de contre-attaquer, mais son interlocuteur avait d'excellentes raisons de penser pis que pendre de lui.

— J'ai honte de la façon dont je me suis conduit avec votre famille, dit-il simplement.

Il hésita un instant, avant d'avouer un secret qu'il avait espéré réserver à Eva.

— Votre fille m'a sans doute sauvé la vie en m'enlevant lors de la réception du duc de Richland.

Exley sourcilla imperceptiblement, et Godric se demanda ce qu'il fallait au juste pour obtenir de cet homme une véritable réaction.

— Expliquez-vous, s'il vous plaît.

— Je me suis rendu à cette réception avec l'intention d'enlever votre belle-fille.

— James Brewster m'en a informé, Visel, sans toutefois me dire pour quelle raison vous envisagiez un acte aussi odieux. Peut-être pourriez-vous y remédier ?

La dernière fois que Godric s'était senti à ce point en danger, c'était sur le champ de bataille.

— Je n'ai pas d'explication, monsieur.

Il secoua la tête, tentant de se remémorer le processus mental qui l'avait amené à cette décision insensée, cette nuit-là.

— J'aimerais pouvoir dire que j'aurais recouvré la raison avant de passer à l'acte, seulement je n'en suis pas certain. Si votre fille n'était pas intervenue, j'aurais commis la pire erreur de ma vie.

Un muscle tressauta sur la mâchoire du marquis.

— Savez-vous que votre cousin Rowland a exécuté votre plan ?

— Seigneur Dieu ! Vous voulez dire qu'il a enlevé Mme Marlington ?

— Non, il a enlevé le fils de M. Marlington et demandé une rançon.

Godric crut que son cœur se décrochait dans sa poitrine.

— Bon Dieu de bois ! Est-ce que l'enfant…

Exley leva une main blanche, et le rubis qui ornait sa chevalière accrocha la lumière des chandelles.

— Il est sain et sauf.

Godric relâcha son souffle.

— Gabriel et Drusilla ont empêché votre cousin d'aller plus loin.

L'expression d'Exley se fit encore plus froide, ce que Godric n'aurait pas cru possible.

— Rowland avait de funestes intentions, ajouta-t-il.

Godric ferma fortement les paupières, comme si cela pouvait étouffer les paroles de son interlocuteur.

— A-t-il… Quelqu'un a-t-il été blessé ? bredouilla-t-il, incapable de regarder le marquis.

— Rowland et l'un de ses comparses ont trouvé la mort dans le combat qui a suivi. Dieu merci, Gabriel, Drusilla, l'enfant et Byer en sont sortis indemnes.

Godric rouvrit les yeux.

— Byer était là ?

— Oui.

Que cet homme le haïsse n'était donc pas surprenant. Godric déglutit à plusieurs reprises pour avaler la boule qui lui obstruait le gosier, faite de honte, de soulagement et de fureur – contre lui-même – mêlés.

— J'ignorais qu'il projetait de s'en prendre à l'enfant, mais j'ai bel et bien été l'instigateur du plan concernant Mme Marlington, dit-il. Par conséquent, je m'en tiens pour responsable.

Exley se borna à le dévisager.

Godric se demandait ce qu'ils avaient encore à se dire, lorsque la porte s'ouvrit sur Eva. Les deux hommes se levèrent, et elle les regarda tour à tour d'un air inquiet.

— Je ne voudrais pas vous déranger…

Godric reconnut à peine ce sosie, domestiqué et résigné, de la femme impétueuse qui l'avait enlevé et avait tenu tête à des bandits de grand chemin. Ce sosie le laissait de marbre.

— Entre, Eva, et assieds-toi, déclara le marquis avec ce calme implacable dont il ne se départait apparemment jamais.

Il pivota vers Godric.

— Je crois que nous en avons terminé, n'est-ce pas, comte Visel ? J'aimerais parler à ma fille en privé.

C'était un ordre.

Godric se tourna vers Eva. Il ne pouvait bien sûr pas lui demander à voix haute si elle souhaitait qu'il la laisse seule avec son père, mais il lut dans ses yeux qu'elle devinait sa question muette. Elle y répondit par un imperceptible hochement de tête.

Il songea alors que c'était peut-être la dernière fois qu'il la voyait. Une fois sa décision prise, le marquis agirait sans délai et sans état d'âme.

Même si Godric considérait qu'Eva et lui étaient pour ainsi dire mariés, il ne pouvait pas la retenir, si elle choisissait de partir avec son père.

Il n'avait cependant pas prévu l'effet que cette idée lui ferait. Il se sentait soudain vide, transi et sans espoir.

20

La peur avait quitté Eva quelque part entre sa chambre et le salon. Pour la première fois de sa vie, elle ne craignait pas de décevoir son père. Cela ne signifiait pas pour autant qu'il était facile de rester assise sur une chaise, sans se trémousser, sous son regard glacial.

Tandis qu'ils s'observaient, elle songea pour la millième fois qu'elle aurait voulu comprendre cet homme, si seulement il acceptait de livrer une part de lui-même, fût-elle infime, à quelqu'un d'autre que son épouse. Il n'y avait qu'avec Mia que le marquis paraissait à peu près humain, comme si son cœur ne pouvait s'ouvrir qu'à une seule personne en ce monde.

Il n'était pas cruel envers Eva, et elle savait qu'il l'aimait – il aimait tous ses enfants –, mais il était irrémédiablement distant, telle une lointaine falaise perdue dans la brume qu'elle n'atteindrait jamais, malgré tous ses efforts.

Ses sœurs avaient depuis longtemps renoncé à le connaître – depuis l'époque où Mia était entrée dans leur vie et leur avait donné ce qui leur manquait : la tendresse et la joie, entre autres. Leur tante et leur grand-mère, qui les avaient élevées, les avaient aimées à leur manière, mais toutes deux étaient coulées dans le même moule qu'Adam de Courtney, incapables d'extérioriser leurs émotions.

Craignant que son père ne se contente de la regarder fixement pendant des siècles, elle s'enhardit à poser la question qui lui brûlait les lèvres.

— Mia a-t-elle accouché ?

— Pas encore.

Elle savait qu'il s'inquiétait pour son épouse et qu'il ne le dirait pas. Celle-ci n'était plus si jeune, et mettre un enfant au monde était une épreuve pour toutes les femmes, quel que soit leur âge. Le remords submergea soudain Eva – elle avait privé Mia de son mari, qu'elle adorait, au moment où elle avait le plus besoin de lui.

— Est-ce que Gabriel et Drusilla...

— Ils vont bien.

Elle voulait demander des nouvelles de Samir, le fils de Gabriel, et s'en abstint ; elle ignorait si son frère leur avait appris l'existence de son petit garçon.

— Samir va bien, lui aussi, ajouta le marquis comme s'il lisait dans ses pensées.

Elle poussa un soupir de soulagement.

— Je souhaiterais parler de toi, Eva.

— Oui, père.

— Visel t'a-t-il traitée correctement ?

Elle tressaillit, surprise.

— Eh bien...

Une image surgit dans son esprit : Godric à genoux devant elle, entre ses jambes, sa bouche brûlante...

Le marquis toussota, il semblait... Ça alors ! Était-ce de l'embarras qu'elle lisait dans ses yeux ?

Non, impossible.

— Oui, il m'a traitée correctement.

— Et tu désires l'épouser ?

Elle en resta bouche bée.

— J'ai passé plusieurs jours avec lui, je... je dois faire ce qu'il faut, je... Il n'y a pas d'autre choix.

— Il y a toujours d'autres solutions, rétorqua sèchement son père. C'est à toi de choisir, Visel et moi n'avons pas notre mot à dire. Si tu ne veux pas l'épouser, tu repartiras d'ici avec moi.

— Je... je ne comprends pas.

— Réponds, Eva. Désires-tu quitter cet endroit avec un mari ? Si c'est le cas...

Il extirpa de sa poche un document soigneusement plié. Une licence spéciale permettant un mariage immédiat, sur laquelle figuraient le nom de Godric et le sien.

— Si tu ne veux pas de lui, tu repartiras avec moi et on oubliera cette affaire, déclara-t-il posément.

Eva crut entendre un craquement dans la pièce, puis elle se rendit compte que ce bruit était dans sa tête. Quelque chose s'était brisé – une barrière, des chaînes – et des années de colère déferlèrent en un torrent bouillonnant.

Elle sauta sur ses pieds.

— Ah non, articula-t-elle d'une voix sourde et froide – elle y reconnut celle de son père et en fut choquée. Ne me parlez pas de cette façon, comme si je n'étais qu'un problème à régler puis à ranger dans un coin.

Le regard de son père se fit encore plus glacial.

— Et comment devrais-je te parler ? Faut-il te féliciter de m'avoir obligé à traverser le pays à toute allure ?

— Non, bien sûr que non ! riposta-t-elle. Mais ne me traitez pas comme une enfant récalcitrante.

— Une enfant ? répéta-t-il avec un rire forcé. Tu as enlevé un homme, et comme si cela ne suffisait pas, tu l'as enlevé avec l'aide d'un domestique, qui pourrait être envoyé au bagne si Visel jugeait bon de le faire condamner pour un tel crime.

Ces mots furent pour Eva un coup de massue qui la fit vaciller. Elle avait mis son meilleur ami en danger.

— Je l'ai fait pour Gabriel, rétorqua-t-elle, livide. Je voulais simplement l'aider, père, je ne...

Seigneur Dieu ! Et s'ils avaient été arrêtés ? Si Godric n'avait pas été l'homme qu'il était mais un individu médiocre, résolu à châtier plus faible que lui ? Si James s'était retrouvé en prison ?

Elle ferma les yeux, sans pouvoir contenir ses larmes.

Alors se produisit l'inimaginable : des bras solides l'entourèrent, un geste sans précédent qui lui enleva la force mentale qu'elle avait rassemblée pour affronter cette entrevue.

Lâchant la bonde à ses émotions, elle se laissa aller contre le corps svelte et dur comme l'acier de son père. Des sanglots convulsifs la secouaient. Les événements des derniers mois, des dernières semaines et surtout des derniers jours se bousculaient dans son esprit. Mais son père, en la tenant serrée contre lui et en caressant ses cheveux, réussit à faire barrage à ce maelstrom.

— Chut, Eva... Je suis désolé. Tu as raison. Je devrais te parler comme on parle à une femme et non à une enfant.

Ces paroles étaient tellement sidérantes que les sanglots d'Eva s'apaisèrent en un instant.

Son père lui présentait des excuses ?

Elle le sentit tressauter et se rendit compte qu'il riait. Le marquis d'Exley riait ? Heureusement qu'il la soutenait, sinon elle se serait évanouie.

— Si j'avais pu deviner que ces mots te calmeraient instantanément, ma fille, je les aurais prononcés il y a des années.

Elle entendit dans sa voix un sourire amusé, et son cœur déborda de tout l'amour qu'elle éprouvait pour lui ; tout cet amour qu'il refusait.

— Je regrette que ta belle-mère ne soit pas là, murmura-t-il, sans cesser de lui caresser les cheveux. Elle saurait quoi dire. Mia sait toujours ce qu'il faut dire.

Un silence.

— Je n'ai pas été un bon père pour toi. Non, ne le nie pas, ajouta-t-il tristement, comme elle secouait la tête.

Il la repoussa doucement pour plonger son regard dans le sien. L'expression de regret et de honte qu'elle vit sur son visage, d'ordinaire indéchiffrable, la stupéfia et l'émerveilla.

Quand il la lâcha, elle faillit gémir, mais il approcha sa chaise de la sienne.

— Assieds-toi, ordonna-t-il en lui étreignant la main. Ce qui s'est passé entre Visel et toi importe peu. Que certaines personnes en aient été témoins n'a pas non plus d'importance. Je ne te laisserai pas lier ton sort à un homme qui ne te témoignera ni considération ni respect.

Il hésita, gêné, presque timide.

— Je t'aime trop pour cela, Eva.

Elle écarquilla les yeux, ce qui le fit rire.

— Elle ne manquera pas de s'en vanter, soupira-t-il.

Comme Eva lui lançait une œillade perplexe, il expliqua :

— Mia me répète depuis des années que je dois dire à mes enfants ce que j'éprouve pour eux.

Un rictus douloureux crispa la bouche du marquis.

— Je donnerais ma vie pour toi, Eva, et je ne veux que ton bonheur.

Eva sentit les larmes lui monter aux yeux. Le marquis eut alors un sourire qui découvrit des dents légèrement de travers. Avait-elle déjà vu les dents de son père ?

— Ne te remets pas à pleurer, par pitié ! Cela fait de moi un poltron et un geignard.

C'était tellement absurde qu'elle laissa échapper un rire mouillé.

— J'aurais préféré que tu puisses bien réfléchir avant de prendre une décision, malheureusement le temps presse. Nous sommes dans une situation délicate et, de surcroît, je dois retourner sans tarder auprès de Mia.

Elle hocha la tête.

— Si tu souhaites partir avec moi, je veillerai à ce qu'aucune rumeur ne circule au sujet de ce qui s'est passé durant ces derniers jours.

L'expression de froide détermination qui se peignit sur le visage du marquis fit frémir Eva. Son père était implacable.

— Byer désire t'épouser, sache-le. Quand il a appris que tu étais avec Visel, il a exprimé haut et fort ses sentiments pour toi. Je n'imaginais pas, je l'avoue, une telle profondeur chez cet homme. Bref, il m'a déclaré qu'il t'aimait.

Une heure auparavant, Eva en eût été stupéfaite, mais ce qu'elle avait lu dans le regard de Tommy confirmait les dires de son père.

— Tu n'es pas forcée de te marier avec Byer ni avec Visel. Tu peux simplement rentrer à la maison. Mia et moi avions l'intention de te dire que nous ne t'obligerions pas à retourner à Londres, cet été. Nous tenions à ce que tu participes à une saison mondaine pour te donner la possibilité de connaître autre chose que le pensionnat ou la vie à Exham. Nous ne cherchions pas à te punir.

Il paraissait si contrit qu'Eva regretta soudain le comportement qu'elle avait eu pendant des mois.

— Ce n'était pas une punition, père. J'ai adoré passer du temps avec Gabriel et Drusilla. Cela dit je ne tiens pas trop à renouveler l'expérience, surtout sans eux.

— Ce point est donc réglé. Si tu décides de rentrer à la maison, nous te trouverons d'autres occupations. Je sais que tu as le nez creux concernant les chevaux, enchaîna le marquis avec un petit sourire en coin. Brewster me serine du matin au soir qu'il faut acheter d'autres pur-sang et, ma foi, je pourrais bien céder à ses instances. Nous avons assez de place pour que tu t'essaies à l'élevage. À petite échelle, précisa-t-il, comme Eva lui broyait la main.

— Oh, père ! Vraiment ?

— Oui, Eva, *vraiment*, répondit-il en souriant.

Il la taquinait, et cela la bouleversait plus encore que sa proposition, qui était pourtant l'aboutissement de tous ses rêves. Elle était libre de vivre à Exham et d'élever des chevaux ? C'était tout ce qu'elle désirait depuis l'époque où elle avait persuadé Brewster, à force de cajoleries, de lui permettre d'assister à la naissance d'un poulain.

Cela paraissait trop beau pour être vrai. Elle soutint le regard interrogateur de son père.

— Vous voulez dire que je pourrais acheter mes chevaux, m'en occuper au quotidien au lieu de contempler les autres travailler, à la distance convenable pour une lady ?

Le marquis leva les mains en signe de capitulation.

— Oui, oui… tu seras ta propre maîtresse, à condition évidemment de ne pas installer tes bêtes dans le château ou d'emménager dans les écuries.

Il hésita une seconde avant d'ajouter :

— Mia m'a souvent dit que tu avais des talents inutilisés. Je reconnais que tu es une formidable cavalière. Mia dit aussi qu'il faudrait t'autoriser à exercer ces talents sans qu'un mâle ignorant - je la cite - te mette des bâtons dans les roues.

Eva éclata de rire. Cette façon de parler, c'était Mia tout craché.

— J'admets, poursuivit le marquis en montrant la tenue de sa fille, que dans les écuries, les robes ne sont pas indiquées.

Voyant Eva sourire aux anges, il pointa sur elle un index sévère.

— Seulement tu ne porteras le pantalon que dans le périmètre du domaine. Si je te surprends en train de traverser le bourg à califourchon sur un cheval et de scandaliser les villageois…

— Bien sûr, père, l'interrompit-elle, réprimant un sourire.

C'était un miracle, son désir le plus cher qui se réalisait.

Soudain le visage de Godric surgit dans son esprit. *Lui aussi, tu le désires. Tu l'as eu tout à toi pendant ces quelques nuits, et tu en veux davantage. Tu veux ses caresses et tout le reste...*

Son père lui étreignit de nouveau la main, l'arrachant à ses rêveries érotiques.

— La décision t'appartient, Eva. Je te laisse réfléchir un moment, ajouta-t-il en se levant. Je vais faire un saut au village. J'ai chargé James de nous procurer un équipage convenable pour notre chaise de poste.

— James est là ? s'exclama-t-elle, ce qui fit sourciller son père. Oh, je... Pardon. Je suis simplement surprise qu'il soit avec vous.

— Il était désespéré de t'avoir laissée seule, déclara le marquis d'un ton sévère.

Elle baissa piteusement le nez.

— Tu as été injuste envers lui, tu en es consciente ? Et tu l'as mis dans une position difficile. Je lui ai dit qu'il avait arrangé les choses du mieux possible, compte tenu de son erreur initiale.

— Je suis la seule coupable, père. James ne voulait pas me suivre, il ne l'a fait que pour me protéger.

— Je sais bien que tu es fautive. Alors peut-être qu'à l'avenir, au lieu de faire tes quatre volontés, il saura te ramener à la raison ou trouver quelqu'un susceptible d'y parvenir.

— Je vous remercie de ne pas l'avoir puni.

Le marquis arqua un sourcil d'un noir d'encre.

— Ce n'est pas à moi de le punir. Je laisse ce soin à Brewster.

Elle grimaça – le père de James était aussi terrifiant que le sien.

— Absolument, commenta le marquis, lisant une fois de plus dans ses pensées. Bien. Y a-t-il autre chose ?

Elle secoua la tête, scrutant le visage de son père. Elle avait cru que Godric et lui se ressemblaient, or c'était faux. Certes, ils étaient tous les deux des hommes puissants, et elle retrouvait chez Godric, malgré son comportement insensé des derniers mois, certaines des qualités qu'elle respectait chez son père.

Mais ces derniers jours, Godric ne s'était pas conduit comme un fou furieux. Il lui avait présenté des excuses et semblait regretter sincèrement ses actes.

Quand son père eut refermé la porte derrière lui, elle s'appuya lourdement contre le dossier de sa chaise.

Elle pouvait continuer à se mentir ou regarder la vérité en face : elle voulait Godric.

Il ne t'aimera jamais. Il ne souhaite même pas se marier et fonder une famille avec toi.

Je ne cherche pas l'amour, ni même le mariage, surtout pas avec un homme comme Godric Fleming.

Oh, Eva…

Sa petite voix intérieure était si triste qu'elle en eut un coup au cœur. Chercherait-elle l'amour ?

Quelle idée idiote !

« Tais-toi, ordonna-t-elle à sa voix intérieure, tu ne sais rien de mes désirs. »

Si la proposition de ton père répond vraiment à ton vœu le plus cher, à quoi bon réfléchir ? Ta décision est prise.

Cette logique impeccable l'exaspéra.

Godric m'a fait une proposition similaire – il a même parlé d'une tante qui élève des pur-sang. Je n'ai donc pas à choisir entre les chevaux ou Godric. Je peux avoir les deux.

Oui, mais Godric t'a proposé cela en pensant que vous seriez obligés de vous marier. Que dirait-il à présent qu'il n'est plus condamné à vivre enchaîné à une femme qui ne concevra jamais un enfant de lui ? Le marquis lui a peut-être donné le choix ?

Non, leur avenir dépendait d'elle.

À ton avis, que ferait Godric si c'était lui qui tenait votre avenir entre ses mains ?

Eva ferma les paupières, mais la vérité était là, devant ses yeux : si Godric avait eu le choix, elle serait déjà dans une voiture avec son père.

Soudain, la porte s'ouvrit, et Tommy entra.

— Je voudrais vous parler, déclara-t-il avec raideur.

Elle fréquentait Thomas depuis cinq ans, et il s'était toujours montré avec elle désinvolte et moqueur. L'homme qui dardait sur elle un regard sombre et grave ne ressemblait pas au Tommy qu'elle connaissait.

— Bien sûr, Tommy. Asseyez-vous.

Contrairement au marquis, il ne s'était pas changé depuis son arrivée. Il avait les traits tirés, la figure maculée de poussière. C'était un dandy, toujours tiré à quatre épingles, qui bichonnait son corps superbe et son beau visage.

Mais pas aujourd'hui.

— Vous ne pouvez pas gâcher votre vie de cette façon, Eva.

— Je ne...

— Je sais, l'interrompit-il en levant une main impérieuse, que vous êtes parfois la créature la plus obstinée de la terre, néanmoins ce n'est pas le moment de jouer les fortes têtes.

— Je ne...

— Je me rends compte que vous parler de cette façon ne peut que vous irriter, seulement je vous demande d'écouter la voix de la raison. Venez avec nous. Laissez-nous, votre père et moi, vous emmener loin d'ici. Je prendrai soin de vous.

Il se tut, hésitant.

— Ce serait pour moi un grand honneur. Vous n'êtes pas obligée d'épouser Visel pour éviter le scandale. En fait… je vous l'interdis, conclut-il en rougissant.

Ces mots dissipèrent instantanément l'embarras qu'éprouvait Eva et qui se mua en une bouillante colère. Encore un homme qui pensait savoir ce qui était le mieux pour elle !

— Je vais peut-être vous surprendre, *Tommy*, mais je ne veux pas qu'on prenne soin de moi. Je suis fatiguée d'être traitée comme une enfant.

Comme il ouvrait la bouche, elle le fit taire d'un geste.

— Je suis capable de prendre mes propres décisions, figurez-vous !

Elle vit passer sur le visage de Tommy, sans qu'il réussisse à le dissimuler, un scepticisme qui attisa sa fureur.

Quel arrogant, prétentieux, horripilant personnage !

— Je ne dis pas que vous en êtes incapable, Eva. Je dis seulement que, face à Visel, vous n'êtes pas de taille. Songez que cet homme a poussé Gabriel à des accès de violence.

Il s'interrompit de nouveau. Il affichait un air patient, souffrant, peu fait pour calmer Eva.

— C'est lui qui, ces derniers mois, a sauté sur la moindre occasion de vous ridiculiser en insinuant que vous frisiez la démence. Vous n'avez pas les idées claires, Eva.

— Parce que vous connaissez mes idées, Tommy ? Vous ne savez de moi que ce que vous voyez ou ce que je vous ai confié. Vous appréciez mon aspect physique, vous n'êtes d'ailleurs pas le seul.

Il rougit violemment – elle avait visé juste.

— À part ça, vous savez seulement – parce que je vous en ai parlé – que j'aime les chevaux et que je déteste les bals et les fanfreluches. En vérité, vous ignorez tout de moi, et pourtant vous êtes prêt à prendre à ma place l'une des décisions les plus graves de mon existence. Vous êtes d'une arrogance suffocante. Jamais je n'oserais vous faire ça et...

— Parce que je suis un homme et que vous êtes une gamine à peine sortie de l'école...

— Une *gamine* ? C'est ainsi que vous me voyez ? Que vous me traiteriez si j'acceptais que vous *preniez soin* de moi ? Comme une gamine ?

Le teint de son interlocuteur vira au rouge brique – le sous-entendu ne lui avait pas échappé.

— D'accord, articula-t-il. Je vous veux comme un homme veut une femme, et cela ne date pas d'hier.

Elle reconnaissait cette lueur qui brûlait dans les yeux de Tommy. Il la désirait, comme Godric, et cela la laissait de marbre. Elle n'en éprouvait aucun trouble, alors que le regard ardent de Godric la bouleversait.

— Seulement la question n'est pas là, Eva. Revenons plutôt à votre situation actuelle. Pour ce genre d'affaire, vous devriez vous en remettre au jugement de ceux qui, n'ayant pas passé dix-neuf ans à la campagne et fréquenté la bonne société pendant une seule saison, ont plus d'expérience que vous.

— Vous n'avez pas le droit de...

— Il vous donnera des enfants ? Une famille ? Inutile de répondre. Le sang qui coule dans vos veines lui fait peur, je le sais.

Ces mots furent comme une gifle, d'autant plus cruels qu'ils étaient vrais.

— Comment osez-vous ? souffla-t-elle.

— J'ose parce que je vous aime, Eva, et ce depuis notre première rencontre.

Cette déclaration resta en suspens dans l'air. Le visage de Tommy, séduisant et familier – le visage d'un être qu'elle pensait connaître –, était soudain celui d'un étranger enflammé. Oubliant une seconde son indignation, elle eut pitié de lui. Elle lisait de l'amour dans ses yeux, un amour qu'elle ne lui rendrait jamais.

Une semaine plus tôt, elle aurait peut-être cru pouvoir l'aimer. Avant ces quelques jours passés avec Godric. Elle n'imaginait même pas, avant Godric, ce qu'elle était capable de ressentir pour un homme. Il lui était arrivé de rêvasser sur un palefrenier de son père – un solide gaillard ne payant guère de mine mais qui, à cheval, avait la superbe d'un centaure. Cela n'avait duré qu'un instant et, depuis, aucun homme n'avait éveillé son intérêt.

Elle prit une profonde inspiration pour étouffer la colère qui couvait encore en elle. Tommy était son ami, elle ne voulait pas se montrer cruelle envers lui.

Il se pencha vers elle, plongeant un regard intense dans le sien.

— Venez avec moi, Eva. Laissez-moi vous chérir comme vous le méritez.

— Tommy, je... je ne suis pas amoureuse de vous.

Cet aveu, loin de le décourager, le fit sourire.

— Vous m'aimez bien, n'est-ce pas ?

— Oui, évidemment, toutefois...

— L'amour viendra avec le temps, Eva. Je le sais. D'ailleurs, vous n'aimez pas non plus Visel, donc...

Il n'acheva pas sa phrase, contempla le visage d'Eva. Le sang se retira de ses joues.

— Bonté divine, Eva ! Vous n'avez tout de même pas la sottise de vous croire amoureuse de lui ? Ce que vous éprouvez pour lui n'est qu'un engouement passager. Rien d'autre. Ce mariage serait une tragédie pour vous. Vous ne le comprenez pas ? Il craint que vous ne deveniez folle, comme votre mère. Il méprise ce que vous êtes. Même si vous l'aimez vraiment, lui ne vous aimera jamais et il...

— J'en ai assez entendu ! explosa soudain Eva, tremblante de rage. Que mes sentiments soient stupides ou non, ils ne vous regardent pas. Vous avez exprimé votre opinion, maintenant je vous prie d'emmener vos conseils, votre amour et toute votre personne hors de ma vue !

— Eva, je ne voulais pas vous...

Elle lui tourna le dos. Un silence lourd s'abattit dans le salon, puis Eva entendit la porte s'ouvrir et se refermer.

Elle se mit à marcher de long en large.

Comment a-t-il osé me dire...

Quoi donc ? La vérité ? Que Visel ne voudra jamais de toi ? Tu as vraiment besoin que quelqu'un te le dise ?

Ce n'est pas vrai ! Non !

Elle se conduisait comme une petite fille, elle en était consciente. Une seule personne au monde pouvait lui dire si c'était vrai ou faux.

D'une manière ou d'une autre, elle lui arracherait une réponse.

21

Godric ne fut pas surpris de trouver Byer qui l'attendait dans la chambre qu'il partageait avec Andrew.

— Faites comme chez vous, je vous en prie, déclara-t-il, sarcastique, en montrant les deux fauteuils qui flanquaient la petite table.

Il poussa les diverses pièces d'arquebuse qui traînaient sur la table et posa une bouteille de brandy et deux verres prêtés par Norton.

Dieu merci, Andrew était allé au bourg avec le marquis. Godric espérait avoir une ou deux heures de tranquillité avant que le jeune homme revienne envahir leur chambre, petite et très encombrée. Mais Byer avait pris les devants.

— Je veux vous voir un moment, Visel, en tête à tête, annonça-t-il d'un ton sec.

Godric lui tendit un verre.

— Je l'avais deviné, Byer.

Comme celui-ci tendait la main, Godric écarta le verre.

— Oh, désolé, dit-il, feignant la confusion. Vous vouliez boire quelque chose, vous aussi ? Ou me voir en tête à tête, à vingt pas sur le pré, demain matin à l'aube ?

L'ironie de Godric énerva Byer qui lui arracha le verre des mains.

— Vous êtes vraiment un emmerdeur, n'est-ce pas ?

— Probablement, répondit Godric qui but une gorgée d'alcool et s'assit sur le seul siège confortable de la pièce.

— Êtes-vous seulement capable de regretter vos actes, d'éprouver des remords ?

— C'est de cela que vous désirez discuter ? soupira Godric. De mes déficiences ? Vous n'êtes pas pressé, j'espère ?

— Tout vous amuse, n'est-ce pas ? rétorqua Byer en posant sur la table, d'un geste brusque, le verre auquel il n'avait pas touché.

Il affichait un profond mépris pour Godric qui aurait dû être ridicule sur son visage fatigué et couvert de poussière et qui, curieusement, n'en paraissait que plus cinglant.

Le négligé de Byer surprenait Godric. Dandy notoire, il accordait toujours à sa tenue vestimentaire une attention minutieuse que beaucoup de femmes lui auraient enviée. Il était également connu pour son indolence, à croire qu'il avait du sang de navet. Et pourtant il était là, devant Godric, manifestement malade de jalousie. Il était fou amoureux de la sœur de son meilleur ami qui, à en juger par la réaction qu'elle avait eue tout à l'heure, le considérait comme un grand frère. Il devait être malheureux.

Godric ressentit une bouffée de compassion qui aurait sans doute fortement déplu à son interlocuteur.

— Vous tenez vraiment à lui gâcher la vie ? Laissez-la partir, reprit Byer d'une voix dure où Godric perçut cependant une note implorante. Vous ne voulez pas d'elle, son sang vicié souillerait la prestigieuse lignée des Tyndale. Vous n'avez fait que l'outrager, cela prouve que vous n'avez aucune affection – ne parlons pas d'amour – pour elle. Vous projetiez de tuer son frère et d'enlever sa meilleure amie. Vous serez un mari calamiteux. Vous êtes un homme néfaste. Durant cette dernière saison, vous vous êtes conduit comme un jean-foutre, un danger public. Vous êtes un coureur de jupons – avec une préférence pour les femmes mariées. Vous vous entourez d'individus vulgaires et minables. Tout cela finira mal, tôt ou tard. Vous ne voulez pas vous encombrer d'une épouse, Visel, et de toute façon vous ne sauriez pas vous comporter avec elle. Alors laissez-la épouser un homme qui l'aimera et la protégera. Un homme qu'elle pourrait aimer.

— De qui s'agit-il ? s'enquit Godric, moqueur. De vous, je présume ? D'ailleurs, elle vous aime sans doute déjà – comment ne pas aimer le parangon autoproclamé de la perfection masculine ?

Les pommettes saillantes de Byer rougirent, et il serra si fortement les mâchoires que Godric craignit que la fumée ne lui sorte des naseaux. Il aurait dû cesser de le provoquer, mais à la vérité il trouvait insultante et exaspérante la façon dont Byer prétendait savoir ce qui était le mieux pour Eva.

C'est donc ton orgueil qui est froissé, et non les sentiments que tu pourrais avoir pour elle ?

Ignorant l'importune voix de sa conscience – il avait ce talent, activement peaufiné au fil des décennies –, il regarda fixement l'homme qui lui faisait face et semblait sur le point de craquer. Il avala une lampée de brandy, posa son verre sur la table, et se leva.

Ils étaient maintenant à trente centimètres l'un de l'autre.

— Dites-moi, Byer… outre votre garde-robe et un amour qui n'est pas réciproque, qu'avez-vous à lui offrir ?

— Peut-être qu'elle ne m'aime pas, pas encore, mais je lui donnerai au moins des enfants et une famille. Vous le ferez, vous ? ricana Byer avec dédain. Répondez honnêtement. Êtes-vous seulement capable d'aimer quelqu'un d'autre que vous-même ? Certes, vous n'avez pas toujours été comme ça, mais nous savons tous les deux que la guerre vous a radicalement changé. Vous n'êtes désormais bon qu'à combattre et à tuer. Vous êtes une coquille vide, seuls vos rêves de vengeance vous poussent à vous lever le matin.

L'audace de Byer surprit Godric. Il allait lui suggérer d'aller au diable, quand il capta un infime mouvement à la limite de son champ de vision : la porte de communication avec la chambre d'Eva s'était imperceptiblement entrebâillée. La personne qui se tenait dans l'autre pièce ne les voyait sans doute pas, mais elle pouvait les écouter. Et il pensait savoir qui était cette personne.

Voilà ta chance de faire quelque chose de bien pour elle. Byer est peut-être un dandy bouffi de prétention, cependant il a raison sur un point : elle mérite mieux que toi. Ce sera peut-être douloureux, mais ça passera vite. Tu pourrais lui permettre de faire le bon choix. Il suffit d'un mot. Parle, Godric.

Pour une fois, sa voix intérieure ne se moquait pas de lui.

— Elle m'a dit qu'elle ne souhaitait pas avoir des enfants, déclara-t-il.

Byer partit d'un rire tonitruant, parfaitement odieux.

— Évidemment ! Pendant toute la saison, vous avez clamé à tous vents votre opinion sur son ascendance. Elle n'allait certainement pas vous dire la vérité.

Godric se sentit rougir, car son interlocuteur était dans le vrai, hélas. Il s'était conduit comme un goujat et n'avait aucune excuse. Pire – et Byer l'ignorait –, ces derniers jours il avait continué, alors qu'il couchait avec elle, à lui servir ce mensonge.

Il ouvrait la bouche pour contester les affirmations de Byer – ce qu'il n'aurait pas manqué de faire quelques jours plus tôt – quand ce dernier poursuivit :

— Même si vous condescendiez à lui faire des enfants, ou si cela se produisait par accident, vous ne les aimeriez jamais, n'est-ce pas ?

Le visage de Carl surgit dans l'esprit de Godric, tel qu'il l'avait vu pour la dernière fois : glacé, livide, et éteint. Il attendit l'habituel coup de poignard en plein cœur, mais ne ressentit rien. Il était aussi mort que son fils enterré à des milliers de kilomètres.

— Vous n'avez rien à dire pour votre défense, Visel ? Vous comptez seulement lui gâcher la vie, sans raison, comme vous avez tenté de gâcher celle de son frère et de son amie ? Ou peut-être était-elle la prochaine, sur la liste des victimes de votre vengeance ?

Godric soutint le regard étincelant de Byer. Il y lut, derrière la colère, de l'angoisse et de la douleur. Il aimait profondément Eva et se battait pour elle.

Comme Godric devrait se battre… s'il aimait Eva.

Si tu l'aimais.

Il ravala le flot de bile qui lui raclait la gorge et plaqua sur ses lèvres le sourire froid et dédaigneux qui lui avait servi de masque durant la saison.

— Vous avez proféré une vérité dérangeante, Byer. Je ne veux pas d'enfants.

Il lança un coup d'œil à la porte entrebâillée, prit une inspiration et dit ce qu'il fallait dire :

— Et même si je désirais en avoir, je refuse d'engendrer des fous.

Il aurait pu esquiver le poing de Byer, mais il resta immobile et se laissa faire. L'autre le frappa avec une telle brutalité qu'il tomba à la renverse.

À plat dos sur le sol, étourdi, les yeux rivés aux poutres du plafond, il esquissa un sourire amer, attendant – espérant – un autre coup de poing… qui ne vint pas.

Byer, debout au-dessus de lui, le toisait avec dégoût. Comment le lui reprocher ? Godric essuya le sang qui perlait au coin de sa bouche.

— Si vous pensez pouvoir la conquérir, Byer, je m'écarterai volontiers de votre chemin. Si elle souhaite vous épouser, je vous jetterai de pleines poignées de riz le jour du mariage et je ferai en sorte, moi aussi, que cette histoire tombe aux oubliettes. Que pensez-vous de cette proposition ?

— Vous êtes un minable, Visel, cracha Byer en massant sa main droite. Vous ne valez pas la corde pour vous pendre.

Godric était tout à fait d'accord.

— Y a-t-il autre chose ? demanda-t-il, bâillant d'ennui.

Normalement, cela aurait dû lui valoir une rencontre à l'aube sur le pré. Le séduisant visage de Byer vira au rouge brique, ses narines palpitèrent.

— Non, articula-t-il.

— Dans ce cas, je vous suggère de ficher le camp de ma chambre et de commencer votre nouvelle vie qui ne manquera pas d'être heureuse.

Byer pivota et sortit de la pièce, non sans claquer la porte derrière lui.

Godric avait l'impression que tout son corps brûlait de fièvre et que le sang rugissait à ses tempes.

Même la voix de sa conscience semblait sidérée et écœurée. *Alors tu l'as fait. Tu avais peur qu'elle ne parte avec Byer, et tu t'es débrouillé pour qu'elle n'ait pas le choix.*

Va au diable !

Il se redressa, veillant à tourner le dos à la porte de communication.

Espèce de lâche, tu n'as même pas le courage d'admirer ton ouvrage.

L'estomac noué, il regarda la porte entre les deux chambres. Elle était fermée.

Bien, très bien. Une bonne chose de faite.

Il se traîna jusqu'à la fenêtre. Le ciel était d'un bleu céruléen, semé de nuages pareils à des pompons blancs. Sans les nombreuses flaques qui scintillaient à la lumière, on n'aurait pas imaginé qu'il avait plu à verse pendant trois jours.

Ses paroles avaient dû blesser Eva cruellement, mais il avait fait ce qu'il fallait.

Rentrer chez lui avec une épouse à son bras – fût-elle aussi drôle que la jeune femme enfermée dans la chambre voisine – n'apaiserait pas longtemps sa douleur. Eva était pleine de vie, elle avait tant d'amour à donner, elle méritait d'avoir à ses côtés un homme intact et non une coquille vide. Une fois l'attrait de la nouveauté passé, elle commencerait à le haïr ; l'amour physique ne retiendrait pas longtemps une femme comme elle.

Elle aurait besoin de tendresse, et même s'il voulait lui en donner, il n'en était plus capable. Il savait ce qu'était l'amour, seulement il était semblable à un homme sourd qui a naguère su ce qu'était la musique. Il n'en connaissait à présent que l'écho.

Quoi qu'il en soit, après ce qu'elle venait d'entendre, elle ne voudrait plus le voir.

C'était très bien ainsi. En supposant même qu'il ait encore la faculté d'aimer, seul un imbécile croirait qu'aimer une autre femme pouvait guérir un homme qui avait perdu tous ceux qu'il chérissait.

Non. Aimer une autre femme signifiait seulement que vous risquiez de la perdre, elle aussi.

22

Exham Castle, Devon
Huit semaines plus tard

— Vous êtes donc là ! Pourquoi ne suis-je pas surpris ?

Eva, qui observait le comportement de la nouvelle pouliche en présence de Liberty, le boute-en-train[1], tourna son regard vers Tommy. Il était impeccable, comme toujours. Son manteau s'agrémentait d'une bonne demi-douzaine de pèlerines, une pierre précieuse scintillait dans les plis de sa cravate immaculée, et son haut-de-forme était incliné exactement comme il fallait sur ses boucles d'un brun luisant.

Elle se sentait épuisée rien qu'en l'observant. Il avait dû perdre au moins deux heures pour atteindre un tel degré de perfection.

— Bonjour, Tommy. J'en ai pour une minute.

— Comment est-elle ? demanda-t-il, montrant la pouliche - la dernière acquisition d'Eva.

— Formidable, n'est-ce pas, James ?

— Oui, elle est vraiment bien, Milord.

1. Cheval non castré qu'on utilise dans les haras pour vérifier si les juments sont en chaleur et les préparer à la saillie. *(N.d.T.)*

Tommy décocha un regard sévère au palefrenier qu'il n'appréciait pas du tout – il ne s'en cachait pas.

Elle refoula l'irritation qu'elle éprouvait toujours en voyant la façon dont Tommy traitait son meilleur ami.

— Accorde-moi un moment, dit-elle à James qui tenait la jeune jument par le licou.

— Oui, Milady, répondit-il en inclinant humblement la tête, ce qui exaspéra Eva.

Il se conduisait comme un serviteur obséquieux depuis que Tommy, quelques semaines plus tôt, lui avait passé un savon et rappelé – de façon odieuse – qui était le domestique et qui était la maîtresse.

James avait essuyé le camouflet sans ciller, en bon serviteur. Eva et Tommy, quant à eux, avaient eu leur première grande dispute, laquelle s'était soldée par cinq jours de bouderie, preuve qu'ils étaient aussi têtus l'un que l'autre.

James gardait son opinion pour lui, mais Eva avait la certitude qu'il ne portait pas son fiancé dans son cœur.

En parlant de fiancé...

Elle se hâta d'aller rejoindre Tommy devant le portillon du paddock et se laissa embrasser sur la joue.

— Eva chérie ?

— Hmm ? marmonna-t-elle distraitement.

Elle suivait des yeux la pouliche que James emmenait, au lieu de concentrer son attention sur l'Apollon qui se tenait devant elle.

— Je vais en ville faire quelques courses pour votre belle-mère, annonça-t-il.

Des courses pour le mariage imminent, sans nul doute. Il se déroulerait dans la chapelle du château, en présence de la famille et de quelques amis. Après le mariage sans chichis de Catherine, au début de l'année, Mia semblait résolue à faire de celui d'Eva un événement. On aurait pu penser que son accouchement récent – elle avait mis au monde un garçon éclatant de santé – la ralentirait. Mais non. Mia était une boule d'énergie et elle se démenait pour organiser la fête.

— Très bien, répondit-elle en souriant. Amusez-vous bien, ajouta-t-elle gauchement.

Elle s'efforçait de dissimuler qu'elle était soulagée de ne pas l'avoir dans les pattes aujourd'hui. Il ne la lâchait pas d'une semelle, c'était... étouffant.

Le masque impavide de Tommy resta fermement plaqué sur son visage parfait, cependant Eva vit frémir sous la surface quelque chose de beaucoup moins calme.

— Vous ne voulez pas venir avec Melissa et moi ?

— Melissa vous accompagne ? rétorqua Eva, revigorée. Tant mieux.

Elle devrait remercier sa sœur qui prenait grand soin de Tommy, celui qu'elle commençait à surnommer en secret « le Boulet ». En acceptant sa troisième demande en mariage, elle avait espéré qu'il serait moins avide de son attention et de son temps. Hélas, cela empirait de jour en jour.

— Il y a de la place pour vous dans la voiture, insista-t-il avec un sourire cajoleur.

— Je ne peux pas. Mais amusez-vous bien, tous les deux.

Il fronça les sourcils.

— C'est toujours Mel qui m'accompagne. Cette semaine, vous vous en êtes abstenue. Les gens finiront par trouver bizarre que vous n'accompagniez pas votre fiancé pour préparer votre mariage.

— Tant pis pour eux, répliqua-t-elle. Voilà encore une chose que vous semblez avoir oubliée, depuis nos fiançailles : je me moque de ce que les gens pensent de moi.

Voyant qu'il se crispait, elle réfréna son irritation.

— Essayez de comprendre... J'ai dû déployer tout mon pouvoir de persuasion pour que sir Walter me permette d'accueillir Clancy ici, au lieu de lui amener les juments. Par conséquent...

Elle s'interrompit, dans l'espoir qu'il en tire les conclusions adéquates.

— Je croyais que vous aviez encore quelques jours devant vous ?

— Nous voulons que tout soit réglé avant l'arrivée de Clancy, expliqua-t-elle. Vous savez que cette période de l'année est particulièrement chargée. Nous avons quatre pouliches à gérer et tous les chevaux de mon père. James aura besoin de moi, car il apprend aux autres palefreniers à travailler avec Liberty, pour qu'ils soient en mesure de préparer les saillies à l'avenir.

Liberty était leur seul boute-en-train, mis quotidiennement en présence de chaque pouliche pour vérifier si elle était en chaleur. Quand elle serait prête, on amènerait l'étalon reproducteur pour la saillir. Il n'était pas possible d'accélérer le processus, qui demandait beaucoup de travail.

Eva ôta son chapeau et l'épousseta d'une claque.

— En fait, j'aimerais avoir deux boute-en-train, mais bien sûr nous ne pouvons pas justifier pour l'instant une pareille dépense. Mon père autorise ses métayers à amener leurs juments ici, et il faut s'en occuper.

Elle remit son couvre-chef, l'enfonça d'une nouvelle claque sur son crâne.

— C'est la fin de la saison de reproduction, Tommy, et nous sommes débordés, conclut-elle.

Son fiancé plissa ses lèvres charnues en une moue de dégoût.

— Et il est indispensable que vous participiez à ces opérations ?

— Ces *opérations* ? répéta-t-elle. Vous voulez dire... les saillies ?

— Oui, Eva, c'est ce que je veux dire. Vous serez présente, au milieu des palefreniers, quand l'étalon couvrira les juments ?

Elle se mit à rire, amusée par la pruderie de Tommy.

— Vous pensiez que je procéderais autrement pour élever des chevaux ?

— Je n'imaginais pas que vous vous impliqueriez à ce point dans tous les aspects, y compris les plus dégradants, de l'élevage.

— Vous plaisantez.

Comme ce n'était manifestement pas le cas, elle soupira.

— Vous savez pertinemment qu'à ce moment de l'année les chevaux s'adonnent à leurs *sordides opérations*. Ces dernières semaines, James et moi nous sommes tués à la tâche. Il a fallu superviser la construction du nouveau manège, louer un étalon, acheter des juments et tout le reste. Pour être franche, j'aurais préféré ne pas commencer le travail ici, pour ensuite tout déménager à Byer Court, seulement...

Elle s'interrompit - il n'avait tout de même pas besoin qu'on lui explique le pourquoi du comment.

— Bref, les juments sont là et la saison est déjà bien avancée. Je ne peux pas attendre d'être installée dans ma nouvelle demeure.

— Très bien, articula-t-il. Inutile de vous énerver.

— Ah oui ? C'est inutile ? Depuis que nous avons décidé de nous marier, il y a quinze jours, nous avons eu cette discussion à plusieurs reprises. Je me suis lancée dans cette entreprise, enchaîna-t-elle, montrant d'un geste large les écuries, avant d'accepter de vous épouser. Mes activités ne devraient donc pas vous surprendre. Je vous ai exposé mes projets et vous n'avez pas soulevé d'objections. Or voilà que cela semble maintenant poser problème.

Un petit muscle tressautait sur la mâchoire de Tommy, ses narines élégantes frémissaient.

— Vous n'avez pas tort. Je pensais que votre intérêt pour l'élevage serait moins... vif. Bon Dieu, Eva ! s'exclama-t-il soudain. Vous voyez ce que je veux dire.

À votre avis, combien de femmes passent leur temps à ferrer des chevaux, à les entraîner et, comme si cela ne suffisait pas, à les faire s'accoupler ?

Elle croisa les bras et le regarda droit dans les yeux.

— Je l'ignore, Tommy, je n'ai pas creusé ce sujet. Combien sont-elles, ces femmes ?

Il ôta son chapeau et passa une main nerveuse dans ses cheveux, au risque de gâter leur parfaite ordonnance.

— Je ne comprendrai jamais pourquoi votre père vous a accordé autant de liberté. Je suis sûr que, quand Gabe sera là, il sera d'accord avec moi et…

— Gabe me soutiendra, détrompez-vous. Et de toute façon, je me fiche de son opinion et de celle des gens en général.

— Même de la mienne ?

Elle répondit à cette question par une autre question.

— Éclairez ma lanterne, Tommy, dit-elle d'une voix suave. Avez-vous l'intention de mettre un terme à mes activités inconvenantes une fois que je serai, vis-à-vis de la loi, votre chose ?

— Vous êtes injuste, Eva. Je ne ferais pas cela, vous le savez bien.

— Je ne sais rien du tout, je m'en aperçois. Vous avez honte de ce que je fais. Vous vous inquiétez de ce qu'en penseront vos amis, vos relations, vos métayers et Dieu sait qui encore.

— Il faut bien que je m'en inquiète. Pour vous, il n'y a que l'opinion de votre garçon d'écurie qui compte.

— Vous n'êtes quand même pas jaloux de James ?

— Ne soyez pas stupide, rétorqua-t-il sèchement. Que je trouve votre comportement inapproprié ne signifie pas que je suis jaloux d'un valet.

— Je suis heureuse de l'entendre. Au fait, James n'est pas un garçon d'écurie ni un valet. Il est palefrenier depuis déjà plusieurs années, et il dirige à présent ma petite entreprise qui emploie quatre personnes et en emploiera bientôt, je l'espère, une vingtaine.

Elle se rapprocha de lui, plus furieuse qu'elle ne l'avait été depuis ce jour maudit, à l'*Auberge du Pasteur Glouton*, où il avait dit à Godric des choses qu'il n'avait pas le droit de dire.

Et que tu n'étais pas censée entendre mais qui t'ont ouvert les yeux, n'est-ce pas ?

Ce n'était pas le moment de penser à ça.

— Si mon comportement vous déplaît, parlons-en, suggéra-t-elle. Nous avons encore le temps de changer d'avis avant le mariage.

Le visage de Tommy se radoucit aussitôt. Il posa une main gantée de chevreau beurre frais sur la joue d'Eva, qui dut fournir un effort considérable pour ne pas reculer.

— Je suis désolé, ma chérie. Vous avez raison, je me conduis comme un imbécile. Seulement je... j'ai l'impression que vous préférez passer du temps dans les écuries plutôt qu'avec moi.

C'était exact, mais le reconnaître serait fort peu diplomatique. Elle aborda donc le sujet qu'il devrait garder à l'esprit.

— Vous avez dit, vous l'avez juré, que vous n'aviez pas de grandes attentes, concernant ce mariage. Vous m'avez promis que nous serions des amis.

Il déglutit bruyamment.

— Je sais, et vous avez raison de me reprocher mon attitude. Je ne peux m'empêcher d'en vouloir davantage, or vous ne me laissez pas vous toucher – ni même vous embrasser.

Voilà exactement ce qu'elle redoutait, et ce contre quoi sa belle-mère – la seule, avec Tommy et elle-même, à connaître la vérité – l'avait mise en garde.

— Vous m'avez embrassée il y a quelques minutes, objecta-t-elle, feignant de ne pas comprendre.

— Je veux un vrai baiser, murmura-t-il d'une voix rauque.

Il inclina la tête, assez lentement pour lui permettre de se dégager. Elle ne bougea pas. Non parce qu'elle avait envie qu'il l'embrasse, mais parce que le devoir conjugal lui imposerait bientôt de se soumettre au désir de son mari.

Les lèvres de Tommy étaient chaudes et douces, plus épaisses que celles de Godric. Sentir son corps contre le sien n'était pas désagréable. Comme il n'ouvrait pas la bouche, elle l'encouragea en effleurant ses lèvres du bout de sa langue.

Il tressaillit – choqué ? – mais la serra contre lui. Il referma une main sur sa nuque, glissa les doigts dans ses cheveux. Il était plutôt doué et savait se servir de sa bouche. Elle se laissa aller contre ce grand corps, entre ces bras vibrant d'une passion qu'il avait manifestement de la peine à contrôler.

Elle eut soudain l'impression d'observer froidement, et de loin, ce qui se passait. Elle se recula, et Tommy ne la retint pas. Il s'écarta, les pupilles dilatées, son teint pâle échauffé par le désir, au lieu de l'habituelle irritation.

— Seigneur, vous êtes…

Il s'interrompit et secoua la tête. Son expression était un mélange complexe de luxure et d'exaspération.

— Voilà, vous avez eu votre baiser, dit-elle gentiment. Quand nous serons mari et femme, je vous donnerai ce que j'ai à vous offrir : mon corps et mon amitié, mais pas mon cœur, j'espère que vous en êtes bien conscient. Je mesure le sacrifice que vous faites. Non, ne protestez pas. C'est effectivement un sacrifice, et je vous en suis reconnaissante. Cependant, je ne vous mentirai pas sur mes sentiments. Et je ne renoncerai pas à tout cela, ajouta-t-elle, montrant le décor autour d'eux. Si vous ne voulez pas d'un élevage de chevaux à Byer Court, dites-le clairement. C'est le moment.

Il lui sourit et, tout à coup, elle retrouva le Tommy d'avant Godric, d'avant le désastre. L'ami de son frère, si amusant, qu'elle adorait taquiner sur ses goûts déplorables en matière de chevaux et son goût exquis en matière d'habillement.

— Ne soyez pas sotte, Eva. J'ai hâte que vous rendiez à mes écuries leur splendeur passée, c'est le lieu idéal pour loger tous les équidés de la Création.

Il lui prit la main, se pencha pour lui baiser les doigts.

— Bonté divine ! s'exclama-t-il. Que vous est-il arrivé ?

Elle examina l'ongle qu'elle s'était écrasé et sous lequel le sang s'accumulait.

— On ferrait Vagabonde, j'ai donné un coup de main, et voilà.

Tommy grimaça – à cause de son aveu ou du nom de sa jument ? Elle perçut de nouveau, dans son regard, une lueur irritée.

— Je vous conseille de porter des gants, ma chérie, ou vous aurez des mains affreuses.

Il la réprimandait avec le sourire, bien qu'il soit horrifié.

— Je souhaiterais que vous laissiez ce genre de travail aux garçons d'écurie. Si James ne suffit pas, vous n'avez qu'à...

— James suffit largement, rétorqua-t-elle en dégageant sa main.

Il allait répliquer, puis il se ravisa et sourit.

— Venez, accompagnez-moi jusqu'à la voiture.

Ils se dirigèrent vers le ravissant cabriolet qui attendait dans la grande cour. Melissa était déjà douillettement installée sur la somptueuse banquette rembourrée. Eva jaugea d'un coup d'œil les deux alezans qui piaffaient. Ils troussaient[1], remarqua-t-elle,

---

1. Le cheval lève exagérément les antérieurs et fléchit fortement le canon des avant-bras. *(N.d.T.)*

ce qui leur conférait de l'élégance mais les fatiguait excessivement. Décidément, son fiancé ne connaissait rien aux chevaux.

— Bonjour, Mel.

— Bonjour, Eva.

Le regard de Melissa s'attarda sur son visage, puis sur celui de Tommy. Un léger pli s'imprima sur son front lisse, et Eva se demanda si le baiser de Tommy lui avait rougi les lèvres. Mel n'approuvait manifestement pas. Naguère, elle ne se montrait pas aussi critique, songea Eva qui avait l'impression que depuis son retour, un gouffre les séparait, sa sœur et elle.

— Merci d'accompagner Tommy faire des courses dont je devrais me charger, dit-elle.

Les joues dorées de la jeune femme, semées de taches de son – le cauchemar de Mel –, rosirent.

— C'est un plaisir pour moi.

— Et elle est d'excellent conseil, quand il s'agit de choisir la bonne couleur de ruban pour ne pas m'attirer les foudres de la marquise, déclara Tommy. Au fait... ai-je pris la liste, Mel ?

Le visage de cette dernière s'éclaira, et Eva fut sidérée par la soudaine vitalité qui émanait de sa sœur. Celle-ci brandit une feuille de papier couverte de gribouillis.

— Vous l'aviez laissée dans le grand hall, sur un guéridon. Heureusement que je suis moins étourdie que vous.

Tommy pressa théâtralement une main sur son cœur.

— Que deviendrais-je sans vous ? Votre adorable belle-mère me ferait probablement rôtir au tournebroche.

Mel pouffa de rire, Tommy posa une botte luisante comme un miroir sur le marchepied et se hissa gracieusement, en parfait dandy londonien, sur le siège du cabriolet. Il adressa un sourire à Eva.

— Désirez-vous que je vous rapporte quelque chose du bourg ?

Eva regarda Mel, toute rose et qui fixait Tommy.

— Eh bien… hmm… faites-moi une surprise.

Il porta deux doigts au rebord de son haut-de-forme, hocha la tête.

— En route !

Avec un petit cri de joie, Mel retint son chapeau, quand l'élégant cabriolet s'ébranla. Eva le suivit des yeux jusqu'à ce qu'il disparaisse derrière un rideau d'ormes et, songeuse, regagna à pas lents les écuries.

Ce qu'elle vit en entrant dans le vaste manège la tira aussitôt de ses réflexions.

James, Willy, Scott et Michael, ses quatre employés, ainsi que M. Brewster étaient sur le pied de guerre. Mais ils n'étaient pas seuls. À la stupéfaction d'Eva, son père et sa belle-mère étaient là.

— Que me vaut l'honneur de votre visite ?

— Nous venons chargés de cadeaux, plaisanta Mia, montrant une table carrée en bois brut, placée à distance prudente de la piste, et sur laquelle étaient disposés une bouteille de champagne et des verres. Nous voulons trinquer au succès de ton élevage.

— Oh merci ! répondit Eva, ravie. Mais nous n'avons pas encore Clancy, nous n'avons que notre vieux Liberty et deux poulinières. De plus, je croyais que le champagne était réservé au baptême des navires.

Mia haussa négligemment les épaules.

— Bateaux, chevaux… toutes les occasions sont bonnes pour boire du champagne.

— Du moment que vous ne cassez pas la bouteille sur la croupe de Liberty !

Tandis que tout le monde éclatait de rire, le marquis fit sauter le bouchon et versa le vin mousseux dans les coupes que Mia distribuait.

— Que cette saison de reproduction, la première d'une longue série, soit fructueuse ! déclara le marquis en levant son verre.

— Qu'elle soit fructueuse ! répétèrent les autres.

Lorsqu'ils eurent bu leur champagne, James et Willy allèrent chercher les chevaux, et les deux autres employés vérifièrent, pour la énième fois, que tout était prêt.

— Vous avez fait du bon travail, commenta le marquis, en regardant tour à tour Eva et M. Brewster.

— Oui, acquiesça ce dernier, mais c'est lady Eva et James qui ont tout fait.

Mia prit Eva par le bras et l'entraîna à l'écart, laissant son époux bavarder avec son maître d'écurie.

— Je suis si contente pour toi, ma chérie. C'est ce que tu as toujours désiré, n'est-ce pas ?

Eva lut l'inquiétude et le doute dans les beaux yeux verts de sa belle-mère.

— Oui, absolument.

— Je l'espère, Eva. Je veux que vous soyez heureuses, toutes les trois.

Eva détourna son regard de celui, trop perspicace, de Mia. Elle repensa au visage de sa sœur, dans la cour, tout à l'heure.

— Mel paraît enchantée de participer aux préparatifs, fit-elle remarquer. J'en arriverais presque à regretter de ne pas me marier en grande pompe.

Mia sourit, sans sa gaieté habituelle cependant.

— Oui, ces sorties en ville lui plaisent beaucoup. Pour le moment, du moins.

— Pour le moment ? Que voulez-vous dire ?

— Vous êtes prête, ma chère ? s'enquit le marquis en s'approchant de son épouse.

— Je le suis, mon chéri.

— Oh, vous partez ? demanda Eva, déçue. J'espérais que vous pourriez rester.

— Je préfère ne pas donner à ton père des idées supplémentaires en matière de reproduction.

Eva tressaillit, et le marquis poussa un long soupir.

— Je constate que je vais devoir vous museler avant de vous laisser sortir de la maison, ma chère.

Naturellement, Mia éclata de rire, et Eva vit le couple s'éloigner. Sa belle-mère nichait sa tête au creux de l'épaule de son époux qui la tenait serrée contre lui, comme s'il craignait de la perdre. Eva sentit sa gorge se nouer. Qu'éprouvaient deux êtres qui, malgré les années, étaient toujours follement amoureux l'un de l'autre ?

Elle n'aurait jamais la réponse à cette question.

*

* *

Godric contemplait la même lettre depuis de longues minutes. Agacé, il la reposa et saisit la suivante, pour avoir l'air de travailler. Personne ne l'observait pourtant, ni se souciait de ce qu'il faisait. En réalité, lui-même se fichait de ce qu'il fabriquait – en l'occurrence, trier sa correspondance – dans une bibliothèque pareille à une immense caverne et où il était seul.

Oh, arrête ça, je vais fondre en larmes.

Il était écœuré de s'apitoyer ainsi sur son sort – un tourment qu'il réussissait généralement à endiguer jusqu'aux petites heures de la nuit. Mais ce soir, alors que même Andrew avait déserté, il n'y arrivait pas. Il s'était habitué à la présence du jeune homme, à table et après le dîner – les moments où la solitude était plus pesante.

« Tu n'étais pas obligé de rester seul ici », objecta son horripilant double intérieur.

Il avait aussi été invité, comme Andrew, au dîner que donnait lord Ingram, le plus grand propriétaire terrien de la région – après Godric. Il avait fait des frasques de jeunesse avec les fils de lord Ingram, lesquels étaient depuis longtemps mariés et pères de famille.

Il était maintenant le célibataire le plus convoité du secteur – quoique n'étant hélas plus de la première jeunesse – et lady Ingram s'acharnait à lui mettre des demoiselles dans les pattes. La dernière réception à laquelle il avait assisté, trois semaines auparavant, avait été pour lui un calvaire.

Andrew, en revanche, s'était bien amusé. Fauché comme les blés, il n'était pas bien coté sur le marché du mariage, ce qui ne semblait pas le perturber. Il ne projetait pas de se marier, il avait simplement envie de sortir et de voir du monde.

Godric était donc seul ce soir et se lamentait sur l'absence de son compagnon de table, un garçon de dix-neuf ans. Il était vraiment pathétique.

Il reposa la lettre qu'il avait dans les mains – une facture pour des chandelles – et saisit une enveloppe sur laquelle il reconnut l'écriture en pattes de mouche de son grand-père.

La missive était brève et il n'était pas nécessaire de la lire pour en résumer la teneur : quand Godric comptait-il lui rendre visite ?

C'était la troisième lettre en six semaines, et Godric avait répondu aux précédentes en invoquant pour prétexte des travaux à superviser, des obligations à assumer, *et cætera*. Il devrait cependant se résoudre bientôt à visiter le vieux duc – le faire lanterner de cette façon était cruel.

Soupirant, il se servit un autre cognac – le troisième et dernier de la soirée.

De retour à Cross Hall, il avait dans les premiers temps attendu qu'Andrew aille se coucher pour se saouler. Après deux semaines de ce régime, Andrew lui avait exprimé son inquiétude.

— Vous êtes malade, Monsieur. Très malade. Ne pas vous conseiller de consulter un médecin serait de la négligence de ma part.

— Je prends bonne note de votre recommandation et vous décharge de toute responsabilité.

Et il avait continué à se détruire pendant toute une semaine, au bout de laquelle Andrew était venu le trouver dans sa chambre, flanqué d'un charlatan du coin.

Godric s'était placidement soumis aux palpations d'usage et à l'inévitable saignée, après quoi il avait déclaré au médicastre, en privé, que s'il s'avisait de dire à Andrew autre chose que « Sa Seigneurie a une santé de fer », il s'en mordrait les doigts.

Cependant, au lieu de s'abandonner de nouveau à la spirale infernale qui l'entraînait vers l'abîme, Godric avait profité de l'occasion pour s'interroger sur lui-même et sur son avenir. S'il voulait mettre fin à ses jours, il pouvait recourir à des méthodes plus efficaces et expéditives que la saoulerie.

Il avait fait un petit tour à la salle d'armes, qu'Andrew avait explorée dès son arrivée à Cross Hall, et conclu qu'il ne tenait pas spécialement à se faire sauter la cervelle, bien qu'ayant un stupéfiant éventail de moyens – Andrew avait réparé et rangé dans les râteliers une kyrielle d'armes anciennes.

Il s'était donc attelé à la tâche de vivre, sans aucune joie. Mais bien sûr, il y avait maintenant dix-huit mois qu'il n'espérait plus connaître un peu de joie en ce bas monde. N'est-ce pas ?

Quelques veuves de la région et plusieurs serveuses de taverne se disputaient ses attentions, malheureusement il n'avait plus l'énergie de courir le guilledou. Il se contentait de jouer aux cartes, de temps à autre, avec Andrew qui avait le don de vous en dégoûter.

Il était toujours sujet à d'éprouvantes insomnies, mais à présent, quand il fermait les yeux, il ne voyait plus les fantômes qui le hantaient depuis si longtemps. C'était le visage d'Eva qui surgissait dans son esprit, le visage d'une jeune femme anéantie par ce qu'il avait dit – délibérément, cruellement et de façon mensongère –, sachant qu'elle épiait sa conversation avec Byer.

C'est mieux ainsi.

Il se répétait ce refrain. Le jour, lorsqu'il avait besoin de se rappeler à l'ordre, cette antienne fonctionnait plutôt bien et l'empêchait de penser. La nuit, quand il était seul dans sa grande maison vide, elle n'était hélas plus si convaincante.

Il but une gorgée de cognac, se vautrant dans sa douleur comme un chien se roule dans de la crotte. Il n'avait pas revu Eva après avoir prononcé ces paroles meurtrières. Elle avait dîné dans sa chambre et, au matin, elle était partie avec son père et Byer.

C'est mieux ainsi.

Qu'aurait-il voulu de plus ? Voir une dernière fois la colère dans ses yeux, ou les larmes ? Qu'elle fasse ce qu'elle savait si bien faire : se battre pour ceux qu'elle aimait, comme elle s'était battue pour son frère et sa belle-sœur ?

Encore aurait-il fallu qu'elle t'ait aimé, mon vieux.

Il ricana tout bas. Il n'avait rien fait pour gagner son respect, son amitié ni même son affection.

Peut-être commençaient-ils à tisser des liens qui ressemblaient à de l'amitié ? Et il s'était débrouillé pour tuer cela dans l'œuf...

Il la revoyait sans cesse telle qu'elle était quand Andrew et lui l'avaient rencontrée sur cette route. Elle venait d'échapper à la mort, elle s'était enfuie à pied du repaire d'une bande de brigands, armée d'un pistolet vide. Il n'y avait sûrement qu'une seule femme de cette trempe en Angleterre.

Il avala une lichette de cognac, chaussa les lunettes dont il avait besoin pour lire, esquissa un sourire – Eva ne se priverait pas de le railler sur sa décrépitude –, s'empressa de chasser cette pensée et prit une autre lettre sur la pile.

Il avait parcouru les premières lignes quand il eut le réflexe de lire la formule de politesse : la missive était adressée à Andrew.

Le jeune homme décachetait les enveloppes, triait le courrier et le laissait sur le bureau afin que Godric en prenne connaissance. De toute évidence, il avait posé cette lettre sur la mauvaise pile.

Godric la repliait, bien que le premier paragraphe ait éveillé sa curiosité, lorsque son regard tomba, au bas de la page, sur la signature, difficile à déchiffrer.

Nom d'une pipe !

Tu es un homme honorable, tu ne lis pas les lettres qui ne te sont pas destinées.

Absolument.

Il contempla la feuille de papier posée à l'envers sur le bureau. Comment pourrait-il ne pas lire une lettre venant de cette personne ?

Facile : tu la ranges et tu passes à la suivante.

Ce qu'il fit. Il lut la moitié de la suivante sans rien comprendre, l'écarta d'un geste et reprit la précédente.

Quelle honte, mon vieux !

Tant pis. Toute honte bue, il se plongea dans la lecture de la lettre adressée à Andrew.

23

— C'est bien, ma belle, murmura Eva à l'oreille frémissante de Primevère, en attendant que James revienne avec Liberty.

On avait placé son poulain, âgé d'un an, dans le box le plus proche, car sa présence l'apaiserait.

L'opération avait pris un bon départ, et l'équipe travaillait bien, cependant Eva s'inquiétait pour le lendemain.

Clancy serait en effet présenté à quatre pouliches qui n'avaient jamais été saillies. C'était un étalon jeune et fougueux, et Eva craignait que le processus ne soit plus compliqué que celui qu'ils avaient suivi ces derniers jours.

Quant à Liberty, le marquis l'avait acheté des années auparavant, lorsqu'il avait récupéré l'écurie d'un aristocrate ruiné. Il l'avait monté régulièrement, jusqu'à ce que le cheval se claque un tendon, une blessure dont il ne s'était jamais complètement remis.

Quand, plus tard, le marquis avait parlé de le vendre, Eva avait déployé tout son pouvoir de persuasion pour qu'il y renonce. Elle adorait Liberty, de nature placide et qui semblait afficher en permanence un air amusé.

Son père avait cédé, mais il avait voulu castrer l'étalon. Eva avait de nouveau supplié. Heureusement le père de James, M. Brewster, l'avait soutenue, arguant que Liberty pourrait gagner son box et sa pitance si on le destinait à la reproduction. Le vieil étalon avait donc conservé ses attributs virils. On ne comptait plus ses rejetons qui apportaient du sang neuf aux lignées chevalines de la région.

Le marquis avait d'ailleurs gardé plusieurs de ses poulains. L'un d'eux, le petit de Primevère, tirait à présent le cabriolet que Melissa avait l'habitude d'utiliser.

À propos de Mel... Eva trouvait que sa sœur, depuis quelques semaines, se comportait bizarrement. Elle n'était peut-être pas très douée pour déchiffrer les sentiments d'autrui, pourtant elle aurait parié que Mel avait le béguin pour Tommy.

Elle ne savait pas trop quoi en penser. D'un côté, c'était sans doute normal. À la différence d'Eva et de Catherine, Melissa n'avait pas quitté la maison pour faire ses études dans un pensionnat.

Si elle ne manquait pas d'occupations dans le voisinage, elle n'avait certainement jamais rencontré d'hommes aussi séduisants et raffinés que Tommy. Contrairement à Eva, qui détestait les mondanités, Mel en raffolait. Cependant, étant terriblement timide, elle dansait rarement et...

— Hé ! Vous dormez, Milady ?

La voix de James la fit sursauter. Elle se rendit compte qu'elle était accrochée au cou de la pauvre Primevère qui devait se demander ce qui ne tournait pas rond chez elle.

— Très drôle, James. Amène-le ici.

Ne craignant pas que la jument s'agite, elle avait simplement attaché une longe à son licou. Elle s'écarta, tandis que James s'approchait avec Liberty.

Immobiles, ils observèrent le vieil étalon et Primevère qui se saluaient. Liberty était un gentleman, il ne bousculait pas les poulinières, même quand il les connaissait bien.

— Vous ne voulez pas qu'un des garçons d'écurie vienne donner un coup de main ? demanda James en bâillant, alors que Primevère levait la queue et que Liberty la reniflait poliment.

James ayant le bâillement contagieux, Eva bâilla à son tour.

— Je préférerais ne pas les détourner de leur travail. Tu crois que c'est nécessaire ?

James regarda les deux chevaux qui semblaient bavarder tranquillement comme de bons amis.

— Pour une fois, je pense qu'on peut se passer d'eux.

— Tu le penses parce que tu as quelque chose à me dire ? ironisa-t-elle.

James la dévisagea d'un air innocent, guère convaincant.

— Je t'ai vu tout à l'heure rôder autour du bureau, quand Tommy était là.

Le bureau était en réalité un box où ils rangeaient les papiers, qui commençaient à s'accumuler, même s'ils n'avaient acheté que quatre juments. Néanmoins, cette saison, ils s'occupaient également des prestations de Liberty, et Eva prenait note de toutes les poulinières qu'il couvrait. L'organisation n'était pas son fort mais elle faisait de son mieux.

— Sois franc... tu as épié ma conversation avec Thomas Byer ?

— Je suis pas du genre à écouter aux portes.

La queue de Primevère commençait à battre la mesure, aussi James donna du mou à la longe de Liberty, pour qu'il puisse passer à l'action.

— Je t'ai vu, James.

Celui-ci allait répondre et sans doute se justifier, quand Primevère choisit ce moment pour indiquer qu'elle était prête. Même un étalon comme Liberty, docile et plutôt petit, pouvait devenir dangereux pendant l'accouplement. Eva garda donc le silence, pour ne pas distraire James.

Liberty avait de l'expérience, et Primevère ne bougeait plus, si bien que l'opération fut terminée en moins de trois minutes.

James fit ensuite marcher Liberty, le temps qu'il reprenne ses esprits, pendant qu'Eva ramenait Primevère dans le box où son poulain l'attendait avec impatience.

Si elle avait d'abord été déçue que son père et M. Brewster lui déconseillent d'accueillir cette année plus de quatre poulinières, à présent elle s'en félicitait. Les transporter ne serait pas une mince affaire, d'autant qu'elle ne savait pas vraiment comment étaient aménagées les écuries de son futur mari.

Son mari.

La gorge nouée, elle referma la porte du box, laissant la jument et son petit ensemble, et rejoignit James qui flattait l'encolure de Liberty et lui chuchotait des mots doux.

— J'espère que ça l'aura calmé pour demain, dit Eva.

— Bien sûr, susurra James avec cette voix idiote qu'il prenait pour s'adresser aux chevaux. Liberty est un bon garçon, pas vrai ? demanda-t-il à l'étalon qui parut acquiescer. Et il est gentil avec toutes les filles, hein ?

— Revenons à la question que je t'ai posée tout à l'heure. Qu'est-ce que tu as entendu au juste, et pourquoi tu faisais la tête ?

— Il n'appartient pas à un palefrenier de dire ces choses-là à sa maîtresse, objecta-t-il d'un air digne.

— Il n'appartient pas à un palefrenier d'abandonner sa maîtresse sur la grande route du Nord. Ce qui ne t'a pas empêché de le faire.

Une vive rougeur colora le cou et la figure de James.

— Vous ne l'oublierez jamais, n'est-ce pas ?

— Non.

Elle n'oublierait effectivement pas ces cinq journées, les plus belles de son existence. James n'avait pas besoin de savoir qu'il lui avait permis de vivre une merveilleuse aventure.

— Mais je te pardonne, je te l'ai déjà dit, précisa-t-elle.

— Hmm... Il a été cruel avec vous ? demanda-t-il d'un ton anxieux.

Depuis son retour, elle n'avait jamais parlé de Godric à quiconque, pas même à James. Ils avaient simplement renoué la relation qu'ils avaient avant l'enlèvement, comme si rien ne s'était passé.

— Non, il ne l'a pas été.

Côte à côte, ils ramenèrent Liberty dans son box.

— Quand nous étions dans cette auberge... le... euh... *Pasteur Glouton* ? reprit James.

— Oui ?

— J'ai rencontré le garçon qui était avec le comte. Le type au tromblon... Andrew. Très sympathique, ajouta gauchement James en débarrassant l'étalon de son licou et en lui grattant le front.

Eva sourit. Elle imaginait la réaction d'Andrew si James avait traité sa précieuse arquebuse de tromblon.

— Oui, Andrew est gentil. Qu'est-ce qu'il t'a raconté ?

James lui décocha un étrange regard et haussa les épaules.

— Oh, pas grand-chose. Il m'a simplement dit que lord Visel n'était pas un mauvais homme.

— Il a raison.

James opina et tapota la croupe de Liberty, visiblement perdu dans ses pensées. L'étalon hennit doucement et s'approcha de Scott, qui attendait pour le brosser et lui donner son picotin.

James et elle se dirigèrent vers leur bureau. Son ami était silencieux, et elle se demanda une fois de plus ce qu'il essayait – en vain – de lui dire.

— Plus j'y réfléchis, plus je crois que nous devrions garder Girouette pour la fin, déclara-t-elle. J'aimerais lui faire rencontrer Liberty une fois de plus, peut-être même deux.

Elle s'assit sur une vieille chaise bancale et nota dans le carnet de saillie les informations concernant Primevère.

Comme James ne répondait pas, elle leva les yeux. Il était appuyé contre la cloison.

— Vous avez visité la demeure de votre fiancé... comment s'appelle-t-elle déjà ? demanda-t-il sans lui prêter attention.

— Byer Park. Non, pas encore. D'après mon fiancé, les écuries sont aussi grandes que les nôtres, elles ont peut-être besoin de quelques réparations. Ce ne sera pas facile, mais on s'en accommodera, n'est-ce pas ?

James s'obstinait à éviter son regard.

— Qu'y a-t-il ? soupira-t-elle.

— Je crois que vous ne devriez pas l'épouser.

Cette remarque ne la choqua pas. James et elle étaient intimes depuis le jour où elle s'était faufilée pour la première fois dans les écuries, alors qu'il était en train de déblayer un box. Il y avait entre eux des années d'expéditions nocturnes qui auraient épouvanté leurs parents s'ils en avaient eu vent.

C'est avec James qu'elle s'était enivrée pour la première fois – ce qu'il avait déjà fait sans elle. Elle avait assisté à sa première course de chevaux et à son premier combat de boxe avec lui ; ils s'étaient rendus en douce à la fête foraine qui s'installait en ville chaque année.

James connaissait certains de ses secrets que même Gabriel ignorait. Elle savait à son sujet des choses qui auraient pu lui causer de sérieux ennuis.

Elle n'était donc pas choquée, seulement surprise qu'il ait mis si longtemps à le dire.

— Tu le crois parce que tu as entendu notre dispute ? Tu sais bien que je me dispute avec tout le monde.

Il hocha la tête, ce qu'elle apprécia modérément.

— Nous apprenons simplement à nous connaître. Je suis sûre que, quand nous serons mariés, nous nous disputerons moins.

— Hmm..., marmonna James.

Elle ravala un soupir. Que dire d'autre ? Qu'elle aussi pensait qu'il vaudrait mieux pour elle ne pas épouser Tommy ? Sauf qu'elle n'avait ni la possibilité ni le temps de trouver un autre mari ?

Elle avait envie de hurler, de casser quelque chose, mais elle n'avait plus la force de se débattre.

Il ne s'agissait pas de Tommy et elle, il s'agissait de l'enfant. Mettre au monde un enfant sans père le condamnait à une vie d'avanies et d'humiliations. Elle n'avait pas le choix.

— Tu es simplement parti du mauvais pied avec Tommy. Il estime que tu aurais dû m'empêcher d'enlever... euh... *lui*.

Elle n'arrivait même pas à prononcer son nom.

— Ce qui prouve qu'il vous connaît mal, Milady.

— Il ne sera pas toujours aussi dur avec toi. Cela s'arrangera.

— Je ne m'inquiète pas pour moi, c'est la façon dont il vous traite qui me préoccupe.

— Pourquoi ? Il m'aime depuis des années, il ne cesse de le répéter. En réalité, Tommy est le grand perdant, dans cette histoire.

James n'imaginait pas à quel point c'était vrai.

— Je pense... je pense que... et merde ! Oh, pardon, Milady.

— James Brewster ! Si tu t'excuses encore une fois d'utiliser, dans une écurie, un langage de garçon d'écurie, je t'étrangle. Alors... que penses-tu ? Je ne poserais pas la question si je ne voulais pas connaître la réponse. De plus, je n'ai personne à qui parler. La seule qui me comprenne un peu – beaucoup moins que toi –, c'est la marquise, et elle a ses propres soucis.

De toute façon, le problème n'avait pas de solution. Godric ne voulait pas d'enfants, surtout pas avec elle. Or c'était son enfant qu'elle portait. Fin de l'histoire, du moins avec lui.

Tommy, en revanche, était heureux de cette situation, puisque cela signifiait qu'elle l'épouserait. Quand elle lui avait demandé s'il pourrait aimer le rejeton d'un autre – *de cet homme-là* – la question l'avait froissé.

— Je l'aimerai comme si c'était le mien, avait-il déclaré avec son petit sourire en coin. Je ne suis pas du même sang que mon père, vous le savez sans doute, par conséquent je n'attache pas beaucoup de valeur à ces choses-là. Un enfant est un enfant, voilà tout. Le vôtre sera le mien, et nous l'élèverons comme ceux que nous aurons ensemble.

Ces derniers mots donnaient à réfléchir, mais Eva s'était tue – elle examinerait plus tard la possibilité d'agrandir la famille. Elle croyait Tommy, c'était l'essentiel.

Depuis les fiançailles, elle découvrait cependant des facettes de sa personnalité qui la surprenaient. Sans doute Tommy était-il surpris, lui aussi, par ses propres réactions.

— Je pense que vous ne devriez pas vous précipiter, Milady, déclara James, la tirant de ses réflexions.

— Pour l'amour du ciel, James ! Je ne peux pas attendre. Je… n'ai pas le temps.

Voilà, c'était dit. Cet aveu lui brûlait les lèvres depuis des jours. D'ailleurs, elle s'était souvent confiée à James, il avait été témoin de tous les événements importants de son existence. Pourquoi serait-ce différent aujourd'hui ?

— Vous avez tout le temps du monde, objecta-t-il. Votre père vous a donné les moyens de vous lancer dans l'élevage, dès l'année prochaine nous…

— Je suis obligée de me marier tout de suite.

Il fronça les sourcils, écarquilla les yeux.

— Vous voulez dire que… ?
— Oui.
— Seigneur Dieu ! Est-ce que le marquis…
— Je ne lui ai rien dit.
— Oui, il aurait sûrement provoqué lord Byer en duel.
Eva leva les yeux au ciel.
— Ne sois pas aussi obtus, James. Ce n'est pas lui.
— Que… quoi ? postillonna-t-il, éberlué.
— Ne fais pas semblant d'être surpris, s'il te plaît.
— Je ne fais pas semblant !
Eva poussa un soupir accablé.
— Alors si ce n'est pas lord Byer, pourquoi vous l'épousez ? Oh, bon Dieu… Il le sait, au moins ?
— Évidemment ! Pour qui me prends-tu ?
— D'accord, d'accord, bredouilla-t-il, agitant les mains. C'était une question idiote.
— Parmi tant d'autres.
Il ne réagit pas.
— Et lord Visel ? s'enquit-il.
Ce nom résonna dans le box comme un coup de gong.
— Eh bien quoi ? articula-t-elle, lui lançant un regard noir.
— Il le sait ? Parce que… c'est lui le père, n'est-ce pas ? demanda-t-il, cramoisi.
— Et alors quoi ? rétorqua Eva, les poings sur les hanches.
— Ben… euh… il a dit qu'il voulait vous épouser. Il ne se défilerait pas. C'est un homme honorable, il me semble.
— Oui, bien sûr.
— Mais alors, où est le problème ?
— Il n'a jamais dit qu'il *désirait* m'épouser, gros bêta.
James se gratta la tête, ouvrit la bouche, la referma.
— Vas-y, parle, grommela-t-elle.

— Ben... euh... il serait obligé de le faire, non ? Vu les circonstances.

— Oh, il s'y résignerait sûrement, répliqua-t-elle avec un rire amer.

— Je ne comprends pas.

— Ce n'est pourtant pas compliqué : Visel serait forcé de m'épouser, tandis que Tommy *désire* le faire.

— Ah... mais... euh...

— Quoi ?

— Ben... le résultat, c'est qu'on vous force, vous, à vous marier avec lord Byer. Non ?

Elle sourcilla.

— Je me suis peut-être mal exprimée.

— Je peux poser une autre question sans que vous me frappiez ou m'aboyiez dessus ?

— Je t'ai frappé ou aboyé dessus ?

— Non, c'est pour ça que je demande. Vous vous contenez rarement aussi longtemps.

— Pose ta question, grogna-t-elle.

— Qui voulez-vous épouser, Milady ?

Elle en resta bouche bée.

— Parce que..., reprit James après un long silence, vous deviez bien l'aimer... le comte de Visel.

— Qu'est-ce qui te fait penser ça ?

— Eh bien... vous n'auriez pas...

Gêné, il montra du menton le manège qu'ils venaient de quitter.

— Je n'aurais pas quoi ? Faut-il que je te dénoue la langue ? Qu'essaies-tu de dire ? Crache-le, nom d'un chien !

James poussa un soupir de martyre.

— J'essaie de dire que vous n'auriez pas fait ça – ce que Liberty et Primevère viennent de faire – si vous ne l'aimiez pas. Au moins un peu. Hein ? bafouilla-t-il.

— Tu me compares à une jument ?

— Je m'excuse, mais cette histoire est absurde.

— Au contraire, elle est parfaitement logique. Car, vois-tu, il ne voulait pas de moi et il ne voulait surtout pas faire un enfant avec moi. Un enfant fou.

— Non ! Il n'a pas dit une chose pareille ?

James, qui était en principe un agneau inoffensif, avait soudain l'air d'un lion furibond.

— Si, répondit-elle.

Sa voix se brisa. James, horrifié, s'approcha d'elle.

— Oh non, Milady, ne pleurez pas.

Elle essuya ses joues d'un revers de main.

— Flûte ! rouspéta-t-elle. Regarde ce que tu as fait !

— Allons, allons..., murmura-t-il en lui tapotant gauchement l'épaule. Tout ira bien.

Elle se mit à rire. Il la toisa d'un air inquiet.

— Qu'y a-t-il ?

— Tu me parles comme tu parlais à Liberty, tout à l'heure.

Elle laissa échapper un sanglot, renifla et passa de nouveau une main impatiente sur sa figure.

— Tout ça... ce n'est pas bien, Milady.

— Je sais, murmura-t-elle. C'est horrible. Seulement je ne peux plus rien y faire, n'est-ce pas ? Il n'y a pas de solution.

James la dévisagea longuement, avec tristesse.

— Apparemment pas, Milady.

24

Quelques jours s'étaient écoulés depuis sa dispute avec Tommy et sa conversation avec James quand Eva découvrit pourquoi Melissa affichait une mine sévère en sa présence. Mais à ce moment-là, la maison était en effervescence.

Les invités étaient tous arrivés, par grappes, au début de l'après-midi.

Sa sœur Catherine avait ouvert le défilé, avec Douglas, son taciturne mari cloué dans sa chaise roulante, et Philip, le fils de ce dernier, âgé de cinq ans.

Gabriel, Drusilla et Samir les avaient suivis.

Enfin, deux imposantes berlines avaient déposé le baron Ramsay et sa famille qui ne cessait de s'agrandir.

Seuls l'oncle Cian et le duc de Carlisle, le grand-père d'Eva, n'assisteraient pas aux réjouissances. Tous deux voyageaient sur le continent.

Si Eva connaissait mal lord et lady Ramsay, elle ne connaissait que trop leurs fils, Lucien et Richard, les jumeaux casse-pieds. Ils avaient deux ans de moins qu'elle et, chaque été, s'accrochaient à Gabriel et elle comme des sangsues. Eva détestait partager son frère avec eux, pendant ses trop brèves visites. Résultat, elle les considérait comme des intrus et les traitait de façon odieuse, ce qui ne les perturbait pas le moins du monde.

Elle ne les avait pas vus depuis l'été dernier et fut stupéfaite quand ils descendirent de la voiture. Les gamins débraillés et exaspérants avaient cédé la place à deux jeunes gentlemen, grands et superbes. Une transformation miraculeuse.

Quant à Gabriel... c'était la première fois de sa vie qu'elle l'évitait. Elle avait senti, dès qu'il avait franchi le seuil de la demeure, qu'il grillait de la bombarder de questions sur son mariage avec Tommy, son meilleur ami – un sujet qu'elle n'abordait avec personne.

Le dîner fut particulièrement animé, les convives – à l'exception d'Eva et du mari de Catherine – jacassant à qui mieux mieux, comme s'ils ne s'étaient pas vus depuis des lustres.

Eva n'était peut-être pas douée pour déchiffrer les sentiments d'autrui, cependant même une cruche comme elle était capable de s'apercevoir que Mel jetait de fréquentes œillades à Tommy quand elle pensait que personne ne l'observait. Elle s'en voulait de ne pas l'avoir remarqué plus tôt.

Tommy, lui, tournait sans cesse son regard vers Eva. Un regard qui n'était cependant pas celui d'un homme amoureux.

Elle y lisait de plus en plus d'incertitude. Oh, il la désirait toujours, mais elle commençait à se demander s'il l'aimait ou s'il voulait seulement la posséder. Elle avait déjà vu cette expression-là. Cette saison, elle avait eu son lot d'admirateurs.

Il y avait eu un vicomte – un quadragénaire veuf et fortuné – qui la dévisageait d'un air extatique pendant les quelques danses qu'elle avait dû lui accorder. Il l'étudiait comme un collectionneur devant un tableau, ou comme elle le faisait devant deux chevaux à la robe gris pommelé, parfaitement identiques : avec convoitise. Il y avait dans ses yeux une flamme sombre qui la mettait mal à l'aise. Il avait envie de la culbuter, elle le savait, à présent. Elle en avait éprouvé une répulsion qui l'avait rendue encore plus impolie qu'à l'accoutumée, et le vicomte éconduit, lorsqu'elle l'avait croisé de nouveau, avait rejoint le camp des railleurs.

D'autres soupirants, moins repoussants, s'étaient ensuite présentés, tous attirés par l'argent qu'elle apporterait dans la corbeille de mariage, ou par son corps.

Le regard de Tommy, elle s'en rendait compte un peu tard, ressemblait à celui du vicomte, même si elle ne frémissait pas de dégoût à l'idée qu'il la touche. Mais la perspective de la nuit de noces, et de toutes les nuits à venir, ne l'enchantait pas.

Après le dîner, alors que dans le salon les invités jouaient gaiement et bruyamment aux charades, elle s'éclipsa discrètement et alla se coucher. Elle avait besoin de dormir.

Malheureusement, elle passa la nuit à scruter le plafond, l'esprit en ébullition.

Elle se leva avant l'aube et se dirigea vers les écuries. Concentrée sur les tâches qui l'attendaient aujourd'hui, elle ne pensait plus à Mel et Tommy.

— Bonjour, Milady !

James était frais et dispos, l'œil brillant et le sourire aux lèvres. Il était aussi excité qu'elle et impatient de se mettre au travail.

— Comment est-il ? demanda-t-elle.

— En pleine forme.

Elle avait choisi Clancy pour deux raisons. Premièrement, elle savait que sir Walter serait plus accommodant que les autres propriétaires d'étalons et lui permettrait d'amener Clancy ici, au lieu de déplacer ses juments.

Enfin et surtout, son lignage remontait jusqu'aux trois étalons royaux, géniteurs de la race des pur-sang anglais. Il avait participé à trois saisons des courses, et bien que n'étant pas le champion des champions, il était particulièrement rapide dans les courses de plat et possédait un palmarès enviable.

Elle était ravie de disposer de Clancy pendant cinq jours et avait la ferme intention de ne pas perdre une minute, même si ces stupides préparatifs de mariage ne manqueraient pas d'interférer.

M. Brewster estimait que trois saillies – une par jour pendant trois jours – étaient l'idéal avant que le pic des chaleurs de la jument soit passé. La jument risquait ensuite de refuser l'étalon, voire de le blesser.

Ils durent s'y mettre à quatre pour maintenir Clancy, surtout quand il approcha Girouette, la nouvelle pouliche qui était vierge et nerveuse. Elle avait été mise en présence du boute-en-train deux fois par jour pendant une semaine, mais elle trouvait manifestement que Clancy n'était pas fait du même bois que le cher vieux Liberty.

Ils en étaient là lorsque Gabriel les rejoignit.

— Mazette, tu es déjà debout ? le taquina Eva.

Il lui sourit, révélant des dents étincelantes dans son beau visage hâlé.

— Je voulais voir comment ça se passe. Mère a dit que tu n'avais que quatre employés, alors j'ai pensé que tu apprécierais un coup de main.

— Et comment !

Gabe s'y connaissait, il avait contribué à développer le haras de son père à Oran. Il ôta sa redingote et retroussa ses manches, tandis que James amenait Clancy.

— Bonjour, James ! Je viens vous aider.

— Merci, Monsieur. Vous voulez vous charger de la monte ? proposa James avec un petit sourire suffisant.

— Oh non, je laisse ça aux jeunes ! s'esclaffa Gabriel.

Il s'agissait en fait de surveiller l'érection de l'étalon et de diriger sa verge s'il avait du mal à pénétrer la jument. Eva imaginait la tête de Tommy si elle lui disait qu'elle avait en quelque sorte pris les choses en main !

Gabe chercha son regard et lui désigna du menton le jeune Scott, qui semblait anxieux et tenait maladroitement Girouette pour l'empêcher de s'agiter.

— M. Marlington va te remplacer, Scott. Observe bien comment il s'y prend, il a la main légère.

Scott ne se fit pas prier.

Il fallait éviter que les chevaux ne se blessent pendant une saillie, et comme Eva ne voulait surtout pas perdre la confiance de sir Walter, elle avait pris d'extrêmes précautions avec Clancy et chaque jument.

Girouette était chaussée de grosses bottines de protection en feutre, au cas où elle décocherait une ruade à Clancy, et James avait attaché une épaisse couverture sur son cou, son garrot et son dos, qui servirait de carapace si jamais Clancy devenait trop passionné.

L'accouplement – Eva l'avait appris en rôdant autour des écuries pendant des années – pouvait parfois être violent. La saillie était brève et se déroulait généralement sans difficulté. Mais les quelques secondes qui précédaient et suivaient la monte étaient critiques, aussi tous travaillaient en silence.

Heureusement, Clancy savait y faire et l'opération fut rondement menée. Quand on avança la jument pour que l'étalon retombe sur ses quatre pieds, ni l'un ni l'autre ne portaient la moindre trace du choc de plusieurs quintaux de chair vivante qui venait de se produire.

Eva s'aperçut qu'elle était en nage – elle avait bloqué les antérieurs de Girouette – quand Gabriel lui lança un linge propre.

— Merci, dit-elle en s'épongeant la figure. C'était une chance de t'avoir avec nous.

— Elle est magnifique, fit remarquer Gabriel en flattant le cou frémissant de Girouette. Tu as bien choisi, Eva.

Elle lui sourit, ravie, tandis que les palefreniers emmenaient les deux chevaux.

— Tu as terminé... pour l'instant du moins ? demanda Gabriel. Tu as pris ton petit déjeuner ?

— Non, je n'ai pas eu le temps.

— Essayons de trouver quelque chose à grignoter.

Il lui ôta son chapeau et ébouriffa ses boucles noires.

— Je remplis le carnet de saillie pour Girouette et je te suis.

Elle remit son couvre-chef et s'examina d'un coup d'œil. Elle portait sa tenue habituelle – veste, culotte de peau et bottes cavalières. Les membres de sa famille étaient habitués à la voir dans cette tenue. Sauf qu'aujourd'hui il y avait des invités.

— Tu ne crois pas que je devrais d'abord me nettoyer un peu ?

— Qui est cette femme qui me parle et qu'a-t-elle fait de ma sœur ? rétorqua Gabriel en riant.

Elle lui asséna une claque sur l'épaule, et tous deux se dirigèrent vers le box-bureau.

Eva retira ses gants – ce matin, exceptionnellement, elle n'avait pas oublié de les mettre – et inscrivit dans le carnet ses observations sur la saillie et le comportement des deux chevaux. Avec un peu de chance, dans onze mois, Girouette mettrait son premier poulain au monde.

Ceci fait, Gabriel et elle quittèrent les écuries.

— Alors qu'en as-tu pensé ? demanda-t-elle d'un air faussement détaché – en réalité, elle avait besoin de son approbation.

— Je suis impressionné, quoique pas du tout surpris. Tu comprends les chevaux. Je pense que tu réussiras.

Venant de Gabriel, dont le père avait possédé des centaines de bêtes, c'était un sacré compliment.

— Tu devrais le dire à Tommy.

Comme il fronçait les sourcils, elle agita une main négligente.

— Oublie ça. Explique-moi plutôt ce que tu es venu me dire et de la part de qui.

— Je suis donc si transparent ?

— Tu ne te serais pas levé à l'aube sans une bonne raison. J'ignore simplement comment s'appelle cette raison.

— Personne ne m'a chargé de te délivrer un message. Je ne suis pas aveugle, soupira-t-il. Je vois bien ce qui se passe entre Tommy et toi.

Eva laissa échapper un grognement.

— Vous vous disputez ? insista-t-il en ouvrant la porte et en s'effaçant pour la laisser entrer dans le hall plongé dans une fraîche pénombre.

— Pas exactement.

Il lui saisit le bras pour l'obliger à s'arrêter et à se tourner vers lui.

— Pourquoi as-tu accepté de l'épouser ?

— Parlons d'autre chose.

— Vous parlez tous d'autre chose, ça suffit. Seriez-vous tous devenus fous ? Mère elle-même n'a rien à dire sur le sujet.

— Parce qu'il n'y a rien à dire, rétorqua-t-elle en se dégageant.

— Tu n'es pas amoureuse de lui.

— Tu es bien sûr un expert dans ce domaine, ironisa-t-elle.

— Ne cherche pas à me vexer, je ne me laisserai pas distraire.

Soudain, elle le poussa dans un recoin.

— J'ai découvert une chose épouvantable, chuchota-t-elle.

— Bonté divine ! Quoi donc ?

— Je crois que Mel a le béguin pour Tommy.

L'incrédulité se peignit sur le visage de Gabriel, et il éclata de rire.

— Gabe ! Qu'est-ce qui cloche chez toi ? Ce n'est pas drôle. C'est… je ne sais pas très bien quoi, mais une chose est sûre : c'est embêtant.

— Mel est folle amoureuse de Tommy depuis des années, et tu ne le remarques que maintenant ?

— Tu plaisantes, marmonna-t-elle, médusée.

— Tu n'as qu'à poser la question aux gens.

— Tommy le sait ?

— Je serais tenté de répondre oui. Il n'est pas aveugle, contrairement à quelqu'un que je ne nommerai pas.

Eva lui donna une tape sur le bras.

— D'ailleurs, Mel n'a jamais caché ses sentiments, ajouta-t-il.

— Comment se fait-il que je n'aie rien vu ?

Gabe haussa un sourcil narquois.

— D'accord, tu as raison : je ne me rends compte de rien, maugréa-t-elle.

Amusé, il l'entoura de ses bras et la souleva de terre.

— C'est vrai, mais on t'aime quand même.

— Repose-moi, espèce de barbare, maugréa-t-elle. Je pensais que Mel et moi étions proches. Pourquoi ne m'a-t-elle rien dit ?

Il la reposa sur le sol, sans la lâcher toutefois, et plongea son regard dans le sien.

— Je suppose qu'elle ne voulait pas se ridiculiser, Eva.

— Je ne comprends pas...

— Tommy t'admire, à l'instar de tous les mâles de moins de cinquante ans qui gravitent dans ton orbite. Tandis que Mel est...

Il s'interrompit, gêné.

— Elle est quoi ? Vous avez tous la manie de ne pas achever vos phrases !

— Mel ne possède ni ta beauté ni ta personnalité... magnétique.

— Pour la beauté, admettons – je suis bien obligée de la voir dans mon miroir –, mais la personnalité magnétique ? Tu étais avec moi du début à la fin de la saison. Je suis un aimant qui attire les moqueries et les insultes.

Gabriel secoua la tête en soupirant.

— Tu es décidément aveugle. Mais nous reparlerons un autre jour. Dans l'immédiat, je veux que tu m'expliques comment tu as découvert les sentiments de Mel. Est-ce pour cette raison que tu manifestes une certaine froideur à l'égard de Tommy ?

— Oui, en partie, répondit-elle, et elle ne mentait pas totalement. Comment puis-je épouser un homme dont ma sœur est amoureuse ?

Gabriel grimaça.

— Dit de cette façon...

— Comment le dire autrement ?

— Je ne sais pas. Tu devrais en parler à mère – elle ne manque aucune occasion de dispenser sa sagesse.

— Sois un peu plus respectueux, gronda-t-elle en lui pinçant le bras.

— Aïe ! Eva... je comprends ce que tu ressens par rapport à ta sœur, seulement tu ne peux pas forcer Tommy à t'aimer en sachant qu'il pourrait tomber amoureux de Mel. On aime qui on aime, c'est comme ça, et tu ne peux rien y changer.

Elle faillit répliquer qu'elle ne le savait que trop, et s'en abstint au dernier moment.

— J'en suis consciente, Gabe. Mais de là à épouser le garçon dont ma sœur est folle depuis... combien de temps ? Cinq ans ? Quelle horreur, grimaça-t-elle comme son frère opinait. Cinq ans d'un amour à sens unique. Mel aurait dû me poignarder dans mon sommeil. À sa place, je n'aurais pas hésité.

— Dans ce cas, félicitons-nous que ton amour soit partagé. Je conseillerai quand même à nos invités de verrouiller la porte de leur chambre, au cas où.

Eva se força à rire pour ne pas se blottir dans les bras de son frère et lui avouer la vérité en l'inondant de larmes.

— Si cela peut te rassurer, Eva, ton futur mari t'a aimée sans retour pendant des années. Par conséquent, si tu anéantis les espoirs de Mel, tu combles les vœux de Tommy.

— Pourquoi tu ne m'en as pas parlé avant ? lui reprocha-t-elle.

— Honnêtement ? Jusqu'à ce que tu quittes le pensionnat, je n'étais pas certain des sentiments de Tommy à ton égard. Tu étais trop jeune, et il savait que je l'étriperais s'il te tournait autour.

Il ouvrit la porte de la salle du petit déjeuner, et Eva s'immobilisa sur le seuil.

— Voyez qui vient se joindre à nous autres, pauvres bipèdes ! clama son frère.

Eva remarqua que son père jaugeait son accoutrement – veste poussiéreuse, bottes et culotte de peau éraflées – d'un air peiné. Sa belle-mère posa une main apaisante sur le bras du marquis qui soupira et reporta son attention sur son assiette. Mia sourit à Eva qui articula un « merci » muet.

Elle lança un coup d'œil à Tommy et constata qu'il semblait aussi contrarié que le marquis.

Elle vit également que Mel était assise à côté de lui, élégante et impeccablement coiffée, l'enveloppant d'un regard adorateur tandis que lui dévisageait sévèrement Eva.

Elle s'avança, trébucha, et serait tombée si Gabriel ne l'avait pas retenue.

— Ça va ? s'inquiéta-t-il à mi-voix.

Elle ne répondit pas, elle en était incapable. Elle ne pouvait que contempler les deux côtés du triangle ridicule dont elle était la base. Seigneur, quelle sinistre farce ! Comment se faisait-il qu'elle soit empêtrée dans ce piège, elle qui avait toujours évité comme la peste les imbroglios sentimentaux ?

Quelle importance, à présent ?

Il ne s'agissait plus, en effet, de comprendre le pourquoi et le comment. Il fallait simplement trouver le moyen de se sortir de là. Et vite !

25

Il lui restait moins de deux jours avant le mariage, Eva n'avait donc plus le temps de composer le discours parfait qui eût été nécessaire – et qu'elle serait d'ailleurs incapable d'imaginer, même si elle avait cent ans devant elle. Plus elle ferait traîner les choses, plus ce serait pénible, elle en était consciente, mais elle ne se résolvait pas à prendre Tommy à l'écart et à avoir avec lui *la discussion*.

Elle avait également conscience de mettre sa famille dans une situation plus qu'embarrassante. Dans quarante-huit heures, la plupart de leurs parents et certains de leurs amis proches prendraient place dans la chapelle du domaine pour assister à la cérémonie de mariage.

Un mariage dont elle ne voulait pas.

Il n'y avait donc qu'une seule solution : elle devrait avouer la vérité à son père, et partir ailleurs, n'importe où, pour mettre son enfant au monde. Il lui faudrait ensuite confier le bébé à une famille qui l'élèverait – des gens qui seraient payés pour le traiter correctement, mais qui ne l'aimeraient peut-être jamais. Cette idée la rendait malade.

— Bon Dieu de bon Dieu ! pesta-t-elle entre ses dents, tandis qu'elle se dirigeait vers les appartements de Mia.

Elle était dans les écuries quand elle avait reçu un message de sa belle-mère qui voulait lui parler. Impossible de se défiler. Elle avait chargé James d'exécuter les corvées du jour – il ne restait plus grand-chose à faire – et regagné sa chambre pour se remettre entre les mains de Philipot, sa nouvelle femme de chambre.

La malheureuse peigna sans commentaire sa tignasse emmêlée, promenant un regard horrifié sur le visage fâcheusement hâlé de sa maîtresse – elle oubliait toujours son chapeau – et ses mains couvertes d'égratignures.

À en juger par ses réactions, Philipot ne resterait pas longtemps à son service.

Enfin présentable, elle courut chez sa belle-mère en se maudissant de n'avoir pas pris le temps de parler à Tommy. Résultat, elle allait devoir revêtir la robe que Mia voulait lui faire essayer, au lieu de lui dire la vérité.

Quelle plaie !

Elle toqua à la porte et entra dans la bonbonnière de sa belle-mère. Mia, allongée sur un divan avec son fils David, observait Julia, sa plus jeune fille, jouer.

— Eva ! s'écria Julia qui sauta sur ses pieds et accourut avec une gaucherie qu'elle ne pouvait pas avoir héritée de ses parents mais – d'une manière ou d'une autre – d'Eva.

Eva la souleva et, en la faisant tournoyer, heurta une statue de bronze qui tomba avec fracas sur le parquet. Gênée, Eva reposa sa demi-sœur et pivota pour affronter la tempête.

Sa belle-mère souriait, comme toujours. Eva n'avait jamais vu Mia furieuse et ne tenait pas à ce que cela change.

— Comment va notre petit David ? demanda-t-elle en s'approchant de son nouveau petit frère qui ronflotait doucement.

— Il se conduit beaucoup mieux que Jibril à son âge, répondit Mia. Mary, pouvez-vous aller le coucher ? dit-elle à la bonne d'enfants qui faisait du raccommodage près de la fenêtre. Nous devons nous occuper de la robe de mariée, une affaire de la plus haute importance.

Quand la nurse fut sortie, Mia se tourna vers sa fille.

— Julia a souhaité assister à l'essayage. N'est-ce pas, mon ange ?

La fillette hocha énergiquement la tête. Amusée, Eva lui sourit.

— Eh bien, soupira-t-elle, quand il faut y aller, il faut y aller…

Avec l'aide de la femme de chambre de Mia, elle enfila la robe – ravissante, elle devait le reconnaître, et d'un bleu qui accentuait le bleu lavande de ses yeux.

Eva détestant les dentelles, les rubans et autres falbalas, la robe était très simple : corsage ajusté et jupe souple. Le seul ornement était un large ruban de velours bleu qui soulignait sa poitrine. Elle qui considérait ses seins généreux comme un inconvénient, trouva qu'ils étaient plutôt mignons – deux globes crémeux nichés dans le décolleté.

Quand elle revint dans le petit salon, sa belle-mère et Julia poussèrent des « oh ! » admiratifs.

— Maman, Eva ressemble à une princesse !

— Oui, chérie, en effet, acquiesça Mia. Eva, je sais que ton père a un collier qui appartenait à ta mère. Un très joli bijou – une croix en filigrane d'argent pendue à une chaîne très fine. Je lui demanderai de te le donner. Que tu portes ou non ce collier le jour de ton mariage, je pense qu'il doit te revenir.

Eva préféra garder le silence, de crainte de fondre en larmes. On pouvait compter sur Mia pour penser à celle qui l'avait précédée dans la vie du marquis, une femme méprisée, morte depuis près de quinze ans et que personne ne pleurait.

La gorge nouée, elle pivota si brusquement qu'elle marcha sur l'ourlet de la robe et entendit le bruit hélas familier du tissu qui se déchirait. Elle s'immobilisa et secoua lentement la tête, dégoûtée, découragée et tout simplement fatiguée d'être ce qu'elle était.

Puis elle entendit la porte qui se refermait et sentit les bras de Mia autour d'elle.

— Ce n'est qu'un petit accroc, ma chérie, facile à réparer.

— Oui... Je vous remercie de penser à ma mère.

Elle déglutit, ce qui n'empêcha pas les larmes de couler sur ses joues. Bon sang ! Ces dernières semaines, elle pleurait comme une fontaine.

— Je sais qu'elle aurait été très fière de toi. De tes sœurs et de toi.

— Vous pensez que je suis comme elle ? Que je deviendrai comme elle ? demanda-t-elle d'une voix étranglée, à peine audible.

— Je pense que tu es Eva, et que tu es unique, répondit Mia en l'étreignant. Je n'ai pas connu ta mère, je sais seulement qu'elle était d'une beauté remarquable, comme toi. En revanche, je connais ton père. Tu as hérité de certains de ses traits de caractère – la loyauté, un besoin de solitude et une intelligence acérée – mais tu n'es pas lui. Ta vie t'appartient, ce n'est pas celle de ta mère ou celle de ton père. Pendant des années, Adam s'est empêché de vivre. Veronica, quant à elle, a mis fin à ses jours, poussée par des démons qu'aucun de nous ne peut imaginer.

Eva s'aperçut alors que des larmes brillaient dans les beaux yeux verts de Mia. Elle était toujours belle, même si son visage portait les stigmates d'une vie qui n'avait pas toujours été facile. Des fils d'argent striaient sa luxuriante chevelure cuivrée, et des rides s'étoilaient au coin de ses yeux, gravées par le rire et le chagrin.

— J'espère que tu vivras pleinement ton existence, Eva. Je crois que ta mère l'aurait espéré aussi.

Bouleversée, Eva se blottit contre sa belle-mère et éclata en sanglots.

— Excusez-moi, Eva, mais... seriez-vous devenue folle ?

Elle haussa le sourcil. Tommy grimaça et passa une main blanche et soignée sur son visage.

— Oh, Seigneur..., marmonna-t-il. Ce n'est pas ce que je voulais dire.

— Je le sais.

Elle était exténuée. Elle aurait préféré aller se coucher après sa conversation avec Mia, mais Tommy et tous les autres méritaient mieux. Voilà pourquoi elle affrontait de nouveau la tempête avant le dîner.

— Que nous est-il arrivé ? murmura-t-elle. Nous ne pouvons plus passer cinq minutes ensemble sans nous disputer.

Il s'adossa aux étagères de livres en soupirant.

Eva l'avait trouvé dans la bibliothèque, quand elle s'était mise à sa recherche. Mel lui tenait compagnie. Ils étaient assis à distance respectueuse l'un de l'autre, chacun dans son fauteuil, un livre ouvert sur les genoux. Il régnait dans la pièce une atmosphère... qu'elle ne savait pas comment qualifier – disons électrique.

Lorsqu'elle s'était excusée de les déranger et avait demandé à Tommy s'il pouvait lui consacrer un moment, Mel s'était littéralement enfuie.

— Il y a un problème avec Mel ? demanda-t-elle, revenant au présent.

— Hmm ? marmonna-t-il.

Il digérait encore ce qu'elle venait de lui annoncer : elle ne l'épouserait pas. Il regardait fixement la cheminée où brûlait un feu d'enfer, nécessaire même à cette période de l'année, pour réchauffer la grande pièce aux murs de pierre apparente.

— Je disais que ma sœur avait l'air... je ne sais pas... bizarre.

Tommy haussa les épaules.

— Je n'ai rien remarqué de tel.

Eva commençait à penser que Tommy n'était pas très attentif aux autres.

— Je ne peux vraiment pas vous faire changer d'avis, Eva ?

— Non.

Elle avait des remords de le rejeter ainsi, cependant il ne réagissait pas aussi mal qu'elle l'avait craint. Il ne semblait pas tellement surpris ou déçu. Il avait dû se rendre compte, lui aussi, qu'ils n'étaient plus les mêmes. Il ne l'admettrait pas, mais il était peut-être soulagé. Il avait obtenu la chose – elle, en l'occurrence – dont il rêvait depuis des années, et qui dans la réalité ne correspondait pas à l'image qu'il s'en faisait.

Elle se remémora l'adage que lui répétait sa vieille nounou quand elle était capricieuse : « Attention à ce que tu souhaites, tu pourrais bien l'obtenir. »

— Il faut informer vos parents, dit-il en rajustant machinalement sa cravate. Je vous accompagne.

— Je vous remercie, Tommy, mais je préfère y aller seule. Je leur dirai que vous êtes à leur disposition s'ils souhaitent vous parler.

— Vous êtes vraiment sûre de vous ?

— Oui.

Cette fois, elle vit le soulagement sur le visage de Tommy. Se haussant sur la pointe des pieds, elle lui planta un baiser sur la joue.

— Je suis désolée, mon ami.

Il se contenta de hocher la tête. Elle sortit de la pièce, s'arrêta une seconde pour souffler. « Ça, c'est fait, se dit-elle. Je n'ai plus qu'une dizaine de personnes à prévenir. »

— Eva ?

C'était Drusilla qui venait à sa rencontre. Les deux amies s'embrassèrent.

L'épouse de Gabriel était grande – elle faisait quinze centimètres, au bas mot, de plus qu'elle – et dotée de formes voluptueuses qu'elle avait toujours détestées. Depuis son mariage avec Gabe, Dru portait des robes plus flatteuses et des décolletés plongeants. Elle était amoureuse et s'épanouissait à vue d'œil.

— Tu as un moment ? demanda-t-elle.

Après tout, elle n'était pas si pressée de tout ficher par terre.

— Pour toi, toujours !

— On va dans la bibliothèque ?

— Euh... non. Allons plutôt dans ma chambre. Il faut que j'enlève ça, grimaça-t-elle en tirant sur sa jupe. Et que je fasse un tour aux écuries. Je n'y reviendrai pas avant demain, ajouta-t-elle avec emphase, pour ne pas avoir à se justifier.

Mais Dru ne songeait pas à la critiquer, elle était trop heureuse. Tout en montant l'escalier, elle parla de Samir, le fils de Gabriel, qui cette année avait quitté Oran pour rejoindre son père.

— C'est un adorable petit garçon, et ton frère est tellement gentil avec lui.

— Cela ne me surprend pas, fit remarquer Eva en ouvrant la porte de sa chambre. Il a toujours été formidable avec les enfants.

Dru rosit de plaisir – elle adorait qu'on complimente son mari. Tandis qu'Eva se déshabillait, elle se mit à arpenter la pièce, faussement nonchalante. Elle attendait.

— J'ai rompu mes fiançailles, déclara Eva.

Dru se retourna d'un bond.

— C'est vrai ? Que je suis contente ! Oh, excuse-moi, bredouilla-t-elle, comme Eva éclatait de rire. Je me suis mal exprimée. Gabe et moi serions ravis que nos meilleurs amis se marient, sauf s'ils...

— ... ne sont pas amoureux, compléta Eva.

Dru hocha gaiement la tête et se laissa tomber dans un fauteuil.

— Dieu merci, c'est terminé, soupira-t-elle. Je peux donc cesser de t'éviter et profiter de mon séjour ici.

— Drusilla ?

— Oui ?

— Comment peux-tu te réjouir d'une rupture de fiançailles ?

— Cela vaut mieux qu'un divorce.

— Peut-être, mais j'appréhende d'annoncer la nouvelle à mes parents.

— Bah ! Apparemment, Tommy et toi étiez les seuls à ne pas comprendre ce qui se passait. Quand vous êtes ensemble, vous êtes aussi mal à l'aise l'un que l'autre.

Eva se tut – comment contester l'évidence ? Dru, qui ne tenait décidément pas en place, sauta sur ses pieds.

— J'ai hâte de le dire à Gabriel !

— Vas-y, je ne voudrais pas te priver de ton plaisir, grommela Eva.

Dru pouffa de rire.

— Ta belle-mère a prévu un pique-nique au bord du lac. Tu viendras ?

— Maintenant ? Je croyais que c'était pour demain.

— Oui, c'est maintenant, puisqu'il est l'heure de pique-niquer.

— Ah..., marmonna distraitement Eva, se demandant si ses parents étaient déjà là-bas. Je vous rejoindrai dans un moment.

— Tu as intérêt. Ne t'avise pas de te cacher toute la journée dans les écuries.

Eva rougit – son amie la connaissait bien.

— Je viendrai, promit-elle.

Après que Dru l'eut quittée, elle se dirigea vers le bureau de son père. Mia devait être en train de rassembler les invités, mais le marquis était beaucoup moins sociable, et Eva ne fut pas surprise de le trouver à sa table de travail, en train d'étudier des documents.

— Père ?

Il leva la tête. Les verres des lunettes qu'il mettait pour lire brillaient, atténuant l'éclat intimidant de son regard, ce qui le faisait paraître presque vulnérable.

Malheureusement, il ôta ses lunettes et les posa devant lui.

— Viens t'asseoir.

Eva noua ses mains sur son ventre.

— Ce n'est pas la peine, ce que j'ai à vous dire ne prendra qu'une minute.

— Tu as rompu tes fiançailles.

Elle tapa du pied, exaspérée. C'était tout de même incroyable !

— Comment se fait-il que tout le monde le sache ?

— C'est le cas ?

— Eh bien, Dru s'en doutait et je ne pense pas que Tommy ait été surpris.

Le marquis émit ce petit bruit de gorge, ce grognement sourd qui évoquait pour Eva le feulement d'un félin – quoiqu'elle n'en ait jamais entendu.

— Il faudrait sans doute que je fasse un genre d'annonce ? suggéra-t-elle.

— Ah oui ?

— Sauf si vous préférez vous en charger.

— Si je préfère ?

Elle poussa un lourd soupir.

— Pourriez-vous, père, l'annoncer aux autres ?

Il hocha lentement la tête et remit ses lunettes.

— C'est tout ? s'enquit-il.

Même si elle vivait cent ans à ses côtés, elle ne réussirait jamais à anticiper les réactions de cet homme.

— Oui, père.

Il se replongea dans la lecture des documents étalés devant lui, et Eva s'esquiva. Elle n'alla cependant pas très loin, car Mel se tenait au pied du grand escalier. Les jumeaux Ramsay l'encadraient, comme les deux moitiés d'un serre-livres.

Un superbe serre-livres. Seigneur Dieu, et les deux frères n'avaient que dix-sept ans.

Mel, qui avait un an de plus qu'eux, était toute rose et ravissante.

Voilà qui était intéressant...

— Dru m'a dit que tu étais avec père, déclara Mel.

— Bonjour, Eva, dit Lucien, le jumeau qui ne portait pas de lunettes, avec un sourire un brin suffisant – il était déjà conscient de l'effet qu'il produisait sur le sexe faible.

— Bonjour, Lucien.

Elle se tourna vers son frère, qui donc avait des lunettes et était un peu moins rayonnant.

— Richard...

— Eva...

— Je suis contente de vous voir, tous les deux.

— Tu vas te mettre la corde au cou, on ne voulait surtout pas rater ça. Pas vrai, Richard ?

Le jumeau taciturne ne répondit pas, il braquait sur Eva un regard pensif, derrière les verres épais de ses lunettes.

Lucien avait eu le béguin pour elle, deux ans auparavant. Il l'avait suivie comme un petit chien pendant tout l'été et lui avait demandé si elle l'attendrait, jusqu'à ce qu'il soit assez vieux pour se marier.

Richard, lui, ne s'était pas amouraché d'elle. Au contraire, elle l'avait toujours trouvé distant, déconcertant et beaucoup trop mûr pour son âge. Lucien, qui se prenait pour un libertin raffiné, n'était qu'un blanc-bec. Tandis que Richard, s'il était moins spectaculaire que son jumeau, avait un charme singulier.

— Tu voulais me voir ? demanda Eva à sa sœur, ignorant le rictus amusé de Lucien et l'attitude froide de Richard.

Mel avait visiblement du mal à détourner son attention de Lucien, ce jeune dieu blond comme les blés.

— Qui... euh... moi ? bafouilla-t-elle.

Eva était sidérée : comment sa sœur pouvait-elle se déprendre d'un bel homme et s'éprendre d'un joli garçon en l'espace de quelques heures ? Elle tombait amoureuse comme on change de chemise.

De plus, elle se trompait. L'ombrageux Richard était beaucoup plus attirant.

Mais peu importait. Agacée, elle claqua des doigts sous le nez de Mel pour la tirer de sa transe.

— Que... Quoi ? grogna cette dernière.

— Je vais faire un tour aux écuries, après quoi je rejoindrai les pique-niqueurs, annonça-t-elle en tournant les talons.

— On t'accompagne, déclara Lucien.

Eva s'arrêta net, si bien que Lucien et Mel, qui lui avaient emboîté le pas, faillirent la percuter. Elle remarqua que Richard ne l'avait pas suivie. Appuyé contre le mur, il les observait avec un petit sourire moqueur.

Mel contemplait Lucien qui regardait Eva.

C'était franchement grotesque ! Melissa était d'ores et déjà entichée d'un garçon qui mangeait sa sœur des yeux. Faisait-elle exprès de se rendre malheureuse ?

Eva n'avait ni le temps ni l'énergie de creuser la question.

— Je vous retrouverai au lac, décréta-t-elle.

Le dandy arrogant que voulait être Lucien se mua soudain en un chiot qu'on a chassé d'un coup de pied. Mel semblait déconcertée, et Richard de plus en plus amusé.

Eva les planta là et prit la direction des écuries. Elle n'avait rien d'important à y faire, elle avait simplement besoin d'être au calme pour réfléchir. James était parti ramener Clancy à sir Walter, c'était un souci en moins.

Un silence bienfaisant régnait dans les écuries. Elle se pelotonna dans le vieux fauteuil qu'elle avait récupéré dans le débarras de l'aile est du château, où on remisait du mobilier.

Renversant la tête contre le dossier, elle ferma les yeux et attendit que l'atmosphère et les odeurs familières des écuries l'apaisent. Elle se sentait vidée, à bout de forces. Et satisfaite d'avoir pris la bonne décision.

Que Melissa aime ou non Tommy – ou qu'elle soit maintenant amoureuse de Lucien –, elle avait fait ce qu'il fallait.

Le problème de l'enfant qu'elle portait serait moins facile à résoudre. Elle n'était cependant pas forcée de tout régler aujourd'hui.

Si tu en avais parlé à ton père, il aurait décidé pour toi.

Effectivement, si elle avait dit au marquis qu'elle était enceinte de Godric, il se serait fait un devoir d'en informer le comte – et peut-être de le tuer d'un coup de pistolet ou d'épée.

Son père était sincère quand, à l'auberge, il lui avait déclaré que la décision lui appartenait. Néanmoins, elle savait qu'il lui demanderait de bien peser le pour et le contre, dans l'intérêt de l'enfant, avant d'arrêter sa résolution.

Il avait raison. Depuis le début, elle n'avait songé qu'à son propre intérêt. Épouser un homme qui ne voulait pas de son enfant la mortifiait, mais c'était une réaction égoïste.

Elle devait réfléchir mûrement avant d'écarter Godric.

Oui, ce serait un mariage humiliant et même dénué du semblant d'amitié qui avait existé entre eux avant leur séparation. Elle pouvait l'épouser pour donner un nom et un foyer à son enfant ; elle ne pourrait jamais lui pardonner. Et elle passerait sa vie à protéger ce fils ou cette fille contre le ressentiment de son père.

— Ah, lady Eva… vous êtes là.

Elle sursauta et releva vivement la tête.

— James… qu'est-ce que tu fais ici ? Je croyais t'avoir dit de prendre ta journée après avoir rendu Clancy à son propriétaire.

— J'en avais l'intention, répondit James qui triturait son chapeau entre ses mains, seulement je... j'ai rencontré un gentleman, chez sir Walter. Il venait le voir parce qu'il a un étalon à vendre.

— Vraiment ? s'enquit Eva, soudain requinquée.

— Oui, un cheval remarquable, issu de Godolphin Arabian[1].

— Voyons, James. Un étalon de cette envergure n'est pas dans nos moyens, ni d'ailleurs dans ceux de sir Walter.

— Je sais bien. C'est que son propriétaire a un besoin urgent d'argent frais.

— Quel est son prix, au juste ?

Le montant qu'il lui indiqua la stupéfia.

— Il y a forcément quelque chose qui cloche !

— Sir Walter semble avoir confiance.

— Fichtre ! J'espère que tu connais le nom et l'adresse de ce gentleman, pour que...

— Il est là, chuchota James, comme si l'inconnu était à portée d'oreille.

— Dans les écuries ?

— Non, dehors, dans sa voiture. Je lui ai dit que vous souhaiteriez en savoir plus, conclut James en haussant les épaules.

— Eh bien, qu'est-ce que tu attends ? rétorqua Eva en sautant sur ses pieds. Je cours enfiler une tenue convenable, pendant ce temps tu n'as qu'à... Quoi ? grommela-t-elle, comme James secouait la tête.

— Il a un problème, il a du mal à descendre de sa voiture. Il a besoin d'aide.

— Allons bon ! Il est paralysé, comme Salford ?

1. Godolphin Arabian (1724-1753) : célèbre étalon originaire du Yémen, probablement de race arabe, exporté plusieurs fois avant d'arriver en Angleterre. Sa tombe se trouve à Wandlebury. Il est à l'origine d'une des lignées de pur-sang anglais. *(N.d.T.)*

— Eh bien, euh..., bredouilla James. Il n'est pas si différent, d'une certaine façon.

— Dans ce cas, si tu penses que ça ne le choquera pas..., rétorqua-t-elle, montrant ses vêtements.

— Oh non, Milady. Je crois qu'il comprendra.

Eva en doutait, mais sa patience avait des limites.

— Allons lui parler. Il n'a rien contre les femmes, j'espère ?

— Je suis sûr qu'il sera ravi de vous voir, Milady.

Dans la cour, Eva découvrit une magnifique berline de voyage – beaucoup trop somptueuse pour un homme ruiné. Mais après tout, certains individus jugeaient bon d'étaler leurs richesses pour attirer l'argent.

— Voyons ce qu'il a à offrir avant de lui poser des questions, déclara-t-elle à mi-voix, tandis qu'ils traversaient la cour. Histoire de me forger une opinion sur ce monsieur.

— Excellente idée ! approuva James avec enthousiasme.

— J'ai l'impression que tu es encore plus excité que moi, lui fit-elle remarquer en souriant.

Ils s'approchèrent de la voiture, aux fenêtres masquées par d'épais rideaux.

— C'est vrai, Milady.

À cet instant, un laquais maigrichon vêtu d'une élégante livrée bleu nuit à galons d'argent sauta à terre et, baissant la tête, vint ouvrir la portière.

Eva se rendit alors compte qu'elle ignorait le nom du gentleman. Elle se tournait vers James pour le lui demander, quand il la prit par la taille.

— Montez, Milady.

— James ! Qu'est-ce que...

— Chut, dit-il, du même ton qu'il prenait pour calmer les chevaux. Tout ira bien. Enfin je l'espère.

Trop sidérée pour se débattre, Eva se retrouva à l'intérieur de la berline, plongée dans la pénombre, sur une banquette rembourrée. La portière se referma, et la voiture s'ébranla.

— James ! cria-t-elle, mais la berline roulait déjà dans l'allée.

Elle agrippa le rideau de la fenêtre, à côté d'elle, et le tira brutalement pour laisser entrer la lumière.

Puis elle se tourna vers le propriétaire de la voiture et...

— *Toi !*

26

Allait-elle lui retirer son bâillon ? se demanda Godric.

Ses yeux luisaient, pareils à des billes bleu lavande, ses narines délicates palpitaient comme celles des pouliches qu'elle aimait tant.

— *Toi !*

Godric ne put s'empêcher de sourire, sous le bâillon sans doute crasseux.

Elle se mit à marteler de ses poings le toit de la voiture.

— James ! Fais demi-tour immédiatement ou je te jure que tu t'en repentiras !

La voiture continua de rouler.

— C'est toi qui as tout manigancé, je suppose ? l'accusa-t-elle d'une voix sifflante.

Il ne répondit pas. Il attendait que sa colère retombe... et qu'elle le libère. Elle ouvrait la bouche, sans doute pour l'agonir de reproches, quand elle prit subitement conscience du spectacle qu'elle avait devant elle.

— Mais... que se passe-t-il ? marmonna-t-elle, détaillant la redingote froissée de Godric, la cravate tachée, et les chevilles ligotées.

Puis elle le dévisagea et ravala une exclamation. Godric plissa le front, puisqu'il ne pouvait pas parler.

Eva, elle, fronça les sourcils, comme si elle affrontait un problème particulièrement épineux et rébarbatif.

Enfin, avec un soupir agacé, elle se pencha vers lui pour dénouer l'épais bâillon de coton. Même si leurs poitrines se touchaient presque, Eva s'obstinait à ne pas croiser son regard.

Son visage adorable semblait amaigri, ses pommettes saillantes lui donnaient l'air d'une tragédienne. Elle ôta le bout de tissu et le jeta sur le plancher.

— Merci, dit-il d'une voix éraillée – le premier jour, il s'était abîmé les cordes vocales à force de hurler.

— Tourne-toi un peu pour que je te détache les poignets.

Il obéit.

— Mazette ! Qui a fait ces nœuds ? demanda-t-elle d'un ton mi-admiratif mi-horrifié.

— Andrew, grogna-t-il.

— Vraiment ? Ça alors ! C'est vraiment...

— Un chef-d'œuvre ? ironisa-t-il.

— Absolument. Il faut que je m'assoie à côté de toi, fais-moi une petite place.

Godric se poussa sur la banquette, et Eva s'assit près de lui. Ses vêtements lui permettaient de bouger aisément dans l'espace confiné.

Car, bien sûr, il avait immédiatement remarqué sa tenue. Il était exténué, affamé et courbaturé, mais pas aveugle. Ni mort.

— Qui aurait cru qu'Andrew maîtrisait l'art du nœud marin ? dit-elle.

— Certainement pas moi – du moins pas avant que je me réveille ficelé comme un saucisson.

— Ah... il t'a ligoté pendant ton sommeil ?

— Je ne dormais pas, grommela-t-il.

— Ah...

Elle s'acharnait sur le lien, et il eut l'impression qu'il se desserrait un peu.

— Donc... Andrew et James, marmonna-t-elle.

— Oui.

— À ton avis, ils ont orchestré seuls l'opération, ou il y a une tête pensante derrière tout ça ?

— Bon sang je ne me suis pas posé la question ! Qui diable pourrait avoir eu une idée pareille ?

— Je pense à une ou deux personnes, grommela-t-elle.

— Qui ?

— Tu es là depuis combien de temps ?

— Depuis qu'ils m'ont capturé à Cross Hall. Trois jours, si j'ai bien compté.

— Mazette, le trajet a été rapide.

— Je n'ai pas eu cette impression ! Et toi, comment t'ont-ils persuadée de monter ?

— James m'a soulevée et poussée à l'intérieur. Après m'avoir raconté qu'un homme ruiné qui cherchait à vendre son étalon m'attendait dans une voiture.

Godric éclata de rire.

— Contente que ça t'amuse.

— Il t'a agité sous le nez un hameçon irrésistible.

— Tu préfères peut-être garder les mains attachées ? le menaça-t-elle.

— Pitié, Eva. Je ne sens plus mes bras.

— Pff…, marmonna-t-elle, tout en continuant à s'escrimer sur le nœud. Quel est le but de cet enlèvement, selon toi ?

— C'est évident, non ?

— Tu crois qu'ils ont l'intention de nous emmener en Écosse ?

— Je l'ignore. Je sais seulement, enchaîna-t-il après une hésitation, que ton James a écrit à Andrew pour lui dire que tu allais te marier. Dans quelques jours, si ma mémoire est bonne.

Comme si la date n'était pas gravée dans ta cervelle !

— Tu as lu le courrier d'Andrew ? rétorqua-t-elle, scandalisée.

— Je ne l'ai pas fait exprès. Enfin... pas complètement. Andrew a laissé traîner cette lettre sur mon bureau, et j'ai lu les premières lignes avant de me rendre compte qu'elle ne m'était pas adressée.

— Et donc tu as lu la suite.

— Ricane, ne te gêne pas. Toi, bien sûr, tu n'as jamais violé l'intimité de quiconque.

Les mains d'Eva s'immobilisèrent.

— Ça avance, derrière ? bougonna-t-il.

— Tu préfères peut-être te détacher toi-même, rétorqua-t-elle sèchement.

La manœuvre de diversion fonctionnait, Eva se laissait prendre au collet comme un lapereau.

— Et que signifie ce sarcasme à propos de violation d'intimité ? s'enquit-elle.

Un lapereau pas si inoffensif.

Godric soupira. *Pourquoi continuer à tricher ? Être dans cette voiture est un sacré cadeau – même si c'est un peu comme arracher un pansement qui colle à une plaie encore à vif.*

— Je sais que, ce soir-là à l'auberge, tu écoutais à la porte, répondit-il.

Elle se raidit. Godric pivota et vit qu'elle était cramoisie. D'un geste brusque, elle ferma le rideau, et la pénombre envahit de nouveau l'intérieur de la voiture.

— Pourquoi me le dis-tu maintenant ? demanda-t-elle.

— Parce que j'ai regretté mes paroles sitôt que je les ai prononcées.

— Dans ce cas, pourquoi n'es-tu pas venu me le dire ?

— J'ai pensé que c'était mieux pour toi, avoua-t-il entre ses dents. Que je te faisais un cadeau en t'éloignant de moi.

Elle laissa échapper un rire amer.

— Tu as une drôle de conception de ce qu'est un cadeau !

— J'étais un idiot et, quand j'ai appris que tu allais te marier avec Byer, je me suis comporté de façon encore plus idiote.

— Explique.

Heureusement qu'elle avait fermé le rideau, il devait être écarlate, lui aussi.

— Je n'étais pas dans mon assiette, après mon retour à Cross Hall. Andrew se faisait du souci pour moi, il est même allé chercher un docteur...

— Tu étais malade ?

Était-ce une note d'inquiétude dans sa voix ?

— Ne m'oblige pas à te tirer les vers du nez, Godric, articula-t-elle, comme il ne répondait pas.

— Je buvais pour dormir. Pour oublier. Je voulais t'oublier, Eva.

Elle posa ses mains fines sur sa poitrine et le poussa rudement contre le dossier de la banquette.

— Pourquoi tu me dis ça maintenant ? Tu penses vraiment que je suis assez stupide pour croire à ce miraculeux revirement ? Qui t'a prévenu, Godric ? C'est pour ça que tu es là ? C'est une mauvaise blague ?

L'odeur suave de la jeune femme l'étourdissait.

— Prévenu ? répéta-t-il bêtement.

Elle se mit à le secouer, si vigoureusement que son crâne cogna contre la paroi de bois.

— Aïe ! Arrête, Eva !

— Qui te l'a dit ?

— Dit quoi ?

— Qui t'a parlé de l'enfant ? Ne raconte pas d'histoire. Réponds franchement ou j'ouvre la portière et je te jette dehors. Je t'assure que je n'hésiterai pas.

Il eut la sensation que son cœur battait soudain à grands coups au fond de sa gorge.

— Je n'en doute pas, Eva chérie, mais...

— Ne m'appelle pas comme ça !

— Pardon... Non, reste là, supplia-t-il, comme elle s'écartait.

Au risque de recevoir un uppercut dans le nez, il se pencha vers elle.

— Tu attends un enfant de moi ?

— C'est *mon* enfant, siffla-t-elle en le repoussant violemment, et si cette farce a pour but de...

— Eva, j'ignorais que tu étais enceinte. Je te le jure.

Elle demeura un long moment silencieuse.

— C'est absurde, murmura-t-elle d'une voix étranglée. Pourquoi, alors, dire que tu regrettes ce que tu as fait ? Si tu ne savais pas que j'étais enceinte, pourquoi dire...

— Parce que je t'aime, Eva. Je t'aime et je t'ai menti, le dernier jour, et tous les autres jours, si précieux, que nous avons passés ensemble.

Il scrutait son visage que la pénombre mangeait, dans l'espoir qu'elle lise la honte dans ses yeux.

— Ouvre le rideau, ordonna-t-il.

Elle s'exécuta, avec réticence. Des larmes roulaient sur ses joues.

— Pourquoi aurais-tu dit une chose pareille si ce n'était pas vrai ? balbutia-t-elle.

— Parce que je suis un lâche.

Elle se laissa aller contre le dossier de la banquette, visiblement - et à juste titre - accablée par le raisonnement spécieux de Godric.

— J'ai été marié, tu le sais, et j'avais un fils.

Elle se redressa lentement.

— Il est mort avec sa mère. Je suis arrivé trop tard pour les sauver. Tu as déclaré voici quelques semaines que je souffrais d'une sorte d'hystérie masculine due à la guerre. Je crois que c'est vrai, mais la guerre n'est pas la seule responsable. Les perdre tous les deux, si brutalement, m'a rendu fou.

Il s'éclaircit la voix.

— On pourrait penser que perdre deux êtres chers à la fois provoque un chagrin immense, mais en quelque sorte global. C'est faux : ce sont deux douleurs distinctes et atroces qui vous taraudent en permanence. Je me suis englouti dans la souffrance et j'ai écopé d'une grave blessure car j'étais incapable de me concentrer. Et parce que j'étais blessé et hospitalisé, ma famille a décidé de venir me voir. Et parce qu'elle venait me voir, elle...

Impulsivement, Eva s'assit à califourchon sur ses genoux, et l'entoura de ses bras.

— Je n'avais plus deux morts à pleurer, ma chérie, mais neuf.

Neuf... Une telle catastrophe était inimaginable. Godric avait perdu tous les siens, songea Eva.

— Je voulais mourir, mais je ne pouvais pas me suicider, alors... pourquoi ne pas mourir pour la patrie ? Malheureusement, je suis sorti de la plus sanglante bataille de la guerre sans une égratignure.

Il laissa échapper un rire amer.

— Là-dessus, avec le temps, l'inconcevable s'est produit : j'ai commencé à aller mieux. Quel genre de brute sans cœur et sans âme survivrait à une pareille dévastation et, par-dessus le marché, se porterait bien ?

Eva n'avait pas de réponse, et d'ailleurs ce n'était pas une question.

— Alors j'ai décidé de venger ma famille. Cette tâche accomplie, ma vie s'achèverait forcément, d'une manière ou d'une autre. Puis tu es apparue et, Dieu merci, tu as déjoué mes plans.

Il posa le menton sur l'épaule d'Eva – c'était tout ce qu'il pouvait faire, vu qu'il était toujours pieds et poings liés.

— Tu es une fabuleuse force de la nature, ma chérie. Une comète. J'ai vu ce qui m'arrivait comme si je m'observais d'en haut. Je me suis vu succomber au feu de ta jeunesse.

La gorge nouée, Eva resserra ses bras autour de lui, à lui couper le souffle.

Il fit pleuvoir des baisers sur sa joue, son oreille, sa mâchoire – tout ce qu'il pouvait atteindre.

— Oh, mon amour. Je pensais ne pas pouvoir revivre tout cela. Aimer une autre femme et risquer de la perdre. Mais quand tu es partie, je me suis aperçu que vivre sans toi – à cause de ma lâcheté et de ma stupidité – était encore plus insupportable que la peur de te perdre un jour.

Eva l'étreignait, le visage inondé de larmes.

— Tu n'es pas lâche, Godric. Tu es l'homme le plus courageux que je connaisse. Et tu es l'homme que j'aime.

Elle l'embrassa fougueusement, et il gémit quand sa langue plongea dans sa bouche et que ses dents de nacre cognèrent contre les siennes. Ses lèvres brûlantes avaient un goût de sel.

Pendant ce temps...

Comme les postillons ralentissaient les chevaux, Andrew se tourna vers James.

— Écoutez encore ce qui se passe.

— Je l'ai fait il y a un quart d'heure à peine.

— Oui, et vous avez dit que c'était... plutôt violent. Il serait plus sage de vérifier.

James se poussa au bord du siège et pencha sa grande carcasse pour scruter le côté de la berline.

— Ils ont refermé le rideau.

— C'est bon signe, d'après vous ? s'enquit Andrew en grimaçant. Elle l'a peut-être refermé pour cacher le cadavre ?

James éclata de rire.

— Je suis content que cela vous amuse, seulement s'il est avec elle là-dedans, c'est ma faute.

— Non, c'est la mienne, contra James.

— Oui, mais elle n'est pas en danger.

James hocha la tête.

— Ah... vous avez sans doute raison.

— Écoutez encore, ordonna Andrew.

— Pourquoi pas vous ?

Andrew lui fit les gros yeux. James s'esclaffa de nouveau – un grand rire contagieux qui emplit Andrew d'une joie inexplicable, compte tenu de leur situation actuelle.

— Bon, très bien, capitula James. Je ne voudrais pas vous faire tomber de votre perchoir. Je me demande comment vous pouvez rester là-haut depuis si longtemps.

James pivota pour coller son oreille au toit de la voiture.

— À l'intérieur, je suis trop mal à l'aise, avoua Andrew, attendant avec anxiété le verdict de son compagnon.

Il ne voulait pas dire du mal de la maîtresse de James – d'ailleurs, il aimait bien lady Eva. Il se faisait, toutefois, du souci pour son patron.

Lady Eva était toute petite, mais elle était redoutable – à l'instar de certains animaux minuscules qui pouvaient se révéler féroces et terrifiants. La belette, par exemple. Lady Eva n'apprécierait sans doute pas la comparaison, n'empêche qu'elle était pertinente.

Dût-il vivre cent ans, il n'oublierait jamais la façon dont elle avait tenu tête à Flynn. Le bandit faisait deux fois sa taille, pourtant elle l'avait toisé de haut et n'avait pas reculé d'un pouce. S'il avait bougé ne fût-ce qu'un cil, elle n'aurait pas hésité à lui tirer dessus. Ce jour-là, bien sûr, elle avait déployé sa rage et son énergie pour protéger lord Visel, qui n'était pas en état de se défendre.

Aujourd'hui, sa colère serait probablement dirigée contre le comte. Ce dernier était certes conscient, cependant il était ligoté, ce qui le rendait pour le moins vulnérable.

— Alors ? lança-t-il à James, n'y tenant plus.

James se rassit, haussa ses larges épaules, froissant au passage la livrée bleu nuit d'Andrew.

— Alors rien. Tout est calme... Enfin, sauf que...

— Que quoi ? s'affola Andrew, imaginant le pauvre Godric se tortillant sur le plancher, sous le pied botté de la belette.

James se gratta le crâne, perplexe.

— Je crois avoir entendu... un rire, peut-être ?

— C'est bien, non ? Quoique... tout dépend. C'était un rire joyeux ou de détraqué ?

— J'en sais rien. D'ailleurs, ce n'était peut-être pas un rire. Et ce n'était pas non plus un cri. Tant mieux, non ?

Andrew le regardait fixement, tout en mordillant sa lèvre inférieure.

— Elle ne lui ferait pas de mal, quand même ? Pas au point qu'il en garde des séquelles à vie ?

— Non... pas à ce point-là.

Andrew laissa échapper un grognement. James se trémoussa sur le siège, nettement trop petit pour lui.

— Je ne sais pas comment vous supportez cet inconfort à longueur de temps, déclara Andrew en soulevant son postérieur – beaucoup plus petit et osseux que celui de son compagnon – du banc.

— Ça ne m'arrive pas souvent – seulement pendant ce voyage vers le nord, et surtout parce que je n'avais pas envie d'être à l'intérieur avec ces deux-là, expliqua James, agitant le pouce en direction de leurs patrons.

Comme Andrew le comprenait !

— Mais je suis d'accord avec vous, poursuivit James. Je n'aimerais pas être un laquais.

— Moi non plus.

— Vous seriez le laquais le plus petit du monde, gloussa James.

— Très drôle !

— Où avez-vous déniché cette livrée ? Elle est un peu... hmm... bizarre.

— Je l'ai trouvée dans l'un des greniers de Cross Hall.

James se pencha pour le renifler.

— Il me semblait bien que ça sentait le camphre.

Andrew montra le velours de sa manche, élimé par endroits.

— Cette livrée a le style de l'époque baroque.

— Ah oui ? Et ça date de quand ?

— Fin du XVIe siècle.

— C'est une vieille maison, dites donc. Comment sont les écuries ?

Andrew haussa négligemment une épaule.

— Je ne sais pas. Ce sont des écuries.

James clappa de la langue.

— Voilà une réponse qui vous attirerait des ennuis, avec votre nouvelle maîtresse.

— En supposant que j'aie encore un emploi après cette expédition et que le comte et lady Eva fassent ce que nous espérons qu'ils feront. Les réunir de cette façon... c'était de la folie, gémit Andrew.

James le regarda avec ce sourire en coin qu'Andrew trouvait si réconfortant.

— Comme deux furets dans le même sac ?

Andrew gémit de nouveau.

— Quelle heure est-il ? demanda James.

Andrew extirpa sa montre de sa poche.

— Nous avons encore une heure devant nous.

— Une heure, marmonna James, pensif.

— Oui, une heure, confirma Andrew.

Ils se turent, contemplant la campagne anglaise qui défilait.

27

Ce fut Godric qui rompit leur premier baiser, long et passionné. C'était trop douloureux.

— Chérie ?

— Hmm ?

Il donna un coup de reins, ce qui lui arracha un gémissement.

— Ferme le rideau, dit-il d'une voix rauque.

Elle se figea.

— Ferme-le, Eva, insista-t-il avec sa voix de colonel qui avait toujours suscité l'obéissance de ses hommes.

Naturellement, Eva hésita. Sa voix n'avait pas le même effet sur les femmes, du moins sur cette femme-là.

— Tu ne le regretteras pas, promit-il.

La carotte était manifestement plus efficace que le bâton, car Eva s'empressa de tirer les rideaux des deux fenêtres latérales.

— C'est bien. Maintenant, retire ton pantalon – mais pas tes bottes.

— Qu'est-ce que…

— Chut… Fais-le.

— Ce sera compliqué, ronchonna-t-elle.

— Rien de ce qui vaut la peine n'est simple, chérie. Tu en es la preuve vivante.

— Ha ! Tu es bien téméraire, pour un homme ligoté.

Godric se mit à rire et attendit patiemment, écoutant les grognements d'Eva qui se contorsionnait sur l'autre banquette.

— Voilà ! dit-elle, essoufflée. J'ai enlevé mon pantalon.

— Décris-moi ce que tu portes, ordonna-t-il d'une voix éraillée.

— Tu es vraiment un vieux polisson.

— Je sais. Décris-toi.

— J'ai ma veste sur moi, répondit-elle avec un soupir de martyre. Et plus de pantalon ni de sous-vêtements.

Cela lui mit l'eau à la bouche, et il déglutit bruyamment. Il était effectivement un barbon libidineux.

— Et tu… tu as gardé tes bottes, bégaya-t-il.

— Oui.

— Oh, bon sang, se plaignit-il. J'aimerais tellement te voir.

— Je n'ai qu'à ouvrir les rideaux.

— Je te l'interdis.

Un rire de gorge, d'une sensualité étourdissante, résonna dans l'espace confiné de la voiture.

— Maintenant, détache-moi les chevilles.

— Tu donnes beaucoup d'ordres pour…

— Sois sage et, quand tu auras fini, je te laisserai déboutonner ma braguette.

Il l'entendit se précipiter et sourit.

— Ce serait beaucoup plus facile si je l'avais fait avant de retirer mon pantalon, marmonna-t-elle.

— Hmm… Non. J'adore t'imaginer à moitié nue.

Elle émit un ricanement sarcastique fort peu féminin, et ses doigts s'attaquèrent aux nœuds avec une vélocité des plus remarquables.

— Et voilà ! claironna-t-elle.

Il écarta les pieds, pliant et dépliant ses jambes ankylosées.

— Assieds-toi sur mes cuisses, à califourchon, et déboutonne ma braguette.

Elle ne trouva pas de réplique piquante à cet ordre. Aussi elle s'assit sur lui et fit ce qu'il lui disait, les mains tremblantes.

— Ne perdons pas de temps à détacher mes poignets, chérie. Tu vas devoir faire tout le travail.

Elle ravala un hoquet, ses doigts s'immobilisèrent une seconde.

— Alors voilà comment sera ce mariage ? fit-elle remarquer, par pure bravade.

Godric éclata de rire. Merveilleuse Eva...

— Baisse un peu mon pantalon... oui, comme ça. Maintenant, prends... oh...

Une petite main chaude se referma sur sa verge, et il dut se mordre les lèvres pour ne pas proférer une vulgarité.

— Maintenant tu te tais, murmura-t-elle d'une voix qui chevrotait et rendait son audace encore plus excitante. Je me charge du travail.

Le tenir au creux de sa main, lui faire dire des insanités avec une simple pression des doigts...

— Oh, bon Dieu ! s'exclama-t-il quand elle serra doucement sa verge.

Elle laissa échapper un petit rire.

— Maintenant, chérie, dit-il – et c'était lui qui, soudain, chevrotait. Pour ne pas humilier ton fiancé...

Eva savait ce qu'il voulait – après tout, elle avait passé la semaine à regarder des chevaux s'accoupler – mais Godric ayant les mains attachées, ce ne serait pas si facile. Néanmoins, comme le disait la maxime : Quand on veut, *et cætera*.

Elle se souleva légèrement. Cramponnée d'une main à l'épaule de Godric, elle prit sa verge de l'autre et, avec une extrême lenteur, se baissa. Amener cet homme à supplier était en réalité très simple – et ô combien gratifiant ! – constata-t-elle.

— S'il te plaît, Eva..., gémit-il, la bouche contre son sein.

— Qu'y a-t-il, milord ?

— Pitié, répondit-il avec un rire étouffé. S'il te plaît... prends-moi en toi.

Le cœur battant, elle s'empala sur son membre, l'engloutit tout entier. Il était énorme, et la brûlure fugace qu'elle ressentit fut une surprise à la fois familière et bouleversante.

— Oui..., gémit-il, léchant du bout de la langue le creux de son cou. Oh... ta peau a un goût de sel.

Le désir ardent qui vibrait dans sa voix la fit frissonner. Le fourreau humide de son vagin se contracta sur la verge de Godric.

— Chevauche-moi, Eva. Je veux que tu te serves de moi pour...

Il poussa un grognement guttural quand elle se souleva puis, de nouveau, l'enfourcha, s'ouvrant à ce pieu de chair. Elle le chevaucha et découvrit un phénomène magique. Si elle basculait légèrement les hanches vers l'avant, elle pouvait frotter son...

— Oh, Godric...

Ce fut ensuite un tourbillon de frottements divins, de gémissements et d'épousailles charnelles. Quand elle perdit le contrôle, Godric prit la relève, soulevant de la banquette leurs deux corps soudés par la seule force de ses coups de boutoir, avec une sauvagerie, une frénésie qui culminèrent pour Eva par une explosion de plaisir.

— Eva, je vais..., haleta-t-il.

Un spasme violent le secoua, et il répandit sa semence au tréfonds d'elle.

— Tu dors ?

— Non, et toi ? murmura-t-elle.

Il ne s'était pas retiré et, quand elle bougea, elle sentit sa verge palpiter encore en elle.

Il essuya du bout de la langue les gouttelettes de sueur qui perlaient au creux de sa gorge.

— Chérie ?

— Hmm ?

— Tu comptes me détacher, à un moment ou à un autre ?

— Peut-être, répondit-elle en riant.

— N'ai-je pas gagné ma liberté ? susurra-t-il avec un mouvement suggestif des hanches.

— Ah non, si je me souviens bien, c'est moi qui ai fait tout le travail.

— Si tu voulais bien me libérer, je serais peut-être en mesure de régler ma dette.

— Oooh, voilà qui est prometteur. Avant, je crois que j'aimerais t'entendre me supplier. Encore une fois.

Elle lui mordilla le cou, pile sous l'oreille, et il sentit qu'elle souriait.

— S'il te plaît, ma chérie, mon seul amour ?

Un frisson la parcourut.

— J'adore que tu m'appelles comme ça.

Elle ne plaisantait plus, il y avait dans sa voix une intensité qui lui serra le cœur.

— Je t'aime, souffla-t-il. Si tu me détaches, ajouta-t-il sur un ton plus léger, je te montrerai à quel point.

Elle pouffa de rire et se dégagea.

— D'accord, tu es très persuasif. Mais d'abord, je me rhabille.

— Excellente idée.

Il pensait vaguement que la voiture pouvait s'arrêter à tout moment, la portière s'ouvrir et…

— Où nous emmènent-ils, à ton avis ? demanda Eva.

— Je n'en ai pas la moindre idée et je m'en fiche complètement. Néanmoins…

Il toussota, gêné.

— Dans la lettre que j'ai lue, il était dit que tu devais louer un étalon. La saison de reproduction touche à sa fin. Il faut peut-être que tu retournes à Exham ?

Il y eut un long silence.

— Merci, murmura-t-elle.

— Excuse-moi, chérie, mais... de quoi me remercies-tu ?

— De te préoccuper de ma petite entreprise.

— Oh... bien sûr que je m'en préoccupe. Je sais combien tu y tiens.

— Et tu ne trouves pas que mon projet d'élever et d'entraîner des chevaux n'est pas... convenable pour une femme ?

— Crois-moi, mon ange, j'applaudis des deux mains ta passion pour la reproduction des espèces, gloussa-t-il.

Il sentit quelque chose heurter son épaule.

— Tu m'as frappé ?

— Oui, avec mon chapeau. Pousse-toi et tourne-toi.

Il s'empressa d'obéir, et elle s'attaqua au nœud gordien qui lui bloquait les poignets.

— Au fait... tout à l'heure, tu as dit que nos deux ravisseurs n'avaient pas élaboré seuls leur plan diabolique, fit-il remarquer.

— Je flaire dans cette affaire la main de ma belle-mère.

— Vraiment ? Je pensais qu'elle me haïssait.

— Mais elle m'aime, elle veut que je sois heureuse.

— Et je te rends heureuse ?

— Tu es incroyable. Tu as encore les mains attachées, et tu vas quand même à la pêche aux compliments.

— Sorcière ! s'esclaffa-t-il.

Elle pouvait maintenant glisser un doigt sous la cordelette qui cisaillait le poignet de Godric.

— Entre nous, je ne serais pas étonnée qu'ils nous ramènent à...

Elle s'interrompit. La voiture ralentissait et, à en juger par le bruit des roues, avançait sur une chaussée différente.

Des pavés.

— Tu disais, chérie ?

À cet instant, la berline s'arrêta et oscilla – quelqu'un avait sauté à terre.

— Je ne serais pas étonnée qu'ils nous ramènent à notre point de départ.

La portière s'ouvrit, et le palefrenier d'Eva s'encadra dans l'ouverture. Il paraissait si terrifié que c'en était cocasse.

— Nous sommes arrivés, Milady.

— Tiens donc, dit Godric, amusé, à Eva. Tu avais raison une fois de plus, ma chérie.

— Eh oui, rétorqua James avec un sourire penaud. Il faudra vous y habituer, Milord.

Godric éclata de rire.

Épilogue

Plus tard...

Assis sur l'épaisse couverture, avec Mia blottie contre lui, Adam de Courtney regardait les invités s'amuser, alors que le pique-nique s'achevait.

Gabriel et Drusilla avaient rassemblé Samir, deux des enfants Ramsay et le fils de lord Salford – un garçonnet triste et taciturne qui semblait avoir hérité de la nature maussade de son père –, et essayaient de leur apprendre que les maillets de croquet ne servaient pas uniquement à assommer leurs petits camarades.

Lord et lady Ramsay avaient disparu dans le bosquet, de l'autre côté du lac, pour savourer un moment de répit, pendant qu'on s'occupait de leur progéniture.

Lucien et Richard, les jumeaux, encadraient Mel qui rayonnait, heureuse d'être au centre de l'attention de deux beaux garçons.

Adam se tourna vers Thomas Byer. Appuyé contre la table de banquet dévastée, les bras croisés sur la poitrine, le vicomte observait Melissa d'un air perplexe.

Eva et son nouveau fiancé étaient assis sur le banc de la gloriette qui surplombait le lac, miroitant dans le soleil couchant. Ils ne se touchaient pas, mais avaient une conversation manifestement animée. Visel avait intérêt à aimer les discussions, houleuses ou pas, songea-t-il, amusé.

— Adam ?

— Hmm ?

— Tu es fâché contre moi ?

Il sourit intérieurement, curieux de voir comment elle allait se tirer d'affaire.

— Pourquoi serais-je fâché ? Parce que tu m'as caché la grossesse d'Eva ? Ou parce que tu as comploté avec le domestique de Visel et l'un de mes palefreniers pour qu'ils enlèvent notre fille ? Ou peut-être parce que tu as organisé un mariage en sachant pertinemment qu'il n'aurait pas lieu ? Ou encore parce que...

Elle glissa sa main fine dans la sienne.

— Résumée de cette façon, la situation...

Il laissa échapper un ricanement incrédule – elle avait gagné, bien sûr, une fois de plus.

— Tu n'as pas tout à fait raison, Adam.

Il entrelaça ses doigts avec les siens.

— Ah non ?

— Non, puisqu'il y aura bel et bien un mariage.

Elle se redressa et leva vers lui ses yeux de chat, d'un vert inouï, qui auraient éternellement le pouvoir de le bouleverser.

— Tu as été vraiment bien inspiré de ne pas déchirer cette licence spéciale de mariage que tu avais sur toi, quand tu t'es lancé sur la grande route du Nord, à la poursuite d'Eva, dit-elle.

Il fit les gros yeux à l'amour de sa vie.

— Si je ne l'ai pas déchirée, c'est sans doute parce que je n'ai pas pu la retrouver.

Elle le gratifia de ce sourire polisson qui ne manquait jamais de le faire bander.

— Oh, tu sais combien je suis étourdie quand il s'agit de ranger les paperasses. Je les laisse traîner n'importe où...

— Dans des tiroirs verrouillés, dont je suis le seul à posséder la clef. Ou plus exactement, dont je *devrais* être le seul à posséder la clef.

Elle lui décocha son sourire à fossettes – il était définitivement vaincu.

— Enfin..., soupira-t-il d'une voix rauque, vibrante d'un désir mortifiant. Tout est bien qui finit bien, je suppose.

Il jeta un coup d'œil à Byer qui observait d'un air sombre Eva et Visel, maintenant que Mel et les jumeaux étaient descendus jusqu'au lac avec l'intention de canoter.

— Pas pour tout le monde, rectifia-t-il.

— Oh, je ne sais pas, rétorqua Mia, suivant son regard. Selon moi, Tommy se croyait amoureux, mais la personnalité d'Eva l'a effrayé. Une fois fiancés, ils n'ont pas cessé de se quereller.

Adam montra du menton Eva et Visel. Debout, un poing sur la hanche, Eva pointait un index menaçant sur son futur époux.

Mia agita une main insouciante.

— C'est différent.

Il laissa échapper un reniflement sceptique.

— J'ai raison, Adam. Godric Fleming aime son énergie et son courage, cela saute aux yeux. Et il se soucie peu des convenances et de l'opinion des gens. Tommy, en revanche... Je pense que l'indépendance d'Eva le séduisait, mais en réalité il a besoin d'une femme plus stable et plus conventionnelle.

Adam la vit, avec effarement, tourner la tête vers le lac. L'un des jumeaux avait pris place avec Mel dans une barque, son frère était seul dans un autre canot, et les trois jeunes gens s'amusaient, à grands coups de rames, à s'asperger et à faire chavirer leurs embarcations.

— Je me demande si..., marmonna Mia. Le jeune Richard est trop sérieux, mais Lucien pourrait être...

— Si tu t'avises d'envisager une alliance avec la famille Ramsay, je te donnerai une fessée et je t'enfermerai dans le donjon.

— Oh, Adam... J'adore quand tu me dis des mots doux...

Avec ce regard brûlant qui aurait fait fondre une statue, elle lui donna, avec ses lèvres et sa langue, un baiser langoureux et infiniment plus érotique qu'un déshabillage en bonne et due forme.

Il frissonna. Elle lui sourit puis prêta attention de nouveau au vicomte qui broyait du noir, et les trois jeunes gens qui canotaient sur le lac. Elle avait la mine d'un général passant ses troupes en revue.

Adam capitula et s'allongea sur la couverture. Par chance, ce n'était pas sur lui que Mia exercerait sa formidable volonté.

Soupirant, il ferma les paupières, et écouta les voix, les rires de ses enfants et de ses amis. Il plaignait les quatre jeunes gens qui, par inadvertance, avaient attiré l'attention de sa machiavélique épouse.

Il réprima un sourire. Les pauvres n'avaient pas idée de ce qui les attendait.